L'ÉPERVIER DE MAHEUX

JEAN CARRIÈRE

L'ÉPERVIER DE MAHEUX

JEAN-JACQUES PAUVERT

ISBN : 2-266-05216-0

A mon ami Frédéric-Jacques Temple,
poète américain.

Ah ! si Tu déchirais les cieux, et si Tu descendais !

ISAÏE.

Parle-moi du Sud. A quoi cela ressemble là-bas. Ce qu'ils font là-bas. Pourquoi vivent-ils là-bas. Pourquoi ils vivent tout court.

FAULKNER (Absalon).

AVERTISSEMENT

Avant qu'ils ne prennent connaissance de ce qui suit, je me crois obligé de fournir une courte explication à mes amis du Haut-Pays — ainsi qu'à celui qui sait ce que doit ce livre à la réalité. Les premiers trouveront peut-être que j'ai exagéré ; je les entends déjà s'écrier qu'ils ne sont pas des sauvages, qu'ils ne vivent plus tout à fait de cette façon depuis longtemps, etc. etc.

Je leur répondrai qu'il y a plusieurs Hauts-Pays : celui dont il est question ici occupe sur les cartes géographiques (même il vaudrait mieux dire : sur les cartes d'état-major) une place précise, étroite, un peu en marge d'aimables généralités folkloriques : celle que les gens des plateaux appellent avec un certain dédain du reste : « le pays des travers » ; ils m'ont maintes fois déclaré qu'ils ne pourraient pas y vivre. Ajoutons que les habitants des plateaux (Causses, Aubrac, etc.) sont catholiques ; ceux des « travers », protestants. L'anecdote relatant la réflexion d'un de ceux-là sur ceux-ci (on nous avait dit que les huguenots avaient un œil au milieu du front) ne remonte pas à l'époque des camisards, mais aux environs de 1950, et elle est rigoureusement authentique.

La tragédie paraît d'autant plus tragique que son espace et ses protagonistes tendent à se limiter à ce que la société moderne prétend avoir réduit à de malheureuses exceptions : ce qu'on ne saurait contester sans tomber dans la mauvaise foi ou la vulgarité électorale.

Mais, parfois, l'exception ne confirme pas la règle : elle lui fait honte.

Elle laisse aussi apparaître des ambiguïtés fondamentales, et qui n'entrent pas sans réticence dans les catégories à la mode. On peut tout classer sous la rubrique des névroses, même la manie de classer. Sur ces hauteurs où il semble que Yahweh n'ait pas encore engendré de Médiateur, un homme sans « recours », pris entre l'*irrémédiable* et l'*insaisissable*, appartient plus à la mythologie qu'à la psychologie ; les singularités de son comportement méritaient d'être sollicitées dans ce sens.

J.C.

PREMIÈRE PARTIE

LA CHUTE

La première neige de l'année tomba en abondance vers la fin de novembre. C'était une apparition précoce qui entraîna le Haut-Pays, et presque tout le Sud dans un hiver sans précédent : pression inouïe du silence, calfeutrant de son étoupe le sang au fond des oreilles (hameaux reclus, bâtiments isolés ne perdaient plus leurs bruits) ; aurores boréales collées contre les vitres resplendissantes de givre ; nuits volatiles comme de l'éther, irrespirables... Et le long glissement des heures à l'intérieur des cours ensevelies où ne sautillait plus aucun oiseau.

Parmi les gens du plateau, tout au plus une demi-douzaine de familles gîtées dans ses replis les mieux exposés, et habituées à soutenir le siège du froid pendant une bonne partie de l'année, personne n'avait jamais connu ces étranges merveilles d'invasion glaciaire qui ramenaient sur les hauteurs des temps de désastres et de grandes famines — pas même à Mazel-de-Mort la vieille Alice Despuech, à la mémoire pourtant jalonnée d'hivers catastrophiques. Cette fois-ci, elle ne se trompait d'ailleurs qu'à moitié lorsqu'elle déclara que la fin du monde était imminente : elle fut emportée par cette marée glaciale dont la première vague déferla jusqu'au bord de la mer, calcinant tout sur son passage, désolant les versants méridionaux les plus abrités et mutilant les forêts, les parcs profonds, de larges trouées que le printemps ne reverdirait pas. Six mois plus tard, sur les coteaux ensoleillés, les souches d'oliviers fendues, les treilles stériles dresseront contre un ciel neuf leurs branches tordues et leurs griffes noircies par le gel.

Au-dessus de Mazel-de-Mort (qui ne comptera plus que deux âmes après la mort d'Alice) commencent de hautes solitudes et brusquement tout change, les torrents disparaissent, les sources se raréfient, le schiste et le granit cèdent la place au calcaire marin, le sol s'éclaire et clapote comme une vieille toiture, l'air acide nettoie les sous-bois clairsemés où le ciel apparaît à travers les derniers fayards. Bientôt, l'étendue livide et sans arbre moutonne à l'infini, avec ses pierres celtiques enracinées dans l'herbe morte, et rongées par le vent d'ouest dont la houle incessante vient battre les anciens murs de clôture et les bergeries désaffectées.

Les jours calmes, il y a toujours la rumeur de brisants que fait au loin ce vent pris dans les défilés et, plus proche, le froissement de ses vagues respirant sur les plages de lichens et de mousse avec la régularité du ressac ; au ras des crêtes, qu'on croirait alors hantées par le souvenir de la mer primitive, des croix interrogent la fuite des horizons de leurs moignons trapus. Fréquemment, des ombres de nuages rôdent parmi les roches géantes, éteignant par instants d'immenses pans de paysage qui se rallument dans un pétillement d'insectes, et l'on sent aussitôt la cuisson d'une lumière crue et vorace.

Ce qui rend sensible, plus encore que son relief bizarre, la barbarie millénaire du site, c'est son climat : tantôt bouillant, tantôt glacial, il communique aux plus belles saisons quelque chose de convulsif ou de malsain. Même au cours des années clémentes, quand les plateaux balancent tout l'hiver leurs ondulations arides sous une frange de sommets à peine saupoudrés de blanc, et que, couvée par des chaleurs précoces, la verdure renouvelle les pelouses jaunies, des retours de froid inattendus bousculent le printemps et pourrissent les pentes trop prématurément gonflées de son opulence.

En plein mois d'août, au moment où le plus chaud du jour stagne au pied des falaises, dans les cuvettes du plateau et au milieu des châtaigneraies, on voit la misère des choses et, pour ainsi dire, leur envers délabré par la puissance de la lumière : chemins cendrés, aires pouilleuses, d'un jaune rance africain, parois cuirassées de schistes jetant l'éclat fébrile et plombé d'une journée à l'orage; bergeries écrasées au sol sous le poids d'énormes lauzes que le soleil piétine et dont les débris blanchissent par terre comme des omoplates; toits défoncés, béants sur des ruines jonchées d'ardoises; bourgs attaqués çà et là par les caries des bâtiments creux et noircis de ronces, haussant leurs façades chaulées les unes au-dessus des autres dans un enchevêtrement industrieux pour regarder ce qui se passe au loin. Mais sur la fin de l'après-midi, du côté où les ombres s'allongent, mouillées d'une odeur de verdure, une émanation minérale, qu'on distingue de la fraîcheur du serein à sa touche plus vénéneuse, suinte des fondations de la terre, envahit les fonds, gravit les prés, gagne les courtils, circule le long des venelles.

Cette goutte de froid infinitésimale est mortelle pour la saison; elle dilue extraordinairement vite l'épaisseur des beaux jours : à ce détour de l'été, l'air éclairci écoute soudain un bruit de cosse qui éclate.

Il ne reste que peu de temps. L'automne lui-même n'est souvent qu'un tourbillon de feuilles entre deux portes entrebâillées, un seuil tiède et frileux ouvert sur deux versants de l'année. A peine le soleil à son déclin, écrasé derrière le vitrail des forêts, s'est-il épuisé en rougeurs et en brumes, un vent marin tout en haillons, grondant d'une rumeur d'usine et de train, pénètre par les couloirs du sud, traîne ses nuées sales, arrache les feuilles sèches des arbres, brouille l'incendie des lointains, et finit par l'éteindre. En quelques jours, parfois en une seule nuit, le Haut-Pays a largué les amarres qui le tenaient aux provinces du Sud. Un matin, dès que le vent s'est tari, on découvre, en poussant les volets, une immense crypte, silencieuse et vide, un monde de pierres froides, de pentes nues, de bois dépouillés et brillants dont les branches dessinent contre le gris uniforme du ciel des grilles à l'encre de Chine. Par les ouvertures étroites, tombe une clarté morte qu'on ne songe à dissiper que le soir, lorsque les stèles funéraires rassemblées autour des fermes s'enfoncent dans l'obscurité — la lampe allumée, d'une main économe.

Mais quelquefois, l'automne, c'était aussi une soudaine illumination du paysage d'où le brouillard se retirait, laissant sécher les pierres qui trouvaient une espèce de vie élémentaire et se mettaient à fumer au soleil; les fleurs clandestines sous l'herbe chaude, plus drue et plus vivante qu'un banc d'anémones marines, et le grésillement des bouquets d'orties le long des murs, à l'abri desquels s'étaient réfugiés les insectes. La matinée croisait au ralenti dans un ciel sans sillage. Il y avait dans l'air une résonance paisible, portant d'un versant à l'autre des bruits de forge, une rumeur casanière de horde qui s'installe et de troupeau qui prend ses quartiers d'hiver. Les odeurs semblaient enfin délivrées du frêle et fascinant souvenir, de la déchirante précarité des venelles en fleurs que certains soirs de printemps avaient remplies d'on ne savait quelle promesse trouble; celles qu'on respirait aujourd'hui substituaient à d'intimes nostalgies des besoins plus grégaires et plus sobres : arômes poivrés, captivants, que soulève le pelage corrompu des forêts, et qui arrêtaient avec la même impérieuse subtilité que l'odeur de l'encens; odeurs aigres, dégagées par les tas d'écorce et de sciure fraîche en pleine fermentation, odeur femelle autour des hêtres abattus, dont l'aubier éclaboussait une couche élastique de fanes; odeurs de travail stimulantes, de cuir et de fer chaud, mêlées aux fumées acides des premiers feux de bois à travers les hameaux engourdis dans la lumière grasse, et filant des heures lentes, à peine rendues sensibles par un grincement d'essieu ou les battements clairs d'une enclume qui se répercutaient entre les murs de leurs ruelles encore luisants d'une averse nocturne... Toutes ces odeurs plongeaient immédiatement les sens dans une disponibilité attentive, comme au passage d'une voûte, quand on reçoit tout à coup une bouffée caressante, de fenil ou de pain brûlant. On n'avait pas encore rentré les pots de géraniums, et des tapis de champignons étaient étendus à l'ombre calme des murs, sur les terrasses.

Cependant, cette paix ne trompait même pas les oiseaux sédentaires, qui s'ébrouaient le matin plus près du seuil en ébouriffant leurs plumes gelées.

Maintenant, les nuits obtenaient une pureté extraordinaire, sidérale : le ciel était si noir qu'il paraissait sans atmosphère, comme sur les astres morts ; il rinçait les montagnes et multipliait les étoiles ; aiguisées et durcies par un froid de plus en plus sec, elles avaient la grosseur des gemmes, et leur éclat. Le soir, on entendait gronder dans les bas-fonds, du côté de Saint-Julien : le souffle assourdi des torrents franchissait en droite ligne la forêt amaigrie et transparente, dont s'élevait, chaque nuit un peu plus épais, un lac de brouillard qui apportait le silence, étouffait tous les bruits de la vallée, détrempait les pentes, et isolait de hautes péninsules minérales dans leur sérénité planétaire.

Ces signes, qui précèdent généralement les hivers très rudes, hâtaient les dernières besognes ; les cuisines, glaciales malgré un reste de braise sous les cendres, trouvaient les hommes debout avant l'aube, toujours plus lente à embuer les vitres de sa grisaille ; dès qu'ils s'étaient réchauffés d'un bol de café, ils se glissaient dehors, humaient le temps ; des petites touffes d'haleine s'évaporaient autour du point rouge des cigarettes ; et remontant d'un coup d'épaule leur sac garni pour la journée, ils se mettaient en route : lorsque la matinée s'annonçait pâle et tranquille, la pierraille des chemins écrasée sous leurs chaussures cloutées faisait sonner la limpidité de l'air comme du verre.

Les campements forestiers recommençaient à vivre sous un éclairage encore exsangue, bleuté ; et jusqu'à la tombée de la nuit, ils occupaient tous les bras disponibles. Mais on pouvait bien abattre le même travail, c'était à contre-saison, un pied au milieu des feuilles mortes, l'autre déjà posé sur une longue pente de sommeil. Les jours raccourcis précipitaient les heures, les arbres passaient comme dans un rêve; leurs branches vides attendaient la neige, noyaient les ravins d'une brume violette où brillaient par endroits des coulées d'argent : après le gel nocturne, les glacis s'égouttaient sur les boucliers rocheux qui encombraient leurs flancs.

Insensiblement, cette diète de froid léger avait assaini les sous-bois pourris d'humidité et la voûte du ciel s'était élargie jusqu'aux limites de l'atmosphère. Aussi loin que portait la vue, depuis les éclaircies ouvertes à travers la forêt par les coupes récentes, apparaissait un moutonnement désertique et sans relief que le soleil ne parvenait pas à colorer, bien qu'aucun nuage ne fût visible : le ciel se figeait et devenait vitreux comme la surface prise d'un étang.

Au moment de la pause, quand les feux de brindilles vertes crachant leur sève au centre des clairières avaient rassemblé des groupes de forestiers qui s'asseyaient sur les souches en tirant leur couteau, l'air qu'on respirait gardait au contact de la terre dure et purgée sa sécheresse grisante du petit matin; il attisait le sang avec la force d'un alcool très pur. Dans le silence des bois où rien ne bougeait et au-dessus desquels les fumées des chantiers s'immobilisaient en nappes vaporeuses, les coups d'une hache solitaire retentissaient sous de hautes futaies aussi sonores que la nef d'une église. Mais dès le début de l'après-midi, on sentait un fluide âpre qui pénétrait la moelle monter du sol, et la lumière pauvre s'appauvrissait encore d'avantage.

Un soir de la dernière semaine de novembre, alors que les raides accélérations des tronçonneuses à essence (c'étaient les premières de l'époque) s'enrageaient encore sous les couverts avec des pétarades de motocross, les feuilles sèches tout à coup se mirent à grésiller : c'était une multitude de petits flocons qui sautaient de tous les côtés, semblables à du grésil, du reste. De plus grosses touffes ne tardèrent pas à cribler l'espace couleur d'anthracite; elles descendaient lentement, aussi lentement que de l'ouate, et se posaient sur le sol avec délicatesse.

Le Haut-Pays venait de basculer dans les mois obscurs : malgré l'intense luminosité de certaines journées d'hiver, quand le paysage de neige étincelle sous le bleu éclatant du ciel, les vieilles bâtisses restent sombres, plongées dans un déclin de jour perpétuel où chaque instant porte la noirceur d'un froid de cave. Ce n'est pas que les gens d'ici soient particulièrement frileux : il en est qui se flattent de laisser la porte grande ouverte lorsqu'il gèle à pierre fendre; ni que tout les hivers ramènent obligatoirement des températures sibériennes. Mais la plupart de ces bories aux murailles de forteresse sont enfouies au plus profond des combes, ou tapies dans quelque trou; à peine si on aperçoit leurs lucarnes au ras du plateau; les pièces du rez-de-chaussée, presque toujours pris dans le flanc de montagne, ou adossé contre le versant le mieux abrité de la cuvette, ont le mur du fond construit à même le roc, dont on voit par endroits se renfler l'échine. Ce sont ces renflements enveloppés dans la maçonnerie, qui, à longueur d'année, imprègnent la maison d'une atmosphère rébarbative où le froid n'est pas seul en cause; on retrouve la même âpreté dans le paysage et dans le climat. Peut-être même d'ailleurs dans la race.

Pour Samuel Reilhan, tout a commencé un certain soir de novembre, en 1948, l'année où sévirent ces grands froids, précisément. En réalité, il s'appelait à ce moment-là Joseph Reilhan, tout bonnement.

C'est un adolescent un peu gras pour son âge et pour sa race ; cela fait deux ans qu'il a quitté la communale et qu'il travaille la terre avec ses parents. Travailler la terre est une façon de parler : dans cette région, c'est le désert qu'il faudrait dire ; mais nous y reviendrons.

Le voici pour l'instant en train de couper du bois et de fagoter en compagnie de son père et de son frère aîné, dans une hêtraie du côté de la can de Ferrières, entre Saint-Julien d'Arpaon et Barre-des-Cévennes — un des endroits les plus solitaires de ces montagnes : il faut y aller.

Depuis trois semaines, la campagne d'hiver est menée à une allure d'enfer. Tout annonce une de ces neiges précoces qui tiennent jusqu'au printemps : les bois trop silencieux, où pas la moindre feuille ne bouge ; les corbeaux qui attendent à la cime des arbres morts, et qui eux non plus n'osent pas bouger, comme s'ils étaient empaillés ; le ciel sans mouvement, plafonné de déplaisantes volutes floconneuses telles qu'on en voit se former à la surface de la lessive sale ; la sécheresse stérile de l'air, dont le mordant semble cependant s'adoucir : on dirait que le froid perd ses aiguilles et se feutre. Il y a enfin l'épaisseur anormale des pelures d'oignon, ainsi que la disparition de je ne sais quel oiseau, qui devrait être encore par ici, mais qui a pris bel et bien le large... Tout le monde se rappelle l'hiver de 82, celui où l'on avait aperçu, ou cru apercevoir quelques loups dans les parages : les choses s'étaient présentées exactement de la même façon. Cette immobilité générale ne peut rien présager de bon.

Loups ou pas, on a pris le taureau par les cornes; il s'agit de gagner de vitesse une interminable mauvaise saison dont on ne voit jamais la fin et qui survient toujours trop tôt; pendant laquelle en tout cas on sera obligé de faire feu de tout bois : à travers les coupes forestières dévastées, les haches voltigent et les scies se démènent dans un carnage de branches quand, le dernier vendredi du mois, vers quatre heures de l'après-midi, voilà cette neige qui se met à tomber; les vastes étendues de landes et de forêts qui moutonnent autour de la can de Ferrières sombrent rapidement dans la grisaille.

Les trois bouscatiers n'ont pas moins d'une heure de marche pour regagner leur gîte; le parcours est assez accidenté, la nuit est là; les gens du Haut-Pays n'aiment pas beaucoup se laisser surprendre loin de chez eux par un temps pareil : il y a eu, même récemment, de malheureux exemples.

Dès qu'il aperçoit les premiers flocons, le vieux Reilhan fait signe à ses deux fils qu'il est temps de déguerpir. Le sac bouclé, hache à la main et un fagot sur l'épaule, ils sortent du bois et les voilà partis dare-dare par le travers des pentes d'herbe rase qui commencent à grisonner; le découvert domine de très haut l'espace d'une vallée déjà pleine de ténèbres.

C'est un fond de hêtres clairsemés, d'éboulis et de mauvais pâturages que d'autres pentes sévères murent de tous côtés. Le site, quoique de dimension imposante, ne montre qu'une solitude ingrate et sans perspective, refermée sur elle-même par les puissants contreforts des plateaux; accrochées par endroits, minuscules à cette distance comme des nids de guêpes, des métairies désertes, des fermes inhabitées flanquées de bergeries en ruine. Aucune lueur, aucune fumée ne signalent nulle part la moindre trace de vie. Il n'y a rien que les flancs abrupts, décharnés, d'un cirque que trois saisons sur quatre plongent dans la stupeur des pentes rêches ou des neiges tardives; on sent que la vie a fini par se retirer d'un endroit qui ne lui convient pas, ou plus.

Pourtant, quelque chose vient de s'allumer dans le noir de la combe, une de ces petites taches fuligineuses avares de lumière qu'on voit charbonner la nuit dans les campagnes sans électricité; les grandes draperies de neige qui se déploient au fil de l'espace la font clignoter et même disparaître par moments : Maheux, où, pendant la mauvaise saison, une lampe brûle tous les soirs devant la fenêtre tant que les hommes ne sont pas de retour.

Maheux, c'est le genre de constructions qu'on retrouve un peu partout à travers le pays; nichées dans les coins les plus invraisemblables, toutes plus délabrées les unes que les autres, elles sont la proie des ronces, des racines et des herbes folles qui ont déjà conquis une partie des communs, et qui attendent la première occasion pour prendre possession des lieux et en chasser définitivement l'occupant, si par extraordinaire il y en a un; et c'est sans doute en raison de leur accès scabreux et d'un emplacement choisi, semble-t-il, exprès pour ses innombrables désagréments, qu'on les appelle des « folies ». Le terme avouait jadis des largesses et des extravagances campagnardes; il est ici plutôt mi-figue, mi-raisin, comme si, pour habiter des endroits pareils, il fallait être à moitié fou, au risque de le devenir complètement.

Et en effet, qu'une petite vie continue à couver ses braises et à tenir ses draps propres au milieu d'une telle désolation a de quoi intriguer; il y a là une sorte d'incompatibilité flagrante qui donne froid dans le dos; on se demande au prix de quelle terrible austérité des gens peuvent s'accommoder d'un commerce aussi rude avec le monde.

Les façades crevées vomissent du foin ; le vent s'engouffre sous des voûtes béantes tapissées de capillaires ; des poutres goudronnées par des siècles de fumée brandissent leurs moignons pathétiques au-dessus de décombres qui, eux aussi, ont quelque chose de tragique : on croirait que ces masures ont été éventrées par un bombardement. Leurs ruines n'ont pas le temps de vieillir paisiblement dans la complicité de la verdure ; ce qui était encore debout l'an dernier tombe en miettes aujourd'hui ; le gel, la pluie, le soleil ne feront qu'une bouchée de ces noirs ossements amalgamés avec du plâtre mort, et mort depuis longtemps. Même il arrive qu'un pan de mur entier s'abatte sous le nez de l'habitant ébahi, qui n'a plus qu'à déloger, ou à se replier dans les parties intactes devant ce siège en règle. C'est la pauvreté du matériau qui est responsable de ces effondrements spontanés, pierres sèches gélives ou schistes friables, d'une industrie rudimentaire, où la moindre lézarde amorce un processus de dégradation accéléré par les intempéries.

Pour couronner le tout, reste le petit cimetière à usage familial ; il en existe qui sont dignes d'un décor d'épouvante, avec leurs louches renflements de terre boursouflée, leurs stèles contrariées par des mouvements souterrains, comme ces cimetières d'Écosse ou d'Europe centrale, lieux de prédilection des vampires et des lycanthropes.

Généralement, il aligne ses tombes à proximité de la maison (on les aperçoit des fenêtres, on est obligé d'y passer devant matin et soir), soit pour soutenir le moral des vivants dans les épreuves quotidiennes en leur rappelant que tous ces emmerdements finiront un jour ou l'autre, soit pour faciliter les choses, et rendre le trajet moins long, quand viendra l'heure ; à moins que ce soit tout simplement parce que les gens qui l'ont installé là n'avaient pas d'imagination. Les orties, qui raffolent des endroits humides, s'y multiplient avec une rare exubérance.

De l'os partout, un soleil africain, des ombres qui ont

la fraîche amertume de l'Armorique : voilà le Haut-Pays. Les vieux meurent, les enfants s'en vont, les maisons se ferment : voilà son histoire.

Le fond de cette vallée de Josaphat (que les trois Reilhan gagnent à grands pas sous une neige de plus en plus drue) est grignoté par un petit torrent, presque toujours à sec en été ; on voit alors serpenter entre des hêtres maigrichons sa colonne vertébrale blanchie par le soleil ; il n'y a même plus le bruissement de l'eau entre les pierres, ni celui du vent à travers les feuillages pour mettre une apparence de vie dans ce cratère en feu. Le vent couché là-haut sur l'herbe donne quelques coups d'aile juste avant que le soleil n'émerge, pousse quelques soupirs au crépuscule ; cela ressemble à une étrange petite bête qui aurait perdu la tête et qui se mordrait la queue sans raison. Tout le reste du jour, pèse une chaleur effroyable sur ce désert de cailloux où l'altitude joue le rôle d'une loupe devant le soleil. C'est le triomphe du règne minéral : les insectes grésillent, chauffés à blanc, mais ce grésillement métallique n'est que le féroce prolongement du règne minéral ; on se demande à partir de quelle illusion la vie cesse d'en paraître une.

Le soleil décline dans le ciel circulaire ; l'ombre immense du plateau s'avance et engloutit la moitié du cirque. De l'autre côté, sur la crête du flanc éclairé, une bergerie en pleine lumière ouvre sur le vide une bouche et des orbites noires comme celles d'un crâne, ajoutant à cette solitude une attente mystérieuse. C'est l'heure où des millions d'insectes à contre-jour s'argentent dans l'atmosphère immobile.

A ce moment-là, on ne peut songer sans une pointe de nostalgie au cœur à tout ce qui se passe derrière ces montages — même et surtout si on ne le sait que par ouï-dire ; à ce monde fascinant et tumultueux de trottoirs et d'usines, de cinémas et de cafés, de foule jetée vers un avenir sans cesse renouvelé ; à la douceur de vivre et de se laisser vivre dans des collines couvertes de jardins maritimes; aux soirées qu'on prétend qu'y prolonge l'été, pleines d'arômes et de nonchalances. Tout cela est si loin, si différent de ce que le silence et la solitude de ces hautes terres primitives mettent continuellement sous les yeux...

De longs jours vides, des pentes désertiques, un continuel tête-à-tête avec un monde abandonné à sa torpeur géologique, et dont ce pourrait être aussi bien le commencement que la fin : cette terrible inertie est communicative. Quand on promène son regard dans toutes les directions sans rien rencontrer d'autre à perte de vue que ce moutonnement hersé par une poigne aveugle, il n'est pas nécessaire d'être grand philosophe pour s'interroger sur l'existence et ressentir son ambiguïté devant cette immensité morte; on n'a d'autre ressource que de se replier sur soi-même et de faire le mort à son tour; on sait qu'il est inutile d'en rajouter pour vivre, ou de faire des phrases : on est là, autant continuer, mais sans essayer de prendre des vessies pour des lanternes. Trois mille ans de tergiversations n'ont servi strictement à rien, qu'à embrouiller les choses; la situation n'a pas évolué d'un pouce sur l'essentiel. La seule question vraiment sérieuse est précisément la seule qui soit restée sans réponse : par conséquent, elle reste posée (quand elle l'est) à son niveau absolu, c'est-à-dire le plus bas, le seul qui compte : question de vie ou de mort. Ces solitaires (n'oublions pas qu'ils sont les héritiers de ceux qui ont tutoyé Dieu comme on Le tutoie dans l'Ancien Testament : pour lui arracher de gré ou de force une réponse) sont l'innocence même : ils n'acceptent que des arguments qui soient incontestables; les finesses de la Sorbonne ne sont que des grimaces de clown (ou une manière de jouir, de tuer son lièvre et de s'affirmer qui en vaut une autre) et elles n'amènent ici qu'un haussement d'épaules.

Les femmes de leur côté sont noires des pieds à la tête, en deuil de leur propre jeunesse à vingt ans; à force de se colleter avec une existence qui les ligote comme leurs vêtements et ne leur laisse le temps de souffler que pour mourir, elles montrent, avec encore plus de hargne que les hommes, la même répugnance instinctive à l'égard des sphères où l'on n'a pas de prise concrète ; elles n'ont pas les moyens de résoudre leurs problèmes par des solutions à longue échéance ; le genre de questions que la vie leur pose exige des réponses immédiates. D'où cette méfiance des valeurs abstraites, cette rage de ramener l'essentiel de la vie à son aspect pratique, bien qu'elles ne soient pas plus bêtes que d'autres ; simplement, elles vivent dans la hantise du lendemain, et trichent avec cette obsession en ayant recours à d'incroyables mesquineries.

Harcelées du matin au soir par des servitudes ménagères dont la seule différence avec le bagne est qu'elles leur semblent naturelles, jetant hâtivement des enfants au monde entre deux lessives, enterrant leurs morts entre deux moissons, elles ne disposent jamais de ce qu'on appelle dans les milieux privilégiés « un moment à soi ». Elles n'imaginent même pas qu'on puisse commencer à vivre précisément à partir du moment où cessent ces tyrannies, dans cette région énigmatique où s'épanouissent de nouvelles exigences parmi lesquelles on est libre de choisir la discipline qu'on veut, puisqu'elles sont aussi inutiles les unes que les autres.

D'ailleurs, elles ne peuvent tolérer que les nourritures modestes (au propre et au figuré) : si quelque chose a du goût, elles trouvent que c'est un arrière-goût ; toute saveur leur paraît bizarre. Pour peu qu'un événement les force à quitter leur tanière, elles ne savent plus où se fourrer, tel un bernard-l'hermite hors de sa coquille. Maîtresses de leur fourneau, dans le voisinage duquel elles jouissent de cette autorité compétente et hostile que confère toute occupation territoriale, c'est loin de cet instrument qu'elles deviennent subalternes, harassées soudain de ne pas l'être de travail, vacantes et empruntées devant un verre de limonade à la terrasse d'un café, comme à l'accent d'une grâce ou en présence de la beauté. Du moment que les manifestations de la vie ne sont pas rigoureusement ouvrières, elles leur apparaissent sous un aspect saugrenu, vaguement caricatural, qui déclenche facilement, chez ces montagnardes de mœurs et de bec rustiques, ce rire de gencives blessées qu'on dissimule derrière la main.

Elles passent sans transition d'une adolescence fanée, comme recuite par un mauvais soleil ou mangée par une fièvre, à une sécheresse active et sans âge. Sur le tard, elles ne tiennent pas plus de place dans la maison qu'un tabouret ; on les loge dans un coin et l'on n'y touche plus jusqu'à ce qu'elles s'éclipsent sans cérémonie.

Dans ces combes isolées, la vie n'est sensible qu'aux mouvements des saisons ; elle tourne lentement sur elle-même pour se retrouver chaque année à son point de départ : rien n'a changé, ni en bien, ni en mal. Les différences ne dépendent que du temps qu'il fait : étés plus chauds qui tarissent les sources, vident les citernes ; neiges précoces bloquant les chemins avant l'heure, ou celles qui donnent à l'hiver des prolongements lugubres, et que pourrissent les premières pluies de printemps. A la longue, toutes ces années finissent par se ressembler. On ne se souvient plus exactement de l'époque à laquelle telle ou telle chose est arrivée : mort d'un chien par morsure de vipère, mélèze incendié par la foudre à l'entrée du fameux cimetière, visite exceptionnelle d'un parent de passage dans la région, et annonçant des événements étranges et irréels. On ne sait même plus l'âge qu'on a : on est jeune, ou on est vieux, de telles conditions de vie ne permettent pas de faire des demi-mesures. On est vivant, ce sont les autres qui meurent, ou plutôt : qui cessent de vivre, ce qui n'est pas tout à fait pareil.

Il n'y a que le service militaire ou la guerre (et encore) pour apporter un semblant de consistance à ces grandes évidences abstraites et nécessaires qui s'appellent Paris, la France, le monde. Mais aussi bien une tour Eiffel en cuivre rouge, une douille d'obus fleurie à la pointe du couteau, ou la tête de nègre à chéchia sur la boîte de chocolat en poudre (ou la statue de la Liberté, ou une baleine) incarnent ces entités une bonne fois pour toutes : on n'a plus à y revenir. Et, du reste, pourquoi y reviendrait-on ? On n'est pas du même côté de la réalité ; même il s'agit peut-être d'une autre réalité : celle qu'on connaît ici est incontestablement aussi loin de la réalité du siècle que la lune.

Prenons un exemple : un beau matin, des messieurs très calés décident qu'il faut soigner les crétins du Haut-Pays (tenus pour tels) : ces énergumènes baveurs et ravis qu'on rencontre parfois là-haut assis au pied d'un arbre, et qui ont avec les papillons ou le vent de mystérieux conciliabules, les empêchent de dormir. Soigner, c'est-à-dire essayer d'ajuster le comportement d'un zèbre qui vit au milieu de ses chèvres, dans un isolement presque total, sur celui du premier couillon venu, et d'ailleurs parfaitement abruti par les cohues, le tiercé, les bistrots ou le cinéma. On voit qu'il ne s'agit pas du même animal. Guéris, c'est-à-dire bons pour l'abrutissement général, on les renvoie chez eux. Résultat : quelques-uns deviennent fous pour de vrai, et ce n'est plus aux caresses du vent qu'ils s'intéressent ; d'autres disparaissent dans la nature sans qu'on parvienne à remettre la main dessus : par la suite, des chasseurs feront une macabre découverte dans quelque bergerie, ou en levant la tête dans un boqueteau nauséabond ; la plupart tombent dans la déréliction la plus noire ; ils ne sont même plus capables de garder les chèvres ou de s'entretenir avec les papillons. Peut-être étaient-ils tout simplement plus sensibles que leurs congénères : on les a dépouillés, au nom d'un autre phantasme, des phantasmes, éprouvés ceux-là, qui les protégeaient ; c'est comme si on s'amusait, sous prétexte d'hygiène, à laver de leur graisse des Esquimaux sujets aux fluxions de poitrine. On s'est aperçu trop tard que leur prétendu crétinisme était en réalité une manière appropriée d'appréhender le monde : LEUR monde. Il y a là matière à rêver. C'est un flagrant délit de sorcellerie moderne. Et si la sorcellerie est, entre autres, un usage oblique de la réalité, le sorcier est plus souvent le boute-feu que celui qu'on brûle.

Quoi qu'il en soit, l'univers où évoluent les derniers bâtisseurs de faïsses[1], réduits à d'obscures empoignades avec les fatalités qu'une terre misérable peut susciter à l'état pur, presque divin, n'est certainement pas éclairé par un soleil ordinaire, ni leurs nuits ensemencées de banales constellations. Ils n'ont rien à faire de vérités forgées n'importe où, et pour les besoins d'une cause qui, par définition, leur est étrangère; ils n'ont même pas à s'inquiéter si leurs poids et leurs mesures sont conformes aux règles en vigueur; du reste, ils ne se posent pas la question. C'est une fin de non-recevoir congénitale entre deux partis qui ne poursuivent pas les mêmes intérêts et ne parlent pas la même langue.

Nous sommes en 1948 : au sommet de cette lourde forteresse de granit, de forêts drues, de steppes arides, tour à tour glaciales ou torrides, certaines solitudes sont encore à peu près intactes (elles n'ont jamais été si totales que depuis la fin de la guerre, qui vient de dépeupler, et c'est la troisième fois en moins de cent ans, cette province déshéritée, soit avec ses morts, soit par l'exode qu'entraîne le retour de la paix); ce qu'elles ne seront plus quand les nations émoustillées « d'épouser leur temps » balanceront leur quincaillerie aux quatre coins du monde, et que les brebis du causse mettront bas au son des transistors.

Pour le moment, ce sont des solitudes de petites tribus montagnardes, ou de vieux sangliers célibataires; elles paraissent d'autant plus monstrueuses qu'on y devine de singuliers combats, qui sont évidemment des combats singuliers : nul n'en connaîtra la véritable cause, non plus dans l'entourage. Il s'agit de corps à corps sans merci qu'un motif insignifiant suffit à déchaîner. Certains finissent mal, très mal, et de la part d'individus qui ne sont pas fous du tout. Il n'est pas de maîtresse

1. Murs de soutènement permettant la culture à flanc de montagne; espace entre ces murs.

branche ni de poutre à portée de main qui n'aient offert au moins une fois la tentation d'y accrocher une bien vilaine corde ; par ici, il en existe dont la réputation n'est plus à établir.

Mais ce qu'il y a là-haut de plus impressionnant, c'est le silence ; les bruits qu'une oreille attentive est capable de discerner sur ces hauteurs sont de nature à rendre celui-ci encore plus sensible, ou plus oppressant, selon l'état d'esprit dans lequel on est. Le vent respire (métaphore indispensable au bon équilibre de l'esprit, devant ce panorama de mornes chauves qui se développe à perte de vue dans sa terrible impassibilité tellurique), les feuilles crépitent sous la pluie, une bête quelconque farfouille dans sa litière, des châtaignes dégringolent avec leurs bogues à travers les branches : rien qui fasse sursauter davantage que ces coups de fouet dans les feuillages ; des arbres morts entrelacés grincent comme une vieille charpente ; on entend de très loin le clapotis des lauzes sous lesquelles se glissent des serpents ou nichent d'énormes lézards, et, beaucoup plus près, la friture des hautes herbes embrasées d'insectes, par grand soleil. Tous ces bruits appartiennent au silence : ils mesurent son épaisseur, révèlent sa profondeur, lui fournissent sa consistance. Mais aucun d'eux n'est humain.

Les routes passent trop à l'écart de ces vallées borgnes pour qu'y parvienne le ronflement des rares voitures qui les empruntent. Ce n'est pas non plus un pays où porte facilement le bruit des cloches ; les villages y sont trop encaissés, les distances trop vastes, les obstacles trop nombreux, les versants trop escarpés pour qu'on puisse les entendre sonner comme à travers les campagnes aux paisibles ondulations, par ces matinées paysannes où s'enrouent les coqs, tout à coup vacantes et endimanchées, grâce à ces tintements grêles perdus dans la verdure. Ici, le dimanche n'a pas de saveur particulière. En toute saison et sept jours sur sept, c'est le même silence ; il n'y a rien d'autre pour le meubler que cette respiration indifférente du monde, dont on devra s'accommoder jusqu'à la fin. Mais la vie qu'on mène est si dure, elle offre si peu de distractions, que c'est au cœur même de ses tribulations qu'elle trouve son affirmation péremptoire, sa meilleure raison d'être.

Il y a dans cette attitude l'obstination malheureuse des bafoués et des laissés pour compte : une longue histoire hérissée de persécutions, de brimades, d'humiliation — sans oublier les négligences et les défections actuelles —, a fini par donner l'habitude, sinon le goût des causes désespérées. Quand il ne s'agit plus de résister aux dragons du roi, et de les harceler à un contre cent, c'est ce monde ingrat qu'il faut vaincre, et seul, et à main nue. Cela ne peut pas aller sans un certain héroïsme, lequel n'est plus tout à fait de mise aujourd'hui. Aussi ne faut-il pas s'étonner si la plupart des jeunes montagnards renâclent devant une situation qu'ils jugent anachronique, et lui préfèrent des solutions médiocres, mais de tout repos. C'est ainsi qu'ils mettent la clef sous la porte dès que l'occasion se présente, et troquent volontiers la cognée ou les mancherons de la charrue contre le premier uniforme de fonctionnaire venu.

A moins précisément d'avoir à régler un compte personnel avec un de ces démons qui s'en donnent à cœur joie dans une solitude aussi totale, et en compagnie de qui on va tenter l'impossible. Et par les seules armes dont on dispose et en lesquelles on croit : la hache, le pic, l'araire, ou le fusil si c'est nécessaire. Les mots, les idées, on s'en fout : on les assimile aux protestations grossières et aux palinodies grotesques de la politique (ou de la religion).

Les gens qu'on rencontre le plus souvent là-haut sont des créatures silencieuses, et qui apportent le même silence à l'accomplissement de toutes leurs tâches. Personne n'a envie de raconter sa vie : raconter quoi, et à qui? On est seul en face d'une montagne à rebâtir en traversiers, seul au fond du puits qu'on creuse, seul à piéger les grives au large du plateau ou à tirer le lièvre qui améliorera l'ordinaire, seul à travers les bois qu'on dépèce ou la genêtière qu'on défriche ; seul avec ce démon qui vous pousse à combattre, quand par ailleurs il serait si simple de prendre ses cliques et ses claques et de tourner le dos à cette terre sans avenir, à cette existence sans agréments, comme le font beaucoup. Du reste, si on demandait à ces solitaires la raison de leur absurde acharnement, ils ne sauraient quoi répondre, ou bien ils répondraient des sottises ; eux-mêmes sont incapables de se l'expliquer. Et on comprend qu'ils ne le puissent pas : le niveau auquel se situe cette espèce de défi est si primitif, ou si inconscient, qu'il interdit au principal intéressé de s'en faire une quelconque représentation préalable, ou d'en tirer je ne sais quelle signification symbolique (les actes avortés dans l'œuf ou montés en graine sont assez fertiles en déchets de ce genre).

Mais la disproportion est telle entre le but poursuivi — et avoué en toute bonne foi : on creuse un puits parce qu'on a besoin d'eau — et la rage d'effort, la passion, les années qu'on y emploie et qu'on y sacrifie, qu'il est parfaitement légitime de s'interroger sur la nature réelle de l'enjeu. (Je parle bien entendu d'un spectateur éventuel.)

Maintenant, les trois hommes (que nous avions laissés à mi-pente) ont atteint le creux de la combe où le torrent rumine son eau noire en dégageant de la buée : là-haut, sur les crêtes, il faisait frisquet tout à l'heure, mais, vers la fin de la descente, l'air émaillé d'un froid vif s'est soudain chargé d'une humidité glaciale, lourde comme du plomb ; elle fait fumer l'haleine et paralyse le visage : dans ces parages, même en été, une véritable mare de froid liquide stagne dès la tombée du jour.

Enfin, voici les premiers hêtres : le torrent n'est pas loin. A travers le sous-bois légèrement phosphorescent, règne une pénombre d'église ; c'est l'heure indécise où le ciel est tout noir et où la terre seule donne un peu de clarté. Le sol souple, ouaté de frais, assourdit la marche et crisse à peine sous les pieds. Zigzaguant au milieu des arbres, le sentier effacé par la neige devient illisible et se ramifie en autant de layons trompeurs : on ne peut se fier qu'à la pente, d'ailleurs de plus en plus raide, et très glissante ; avec ce barda à trimbaler qui s'empêtre à chaque instant dans le fourré, on perd facilement l'équilibre (il y a bien un trajet moins scabreux : celui qu'ils empruntent habituellement pour acheminer jusqu'à la ferme les chargements de blé ou de bois, mais c'est un sentier en pente douce, qui n'en finit pas de déployer ses lacets d'un bout à l'autre du versant, et ce soir, vivement la soupe !).

Ces brusques glissades qui fauchent les reins font jurer comme un païen le premier de la file : Abel, qu'on appelle surtout Reilhan l'aîné, auquel le triple privilège de la taille (il est immense, et dépasse son père d'une bonne tête), de l'âge (vingt-six ans) et du caractère (c'est un ours) confère des libertés, et en particulier des libertés de langage assez impressionnantes par rapport à l'éducation qu'il a reçue ; en effet, Reilhan est un vieil huguenot très à cheval sur les principes, notamment sur le chapitre des questions religieuses : dans ces familles où la bible fait loi depuis quelques siècles, où l'on est d'autant plus attaché aux traditions qu'on en connaît le prix et qu'elles ont été la seule garantie morale, l'unique sentiment de sécurité au milieu d'innombrables tribulations, on ne plaisante pas avec le ciel, et encore moins avec un usage immodéré des invectives qui s'en inspirent d'un peu trop près. Naguère, pour le plus petit mot de travers, c'était pour une bonne semaine la corvée d'eau — qu'il faut aller chercher au diable vert pour économiser celle de la citerne. Mais depuis que son fils a pris du poil de la bête, exactement : depuis le chantier de jeunesse d'où il est revenu en jonglant avec les troncs d'arbres comme avec des allumettes (on en reparlera plus loin), le vieux se contente de hocher la tête et de se racler la gorge un peu plus qu'il est nécessaire, juste pour montrer qu'il est encore là, et qu'il désapprouve.

Quand ils arrivent au-dessus du torrent, il fait presque nuit ; mais ce faux crépuscule émanant de la terre résiste à l'obscurité beaucoup plus longtemps qu'on ne le croit. Le ravin, très abrupt et très encaissé, ne voit pour ainsi dire jamais le soleil ; c'est le repaire de toutes ces plantes qui prolifèrent dans les endroits humides et sombres, et qu'affectionnent surtout les fougères ; leurs palmes roussies par le gel commencent à ployer sérieusement sous un épais capuchon de neige : il a dû en tomber dix bons centimètres en une demi-heure. Joseph Reilhan est en train de penser qu'à ce régime-là, on sera tranquille et au chaud pour pas mal de temps.

Ils descendent à travers cet amalgame en froissant le

taillis, lui aussi très fourni, et en cassant beaucoup de bois mort; cette gymnastique est agrémentée comme il se doit de quelques locutions de fort calibre qui mettent un peu d'animation dans ce cimetière végétal. Réveillé en sursaut, un gros oiseau branché pour la nuit s'enfuit à tire-d'aile, sans faire le moindre bruit cependant : on se demande comment il fait pour ne pas s'assommer en filant si vite au milieu de cet inextricable fouillis; il réapparaît un peu plus loin, remontant le lit du torrent vers de nouveaux pénates.

On sent un froid de glace rayonner de la fosse encombrée de roches où gargouille une eau noire et luisante. Elle fume comme de l'eau bouillante, happe les flocons avec une sorte de paisible voracité. Enfin les trois parpaillots débouchent devant la passerelle ; ils sont si contents de ne pas avoir dévié de leur route au cours de la descente qu'ils en profitent, s'étant délestés de leur faix, pour uriner dans la neige vierge ; elle glousse entre leurs pieds avec une sonorité de plus en plus grave.

Il y a encore suffisamment de clarté pour qu'on distingue le grossier assemblage de troncs, ou plutôt la housse livide et immaculée dont la neige l'a garni, et dont elle a garni tout ce qui n'est pas l'eau; ces troncs sont juchés de part et d'autre sur deux énormes rochers qui les soutiennent en arrondissant une échine de pachyderme : on dirait deux monstres agenouillés au fond d'une crypte avec un catafalque géant posé sur le dos. Ce soir, l'ensemble a vraiment quelque chose de sinistre et de menaçant.

C'est à partir d'ici que tout se complique. Dire qu'il aurait suffi d'emprunter le chemin habituel, celui qui franchit le ravin sur un pont de granit sans histoires... Mais n'anticipons pas.

A Maheux, les cartes semblaient distribuées une fois pour toutes : un jeu qui ne permettait pas beaucoup de combinaisons et ne promettait pas beaucoup de surprises. De ce côté-là, il n'y avait pas grand-chose à en espérer, et on ne voyait pas très bien quel atout maître pouvait tomber du ciel et relancer une partie jouée d'avance, mais bonne à jouer tout de même. Ni grandes joies, ni grands malheurs : des emmerdements à n'en plus finir, ça oui, mais tant que les châtaignes ont assez de goût dans l'assiette, on a sa place dans le monde. Après tout, on était bien tranquille comme on était ; ça ne menait pas loin, ça ne menait même nulle part ; d'un point de vue qui n'est pas forcément le bon, ça avait plutôt tendance à tourner en rond. Mais tant qu'un chat est un chat et que deux et deux continuent gentiment de faire quatre, les choses en fin de compte ne vont pas si mal que ça. On peut bouffer de la vache enragée, et Dieu sait si on en bouffe, et si on en a bouffé, il faut être un bel idiot pour s'imaginer que l'appétit qu'on a dépend de la qualité de la nourriture : ce serait plutôt le contraire. En prenant les choses au pied de la lettre, Joseph Reilhan a bouffé sa part de vache enragée : du corbeau, pour tout dire.

C'était avant la guerre de 40 ; mais, dans ces foyers besogneux, une tartine de pain frottée d'ail et éclairée d'une giclée d'huile de noix maison était d'ores et déjà une nourriture aussi mirobolante qu'en période de restrictions ; lorsque celles-ci viendront vider tous les placards au bénéfice de quelques caves, le pays est si pauvre qu'on ne sentira guère de différence. Le régime des châtaignes bouillies sortira vainqueur de la disette générale, en sorte qu'à ce moment-là, on aura l'illusion de compter au nombre des privilégiés ; il sera difficile d'être plus mal loti que ce qu'on l'était tandis que s'empiffraient les trois quarts des Français.

Les deux jeunes détrousseurs de nids jouissaient de cette bonne santé rustique, rougeaude et prématurée, prompte à laquer les pommettes, à enflammer le teint et à crever dans le coup de sang dès la cinquantaine, malgré la frugalité de l'ordinaire : ils ne connaissaient pas le goût du bifteck, et qu'à peine le fumet sauvage du ragoût qu'on tient au bout de son fusil. Ce manque de protéines nobles ouvrait à leur jeunesse les horizons illimités des appétits insatisfaits : les deux lascars s'entendaient à manier la fronde de main de maître ; ils la faisaient souvent ronfler autour de la fosse à ordures où venaient s'abattre et déambuler les charognards, plus dodus que des pigeons. Quand ils en avaient assommé un, ils allaient le plumer et le faire rôtir là-haut en cachette, au milieu des schistes et des genêts, dans le grand soleil et le vent de ces matinées d'avril, limpides et fraîches comme l'eau des sources; une joue glacée, une joue brûlante dans le partage de la lumière, ils étaient ivres. L'odeur âcre du *Sarothamnus purgans*, ce genêt chétif qui se cramponne encore à une altitude où presque plus rien ne pousse, plongeait les deux Robinsons Crusoés dans la délicieuse inquiétude du sang; ils tombaient dans l'herbe rêche, mous et abandonnés à leur chair comme une fille, et, la tête renversée, ils suivaient la dérive des nuages; astiqué par le vent, le ciel étincelait; au revers des talus, l'herbe luisante ondulait, parlant aussi de longs voyages. Mais le chaud de l'été et le froid de l'hiver suffisaient, par leur différence, à déployer l'espace magique nécessaire aux véritables aventures. Temps fabuleux qui n'était pas le temps! Temps des saisons mariées aux paysages, épousant leurs contours, ajoutant leur propre géographie à la géographie somnolente de sites, de même que les nuages dressent des montagnes inconnues, fascinantes au-dessus des montagnes terrestres. Quand le cœur se détruira, les distances seront abolies, et il n'y aurait pas assez de tous les océans pour lui inspirer de nouveaux désirs. Pourvu que l'été continue d'être chaud et l'hiver d'être froid, on accepterait de devenir encore plus bête que ce qu'on l'a été : bête comme Adam. Qu'est-il allé toucher à la hache, celui-là! Et pourquoi hériter cette sale maladie de fourrer son nez partout, de tripoter l'existence comme un jouet, pour voir comment ça fonctionne? La belle affaire. Est-ce qu'il ne valait pas mieux se rôtir au soleil et prendre les choses telles qu'elles se présentaient? Mais non, c'était trop simple; les fils d'Adam ont préféré l'ombre à la proie, et pour le seul plaisir de se gonfler les biceps devant une glace. Le soleil d'octobre ravivait les couleurs des géraniums qui s'alignaient sur les murettes autour de la terrasse; on restait assis sans bouger, rien que pour le plaisir de les regarder.

Les soirs de juin qu'embaumait la venelle fleurie, feuillages et plantes étaient immobiles sous la tonnelle : il n'y avait pas le moindre mouvement d'air. Tout était si calme qu'on aurait cru se trouver non pas dehors, dans la présence toujours plus ou moins agressive du monde (le plus petit courant d'air est parfois d'une terrible amertume), mais dans une serre immense, protégée, comme si tout à coup l'univers devenait confortable : jusqu'aux étoiles, c'était le même calme, dont profitaient les bestioles pour vaquer à leurs affaires nocturnes. On dirait qu'elles aussi sentent qu'en ces instants, on peut aller et venir en toute sécurité dans le monde; il y règne une douceur mystérieuse, l'intimité du premier soir de la création, lorsque toutes les espèces se sont retrouvées ensemble, et qu'elles ont fait connaissance avant qu'une seule goutte de sang n'ait coulé. On respire si librement que la malédiction originelle semble faire l'objet d'une trêve incompréhensible.

Si on avait su — c'est une manière de parler, car il faudrait savoir sans savoir : autre chimère — s'il avait su, lui, Joseph Reilhan, il n'aurait pas touché à cette hache imbécile pour tout l'or du monde; il aurait bien continué toute la vie à glaner des châtaignes et à ramasser du bois mort, quitte à faire l'andouille, à bouffer de la prétendue vache enragée jusqu'au bout. Le jeu n'en valait-il pas la chandelle? Tu savais très bien, mon pauvre ami, que tout ce qui pourrait t'arriver de meilleur par la suite, ça ne vaudrait pas un pet de lapin. Rappelle-toi : quand le présent montrait tant d'exigences, qui se serait soucié du futur (il a lu cette phrase quelque part, mais où?), de la mort, de l'espace, du temps, des constellations, de la trouble nature du monde, et tout le bataclan?

Mais voilà : Dieu, le hasard, le destin, ce que vous voulez, va lui faire un croc-en-jambe. Les deux autres ont déjà franchi la passerelle; à petites foulées : c'est une vraie patinoire. Le vieux recommence à grimper de l'autre côté. Abel, lui, s'est arrêté, un peu pour jouir du spectacle : ce lourdaud, à qui un escabeau donne le vertige, doit être en ce moment dans ses petits souliers ; un peu parce qu'il a envie de fumer. Son fagot par terre, sa hache entre les jambes, il tord une cigarette avec des débris de tabac qu'il a raclés au fond de sa poche, la mouille de salive, l'allume d'un coup de paume au briquet à essence, qui pue le diable avec sa petite flamme ténébreuse et rouge ; les brindilles de tabac s'enflamment en grésillant et en laissant tomber des escarbilles ; il souffle la fumée par les narines : sous l'énorme moustache de poilu, toujours le même rire montagnard de gencives à vif, saignantes et démeublées : il s'est déjà fait sauter au couteau une douzaine de chicots pourris.

Joseph s'avance, recule, hésite, tergiverse ; devrait-il traverser les chutes du Niagara sur un fil qu'il ne serrerait pas davantage les fesses. Des flocons, gros comme le pouce, lui chatouillent la figure, qu'il s'essuie d'un revers du coude. Ce mouvement suffit à déclencher le piège.

Les deux autres l'ont vu lâcher tout son barda, exécuter une espèce de gigue, et basculer dans le vide en poussant un cri aigu de fille.

C'est de l'autre côté de son enfance qu'il tombe. En voilà un qui ne s'en remettra jamais.

C'est au début du XIXe siècle que des Reilhan ont quitté les hauteurs de l'Aigoual, où, du côté de Camprieu, leurs ancêtres s'étaient mis à l'écart des dragonnades, pour se fixer à Maheux ; une date en fait foi, ainsi que les initiales du défunt, gravées par une main maladroite sur une feuille de schiste plantée à la tête de la plus ancienne tombe : 1808, une vingtaine d'années après l'édit de tolérance qui remettait officiellement les huguenots dans leurs meubles, ou dans ce qu'il en restait. Mais il est probable que l'origine des bâtiments est bien antérieure à cette date.

Autour d'une bergerie primitive, comme tassée par l'âge dans le sol, alors qu'en réalité ce sont les couches successives de fumier de mouton et de détritus de toutes sortes qui ont élevé le niveau de celui-ci, ou simplement à partir d'un mastaba sauvage où s'abritaient des chevriers et des bouscatiers, la vie, vaille que vaille, s'est organisée, prolongeant les murs, élargissant des ouvertures pour en murer d'autres, ajoutant une aile, sécrétant des constructions au petit bonheur la chance, quand s'accroissait la famille, ou le maigre cheptel, et qu'on ne pouvait pas faire autrement.

Cette prolifération de bâtisses qui s'entassent en désordre les unes contre les autres est proprement ruineuse ; je veux dire qu'on n'arrive pas à imaginer qu'un jour elles ont été neuves, et conçues d'après un plan quelconque. Il semblerait plutôt qu'on les a édifiées avec des ruines, ou sur des ruines, et que, de génération en génération, elles se sont agglomérées ensemble comme ces concrétions anarchiques constituées par les squelettes de certaines espèces marines qui vivent en colonie.

Elles n'ont, du reste, jamais d'agréments, de raffinements superflus; on n'y décèle aucune grâce, pas la moindre concession à l'inutile. Tout indique au contraire une brutale occupation des lieux par des gens qui manifestement avaient d'autres chats à fouetter qu'à s'occuper d'élégance et de fioritures. On voit bien que tout a été improvisé au fur et à mesure, sans souci d'alliance avec une terre à laquelle le peu qu'on arrache est arraché par la force, et qui par conséquent ne peut guère inspirer de sentiments amicaux ou de passions gratuites.

C'est par leur hostilité que ces murailles parfois cyclopéennes s'harmonisent avec le paysage, lequel, naturellement, est hostile les trois quarts du temps; et cette harmonie, s'il est possible de parler d'harmonie, n'est pas recherchée par l'habitant, mais imposée de l'extérieur, par le site. S'il y a une alliance, c'est cette alliance farouche, hargneuse, qu'ont les repaires primitifs avec les rochers dont ils ont surgi et de la barbarie desquels ils ne sont pas parvenus à se libérer tout à fait.

A la fin du siècle dernier, une petite tribu d'une huitaine de besogneux (y compris l'ancêtre qui se momifiait dans son coin en suçant une pipe éteinte, la mère et la fille dures comme le fer, et deux ou trois jeunes sauteurs de haies plus souvent au milieu des chèvres que sur les bancs de la communale) hantait ce délabrement, et, ma foi, trouvait encore de quoi faire bouillir la marmite. Mal, c'est un fait, mais régulièrement : le « bajana », du premier janvier à la Saint-Sylvestre (châtaignes blanchettes cuites à l'eau); évidemment, il eût été difficile que le niveau de vie soit plus bas, surtout dans la région des combes et des vallées étroites où la culture n'est possible qu'en traversiers : le peuple le plus misérable de France, a dit Michelet.

Mais si maigrement qu'ils aient vécu jusqu'ici, sans pouvoir mettre un sou de côté pour assurer l'avenir, ni s'offrir les menus plaisirs que leur proposaient les boutiques des villages où ils allaient négocier au marché les produits de leurs fermes, ignorant les tables bien garnies, les buffets largement approvisionnés, les armoires bourrées de linge, comme en donnaient l'exemple les artisans, ils s'appuyaient malgré tout sur une pauvreté assez stable, et qui n'était encore qu'indirectement concernée par les problèmes d'argent. Tant que ces régions, puis ces cantons, et vers la fin ces groupes de fermes perdus au fond de la montagne ou aux confins des plateaux, durent se suffire à eux-mêmes, et demeurèrent à peu près coupés du monde extérieur, ce n'était pas exactement la misère ; c'était une frugalité traditionnelle avec laquelle on avait l'habitude de s'entendre et de faire bonne figure, puisque tout le monde, ou presque, était logé à la même enseigne.

Depuis les temps les plus reculés, le troc remplaçait l'argent ; il en fallait un peu, juste pour se payer le nécessaire, parfois le superflu : café, sucre, tabac, poudre noire et plomb pour la chasse, le costume de velours râpeux dans lequel on se mariait et qu'un demi-siècle plus tard on emportait dans la tombe ; sur la cheminée, il y avait généralement une petite boîte en fer qu'on ouvrait à la dernière extrémité, et où l'on avait amassé quelques piécettes pour la médecine ; mais l'homme en redingote et à trousse noires jouira longtemps d'un respect un peu railleur : s'il passait trois fois le seuil de la porte au cours d'une vie, c'était le bout du monde, et sa science lui servait surtout à vérifier que le mort ne respirait pas.

Mais le progrès technique resserrant ses mailles autour de ces îlots où se terrait une petite vie végétative et obstinée, traçant des routes là où serpentaient de mauvais chemins ravinés par les eaux, facilitant l'accès aux villes et multipliant les tentations, les vieilles habitudes vont tout à coup se trouver bouleversées, le manque d'argent se faire cruellement ressentir, l'humiliation de ne pas en avoir, l'amertume de ne pas pouvoir en gagner tout en menant ce qu'on commence à appeler « une existence de bagne », la volonté rageuse de s'en procurer. Dans ces montagnes, c'est une chute d'intérêt brutale pour une certaine manière de vivre, un soudain détachement à l'égard de ces horizons séculaires, c'est la fin d'une civilisation.

Très vite, la vie de ces hauteurs s'appauvrit, se retira, drainée par les vallées, plus humaines, et accessibles aux mouvements du siècle. Ce furent d'abord les plus jeunes que l'isolement se mit à rebuter, une condition besogneuse et privée d'avenir; sollicités par le changement, stimulés par l'effervescence des bourgs où s'étaient installées de petites manufactures florissantes, ils amorcèrent la désertion du Haut-Pays, et quittèrent sans regret une existence subitement dépourvue d'agréments. Beaucoup de familles étaient si pauvres qu'elles n'emportèrent que leurs hardes sur des charrettes tirées à bras, laissant pourrir sur place des meubles vermoulus, et quelquefois même, la clef rouiller sur la porte. Il ne fallut pas bien longtemps pour que des arbres poussent dans les cuisines en écartant avec leurs branches les toitures crevées.

La guerre de 14-18 dépeupla rapidement les derniers bastions de la solitude; en 1920, Maheux ne comptait plus qu'un seul habitant : Reilhan le Taciturne, né en 1895, l'ultime de cette lignée sur le point de s'éteindre, mais qu'il restaurera en épousant une cousine éloignée, d'ailleurs on se demande comment, car il ne sortait jamais de son trou et ne disait jamais rien, excepté quelques mots de religion qu'il prononçait d'une voix sourde au moment de passer à table. Bien qu'il ne l'eût rencontrée qu'une fois (c'était à Florac, pour une affaire de succession : elle avait hérité un bois inclus dans la propriété du Taciturne, et dont les limites restaient indécises), sans doute avait-il jugé opportun de se l'attacher, non pas à cause du bois, qui ne valait rien, mais en considération de sa réserve, et de l'imperturbable fermeté paysanne qu'elle avait employée à débattre le litige et à défendre ses droits.

Le mariage fut décidé par correspondance ; elle vivait à Bessèges, entre un père ivre mort et des frères mineurs (qui travaillaient à la mine et, du reste, n'avaient pas vingt ans). Adolescente aux yeux rouges, au teint de plâtre et aux épaules fébriles, elle avait remplacé de bonne heure une mère morte d'épuisement : vaisselles, lessives, murs décrépis, corons surpeuplés, rues maculées, sirènes d'usines, un univers de suie, de payes détériorées, de dettes chez l'épicier, de rentes pour le pharmacien, de factions dans le châle de la misère ouvrière en face des bistrots, d'où l'on ramenait l'épave titubante : c'était pire que du Zola. Arrivèrent les premières lettres de Reilhan : en comparaison, c'était Virgile, c'était l'Arcadie et le feuillage des hêtres ; en les décachetant et en les lisant au milieu de cette crasse abominable, la petite cousine croyait ouvrir une fenêtre sur la forêt : étant écrites sur du papier moisi, ces lettres fleuraient le champignon frais.

Illico, la jeune esclave tomba dans le piège du ciel bleu, de l'air pur, des eaux claires et des prairies en fleurs : le style de ces missives était lui-même aussi fleuri que les champs de narcisses qu'elles évoquaient ; leur orthographe, irréprochable à ce qu'elle put en juger, indiquait le sérieux du caractère, la rectitude des intentions — hélas ! ; l'écriture généreuse, tout empanachée d'arabesques et de boucles artistiques, avait quelque chose de céleste, d'ailé, qui sentait son noble cœur d'une lieue, la larme à l'œil, le bouquet de violettes, le quatrain de sous-officier : toutes qualités requises pour qu'elle puisse entrevoir, outre la fin de son calvaire, les suprêmes félicités d'une vie champêtre en compagnie de ce cœur délicat et robuste, alternativement poète et paysan.

Si bien que, trois mois plus tard, la pauvre fille, que rien ne destinait à devenir une montagnarde, se retrouva là-haut, dans les nuages, mais pas exactement ainsi qu'elle l'avait imaginé : le ciel était immuablement gris, l'air glacé, l'eau claire, peut-être, mais il fallait aller la chercher loin, très loin, et quant aux fameuses prairies en fleurs, c'était une énorme muraille qui dressait ses flancs pelés jusqu'à mille mètres d'altitude. Les pieds toute la journée dans la boue, un ballot de linge sur la tête, un seau rempli d'eau froide au bout de chaque bras, déjà enceinte (d'Abel) et plus fourbue que jamais, elle ne tarda pas à se demander si elle avait vraiment gagné au change, et si, en fin de compte, le coron, la crasse, le tapage et l'ébriété n'étaient pas préférables à cette effrayante solitude, à ces tête-à-tête plutôt lugubres avec un bûcheron d'une sobriété exemplaire, c'est une affaire entendue, mais aussi sobre en paroles qu'il l'était devant les boissons : d'abord, rien ne donnait à espérer qu'il y ait jamais eu dans cette maison autre chose à boire que de l'eau ; ensuite, rien non plus ne laissait entendre que son mari, car la malheureuse était bel et bien mariée, ait la moindre aptitude à pousser la romance ou à taquiner la muse.

Parti dès l'aube, et par des temps à ne pas mettre un chien dehors — il faisait un printemps exécrable, ce qui n'arrangeait pas les affaires —, la hache et la houe sur l'épaule, avec, pour tout viatique, une poignée de châtaignons ou un morceau de fromage fourré dans sa musette (rarement les deux à la fois, et pour cause), il ne rentrait qu'à la nuit, à moitié mort de fatigue, de froid, et probablement de faim, et c'était tous les soirs le même scénario : la tête inclinée sur le brouet végétal quotidien, les mains croisées, il marmottait entre ses dents quelque chose qui devait ressembler à une action de grâce, avalait l'austère pitance sans lever le nez de son assiette ni piper mot, filait droit au lit où il sombrait incontinent dans un sommeil non moins austère assez voisin de la mort ; ayant le nez bouché, il dormait sur le dos, la bouche grande ouverte, comme les cadavres. De poésie, de ritournelle, pas l'ombre. Et ne parlons pas des galipettes : la sobriété englobait le lit. Bref, il n'était pas très vivant. Elle finit par admettre qu'il était même plutôt sinistre, plutôt renfermé : mais comment diable avait-il fait pour lui écrire des lettres aussi sentimentales, aussi romanesques ? A croire que ce n'était pas lui qui les avait écrites, ces lettres qu'elle relisait avec de plus en plus de perplexité. Longtemps elle s'interrogea sur les ténèbres mystérieuses de l'âme humaine, essayant de mettre l'attitude contradictoire de son mari sur le compte d'un excès de timidité, mais elle n'osait rien lui dire, car il lui faisait un peu peur. Jusqu'au jour où, en farfouillant dans le grenier, elle aperçut un paquet dissimulé sur une poutre ; il ne paraissait pas aussi poussiéreux que tout le reste, ce qui lui mit la puce à l'oreille : si par hasard c'était de l'argent ? On ne s'était pas fait faute, à Bessèges, de lui dire que les gens de la montagne sont si avares qu'ils sont capables de mourir dans la misère noire sur un matelas bourré de billets de banque.

Hélas ! Ce n'était qu'un paquet de journaux, une vieille collection de « La Veillée des Chaumières », dont elle feuilleta quelques numéros : funeste initiative ! Elle sentit le sang se retirer de son visage : l'essentiel de sa correspondance amoureuse était imprimé là-dedans, des phrases entières, noir sur blanc (gris sur jaune : c'étaient de très vieux journaux) ; de quoi mourir de honte, en se mettant à sa place, si toutefois il se savait découvert. C'est ce qui la retint, lorsqu'il rentra le soir même, de les lui jeter à la figure. L'affaire en resta là, mais elle la digéra très mal et, petit à petit, le sentiment de s'être fait rouler tourna à l'aigre, dégénéra en rancune tenace, d'autant plus tenace que les conditions dans lesquelles elle vivait n'avaient rien pour la lui faire oublier : elles étaient vraiment désastreuses : pas d'eau, du moins, d'eau courante, pas d'électricité, pas de confort du tout, pas d'argent, un avenir aussi bouché que l'était ce site sans horizon, pas de voisin, personne à qui se plaindre, sauf ce sourd-muet, et qui l'avait mystifiée par-dessus le marché, et par-dessus le marché un climat épouvantable, surtout pour une fille de la vallée, presque de la plaine... C'était bien pire qu'à Bessèges.

Il était dans la nature des choses que l'enfer minier dont l'avait tirée le Taciturne devînt par contrecoup un paradis terrestre qu'elle orna de souvenirs plus merveilleux les uns que les autres. Comme elle les regrettait, ces fumées, cette rumeur ouvrière qui avaient enfiévré le décor de sa jeunesse ! Ici : silence. Elle ne sentait même plus le temps passer ; dans ce cirque désert où la vue s'écrasait contre les immenses remblais du plateau, et où les nuages projetaient des ombres froides et mouvantes qui la déprimaient plus que tout, les jours se ressemblaient d'une manière accablante : on aurait dit qu'ils glissaient sur sa vie sans amener d'autre changement que celui des saisons, et qu'elle demeurait immobile, impuissante à ralentir leur débâcle, prise dans une interminable agonie des heures, tandis qu'autour d'elle s'accélérait leur mouvement circulaire.

Abel était né. Elle s'arrêtait, parfois, stupéfaite de le voir déjà courir au milieu des herbes ; c'est vrai qu'il était né : à peine si elle s'en était rendu compte. Novembre 1922 : des douleurs dans une chambre glaciale, l'assistance d'une sage-femme mamelue et corsetée, à la respiration sifflante, qui réclamait du café et fumait sans interruption, une lancée de feu dans les reins arrachant un râle, la disparition instantanée des douleurs et en même temps des forces, comme vidées ensemble dans ce morceau de chair indépendante, criant à son tour, quelques claques sur cette vieille poupée toute fripée, ébouillantée, laide à faire peur, et puis se déplissant telle une chrysalide, trouvant ses formes, ses couleurs naturelles, ses miaulements d'affamé ; pendant la boucherie, le père, debout au pied du lit, couillon majuscule conscient de sa paternité, tout à coup empoté devant tout ce gâchis, bousculé à coups de coude par la maîtresse femme aux bras de pâtissière, et qui ne peut souffrir les maris, relégué dans un coin ; coupable et bon à rien, vaguement cocu. A peine tenait-elle sur ses jambes que le cycle infernal reprenait de plus belle, aggravé de lessives continuelles, de charriages d'eau multipliés, de tétées qui vinrent rapidement à bout d'une poitrine expirante par nature.

Les souvenirs tombaient de plus en plus vite dans le passé, les saisons rappliquaient de plus en plus tôt. Tant qu'Abel eut trois mois, ou trois ans, on aurait dit que ça n'avançait guère, et il fallut qu'au bout de huit ans elle en attende un second pour réaliser que ces trois ans en avaient duré huit. Mais outre les lessives, l'apparition des varices et des premiers rhumatismes, que s'était-il passé au cours de ces huit années?

Rien. Pas grand-chose en tout cas qui la dédommage de ses désillusions sentimentales et de ses déboires domestiques, pas même l'acquisition de ces petits objets si utiles en cas de détresse morale, ces petits trucs qu'on cajole du regard, qu'on bichonne à longueur de journée, surtout dans les mauvais moments : le confort, les bricoles, c'est encore ce qu'on a trouvé de mieux pour lutter d'une manière efficace contre le non-sens criant de l'existence.

Le Taciturne l'était toujours autant; l'eau aussi froide, le climat aussi rude, la terre aussi basse, le porte-monnaie aussi plat. Acheter un couteau de rien du tout semblait toute une histoire, on tergiversait pendant six mois. Bref, la situation ne s'était pas améliorée, elle avait même plutôt tendance à empirer, vu qu'au bout de dix ans, on n'a plus tout à fait les mêmes raisons qu'au premier jour d'espérer que ça changera. Quand elle se sentait à bout de forces et sans courage, elle se mettait au lit et n'en bougeait plus de trois jours, disant qu'elle avait « des nuages dans la tête ».

L'enfant tardif naquit prématurément au milieu des glaces et des bises noires de février, en l'an de grâce 1931. Il était encore plus laid que son frère, ne pesait que 2 kilos 500, ce qui ne représentait pas beaucoup de volume pour quelqu'un paraissant appartenir au sexe mâle. En réalité, c'était un rouquin de complexion laiteuse chez qui le développement génital laissa pas mal de temps à désirer. Il n'y avait pas que de ce côté-là que quelque chose ne tournait pas rond. Une partie des nuages que sa mère avait dans la tête avait dû émigrer dans la sienne : il restait de longs moments à fixer le vide de ses gros yeux éberlués; sa position naturelle était le cul en l'air et la tête en bas, comme un poussah dont le lest eût garni par erreur le chef et non l'assiette. Une tête énorme, de bébé intellectuel : d'ailleurs, longtemps on redouta qu'il ne fût idiot.

Elle l'appela Joseph-Samuel. Joseph, afin de perpétuer la mémoire de son grand-père maternel, l'éthylique de Bessèges, qui venait de passer l'arme à gauche (elle était allée l'enterrer entre une séance de nuages et les premières coliques, déclenchées sans doute par l'émotion) ; Samuel, parce que c'était un parpaillot.

Celui-ci sera son préféré, pour différentes raisons, dont les trois principales sont que, primo : l'aîné étant en pire le portrait craché de son père, il ne pouvait y avoir, entre elle et lui, de véritable affinité : sa fibre désœuvrée ne demandait donc qu'à vibrer. Secondo : les enfants conçus vers la trentaine, ou après, incarnent les dernières cartouches de la jeunesse, l'aptitude de mettre au monde en étant la preuve la moins contestable ; cette jeunesse étant très relative, au moment où s'amorce la précoce vieillesse paysanne, ce sont généralement des enfants débiles, dont les mères aggravent la débilité en les dévorant d'une sorte de tendresse maniaque, également épuisante pour la mère et l'enfant. Tertio : son petit veau était de santé si chancelante qu'elle reconnut, ou crut reconnaître en lui les prolongements de sa propre fragilité ; soit dit en passant, une fragilité de fer : la pluie, le gel, la neige, le vent, les hivers terribles, les étés brusques et tropicaux lui imposaient des prouesses quotidiennes qui eussent mis un bœuf sur le flanc.

Ce coup-ci, ce fut une tante de feu son père, découverte et remarquée pour son esprit d'initiative le jour de l'enterrement, qu'elle avait mené tambour battant, qui l'assista pendant sa parturition. « Tu ne vas pas dépenser ton argent pour une de ces faiseuses d'anges, lui avait-elle dit, avec moi ce sera sans bourse délier. » Malgré l'ambiguïté de ce propos, elle assurait avoir mis, ou aidé à mettre au monde une quantité impressionnante de rejetons de tous sexes, tous indemnes, affirmait-elle, et sans le moindre dommage pour leurs génitrices, bien que la description de ces accouchements tînt davantage de la scène de torture, ou du fait de guerre, que d'une opération naturelle : sang contre les murs, corps tordus de douleurs affreuses, râles morbides, hurlements causés par l'usage de fers, césariennes, fièvres puerpérales, complications dramatiques, rien ne manquait au tableau de ces atrocités, sauf, ce qui semblait miraculeux, les issues fatales qu'on était en droit d'en redouter. Elle promit cependant que tout irait bien.

Après quelques transfusions de sang et l'administration intensive de solucamphre et autres stimulants par le médecin de Florac appelé d'urgence, les jours de l'accouchée cessèrent d'être en danger. Bien que le médecin en question soit arrivé en levant les bras au ciel et parti en haussant les épaules, cette dangereuse créature recouvra son prestige en enrayant avec une mixture de sa composition une diarrhée verte qu'elle avait vraisemblablement provoquée en faisant ingurgiter une trop grande quantité de lait pur au jeune avorton. Celui-ci sauvé à son tour, la tante s'incrusta pendant un mois, drapée dans un dédain triomphant.

Après avoir essayé de décimer ce foyer, pauvre sans doute, mais paisible, elle s'évertua à en saper les bases en dénigrant systématiquement le peu qu'on y faisait, la manière dont on le faisait, les compétences du chef de famille, insinuant qu'il devait boire en cachette, et promettant pour l'avenir des misères, des maladies, toutes sortes de malheurs irrévocables ; s'ils n'étaient emportés entre-temps, ses fils la planteraient là, veuve, dépouillée, impotente, et elle finirait sur la paille, mangée par la vermine (la pythonisse était loin de se douter de la véracité de ses prédictions). Une fois qu'elle eut critiqué et vaticiné tout son soûl, il n'y avait plus grand-chose qui tienne debout dans la maison, pas même la maison, jugée à peine digne de servir de soue à des porcs ; le Taciturne avait bien entendu mordu la poussière avant les murs, l'appétit de destruction de cette femme ne connaissant pas de limites. Ah ! Que n'avait-elle épousé un bon petit fonctionnaire, au lieu de s'embarrasser d'un bouscatier, qui bouscatier resterait jusqu'à la fin de sa vie !

Elle conseilla enfin de lui faire tout liquider — si toutefois il se trouvait un fou qui le soit assez pour acquérir ce caveau de famille — et de s'en aller le plus loin possible de ce pays où se pendre, de ces sinistres montagnes, et, faute de pouvoir ajouter le mari au bout de la liste, elle suggéra d'en faire un gendarme, s'il n'était pas trop vieux (32 ans) et s'il était assez dégourdi pour ça — ou qu'il s'emploie comme jardinier dans le Bas-Pays, où, à côté d'ici, les gens se la coulent douce. Elle décrivit une existence de rêve — réalisable, en y regardant de près, à condition d'hériter la fortune ou de gagner le gros lot à la loterie nationale — mais les pique-assiette n'en sont jamais à quelques millions près ; c'était une manière comme une autre de faire oublier ses imprudences et de payer son écot.

Ayant versé goutte à goutte le poison dans l'oreille de sa nièce, la vipère, épuisé le venin, quitta les lieux un beau matin pour aller se recharger ailleurs, et détraquer une autre famille.

Malheureusement, ses propos venimeux et ses élucubrations encore plus novices n'étaient pas tombés dans l'oreille d'une sourde. Et malheureusement, il y avait beaucoup de vrai dans ce qui constituait son réquisitoire. Pelotonnée au fond de son lit, et tout en écoutant la pluie battre aux volets et le vent secouer les portes dans leurs clenches sur un froissement profond venu de la forêt, l'innocente se mit à tirer le fil de cette pelote de rêves que la tante vipérine lui avait laissée en partant. Elle s'installait déjà dans un monde de vergers opulents, de terres grasses, d'eaux libres, de bons voisinages, d'armoires et de coffres pleins, qu'il fallut promptement lâcher le rêve et reprendre le collier. Les nuages rappliquèrent, avec, cette fois pourtant, des trouées de soleil éclairant son marasme : le Taciturne, à qui, un soir de folies, elle s'était ouverte de ce projet (vendre, s'en aller), ne s'était pas montré aussi réticent qu'on aurait pu s'y attendre : derrière sa taciturnité, peut-être lui aussi en avait-il par-dessus la tête de trimer pour des prunes, de s'échiner à rebâtir des murs de soutènement effondrés par la fonte des neiges et par les orages, de faucher des prés dont la raideur forçait à s'encorder à un arbre comme une bête de somme, de bouffer des clopinettes, et pour se retrouver au bout de vingt ans Gros-Jean comme devant. Toujours est-il qu'il promit de s'occuper de l'affaire, et de lâcher au plus offrant qui se présenterait. Cette nuit-là, pour la première fois de sa vie, sa femme vit le ciel.

Naturellement, il ne se présenta personne, soit que, passées les folies, le Taciturne ait trahi ses promesses, ou bien que les gens ne soient pas aussi fous qu'ils en ont l'air : ce n'était pas encore l'époque où un tas de pierres, pourvu qu'il se trouve en pleine nature, atteindrait un prix astronomique. De nouveau, les nuages s'épaissirent ; les années filèrent, les enfants grandirent, fortifiés par les corbeaux rôtis et les avalanches de corvées qui s'abattaient sur eux à la moindre incartade.

Mais l'espoir fait vivre. Un beau jour, on reçut une visite : un citadin de sang pauvre et de goûts rustiques arpentait la région et désirait y finir ses jours. Il cherchait le désert, le calme, la vie austère, Maheux fut à sa convenance ; il avait déjà la main au portefeuille ; on prit un rendez-vous chez le notaire de Florac, où la vente fut fixée au début septembre. On était en juillet 1939. Ce fut un été particulièrement torride. Au fond de tous les cafés de villages, dans les cuisines pleines de mouches, on entendait beugler un animal bizarre à travers les postes de T.S.F. que le temps orageux faisait horriblement crachoter.

Le 10 septembre, les Reilhan se rendirent à Florac. Il y avait beaucoup de monde sur le quai de la gare : des couples enlacés, des femmes dont le visage ruisselait de larmes, des gendarmes disposés à ouvrir le feu sur les déserteurs éventuels, des enfants qui n'avaient jamais été si heureux de leur vie ; ils profitaient de la consternation générale pour jeter sur les mobilisés des poignées de gratterons : ça leur ferait un souvenir du pays.

— Le notaire, ce sera pour après la guerre, quand on aura flanqué la pile à Hitler, dit le Taciturne au moment où le train s'ébranlait.

Il fallait qu'il soit bouleversé pour en dire aussi long; malgré ce projet audacieux, il avait un air pitoyable — le vêtement flasque, le cheveu hirsute, le poil bleuissant, cette inexplicable dégaine d'évadé de prison qu'ont la plupart du temps les civils voyageant sous autorité militaire — comme si la guerre était déjà finie.

Né en 1922, Abel n'avait pas grand-chose à redouter d'une guerre dont nul n'ignorait qu'elle serait terminée au bout de six mois, et, par ailleurs, dont il paraissait superflu d'ajouter qu'elle le serait par une victoire éclatante : c'était une spéculation imprudente. Mais le départ de son père lui ayant mis la ferme et ses rudes travaux sur les bras, il prit rapidement l'humeur sombre et la brusquerie des adolescents chargés de responsabilités.

C'est un homme presque fait que Reilhan retrouva chez lui lorsqu'en juin quarante, il fut ramené par le flot hétéroclite de créatures poussiéreuses, affamées et hagardes qui reflua jusque sur ces hauteurs, comme si, là-haut, dans le nord de la France, une chose énorme et terrifiante était tombée du ciel au beau milieu d'une mare humaine; lui-même à moitié assommé par cette gigantesque débandade, par le cauchemar qu'elle lui avait fait subir, où se mélangeaient la fatigue, l'insomnie, les marches harassantes, les routes torrides et les trains mitraillés, plus que par des événements qui lui étaient incompréhensibles, et qu'il assimilait plus ou moins aux catastrophes naturelles, inéluctables, devant lesquelles il n'y a qu'à rentrer la tête dans les épaules sans chercher à comprendre. Il avait l'air abasourdi du pauvre type qui n'a pas très bien réalisé ce qui lui est arrivé, et qui n'a pas les moyens de le réaliser; à toutes le questions dont on le harcelait, on obtenait à peu près la même réponse, timidement nuancée d'une pointe d'admiration :

— Une frottée! C'est une belle frottée!

Ces mots auxquels il revenait sans cesse en hochant la tête semblaient indiquer l'extrême limite de ses facultés de pénétration mentale, ainsi, du reste, que l'espèce de fascination ténébreuse qu'elle exerçait sur lui, sans doute parce qu'il ne parvenait pas à pousser plus loin son investigation. Au-delà de cette faible lueur de lucidité, son esprit restait plongé dans un abîme de confusion et d'obscurité, digne de l'indescriptible fléau qui s'était abattu sur la France. On le sentait légèrement scandalisé, mais à peine plus que s'il avait assisté à la déconfiture de son équipe de football favorite, et sans qu'il soit évident que le désastre fût lui-même en cause, comme si c'était plutôt cette confusion et cette obscurité qui le scandalisaient.

Il paraissait aussi assez contrarié par la perte d'un vieux couteau qu'il avait emporté là-bas, le trimbalant toujours dans sa poche, et qui, disait-il en fermant un œil, n'était certainement pas perdu pour tout le monde.

De la guerre elle-même, du sort de la France, de l'avance foudroyante des armées allemandes, des armes diaboliques qu'elles avaient à leur disposition, et dont l'aspect bizarre et sinistre, joint à une stupéfiante efficacité, obsédait ceux qui avaient eu le redoutable privilège de les voir à l'œuvre de près (tout le monde avait été frappé par l'étrange silhouette des « Stukas », par leurs ailes en décrochement et par ce train d'atterrissage non escamotable qui évoquaient irrésistiblement une espèce de vautour fondant sur sa proie toutes serres dehors, ainsi que par certains blindés qui, avec ce canon-revolver leur écrasant le mufle, n'avaient rien à leur envier), de tout cela il n'avait pas d'idée très claire, et peut-être même pas d'idée du tout, s'étant trouvé pris dans la mêlée comme un badaud au milieu d'une échauffourée, incapable de voir plus loin que son mal aux pieds, ses crampes d'estomac — provoquées par ce « singe », qu'il n'arrivait pas à digérer —, ses nuits à la belle étoile, au creux d'un fossé ou dans les taillis, comble d'infortune pour un homme de la terre, lequel en général ne montre pas d'inclination particulière pour le camping.

Si bien qu'après deux ou trois nuits de sommeil dans son lit, il semblait avoir presque tout oublié, et, frais et dispos, repartait dès l'aube pour ses bois et ses friches, comme si de rien n'était, comme s'il les avait quittés la veille, et sans plus s'inquiéter de la suite des événements; de cette « belle frottée » qui risquait tout de même de changer la face du monde, il ne fut plus jamais question que sous les espèces très diminuées de « cette histoire-là », terme qu'accompagnait un haussement d'épaules, vestige d'une vague indignation.

Pendant quelques jours, souffla sur la région ce vent barbare et neuf que soulèvent dans leur sillage les grands désastres. Chaque train spécial qui arrivait, chaque file de camions surchargés ou de voitures bringuebalantes apportait dans le silence de ces hautes vallées un écho mourant de l'exode; les convois de réfugiés attiraient du monde sur le bord des routes, comme naguère le passage du tour de France : c'était une sorte de kermesse à grand spectacle, dont le clou éventuel eût été la fin du monde, — ou tout au moins d'*un* monde.

Par tous les sentiers muletiers sillonnant les pentes de la montagne, on voyait descendre à la tombée du jour des familles entières qui s'asseyaient sur les talus pour recueillir des nouvelles plus fraîches et commenter la situation par des propos sagaces; les rumeurs les plus fantastiques circulaient, réveillant d'antiques terreurs qui mêlaient volontiers la merveille à l'actualité; excités comme des puces par tout ce mouvement, les enfants continuaient de s'en donner à cœur joie, menant leur propre guerre sous les halliers, traquant un ennemi invisible, fourrageurs infatigables. Tard dans la nuit, on entendait crisser les cailloux des chemins, et s'élever au-dessus du bruissement des torrents le brouhaha plus clair des conversations résonnant dans l'air calme, lorsque les gens regagnaient leurs pénates, une fois que leur fièvre était retombée, et qu'ils étaient certains que la nuit avait épuisé ses surprises.

Chez les Reilhan, la guerre avait sonné le glas des beaux rêves. L'acheteur providentiel, sans doute dégoûté de son projet dans un moment de lucidité, n'ayant plus donné signe de vie, on avait classé l'affaire en attendant des jours meilleurs : adieu veaux, vaches, cochons, couvée...

Paradoxalement, les années d'occupation, quoique sombres, avaient marqué la monotonie de leur existence d'une trêve un peu magique, dans la mesure où elles modifiaient l'ordre habituel de leurs préoccupations. Tout compte fait, on ne conservait pas de cet âge trouble un souvenir tellement déplaisant : avec la complicité des événements, on était retombé sans le vouloir dans cette mentalité enfantine qui découvre dans le malheur des temps la solution miraculeuse de ses inquiétudes et de ses contrariétés, et en particulier cette incertitude du lendemain grâce à laquelle s'éloigne momentanément le spectre de la discipline et des sanctions irrévocables : l'air du temps sentait la terre brûlée, les écoles qui ferment, la mise en suspens des institutions. Depuis que la plupart des gens étaient logés à la même enseigne, on laissait plus facilement ses ennuis personnels entre parenthèses.

On aurait même cru qu'à travers ces landes inanimées où pesait la torpeur des siècles, où jamais rien ne se passait qui aide à vivre, commençait maintenant une attente mystérieuse, comme si approchait le temps des signes et de la Révélation. Malgré soi, on s'attendait à ce qu'au-dessus de ces crêtes désertes et hantées seulement par le vent, se produise je ne sais quel surprenant phénomène de nature à bouleverser le cours normal des choses ; c'était une crainte vague, mal définie, qui n'avait qu'un lointain rapport avec les épreuves réelles qu'on traversait, ou les dangers qui menaçaient tout le monde. L'enchaînement des servitudes s'en trouvait considérablement allégé : ce qu'on faisait aujourd'hui, on n'était pas sûr de pouvoir le refaire demain, et quant à l'avenir, on était arrivé à ne plus l'envisager sous l'angle personnel, mais comme une très possible apocalypse qui concernait l'ensemble de la population, globalement, et qui vous libérait en partie de vos propres soucis : à quoi bon s'inquiéter pour soi quand tout va de travers par le monde? Comment parler d'avenir lorsque la terre entière est à feu et à sang?

On avait vécu jusqu'à la Libération sur ce capital d'incertitude. Le Haut-Pays était dans la situation d'une place forte épargnée par les combats, mais sur un perpétuel qui-vive, et sans cesse alertée. Cependant, par une sorte de compensation, ou de retournement du sort, cette province misérable, retirée comme un toit au-dessus de la France, et laissée pour compte en période de prospérité, avait été moins sensible aux séquelles de la guerre et de la défaite que des régions plus riches et plus favorisées en temps ordinaire. Son isolement, sa pauvreté, le peu d'intérêt stratégique qu'elle offrait, sans pour cela lui éviter les sévices de l'occupant — qui voyait dans ce désert de forêts haut perché une forteresse rêvée du terrorisme —, avaient malgré tout contribué à sauvegarder son intégrité : du moment qu'on avait l'habitude de vivre et de se nourrir en circuit fermé, donc de se contenter de peu, on n'était guère plus touché par les restrictions que ce qu'on avait été nanti, jadis, par l'abondance. C'était la revanche du maigre sur l'obèse, de l'impécunieux sur le prospère, du sobre résistant aux maladies du bien-être, sur l'intempérant, qu'elles terrassent. Il avait suffi que tout manque partout pour que le peu qu'on possédât ici obtienne du coup une valeur inestimable.

A partir du moment où les Allemands avaient envahi la zone sud, le Haut-Pays s'était organisé en camp retranché derrière ses falaises et ses croupes boisées, toutes bruissantes d'hôtes clandestins et de va-et-vient nocturnes. De menus échanges s'effectuaient entre les groupes de familles, un troc séculaire de matériel pour le travail et de victuailles, qui équilibrait l'économie de chacun et contribuait à rapprocher ces solitaires les uns des autres. De fermes en hameaux, de métairies en bergeries, les marchandises se colportaient à dos d'homme et les nouvelles de bouche à oreille, comme au temps des dragonnades ou des grandes invasions.

Souvent, par les longues soirées d'hiver, lorsque la

neige bloquait toutes les voies d'accès du plateau, on se réunissait les uns chez les autres pour traiter en commun les problèmes, régler les affaires en cours, épiloguer sur la situation générale à la lueur de l'âtre. Ces petites assemblées, identiques à celles que tenaient les anciens au moment des guerres de religion, avaient lieu la plupart du temps chez un certain Marius Despuech, à Mazel-de-Mort, centre névralgique d'où rayonnaient les principaux chemins desservant les fermes isolées. Là, blotti autour du feu tandis que la tempête balayait ces hauteurs désertes, secouant portes et fenêtres, on buvait ce vin de « Clinton », âpre et noir comme de l'encre, et on mangeait des châtaignes rôties en jouant aux cartes et en écoutant l'ancêtre raconter des histoires de camisards. Les jeunes gens nettoyaient de vieux fusils à piston qu'ils avaient dénichés dans un grenier; ils se voyaient déjà participer à d'éventuelles embuscades. Entassés dans un coin de la cheminée, les enfants les regardaient faire, écarquillant des yeux de chat et retenant leur souffle. Les vieux, de leur côté, dodelinaient continuellement de la tête, et personne ne savait très bien si ce mouvement indiquait une approbation quelconque, ou si c'était simplement un effet de la sénilité.

Un soir de mars 1943, alors que le noir de l'hiver commençait à s'éclaircir et qu'à l'ubac des combes jaunissaient de vieilles plaques de neige laquée et incrustée de feuilles, la porte s'ouvrit d'un coup sur un vieux berger de Saint-Julien, tout suant et haletant :

— Les boches! Ils sont là! Ils arrivent!

Il faillit s'étrangler; on dut le faire asseoir et lui donner à boire. Il expliqua enfin qu'au début de l'après-midi, le bourdonnement d'un gros taon avait soudain fait trembler les vitres et précipité tout le monde aux fenêtres; et depuis le pont de Saint-Julien, on avait aperçu, descendant du col de Jalcreste par la route de Cassagnas — la route des plaines, celle qu'avaient empruntée les barbares, les royaux, de tout temps la route des emmerdements —, une longue chenille verdâtre étirée le long de plusieurs virages; elle remplissait toute la vallée d'un horrible vacarme de ferraille écrasée : c'était, encadré par quelques automitrailleuse responsables de tout ce fracas, un convoi de camions bourrés de soldats. Allons bon, qu'est-ce qu'ils venaient foutre par ici, les doryphores?

Eh bien, ils avaient attendu que la neige fonde pour ratisser la région, purger quelques hameaux au petit bonheur, incendier une demi-douzaine de bergeries qui avaient la réputation de servir de repaire aux résistants, et embarquer *manu militari* les récalcitrants bons pour le S.T.O. qui, par ici, fournissait déjà au maquis beaucoup plus de partisans que de travailleurs à l'Allemagne. Les jeunes gens qui avaient astiqué leur fusil — ceux des classes quarante, quarante et un et quarante-deux — prirent aussitôt le chemin des bois : leurs sentes, leurs caches, leurs gîtes n'avaient plus de secrets pour eux. Pour ces bouscatiers que le bûcheronnage appelait à passer plusieurs mois de l'année dans des cabanes forestières, ce ne fut pas un très grand changement; ils se retrouvèrent en groupes sur les hauteurs les plus escarpées, au fond des combes les moins accessibles du massif, et s'il n'y avait eu, à deux ou trois reprises, quelques voyous pour les trahir, signaler leurs déplacements et leurs points de ralliement, ils n'auraient gardé que de bons souvenirs de cette aventure qui, pour quelques-uns d'entre eux, se termina au bout d'une corde ou dans les chambres à gaz.

Dès qu'on commença à recevoir des ordres et qu'il fallut boucler les sacs, Abel fit la sourde oreille : il voulait bien prendre le maquis, mais il préférait le prendre tout seul; se joindre aux autres et être obligé de vivre en groupe ne lui disait rien. C'était un solitaire, et qui entendait le rester, fût-ce au maquis.

Les chefs de réseaux haussèrent les épaules : qu'il aille se faire pendre où ça lui chante! Depuis les chantiers de jeunesse, on savait à qui on avait affaire : à un ours, et qui devait à peine parler le français. Dans les baraquements de Villemagne où Abel Reilhan, contraint et forcé, avait passé quelques mois, personne n'avait eu envie de frayer avec ce sauvage, qui semblait même un peu arriéré, mais qui était fort comme un Turc, et même comme deux Turcs, ce qui n'engageait guère les copains à lui faire des blagues. Le zèle obscur qu'on devinait en lui le désignait d'avance et automatiquement aux corvées de plein air les plus pénibles : déblayer la neige, abattre des arbres pour le cuvelage des mines, arracher les souches, creuser des tranchées qui ne servaient à rien, mais qu'on lui faisait creuser pour qu'il puisse taper et se dépenser sur quelque chose : c'était son régal. Il était toujours seul, dans son coin ; jamais un mot ; il ne se mêlait pas aux autres, restait au camp lorsqu'ils partaient en virée pour écumer les bistrots des alentours, et s'occupait pendant les veillées à de mystérieux travaux d'aiguille ou de réparation de chaussures; malgré la promiscuité du camp, ses habitudes demeuraient celles d'un forestier de hautes coupes que la vallée n'attire ni ne retient; et jusqu'à sa façon de manger assis sur une souche à l'écart des autres, en économisant ses gestes comme ces bergers qui partagent leur pain et leur solitude avec les chiens, d'être couché et debout le premier, de s'envelopper dans une couverture sans se déshabiller, ainsi qu'à la belle étoile, pour dormir le nez contre le mur, indifférent à l'animation de la chambrée, ou aux plaisanteries qu'il aurait pu soulever, on le sentait séparé, protégé de son entourage par une force d'inertie animale, primitive, imperturbable, qu'on eût dit liée aux origines mêmes de la vie.

C'est donc seul et pour son propre compte qu'il prit le maquis, seul, ou presque, qu'il vécut là-haut pendant plus d'une année, dans cette borie perdue au large du plateau, à mi-chemin entre Tardonnenche et Balazuègnes.

C'était une vieille bâtisse échouée comme une arche de pierre au sommet d'une crête d'où fuyait à perte de vue, vers l'ouest et vers les monts d'Aubrac, l'immense houle des causses. La retraite était sûre, car depuis le seuil en terre-plein de la bergerie, venteux et net, raclé jusqu'à l'os par les troupeaux auxquels elle servait quelquefois d'étape, le pays se découvrait dans son entier, nu et lisible dans toutes les directions ; et en cas d'alerte, il y avait, s'ouvrant à pic non loin de là dans la corniche du plateau, une sorte de cheminée qui débouchait en plein sous-bois une vingtaine de mètres plus bas, et par laquelle il pouvait toujours déguerpir.

Un sac de « blanchettes » et l'eau d'une citerne suffisaient à son ordinaire ; il couchait dans la paille, semblait insensible aux intempéries, à l'énorme chaleur qui embrasa ce désert durant deux terribles mois d'été, aux brouillards et aux pluies galeuses d'automne, aux froids qui les remplacèrent, aux nuits glacées, aux vents qui balayaient cette steppe élevée, et criblaient de courants d'air les murs en pierres sèches qu'aucun mortier ne jointait ; il y avait enfin ces solitudes barbares avec lesquelles il paraissait faire bon ménage, lorsque de plus coriaces auraient été sans doute rebutés par une fréquentation aussi âpre : lui, au contraire, s'en accommodait si bien qu'on ne le voyait débarquer à Maheux qu'à la dernière extrémité, quand il n'avait plus rien à se mettre sous la dent — hirsute, barbu, fleurant le suint de mouton, le vieux foin et la sauvagine, sale à faire peur, pareil au loup que la faim chasse de sa tanière.

Au plus dur des travaux saisonniers, il vint cependant aider les siens à avancer la moisson et à éclaircir les coupes, se retrouvant avec eux dès l'aube sans courir de risque : sur ces hautes terres en balcon au-dessus des bois, la situation était idéale pour surveiller le cirque et son entrée, ainsi que les combes voisines. Mais il regagnait son refuge à la chute du jour — épave à l'ancre à la surface laiteuse du brouillard, mouillée au loin par les nuits de lune —, ivre un peu plus tous les jours de ce silence et de cette pure solitude auxquels il avait pris goût, et qui lui rendaient les bêtes des bois plus familières que ses semblables ; il lisait tous les matins autour de la bergerie les signes qu'elles inscrivaient délicatement sur le givre.

Vers la fin, vrai Robinson de ces grands espaces, il avait tout de même essayé d'améliorer son installation, comme si, grâce aux événements, à l'enracinement d'un état de guerre incertain et illimité, cette vie sans attache, offerte à la liberté des horizons vastes et des ciels mouvants, ne devait plus cesser.

Il entreprit de restaurer le four archaïque ouvert dans l'épaisseur de la muraille près de la cheminée, et dont la voûte s'était en partie effondrée ; une fois qu'il l'eut réparé, il put y faire rôtir des galettes de seigle, qu'il truffait à l'occasion d'une grive capturée par un système de pierres plates et de tiges de bois[1] dont il avait piégé le dessous de chaque touffe de genévrier ou de buis dans les alentours. Il nettoya la citerne et boucha les fissures qui dîmaient sa réserve d'eau ; remplaça les lauzes brisées du toit, constellé jusqu'à présent d'éclats de ciel ; confectionna, avec des rondins de hêtre vert amenés du chantier, une table, des tabourets à traire, un châlit sanglé de cordes sur lesquelles il jeta une couverture gonflée de foin ; et même, comble de luxe, il balaya à l'aide d'une branche de genêt le sol de terre noire et pulvérulente d'où se levait à chaque pas une vieille odeur fanée de fumier de mouton. Puis, dans l'âtre propre, une marmite de fonte fêlée emplit la pièce nuit et jour de son chantonnement paisible, rétablissant au logis les pénates que les courants d'air et la désolation des ruines en avaient chassés.

Mais voilà qu'un matin, vers la mi-août 44, tandis qu'il était occupé à remonter le mur de clôture de cette aire à moutons, plate comme un aire à battre, d'où la vue s'élançait jusqu'aux confins du plateau, il aperçut les silhouettes de deux hommes qui venaient vers lui en agitant les bras : c'était Marius Despuech accompagné du Taciturne, qui se tenait en retrait, gauchement excité, dans le sillage d'une nouvelle apparemment d'importance, puisqu'il en laissait à son voisin la primeur. Et

1. Espèce de tendelle.

quelle nouvelle ! Il fallait bien en effet la faconde de Despuech pour la trimbaler toute chaude de ferme en ferme depuis l'aube, chez ceux qui ne possédaient ni électricité ni radio : les Alliés venaient de débarquer en Provence ! Pour Hitler, quel coup dans le dos ! C'était même le coup de grâce... Le IIIe Reich craquait de tous côtés à la fois... La sale engeance battait en retraite, comme des rats aveuglés par le soleil. En tout cas, tout allait bientôt rentrer dans l'ordre ; et déjà, par ici, il n'y avait probablement plus rien à craindre.

Malgré sa petite taille, Despuech l'avait pris aux épaules et il scandait chaque parole en le secouant :

– Plus rien à craindre, tu entends, mon gars, je te dis qu'il n'y a plus rien à craindre ! Tu penses bien qu'ils ont d'autres chats à fouetter qu'à traîner par ici... Et pour se faire tirer comme des lapins ! Vous allez voir une belle débandade... Et ton père, là-bas, dans son trou, qui ne savait rien ! Allons, viens, tu peux quitter ta baraque. Vivre comme un sanglier, c'est fini, maintenant.

Reilhan dans son coin opinait du bonnet, incapable, bien entendu, d'ajouter un seul mot à ce qu'on disait devant lui. Despuech, tout en considérant la masure pauvrement rafistolée, sa fenêtre condamnée par des planches arrachées aux herbes rases et à moitié pourries, les fagots entassés jusqu'au toit de chaque côté de la porte, et qu'il avait fallu apporter à dos d'homme depuis Dieu sait où, le chicot rongé de la cheminée par lequel filait un peu de fumée, répétait entre ses dents, comme s'il se parlait à lui-même : « C'est fini, maintenant, de vivre comme une bête... »

Abel, qui n'avait pas lâché la pierre qu'il étreignait entre ses mains, le regardait stupidement. Tout à coup, il gonfla le cou :

– J'en ai rien à foutre, moi, leur cria-t-il.

Et devant les deux hommes médusés, il replongea aussitôt dans sa besogne avec une brusquerie rageuse.

Dès la fin de la guerre, une fois que la Libération eut ramené chez eux les réfugiés de 1940 et que les maquisards eurent réintégré leurs foyers, le Haut-Pays retrouva sa physionomie habituelle : une terre abandonnée à la solitude de ses bois et de ses landes, et destinée à n'être plus bientôt sur les cartes géographiques qu'une grande tache blafarde dépeuplée.

Entre Saint-Julien et Maheux, dans une de ces combes perdues entre les montagnes, mais où se terrait un peu de vie depuis des siècles, un groupe de trois fermes, volets bouclés, tous feux éteints, entra dans le silence au commencement de l'automne 1947. La femme du Taciturne, qui passait ses après-midi sous les châtaigniers, à chercher des champignons en furetant au milieu des fougères et des bogues éclatées, s'était dirigée de ce côté par hasard. Dans le jour tiède et immobile, sensible à un reste d'été, les bâtiments cloîtrés, la cour où rouillait une herse, funèbre et tordue, les venelles déjà reprises par les hautes herbes de septembre, lui évoquèrent tout à coup le minuscule jardin ouvrier de son coron natal que l'automne jonchait de figues pourries, parmi ces mêmes hautes graminées qui annoncent irrésistiblement la fin des vacances et le début de la vieillesse. Il lui sembla qu'un demi-siècle de vie venait de disparaître en un clin d'œil, tandis qu'elle se laissait distraire par des chimères et des agitations insignifiantes. Ainsi, du temps qu'elle se démenait autour de son fourneau, d'autres vies s'étaient défaites et refaites ailleurs, d'autres destins s'étaient accomplis. Elle avait vu, il n'y avait pas si longtemps, des enfants jouer dans cette cour ; maintenant étaient-ils probablement des hommes, des femmes, avec d'autres enfants en train de s'amuser loin d'ici. Elle s'était laissé enraciner par des besognes minuscules, par des habitudes que l'indigence et l'isolement transformaient en manies, au point de ne pouvoir imaginer d'autre univers que celui-ci ; lorsque des vents aventureux poussaient à travers le ciel des nuages venus d'ailleurs, et que, courbant à grandes foulées l'herbe étincelante au revers des talus, ils invitaient au voyage, elle n'éprouvait qu'une vacuité mélancolique, une absence sans but et sans remède, comme si, de l'autre côté de ces parois velues, il n'y avait rien. Depuis quelque temps, la présence de toute personne étrangère lui infligeait un sentiment de honte, et l'idée de revoir les siens (ils ne donnaient plus signe de vie) ne lui était même pas agréable. Du reste, totalement soumise à cette errance sur place, telle une chèvre tenue court dans son pré, elle descendait à Saint-Julien le moins souvent possible, préférant s'en remettre à une complaisance d'occasion, voisine ou tâcheron, pour le peu d'emplettes qu'elle avait à y faire ; elle ne se rendait même plus aux petites réunions paroissiales que le pasteur de Florac y tenait régulièrement. A force de s'abîmer dans de petites tâches, son horizon sensible s'était tellement rétréci qu'elle avait fini par oublier ces grandes réalités brutales qui font irruption un beau jour et anéantissent en un instant les vies où il ne s'est rien passé et où il ne se passera jamais rien.

C'est la mort dans l'âme qu'elle regagna ce soir-là son gîte, et, la gorge serrée, elle refit comme tous les soirs les mêmes gestes au fil desquels sa vie, doucement, s'était effritée. La nuit tombait ; dès que la soupe était prête et la table dressée, elle tirait une chaise près de la petite fenêtre aux vitres noires et luisantes, et s'installait sous le halo tiède de la lampe, les mains enfouies dans son tricot, jusqu'à ce que l'agitation du chien, dehors, annonce l'arrivée des trois hommes. Alors elle serrait l'ouvrage au fond d'un tiroir, ranimait le feu parcimonieux avec une poignée de bûchettes, sortait du placard le pain entamé par la semaine, et leur jetait un bref regard quand ils passaient la porte en apportant dans leurs vêtements le fumet tenace et aigrelet du hêtre brûlé.

Joseph Reilhan se laissa glisser dans les diverses complications causées par son accident, dans l'interminable convalescence qui en résulta, sans opposer la moindre résistance. Sa jambe infirme lui permit de passer l'hiver au lit, comme un coq en pâte, à somnoler et à rêvasser en toute tranquillité dans les nuages auxquels le prédestinait la double conjoncture de son ascendance maternelle et du signe astrologique dont elle semblait l'avoir délibérément gratifié : sa mère et lui étaient nés sous le signe du Verseau : signe par excellence des êtres aqueux, lunaires, oblitérés toute leur vie par le regret des béatitudes intra-utérines.

Le soir où avait eu lieu l'accident, Abel l'avait ramené sur son dos, à moitié inconscient, et la figure couverte de sang : il avait l'arcade sourcilière sérieusement entamée, une dent cassée — il ne s'en aperçut que trois ou quatre jours après, en trouvant un morceau d'émail au fond de son assiette —, ainsi qu'une assez vilaine déchirure à la lèvre supérieure, dont la cicatrice lui mit sur la bouche un air de dégoût indélébile : même quand il était content, on aurait dit qu'il avait envie de rendre.

En le voyant dans cet état — il tremblait de tous ses membres et bredouillait des mots incohérents —, sa mère poussa quelques cris, se tordit les mains, cogna son front contre le manteau de la cheminée.

— Oh ! Ce pont ! Ce pont ! Je savais bien qu'un

malheur finirait par arriver ! Le malheur est sur cette maison, répétait-elle en se dirigeant vers un placard dans lequel elle se mit fébrilement à fouiller.

En prononçant ces derniers mots (un des principaux traits de ce caractère astrologique est également de se griser du pire, par une sorte d'homéopathie instinctive), sa voix avait baissé de plusieurs tons et pris un registre plus grave, plein de rancœurs et de sous-entendus, et dans lequel planait la menace de la « goutte qui fait déborder le vase ». Les deux hommes, tapant du pied contre le rebord de la cheminée pour décoller la semelle de neige plaquée sous leurs chaussures, soufflaient et ne disaient rien, comme s'ils se sentaient coupables. Enfin, après avoir fait beaucoup de bruit dans le placard, elle finit par en extirper une bouteille d'eau sédative, poussa contre les braises une bassine remplie d'eau, s'agita à travers la pièce, obéissant à ses gestes de ménagère habituels avec la vélocité mécanique d'un automate.

Pendant ce temps, nanti d'une mine solennelle appropriée aux circonstances, Reilhan examina les plaies, se livra sur la jambe blessée à des opérations mystérieuses qui eurent pour effet d'arracher quelques hurlements au jeune homme et de confirmer son tortionnaire dans la certitude que ce douillet serait sur pied le lendemain matin.

Le lendemain matin, le douillet, à qui on s'était contenté d'administrer des compresses d'eau salée, avait le délire, une forte fièvre, et la jambe paralysée ; violacé, laqué, comme nageant dans le pus, son genou avait doublé de volume. Penauds, les deux hommes se tenaient debout au pied du lit tandis que la mère, assise à son chevet, lui tamponnait le front avec un mouchoir imbibé d'eau sédative ; des images d'une horrible précision lui défilaient devant les yeux chaque fois qu'elle les fermait : Joseph-Samuel Reilhan, 1931-1948. Le pasteur de Florac. Voix que le plein air fait chevroter. Silence coupé de sanglots et de roulements sourds, etc. Elle rouvrait immédiatement les yeux et se jetait sur le corps de son fils qu'elle secouait pour voir s'il respirait encore.

Il respirait, comme on respire avec quarante degrés de fièvre, une commotion cérébrale, et une bonne infection en train de faire son chemin. Mais avec ce qui se passait dehors depuis cinq heures du matin, il y avait de grandes chances — si l'on peut dire — pour que les images dramatiques qui défilaient devant les yeux de la seule personne malgré tout un peu clairvoyante de la maison deviennent une triste réalité : c'était la plus belle tempête de neige qu'on ait vue depuis cent ans.

Abel avait essayé de traverser la cour pour aller chercher du bois ; il était revenu à plat ventre, complètement abasourdi par l'énorme gifle qu'il avait reçue : sa force extraordinaire n'avait pas été de trop pour l'empêcher de s'envoler comme un simple drap de lit. Joseph était maintenant entre les mains de Dieu ; on commença de réciter quelques versets de la bible : l'affaire était en bonne voie.

Glaciale, d'une violence inouïe, la tempête secoua le Haut-Pays pendant trois jours; trois jours dont on se souviendrait longtemps. Il est vrai qu'un tremblement de terre n'aurait causé guère plus de dégâts. C'était à croire que tout serait détruit ou emporté : les arbres déracinés ou les toits démolis ne se comptaient plus; châtaigniers centenaires craquant d'un coup de la base, arrachés par une poigne géante — cette fragilité insolite avait quelque chose de démentiel, d'écœurant —, sapinières hirsutes, couchées au sol ainsi qu'un champ de blé par l'orage, hangars soufflés par l'explosion du vent sous les couvertures de schistes, qui entassait les bêtes affolées dans les recoins des bergeries, toitures bouleversées d'où s'envolaient des essaims d'ardoises au demeurant légères comme des plumes, orgues de glace dégringolant le long des murs avec des paquets de neige qui ébranlaient le sol, cheminées décapitées de leurs chapeaux de lauzes, fagots de hêtre encore vert qui bondissaient et roulaient pêle-mêle du haut des bûchers aussi lestement que les buissons pirouettants du désert : tout paraissait bizarrement délesté de poids sous des vents qui auraient atteint, d'après les estimations officielles, près de deux cents kilomètres à l'heure.

Il n'était donc pas question de mettre le nez dehors, ni même d'entrebâiller une porte ou une fenêtre, crainte de les voir arrachées de leurs gonds. Contre ce souffle fluide et véloce, d'une consistance presque liquide, qui brûlait tout et rendait cassants comme du cristal les feuillages persistants qu'on entendait cliqueter aux branches (thuyas, chênes verts, genévriers, buis, houx, pins d'Alep, mélèzes, cèdres, arbres des régions méridionales grelottaient sous leurs aigrettes de glace comme des lustres de Venise), il fallut se barricader, calfeutrer de papier journal les trous de serrures et jusqu'aux moindres fentes, que trahissaient sur le carrelage, là où l'on n'aurait jamais pensé qu'il y en eût, des traînées de poussier blanchâtre : cette neige poudreuse chassée à l'horizontale s'insinuait partout, comme du sable. Même pour dormir, on n'osait pas pénétrer dans ces chambres montagnardes où se concentre déjà en temps ordinaire le froid du sépulcre : elles étaient devenues de véritables glacières. On se terrait nuit et jour sans bouger autour des feux impuissants; les flammes auxquelles on tendait les mains semblaient purement décoratives. Le temps de porter à la bouche une cuillerée d'un liquide fumant quelconque, c'était pour ainsi dire gelé; le vin fit tout de suite éclater les bouteilles; on le cassait à coups de marteau; on sciait le pain. Le bois commençait à manquer, mais, de même que ces bâtiments en perdition qui brûlent leurs bordages, on préférait briser quelques chaises et défoncer de vieux meubles plutôt que de se risquer jusqu'aux bûchers, qu'on maudissait d'être là-bas, dehors, complètement enfouis sous la neige, et en tout cas inaccessibles : ce terrible mugissement qui faisait craquer les charpentes et valser les schistes des toits en entraînant des avalanches de plâtras et de suie dans les gaines des cheminées, donnait par instants de tels coups de boutoir contre les murs qu'on rentrait la tête dans les épaules en s'attendant au pire; le pire, quoi qu'il advienne, c'eût été de sortir. Il valait mieux sacrifier quelques meubles que sa vie.

Les brèves accalmies pendant lesquelles on aurait pu s'aventurer vers ces maudits bûchers — et même jusqu'aux étables, qui en général se trouvaient assez loin des habitations, et où les moutons devaient être en train de se monter les uns sur les autres, ces brèves accalmies, loin de rassurer, semblaient au contraire amasser de nouvelles violences, préparer d'horribles écroulements. Les chutes de vent, trop brutales pour précéder un calme définitif, étaient comme des à-coups, des trous dans la tempête où celle-ci reprenait de sa fureur sur un fond lointain de grondements qui rendait encore plus effrayant le silence. En ces moments-là, on entendait toujours quelque chose dégringoler quelque part ; ces balles perdues du cataclysme étaient à la fois sinistres et ridicules, vilains petits bruits de casse qui présageaient l'assaut fatal et faisaient sursauter tout le monde. On restait là, recroquevillé sous une couverture, avec des enfants et des chiens entre les jambes, à observer les poutres du plafond, à supputer la catastrophe finale.

Tonifiés par cette atmosphère de drame, les vieux s'employaient à réconforter l'assistance en démontrant, bible en main et preuves à l'appui, que tout ça, c'était broutilles et roupie de sansonnet à côté de ce qui allait se passer ; ils tapaient sur le Livre du plat de la main : tout était écrit là-dedans noir sur blanc, aussi clair que de l'eau de roche. Finie, la rigolade ; on allait voir ce qu'on allait voir. Ils annoncèrent d'effroyables calamités : nuées de feu, fleuves de lave, déplacement de montagnes, continents engloutis tout entiers par les océans, le tout s'achevant en beauté, toujours selon les Écritures, par une apothéose de comètes et de fulgurations célestes qui mettraient fin aux temps. Ceux qui par malheur auraient survécu à ces indescriptibles fléaux tomberaient aussitôt en cendres. Il arrivait que certains devancent ces séduisantes perspectives et trépassent tout de bon pour donner sans doute plus de poids à leurs prophéties : c'est ainsi qu'à Mazel-de-Mort la pauvre Alice Despuech fut retrouvée raide au milieu de ses chèvres qui lui broutaient déjà les jupes, et il fallut la hisser dans un grenier faute de pouvoir l'enterrer. D'ailleurs, un peu partout dans le midi de la France, ce froid boréal tua les vieux comme des mouches, et surtout dans le plat pays, où l'on n'est guère habitué à se mesurer avec des températures aussi basses. (Du côté de Montpellier, Nîmes, la Camargue transformée en steppe de l'Asie centrale, on enregistra des moins vingt et quelques degrés, qui grillèrent les oliviers sur pied, malgré la résistance quasi minérale de cet arbre.)

Le matin du troisième jour — pure façon de parler —, alors que la tempête paraissait s'apaiser, les habitants des fermes perdues au large du plateau eurent la surprise de constater que le jour, précisément, ne se levait pas. Malgré l'heure avancée, pas la moindre lueur aux fentes des volets; il faisait noir comme dans un four : c'était peut-être la fin du monde. Mais on s'avisa que les cheminées s'étaient mises à refouler dès qu'on avait essayé de ranimer les feux, et il fallut beaucoup de temps et de coups de pelle pour dégager les ouvertures des bâtiments ensevelis jusqu'au faîte sous des congères géantes.

Les premiers qui réussirent à se frayer un chemin dehors estimèrent que certaines de ces congères devaient atteindre dix ou douze mètres d'épaisseur, surtout contre les flancs ou les mamelons exposés au nord. Cela ne s'était pas vu depuis des dizaines et des dizaines d'années; on butait contre les isolateurs des poteaux électriques; on marchait sur des toits sans le savoir. Découverts du haut d'une éminence, les hameaux et les groupes de fermes ressemblaient à ces villages abandonnés dans le désert et que les dunes de sable ont envahis jusqu'aux étages. Le moindre obstacle qui n'était pas entièrement recouvert était devenu le prétexte de concrétions acérées plus fantastiques les unes que les autres, défiant les formes imaginables les plus extraordinaires en même temps que les lois de la pesanteur : elles s'effilaient parallèlement au sol dans le sillage laissé par l'ouragan, encore présent dans ces corniches labourées de rainures, ces stalactites qu'on avait l'impression de regarder en inclinant la tête à angle droit, ces dentelures ouvragées, ces aigrettes fragiles, qui carénaient le bord des toits, l'angle vif des murs, les arbres trempés dans le cristal jusqu'à la pointe des branches, les poteaux encore debout, les fils électriques qui avaient résisté au poids de leur gaine de glace, et les grandes roches solitaires, crêtées à présent comme des diplodocus. Toutes ces formes que le vent avait aiguisées, érodées dans le même sens, donnaient une curieuse sensation de vitesse pétrifiée.

A perte de vue, dans toutes les directions, et jusqu'aux reliefs les plus lointains du sud, qui demeuraient habituellement en marge de l'hiver, tout était pris sous la neige, nivelé au point que les vallées elles-mêmes semblaient avoir été comblées — un pays qu'on avait peine à reconnaître dans ce moutonnement désertique dont la plupart des points de repère avaient été effacés : même les moraines noires des forêts de sapins avaient disparu sous leur housse molletonnée. Devant ces solitudes glacées où voyageait une bise aigre, et où l'on ne parvenait pas à imaginer que l'été puisse jamais revenir, on ne se serait pas cru à moins de cent kilomètres à vol d'oiseau de la Méditerranée, mais aux confins des terres habitables, dans une de ces régions désolées où ne poussent que des lichens et qui sont à longueur d'année la patrie de la glace et du vent.

Juste au-dessus de l'horizon, apparaissait, noyé dans le ciel livide, un halo exsangue, funèbre, très légèrement argenté : c'était tout ce qui restait du soleil, comme si, au cours de ces trois jours terribles, la terre s'en était éloignée.

Cette bise corrosive râpait la figure, bleuissait les joues, transperçait jusqu'à la moelle ; par les vingt-cinq degrés au-dessous de zéro qu'il faisait, le travail de la pelle ne parvenait même pas à réchauffer ; les vêtements les plus épais, les mieux fourrés, n'offraient qu'une protection très relative ; une fois ménagé un accès aux bergeries — dont plusieurs, sur le causse, venaient de s'effondrer, qui pourtant avaient tenu le coup pendant deux ou trois cents ans —, triées les bêtes mortes et nourries les rescapées, vite, on retourna se mettre au chaud devant les âtres incendiés par les fagots de genêts qu'on avait pu récupérer sous la neige et qui éclataient maintenant dans une débauche de crépitements, d'étincelles et de flammes. C'était une extraordinaire félicité que d'entendre de nouveau, après trois jours de rationnement qui avaient paru longs comme des siècles, soupirer les chiens, ronronner les chats, chantonner les bouilloires et s'étirer les boiseries sous les ondes de chaleur que dégageaient ces hautes flambées.

Dans chaque cour de ferme, on commençait à déblayer le devant des portes, à ouvrir des tranchées vers les étables ; au moment où l'on y pénétrait, on suffoquait dans une moiteur alcaline et piquante si dense, si confinée, qu'on s'attendait à retrouver toutes les bêtes asphyxiées. Le clair raclement des pelles se répercutait dans le corridor des venelles, avec, de temps à autre, l'effondrement soyeux des lourdes corniches dans un nuage de poussière sèche. Des chats circonspects, une patte en l'air, délicats comme des Chinois, humaient sur les seuils d'imperceptibles sollicitations olfactives et retournaient se mettre en boule sous les fourneaux, dépités de n'avoir pu déchiffrer leur nature ou leur provenance. Quelques pigeons s'ébrouèrent timidement sur la neige souillée de paille à l'entrée des communs ; ils décrivirent un vol circulaire à coups d'aile poussifs, revenant aussitôt à leur point de départ, découragés par ce qu'ils avaient vu.

Durant les jours suivants, et même pendant plusieurs semaines, le ciel conserva son aspect vitreux, et la température très basse, qui gardait le sol croustillant comme si on marchait sur du verre pilé, empêchait le réchauffement des autres pièces de la maison : chaque fois qu'on entrebâillait une porte, on sentait le froid emmagasiné derrière refluer entre les jambes ainsi que de l'eau glacée. Il fallut attendre le printemps, et que, fenêtres grandes ouvertes, l'air et le soleil puissent visiter ces cavernes de fond en comble, pour qu'en soit chassé ce fluide glacial qui émanait de la profondeur des murs.

Après trois ou quatre jours d'un travail de forçat, les Reilhan avaient réussi à dégager le sentier jusqu'à Saint-

Julien, tout au moins aux endroits où d'énormes congères le rendaient totalement impraticable. Dans ses draps trempés de sueur, le blessé respirait avec de plus en plus de difficulté et ne reconnaissait plus personne. Ils avaient fait immédiatement prévenir le docteur de Florac.

On avait vu bientôt arriver celui-ci, chaussé de cuissardes à pêcher la truite, rouge et transpirant malgré un froid d'acier, et armé de sa sempiternelle trousse noire qu'il jeta sur le lit en levant de nouveau les bras au ciel. Il commença par engueuler tout le monde.

— Qui est-ce qui m'a fichu ce gamin dans un état pareil ?

Il retira ses moufles et se pencha sur la victime en plissant le nez avec un air très absorbé, sans détacher les yeux du visage tuméfié.

— Regardez-moi ça, fit-il entre ses dents, du sparadrap collé sur des plaies à vif !

Il aperçut la bible posée sur la table de chevet et secoua la tête :

— Parbleu, ça doit s'arranger tout seul puisque c'est Jéhovah qui s'en occupe !

Tout d'un coup il se retourna vers eux, puis, haussant les sourcils et gonflant les joues, positivement scandalisé :

— Et on ne pouvait pas me faire prévenir avant ?

Un instant, il les dévisagea en silence, sans doute pour essayer de comprendre ce qui s'était passé dans leur tête depuis le moment de l'accident.

— Mais bien sûr, ils vont me dire qu'il y avait trop de neige.

Il faisait les demandes et les réponses, en leur parlant à la troisième personne, comme s'il avait affaire à des enfants ou à des irresponsables, et parce qu'il était trop furieux pour s'adresser directement à eux.

Il lui tenait le poignet d'une main, tâtant le pouls — il eut l'impression bizarre, presque gênante, que c'était la vie même, prisonnière et luttant au fond de sa prison comme une bête affolée sans savoir pour qui ni pour quoi elle luttait –, et, de l'autre, écartait la paupière entre le pouce et l'index, découvrant l'œil chaviré.

– Trop de neige ! Et pendant ce temps, l'autre est en train de plier bagage. Si seulement on m'avait téléphoné le soir même.

De temps en temps, on entendait une chèvre taper du pied dans l'étable voisine, tel un homme qui se réchauffe. Sèche, noire, engoncée dans son fourreau, la mère se tenait immobile au pied du lit et gardait les yeux fixes, silhouette de toutes les époques et promise à tous les tourments. Dieu seul pouvait savoir quel extraordinaire marchandage était en cet instant l'objet de ses pensées.

Le docteur avait ôté sa canadienne, fouillé dans sa trousse, repoussé draps et couvertures avec ce peu de ménagement pour la victime, qui est coutumier à la profession et rassure toujours l'entourage ; une odeur forte et aigre, d'urine et de fièvre, se répandit dans la chambre. Il examina le genou, accentua sa grimace :

– Il était temps, dit-il, c'est une belle saleté !

Il prononça quelques mots effrayants : ménisques, cavité articulaire, ligament fémoral, etc. Après quoi, encore entre ses dents :

– Heureusement qu'il y a le machin chouette ; on va lui en refiler un million d'unités dans les fesses.

Il mit à bouillir une seringue, saisit une petite fiole pleine de poudre blanche qu'il dilua avec le contenu d'une ampoule, enfin pompa le tout et l'injecta au jeune homme dans le gras de la fesse. Lorsqu'il enfonça l'aiguille, celui-ci ne réagit même pas.

– Espèce de petits champignons vénéneux, dit-il en montrant la fiole vide ; sans eux, passez muscade ! Et dire qu'il a fallu la guerre pour sauver un miston ! C'est incroyable !

On aurait dit qu'il en avait contre quelqu'un, ou même qu'il avait franchi ce stade.

Puis il nettoya les plaies, désinfecta, sutura, posa un pansement propre, toujours sans la moindre réaction de la part du malade. Ignorant les deux autres, il consentit à s'adresser à la mère :

— Il s'en tirera, dit-il, mais ce n'est pas pour demain qu'il piquera un cent mètres. Quand il sera sur pied, il faudra tout de même que vous me l'ameniez au cabinet.

Comme elle restait silencieuse :

— Allons, j'ai compris, dit-il en se levant ; ne faites pas cette tête : la pénicilline ne m'a pas coûté un centime ; ça ne vous coûtera rien non plus. Pour le reste : il eut un très joli geste de la main pour chasser d'invisibles mouches.

Aussitôt, tous trois semblèrent reprendre vie et s'agitèrent autour de lui tandis qu'il rassemblait ses instruments.

— Je serai là demain matin à la première heure, pour la deuxième piqûre. Car, bien entendu, on habite au diable et on ne sait même pas faire une piqûre. Et si un jour une vipère vous mord, hein ?

De nouveau, il les examinait sous le nez, en hochant lentement la tête et en fermant à demi les yeux, sans avoir réussi à comprendre quelle était l'espèce à laquelle ils appartenaient, ni la nature de leurs pensées.

Du seuil, ils le regardèrent s'éloigner sur la neige dure et craquante, dans le bleu froid de l'après-midi, et ils attendirent pour rentrer qu'il ait disparu, comme embarrassés de refermer la porte sur lui sans avoir pu manifester leur reconnaissance.

« Des animaux, se dit le docteur, la ressemblance parfois est frappante ; nous sommes des animaux. »

Dès le surlendemain, après la troisième piqûre, l'infection céda, la fièvre tomba brusquement. Le docteur avait demandé qu'on installe le lit du malade dans la cuisine, à cause du froid ; il trouva Joseph dressé sur ses coudes, pâle et amaigri, et tenant dans le creux de la main un morceau de dent qu'il exhiba triomphalement ; il avait la voix blanche des convalescents.

— Je parie que tu es fier de toi, dit le docteur en lui palpant le genou, dont l'enflure s'était presque entièrement résorbée, laissant à sa place une large tache violette frangée de jaune ; puis se redressant, et à la mère, seule présente :

— Bon, le voilà tiré d'affaire, mais pour le moment il n'est pas question bien entendu qu'il se lève ; d'ailleurs, par un temps pareil, il ne perdra pas grand-chose.

Il s'assit devant la table, repoussa le verre et la bouteille de « blanche » que la mère avait posée dessus à son intention, griffonna rapidement une ordonnance ; puis il tira de sa sacoche une grosse boîte rouge et la lui tendit.

— Voilà de quoi lui donner du nerf ; vous lui en ferez prendre une ampoule avant chacun des trois principaux repas dans un peu d'eau sucrée. Mais il faudrait tout de même qu'il bouffe un peu de viande.

Il jeta un regard résigné dans la direction du fourneau, où des châtaignons trempés de lait étaient à chauffer. Son regard fit le tour de la pièce ; celle-ci était d'une propreté austère, qu'on sentait rageusement conquise sur la misère, et où l'encaustique parlait surtout de revanche sur de longues privations. Dans le grand silence que le temps gris et feutré faisait régner ce jour-là autour de la maison, les battements réguliers de l'horloge et les craquements du feu dans la cheminée produisaient une singulière impression de luxe. Et abattant les mains sur ses cuisses pour se lever :

— Et ainsi, vous allez en faire un petit paysan, dit-il, comme si, après avoir effectué l'inventaire de cette pièce, c'était la seule conclusion qui s'imposait à son esprit.

La mère eut un petit rire sec ; elle se dirigea vers la cheminée, attrapa un pot de faïence où était serré son argent.

— Vous savez bien ce que vaut la terre, par ici, dit-elle. Ses doigts durs déplièrent un billet. Il y a à peine le travail d'un homme. Elle étala le billet sur la toile cirée et, avec le bord de son pouce, se mit à en lisser les plis. « Ou plutôt d'une bête », fit-elle brusquement et avec violence.

Elle se tint appuyée un instant des deux mains sur le dossier d'une chaise, le visage tourné vers la fenêtre ; la réverbération bleuâtre qui venait de l'extérieur lui durcissait les traits et révélait le fourmillement des rides. La fille aux joues charnues, au front lisse, aux cuisses fermes, qu'il avait soignée ici même un quart de siècle plus tôt, s'était diluée dans la grisaille quotidienne pour devenir cette petite bonne femme voûtée qui commençait à avoir un peu de moustache et à perdre ses cheveux, et qui se muait lentement en vieil homme (il exagérait un peu son impression, car en réalité elle lui avait toujours paru vieillotte, efflanquée, du genre chienne maigre et noiraude ; mais enfin, il y avait tout de même l'amour, les attributs distinctifs du sexe, avec leur propre arrogance, tandis qu'aujourd'hui... On ne pouvait imaginer certaines choses sans frémir).

— Cela ne peut plus durer comme ça, dit-elle encore. Il y a des jours où l'on se dit qu'il aurait mieux valu ne pas naître.

Le docteur se leva, fit le tour de la table et vint se placer en face d'elle, les mains croisées dans le dos ; il la dévisagea en silence.

— A quoi ça sert, de naître, quand il n'y a même pas de quoi vivre ? De nouveau, elle regarda dehors, vers cette férocité intemporelle, presque macabre, de la neige et des pierres noires ; sa bouche remuait légèrement, on aurait dit qu'elle suçait une pastille, comme tous les gens qui sucent leurs chicots.

— Je me suis toujours demandé ce que vous fichiez ici, dit le docteur — il y avait, entre elle et lui, une ancienne connivence qui datait du jour où il l'avait, elle aussi, tirée d'affaire ; il y a belle lurette qu'il n'y a plus rien à espérer de ce pays. La plupart des familles qui se trouvaient dans votre situation ont mis la clef sous la porte. C'est lamentable, mais il n'y a pas moyen de faire autrement. L'État s'en contrefout, tout le monde s'en contrefout. Je ne sais pas pourquoi votre mari s'est obstiné... On ne peut pas tirer du sang d'une pierre ; et ça n'ira que de mal en pis. Si j'étais vous, avant qu'il ne soit trop tard... (Ce que je lui dis ou rien : ils ont un peu plus de cent ans à tous les deux. Personne n'en voudra, nulle part. Ils crèveront ici comme des chiens.)

— Oh! Nous autres... Elle haussa les épaules, en ayant l'air de dire que cela ne valait même pas la peine d'en parler. Elle eut même un rire bref et narquois, comme si elle se moquait d'elle-même, à l'idée que des gens de son âge et de sa condition puissent raisonnablement envisager de vivre autrement qu'une bête de somme. Ce n'était pas la première fois que le docteur remarquait de la part des familles les plus déshéritées du pays une attitude semblable, où entrait une sorte de mépris pour tout ce qui n'était pas leur misère, l'étroite conception de la vie qu'elle leur laissait; leur fierté à eux consistait à s'enfoncer davantage dans leurs médiocres habitudes, avec une complaisance volontiers sordide, pour reporter d'âpres ambitions sur leurs enfants — parfois sur un seul d'entre eux, au salut duquel on sacrifiait tous les autres.

— Non, non, c'est fini, maintenant, pour nous. Ici, nous avons nos habitudes, et nous sommes trop vieux pour les changer. Tant qu'on est chez soi et qu'il n'y a pas la maladie...

Au fond d'elle-même, malgré son découragement et sa lassitude, on sentait la tranquille assurance du propriétaire, la solidité des traditions, peut-être une certaine forme d'attachement à cette terre, quelles qu'en soient les tyrannies incessantes et le dégoût qu'elle en avait.

Elle essuya le bord de la table d'un coup de chiffon et fit tomber dans sa main des miettes imaginaires :

— L'aîné aura toujours de quoi faire bouillir sa marmite. Toujours tout seul dans la montagne, celui-là! A vivre avec les sangliers, s'il pouvait! C'est pour le petit que j'ai du souci; il n'a jamais été très vigoureux, et maintenant, le voilà au lit! Il ne manquerait plus qu'il soit infirme, cloué ici, à peine bon à garder les chèvres pour le restant de ses jours... Eh bien ça, je ne le veux pas. Et d'une voix basse et rapide : Dieu non plus ne le voudra pas. Ou alors, c'est qu'il n'y a pas de justice!

— Bon, dit le docteur brusquement en empoignant sa serviette, ne touchons pas à la hache. La justice de Dieu n'est pas tout à fait de mon ressort. En attendant, toi tu vas me faire le plaisir de rester dans ton lit et de ne pas en bouger jusqu'à ce que je revienne.

L'adolescent se dressa de nouveau sur les coudes et dit « oui » de la tête; sa figure pâle faisait une tache phosphorescente dans le fond de la pièce.

— Quant à son avenir, on verra plus tard, lorsqu'il sera sur pied. (Il désigna le billet du menton :) Vous savez bien que je n'ai pas besoin de cet argent. Ce n'est pas de la charité, c'est de l'égoïsme : je n'ai pas envie de me taper votre sentier de chèvre trois fois par semaine parce que ce lascar manquera de globules rouges. Mais je connais la musique : vous allez me fourrer ces cinq cents balles dans votre poche sans rien dire à personne et lui acheter de quoi se remplumer, au moins pendant quelques jours. Et faites lire à son père ce que j'ai écrit sur l'ordonnance; à propos, où sont-ils, ceux-là?

— Ils sont allés voir si les arbres n'ont pas trop souffert; il paraît que c'est un massacre... La misère ne frappe jamais qu'à la porte de la misère!

Le docteur ouvrit la porte; le froid se tenait dehors comme un bloc d'acier; tout était gris, mort, hors du temps. A travers le Haut-Pays, il n'y avait, blottis çà et là dans cette songerie sans âge, que ces îlots de vie calfeutrés derrière leurs vitres jaunâtres, pareilles aux feuilles de papier huilé du haut Moyen Âge, et parlant de coins d'âtre, de vieilles légendes, de lentes beuveries, de lourdes victuailles déballées sur les tables; mais ce n'était qu'un rêve : il y a surtout ces gens qui ne bouffent que des châtaignes à longueur d'année et qui n'ont même pas de quoi engraisser un cochon.

— Ah! La justice de Dieu est souvent bien déconcertante, dit le docteur en prenant congé; il avait un sourire mélancolique.

— Dieu choisit les siens, allez! dit rudement la mère, comme si elle ne s'embarrassait plus de ces nuances, et que l'important fût de se trouver là où il fallait et au bon moment.

Et une fois seule avec son fils :

— Est-ce que tu n'aimerais pas devenir quelqu'un, comme lui ? Tu vivrais à la ville, tu serais bien habillé, tu mangerais à ta faim, on te respecterait.

— Pour sûr, que j'aimerais, dit Joseph. Je m'appellerais Samuel, comme l'oncle Samuel, tu sais, celui qui était pasteur à Anduze.

Il fallut attendre plusieurs semaines pour que le froid desserre son étreinte.

C'était toujours le même froid liquide et brûlant, irrespirable, qui arrachait la figure et tirait les larmes des yeux dès qu'on mettait le nez dehors, le même ciel haut et vitreux, vide de soleil, sous lequel les solitudes de neige cotonnaient à perte de vue leur blancheur lancinante, somnifère. Parmi tout ce blanc sans éclat mais sans ombre, et dont la réverbération, malgré tout fatigante pour les yeux, finissait par décolorer tout ce qu'on regardait, ressortaient seulement, et dans un rayon limité, des tracés au fusain, des arabesques de fer forgé, des grilles au charbon de bois, les coulées d'encre des torrents, toute une symphonie, elle aussi endormante, allant du noir au sépia en passant par le vert bronze, à l'exclusion de toute autre couleur. Tout était silencieux, immobile, sauf, par endroits, d'étranges fumerolles comme celles dégagées par les sources chaudes et les solfatares, que des tourbillons soulevaient au sommet des pentes.

Une fois que les chemins et les routes furent rouverts à la circulation, Abel et son père allèrent s'embaucher dans une scierie proche de Florac, comme ils y avaient été contraints, au cours des trois hivers précédents, par l'aggravation constante de la situation économique ;

celle-ci, déjà mauvaise pour beaucoup de petits cultivateurs du Haut-Pays, devenait, chez les Reilhan, catastrophique. Les maigres récoltes qu'ils parvenaient à racler sur cette terre sans générosité se trouvaient encore dîmées à cause du peu de moyens dont ils disposaient et du retard qu'ils prenaient au moment de les rentrer : ils n'avaient jamais eu assez d'argent pour acheter un cheval, ou un mulet; c'était leur voisin le plus proche, Marius Despuech, qui leur prêtait le sien quand lui-même n'en avait plus besoin; d'où ce retard, pas mal de récoltes gâtées, de démêlés avec le mauvais temps, et un rendement de plus en plus médiocre. Le salaire qu'ils touchaient à la scierie pour quelques mois de travail, quoique modeste, leur permettait de joindre tant bien que mal les deux bouts et de mettre trois sous de côté pour les coups durs.

Lorsque les deux hommes se levaient, il faisait encore nuit noire; ils enfilaient leurs vêtements raides, avalaient une assiette de soupe, ou de « bajana », et s'en allaient ainsi lestés dans l'aube naissante et de glace, par le sentier crissant sous sa croûte de neige dure, avec un sang plus neuf fouetté dans les veines par cette marche salubre qui les amenait jusqu'à Saint-Julien, où, vers huit heures, passait la montagnarde.

C'était une vieille guimbarde toute déglinguée, lourde et lente comme une barque, crachant la vapeur par le trop-plein de son radiateur, et dont les vitres ainsi que les phares portaient encore les traces du bleu délavé qu'on avait barbouillé dessus pendant la guerre; elle sentait l'huile chaude, l'essence, le cuir racorni, la chèvre, le suint de mouton et même le purin, combinant ces odeurs d'étable et de garage, emblèmes essentiels du Haut-Pays, avec une insistance qui eût semblé caricaturale à un étranger. Cette patache tressautant sur ses chaînes et vibrant de toutes ses tôles n'était, sauf les jours de foire, qu'à demi pleine, et toujours à peu près des mêmes personnes : des journaliers luisants et rouges, bardés de sacs desquels dépassaient des goulots de bouteilles déjà largement entamées, des vieux paysans au profil de rapace, avec d'énormes mains noueuses et couleur de brique, des femmes ayant de petites têtes aux cheveux tirés et aux yeux de pie, et qui tenaient un panier sur les genoux, leurs mains agrippées à l'anse comme si elles avaient peur qu'on le leur arrache; l'assistance toisait chaque nouvel arrivant d'un œil critique pour retomber, épuisé le sujet, dans son indifférence somnolente.

La vallée bientôt s'élargissait entre les hautes pentes couronnées de forêts, débouchait à l'intersection de deux autres vallées dans la plus large desquelles la petite ville pelotonnée sous la neige éparpillait ses fumées et ses toits blancs autour de son clocher; elle se bornait en réalité à une rue interminable et absolument droite à l'entrée de quoi s'arrêtait la montagnarde pour lâcher sa première fournée de voyageurs qui s'égaillaient le long des trottoirs et par les ruelles où sonnaient les premiers coups de pelle et où des ménagères emmitouflées de fichus jusqu'aux yeux avançaient à petits pas prudents; d'autres en pantoufles balayaient le devant des portes, suivies du regard par un gosse derrière une fenêtre, le nez écrasé contre la vitre dans un cercle essuyé de sa buée. Les deux hommes ne descendaient qu'à l'arrêt suivant, trois kilomètres après, et se dirigeaient vers la scierie qui empilait ses troncs à une centaine de mètres de la route, parmi les déchets de bois de toutes sortes et des tas de sciure fraîche. Là, jusqu'à la tombée de la nuit, enveloppés par le vacarme strident des scies et l'odeur farineuse du bois, chaude et appétissante comme une fournée de pain, ils poussaient les troncs sur des plateaux roulants, sortaient les planches, chargeaient les camions, obéissants aux ordres que leur criait à l'oreille le contremaître avec la passivité exemplaire des bœufs.

Pendant ce temps, dans leur nid d'aigle, la mère et le fils profitaient de leur solitude, lui pour se laisser gaver dans son lit de toutes sortes de petits plats que sa mère lui cuisinait en cachette, grâce au peu d'argent qu'elle avait pu mettre de côté au cours des années précédentes ou rabioter à droite et à gauche en vendant des fromages ou des champignons, et elle pour le pousser continuellement dans la voie qu'il semblait avoir choisie, mais qu'en réalité elle lui avait imposée dès le début de sa convalescence en lui faisant luire les avantages d'une profession honorable et respectée de tous. Si la médecine des corps lui avait paru tout de suite réclamer des dispositions étincelantes au service de longues années d'études ardues, celle des âmes, en revanche, était à ses yeux parfaitement accessible; il n'y avait rien à trancher là-dedans de bien précis ni de bien dangereux. Avec Dieu, on pouvait toujours s'arranger, commettre quelques erreurs, rester à l'occasion dans le vague, tandis qu'avec les organes qui recelaient la vie, fragile et complexe, c'était une autre histoire, il fallait être un as, et elle se doutait bien que son fils était loin d'être un.

Elle s'interrogeait à propos de cet oncle Samuel, qu'elle n'avait rencontré qu'une fois, peu de temps avant qu'il ne meure; après tout, celui-là non plus n'avait pas l'air d'un aigle. Pourtant, ça ne l'avait pas empêché d'être pasteur, d'arborer à son poignet un superbe bracelet-montre en or, d'habiter une maison coquette, pleine de livres et de disques, et dont il était propriétaire! (Parbleu, le bougre avait été veuf par trois fois, et par trois fois héritier.) D'ailleurs, était-il nécessaire d'être un aigle pour entrer au service de Dieu? Ces messieurs ressemblaient en général à de bons fonctionnaires, replets, ponctuels, la voix onctueuse et le geste étudié, avec, dans les cas extrêmes, cet air un peu désertique des guérisseurs d'âmes, mais en tout cas tous paraissaient très satisfaits de leur sort. Eh bien, ce que Samuel-Joseph — l'inversion des prénoms était un grand pas de franchi — ne pourrait obtenir par l'intelligence, c'est par le dévouement qu'il l'obtiendrait, par toutes ces qualités qu'il est fort possible de prendre sur soi lorsqu'il s'agit de tirer son épingle du jeu. Le calcul n'était pas si mauvais : le roi des imbéciles, s'il se double d'un vaniteux, trouve dans sa vanité de quoi déplacer les montagnes. Évidemment, encore fallait-il que Samuel-Joseph soit un vaniteux; ce n'était pas en gardant les chèvres ou en fagotant des genêts qu'il avait eu jusqu'ici l'occasion de le lui montrer.

— Tu ne te vois tout de même pas finir tes jours dans ce trou, comme un misérable ? On ne parle à personne, on ne sait jamais rien de ce qui se passe... Et puis les filles d'aujourd'hui ne veulent plus des garçons de la montagne ; elles laissent ceux d'ici à leur sauvagerie et préfèrent s'établir en ville. Si ça continue, dans ces coins perdus, il n'y aura plus que des célibataires : alors, ce n'est pas la peine que je te dise ce qui te reste à faire.

Elle le harcelait ainsi du matin au soir, lui faisait apprendre par cœur des pages entières de la bible, comme elle le forçait à ingurgiter des bouillies et des « laits de poule » où elle jetait plus de sucre que n'en avait consommé de tout l'an le reste de la famille ; à cette époque-là, le sucre était bon pour le cerveau. Elle imaginait, ou plus exactement elle espérait, que ces diverses nourritures, terrestres et spirituelles, stimuleraient les facultés intellectuelles du jeune grabataire, et lui fourniraient les moyens de réaliser cette grande ambition.

A ce régime-là, ce ne fut pas tellement l'ambition de Samuel-Joseph qui prit de l'importance, mais son ventre, ses joues, ses fesses, tous les endroits où se loge la graisse chez ceux qui ne font pas assez d'exercice et qui ne brûlent pas assez par l'imagination. Car, dans son for intérieur, le convalescent n'était pas enchanté par ces perspectives. Vivre en ville, avoir de beaux vêtements, manger à sa faim, être respecté, tout ça, c'est bien joli, mais ça suppose pas mal de complications, de responsabilités, de surveillance et de tensions continuelles qui lui donnaient le vertige ; rien qu'à l'idée de haranguer une assemblée de fidèles, il avait des bouffées de chaleur. Pourquoi diable les choses étaient-elles si complexes, si embêtantes, dans la vie ? Pourquoi les gens ne continuaient-ils pas à vivre comme des enfants, en se contentant du strict nécessaire ? Au fond, bien que rien ne le destinât à être un homme de la montagne, et qu'il n'eût pas le goût de la terre, il se demandait s'il n'était pas préférable de traîner dans les bois et de traire les chèvres plutôt que de s'atteler à une tâche qui lui semblait insurmontable et pour laquelle il n'était pas établi qu'il soit fait. Mais sa mère, dans sa rage de le voir obtenir ce qu'elle avait désiré en vain toute sa vie, le tarabustait tant et si bien, lui dépeignait un avenir si sombre, noircissant à l'extrême tout ce qui touchait à la terre, pour embellir l'existence qu'on menait dans les villes, que ce mou ne savait plus à quel saint se vouer. C'était un indécis fondamental; il était de ceux que déchire l'envie des montagnes quand ils sont au bord de la mer, et qui inversement ne rêvent que de flots bleus au milieu des forêts; qui regrettent la neige en été, et pleurent juillet à Noël. Affolé à la pensée de quitter son refuge, mécontent d'y végéter toute sa vie, ces sentiments contradictoires l'écœuraient tellement qu'il faisait le vide dans sa tête, et, tout en suçant son pouce pour se consoler, il s'abîmait dans des méditations voisines du néant, en ayant soin cependant de laisser la bible ouverte sur le lit et d'y promener dessus de temps en temps un œil décadent, pour que sa mère le laisse digérer en paix. Mais tout cela minait en lui comme un ver mine une pomme, et ces continuelles alternances de convoitises médiocres et du dégoût qu'il avait pris de sa condition, pourrissaient lentement son cœur.

Elle avait beau varier les menus, lui confectionner des flans, des gâteaux de riz, tout cela bien entendu à l'insu des deux autres, auxquels elle aurait ôté le pain de la bouche avec cette royale tranquillité d'esprit que seules permettent les grandes passions, il avait de moins en moins d'appétit, et trouvait que tout avait le même goût fade, d'après-fièvre, de convalescence. Il lui semblait alors que jamais plus les choses ne redeviendraient ce qu'elles avaient été jadis, et qu'il traînerait jusqu'à la fin de sa vie une fatigue, une lourdeur et un dégoût incoercibles. On aurait dit que son accident, survenu en pleine puberté, à l'époque du vague à l'âme et des boutons sur la figure, avait provoqué en lui des troubles irréparables, et qu'il ne serait plus comme avant. Maintenant, une barrière infranchissable le séparait de son enfance — j'y étais encore en septembre, se disait-il, comme s'il s'agissait d'un autre pays — de l'autre côté de laquelle il était tombé le jour de son accident.

Lui revenaient les propos de la vieille Alice Despuech, qu'il avait entendue dire une fois, ici même : « Jusqu'à seize ans, c'est le paradis ; ensuite, ce n'est plus rien. » (Elle était née dans une ferme charmante de fraîcheur et d'ombrages, du côté de Saint-Jean-du-Gard.) Pour qu'une vieille femme presque rustre fasse un tel aveu, il fallait que ce soit l'évidence même : pourquoi personne n'en disait-il rien ? Pourquoi les gens jouaient-ils à ce jeu stupide qui consiste à donner de l'importance à ce qui n'en a pas, et à différer l'essentiel jusqu'à l'oubli ? Pourquoi consentait-on à vieillir tout d'un coup, pour des prétextes aussi futiles que la vanité sociale, le pignon sur rue, etc... ? Vraiment, il ne comprenait rien à tout cela, sinon que ça ne valait pas le coup de grandir. Quand il interrogeait sa mère à ce sujet :

— C'est comme ça, tu n'y changeras rien, lui répondait-elle avec brusquerie, comme si elle craignait que tous ces regrets et toutes ces restrictions n'affaiblissent les ambitions qu'elle avait reportées sur lui ; et elle ajoutait : de toute façon, c'est Dieu qui l'a voulu.

Mais elle avait alors une expression si singulière, comme gênée, que son fils se demandait quelle était exactement la signification que sa mère prêtait à ce mot de « Dieu ».

Des nuits de douze heures de sommeil — d'un sommeil un peu trop lourd pour être un bon sommeil — ne lui apportaient qu'un repos passager, de courte durée : juste au moment où il se réveillait, il se sentait à peu près bien ; mais presque aussitôt après, la lassitude réapparaissait à travers ses membres et jusque dans ses doigts, dont les articulations étaient douloureuses. Dès qu'il avait fini son petit déjeuner, commençait la lecture de la bible, et très vite sa tête se remplissait de fumée, les yeux lui cuisaient ; les phrases perdaient leur sens, les mots devenaient illisibles. Il sombrait peu à peu dans la torpeur de ces heures grises et silencieuses égrenées par l'horloge, comme hypnotisé par le paysage incolore et glacé collé contre les vitres, dont il ne parvenait pas à détourner les yeux.

Ce qui le touchait le plus, dans cette bible, c'était une vieille gravure qui servait de signet, et qui représentait un petit pâtre une houlette à la main, souriant à la tête d'un troupeau de moutons aussi gras que leur propriétaire. Plus jeune, une confusion s'était opérée dans son esprit entre l'état de berger et celui de pasteur; confusion parfaitement légitime. Sans doute s'était-il lui-même identifié à ce petit berger, et avait-il éprouvé un réel bien-être à la vue de ces luxuriants pâturages parmi lesquels celui-ci souriait, et en imaginant une vie simple et paradisiaque. Cette double confusion, qu'il retrouvait un peu chaque fois qu'il regardait cette gravure, entretenait chez lui une vague attirance pour les choses de religion, attirance qu'il tint, plus tard, pour une vocation où sa mère l'avait poussé.

Un jour, vers le début de janvier, elle lui remonta de Saint-Julien une orange enveloppée dans du papier de soie; il la déballa sur le lit avec une craintive admiration : que dirait le père, en voyant cette orange, s'il rentrait à ce moment-là? Longuement, il la flaira, la palpa, la soupesa, mais n'osa pas la manger, et il préféra la fourrer sous son oreiller afin de recommencer l'opération de temps à autre, parce que cette odeur d'orange lui permettait de pénétrer dans le royaume défendu des choses déjà passées : l'orange de Noël qu'on distribuait aux enfants des écoles — la seule et unique orange qu'il avait de toute l'année —, et dont il pressait l'écorce devant la flamme d'une bougie pour en tirer une gerbe d'étincelles odoriférantes. Mais le fruit finissait par pourrir, et il fallait le jeter.

Vers la mi-janvier, le temps changea, les jours, de nouveau, s'obscurcirent. Ainsi qu'une rivière au moment de la débâcle, le ciel lézardé craqua de tous les côtés et lentement se mit en mouvement; des nuages mous roulèrent leurs mufles tièdes du fond de l'ouest; c'étaient d'énormes nuages marins qui sentaient la pluie, le dégel, ou ces neiges spongieuses et grasses que ramène souvent la fin de l'hiver.

Il y eut deux ou trois jours de brouillard pendant lesquels la température remonta et se tint aux alentours de zéro; toute une nuit, il neigea; et puis, le lendemain matin, en ouvrant les yeux, Samuel-Joseph aperçut, dans la petite lucarne sans volet qui trouait le mur près de la porte, une clarté rouge, éblouissante, qui s'allongeait sur le crépi du mur. Il eut un instant le cœur rempli d'une joie violente, un grand désir de liberté, et, le corps soulevé d'espérance sous les pesantes couvertures, il eut l'impression extraordinaire de se réveiller à l'aube d'une belle journée du mois d'août, quand tout est calme et qu'aucune feuille ne bouge dans l'air bleu, lavé par la nuit. C'était un dimanche, et personne, à l'encontre des habitudes, n'était encore levé; enfin on entendit craquer les solives, une porte s'ouvrir, et les pas traînants de la mère dans l'escalier. Lorsqu'elle repoussa les volets de la cuisine, ce fut comme si au cœur de l'hiver venait de naître une sorte d'été radieux et pur.

Un soleil rouge, neuf comme le monde, faisait étinceler sur les vitres les fougères ciselées par le givre. Le ciel au bleu vif découpait violemment la housse pailletée des toits, d'une épaisseur laiteuse et succulente à l'œil, et qui évoquait plus qu'autre chose la souplesse craquante de la meringue et les douceurs de la crème chantilly; l'air immobile portait encore la fraîche cassure du gel, mais on sentait déjà rayonner dans sa transparence la brûlure des matinées de neige ensoleillées.

Un peu partout, les gens se tenaient sur le seuil de leur maison, se réchauffant au soleil et regardant la vie s'ébrouer timidement, se remettre en place au creux des hameaux avec des gloussements et des claquements d'ailes. Après une si longue pénitence de ciel gris, d'horizons rétrécis, de jours reclus (on n'avait pratiquement pas revu le soleil depuis trois mois), on aurait contemplé durant des heures ce ciel d'un bleu total et aveuglant, et toutes ces couleurs qu'il rendait sur la neige encore plus éclatantes que par les plus lumineuses journées d'été. Le froid sec et vif rabattait dans les rues et dans les cours des fermes l'aigre suée du hêtre au fond des cheminées, et s'imprégnait, à mesure que le jour chauffait, d'une odeur d'écorce, printanière et sauvage, qu'exhalaient les bûchers et les emplacements où l'on sciait le bois en plein air. Chacun ressentait au fond de soi quelque chose qui ressemblait à ce qu'ont dû ressentir Noé et les siens au moment où les eaux se retirèrent. C'était une envie étrange, joyeuse, légère, grisante comme un alcool, mais on ne savait pas de quelle envie il s'agissait — peut-être était-ce, à cause de ce ciel profond et limpide, l'envie de s'en aller très loin, toujours plus loin.

Bientôt, l'alité commença à se lever et à faire quelques pas en tirant la jambe, qui, naturellement après trois mois d'immobilité, s'était ankylosée; (qu'il ne fatigue surtout pas son genou, avait écrit le docteur sur l'ordonnance). Cette raideur — réelle — qu'on aurait très bien pu guérir par une rééducation appropriée, ou par une petite intervention chirurgicale, devint une infirmité chronique qui servit admirablement les desseins de la mère, en même temps que le caractère apathique de son enfant : il boitait avec beaucoup de bonne volonté, parce que ça lui permettait de se tourner les pouces tout en gardant bonne conscience pendant que la famille s'échinait à la tâche. Abel lui avait fabriqué une béquille rudimentaire, taillée dans une planche avec une fente pour glisser la main et un bourrelet de cuir fixé sur l'arête supérieure, là où l'aisselle prenait appui. A le voir clopiner une épaule en l'air, on aurait dit qu'il avait fait ça toute sa vie; c'était un boiteux-né : il s'installa dans son infirmité comme dans un fauteuil.

On était en mars, l'hiver pourrit rapidement, la neige bue par les pentes spongieuses disparut, laissant accrochées quelques médailles blanches contre le bleu marine foncé des montagnes. Le sol noir se mit à ruisseler; les grandes dalles, les falaises, les cuirasses de schistes, vernies par les eaux de fonte, brillèrent sous le soleil morcelé et le grand vent d'ouest qui remettait à flot le Haut-Pays sous un ciel de grand large; des taches de lumière traversaient les plateaux en naviguant sur leurs molles ondulations, et disparaissaient dans les gouffres, où elles allaient inonder pour quelques instants une fenêtre, le fond obscur d'une chambre, le cuivre rutilant d'une pendule ou d'un chaudron, des flocons de poussière sous un lit, ou le visage de quelqu'un qui regardait dehors. La transparence de l'air nettoyait jusqu'aux confins des horizons le paysage, qui devenait une immense maquette lisible et détaillée, avec ses flottilles de nuages approfondissant encore les perspectives. Tout était en mouvement dans ce printemps amer et violet, cuisant déjà la terre au milieu de ces clairières de soleil qui se déplaçaient lentement et autour desquelles traînait un sillage d'ombres froides. La forêt respirait avec la majesté de l'océan; des coulées de terre jaillissaient le long des pentes, comme les sanies d'un corps en travail. Des murs boursouflés s'effondraient brusquement, distribuant en travers des chemins un éventail de pierres et de sable qu'on voyait fumer ainsi que du terreau. Il y avait des journées où des brouillards nordiques rampaient contre la montagne, se déchiraient en lambeaux en passant à travers la forêt, et accrochaient ses perles aux branches des sapinières en réveillant des odeurs d'automne, d'humus et de champignons frais; et tout à coup, le lendemain, un jour chaud, fiévreux, s'accumulait dans les bas-fonds, exaspérant des verdures précoces, troublant le sang et fouillant la terre offerte comme un ventre sous son tapis d'herbes jaunes et aplaties. Le jour suivant, parfois dans la même journée, c'était de nouveau un ciel noir d'octobre, plein de rumeurs et de mouvements, l'odeur fauve des sentiers dans les bois dépouillés et luisants, la pluie giclant aux vitres embrumées, des coups de vent glacés claquant les volets et éparpillant les cendres dans l'âtre.

C'était encore une de ces années où l'on passait

brutalement et sans transition de l'hiver à l'été, et où les personnes âgées parlaient des printemps disparus, avec ces haies d'antan, toutes blanches d'aubépines, qui embaumaient encore leur souvenir, les eaux libres et grelottantes sur quoi on faisait tourner de petits moulins, quand les vacances d'avril fermaient pour quinze jours les écoles et ouvraient les chemins des bois ruisselants de lumière, les pelouses sauvages à travers lesquelles ils avaient couru, à l'époque où leur cœur désirait vivre, battant d'une joie aujourd'hui affreuse à évoquer. Dès la fin de leur jeunesse, presque tous avaient eu l'impression que plus le temps passait, plus les saisons se gâtaient, blettissaient à peine nées, comme si le règne du froid et de l'obscurité, serviteurs de la mort, s'étendait peu à peu sur elles en laissant de moins en moins de place aux beaux jours. Peut-être aussi l'enfance — car c'est toujours d'enfance qu'il s'agit à propos des saisons — n'était-elle qu'une machine à illusions qui empoisonnait le restant de la vie avec le souvenir de saisons merveilleuses qui n'avaient jamais réellement existé. Mais, par la même pudeur ouvrière et hargneuse qui scellait les lèvres jusqu'à la mort, nul ne livrait jamais rien de ces sentiments-là, sinon des implications inférieures strictement matérielles et intéressées ; on se bornait à ressasser d'aigres considérations sur les avantages incontestables des époques d'autrefois, ou touchant aux récoltes que ce temps désastreux risquait de pourrir sur pied, et où passait une vague incrimination des générations, de la société, des temps actuels, complices d'une détérioration générale.

Enfin les premières chaleurs arrivèrent en mai, lourdes et déprimantes, comme mal adaptées à ce paysage aussi vide et sévère qu'un paysage d'hiver, et où le printemps demeurait dans les bas-fonds et ne gagnait les hauteurs que par petites touches timides. Très vite, ces chaleurs presque malsaines mûrirent en orages, qui rôdèrent sans éclater au-dessus des plateaux, dans un ciel de Golgotha.

Appelés par les travaux saisonniers, les deux Reilhan

quittèrent la scierie de Florac; partant à l'aube et ne rentrant qu'à la nuit, fourbus par cette course incessante pour essayer de rattraper le temps perdu et se maintenir au rythme de la saison, ils se mettaient immédiatement au lit après avoir marmonné quelques mots de prière et avalé promptement leur pitance, en sorte que Samuel-Joseph et sa mère continuaient à rester seuls toute la journée, sans rien changer à leurs petites habitudes, formant à tous les deux un clan dont les deux autres ignoraient tout. Ils auraient été d'ailleurs bien étonnés d'apprendre qu'un ministre de Dieu en puissance couchait sous leur toit et s'engraissait sans vergogne de toutes ces bonnes choses que sa mère, en resquillant sur le budget, lui préparait quand ils avaient le dos tourné et dont ils ne voyaient jamais la couleur; le soir, à leur arrivée, le lascar avait déjà dîné, et sa mère avait eu la précaution d'essuyer soigneusement la table et de faire disparaître jusqu'aux moindres traces de son repas.

— Il a pas faim? glapissait Abel entre deux lampées de soupe, d'une voix tonitruante, faite pour franchir les vallées ou arracher les bœufs à leur somnolence.

— Non, non, j'ai pas faim, répondait Samuel, qui ruminait dans son fauteuil en faisant semblant de lire la bible; le pli de dégoût que lui avait laissé la cicatrice sur sa lèvre supérieure apportait à ce manque d'appétit une certaine plausibilité, malgré son ventre et ses joues de curé. A ce moment-là, la mère trouvait toujours quelque chose à faire dehors; elle tâtait dans la poche de son tablier le petit carnet qui ne la quittait jamais, et sur lequel elle inscrivait ses recettes et ses dépenses clandestines en abréviations mystérieuses :

C.S.d.B.M.	118.	B.	200.
Ch.b.d.C.	80.	E.	150.
Fr. 3/12	360.	P.	150.
D.	160.	D.	100.
R.	118.		
5/9			

qu'il aurait fallu lire ainsi :

Champignons Serre du Bon Matin	118.	Boucherie	200.
Châtaignes bois des Carbonières	80.	Épicerie	150.
Fromages 3 douzaines	360.	Pharmacie	150.
Divers (la resquille)	160.	Divers	100.
Reste (le bénéfice du mois)	118.		
Mai 1949			

Également, elle y notait pêle-mêle des recettes de cuisine économiques, les dates où elle effectuait ses semis, les lunaisons qui lui avaient paru les plus propices, ainsi que toute une comptabilité de pots de confiture au raisiné (qui ne lui coûtait pas un centime : les raisins provenaient de la treille) et de sachets de champignons séchés, provende qu'elle entassait pour la vente ou les mois difficiles dans une cantine fermée à clef au fond du grenier. Évidemment, la côtelette grillée qu'elle venait de préparer à « Samuel » lui pesait un peu sur la conscience quand elle voyait son autre fils s'inquiéter pour la santé de son frère, alors qu'avec le travail qu'il fournissait, c'est dans son estomac de bûcheron qu'une bonne demi-livre de viande n'aurait pas été de trop; aussi était-elle toujours mal à l'aise à l'heure du souper, et craignant d'être trahie par l'odeur d'une cuisine qui n'avait qu'un lointain rapport avec les châtaignes bouillies qu'elle leur servait (bien qu'elle ait eu la précaution de tourner ses sauces ou de faire griller la côtelette au grand air, sur la charbonnie abritée d'un auvent où elle mettait sa lessive à bouillir), ou même s'imaginant qu'on allait lire sur sa figure la composition exacte des repas de Samuel, l'argent dépensé depuis des mois pour cette nourriture, et toutes les acrobaties auxquelles elle ne cessait de se livrer pour obtenir cet argent, elle s'éclipsait comme une souris et essayait d'oublier ses remords et d'apaiser ses inquiétudes en allant traire ses chèvres.

Le mois de juin arriva, remplissant le cirque d'une chaleur moite et bourdonnante de mouches, exaspérant les sèves qui firent bouillonner presque d'un coup la verdure des hêtres ; c'était un temps pouilleux et gras, de grisaille aveuglante à travers quoi s'effaçaient les horizons et s'aplatissaient les perspectives. Dès le matin, le ciel sans profondeur prenait une teinte rance, avec ce très léger tremblement qu'on observe au-dessus des marais par grosse chaleur ; l'éclat louche et huileux des schistes faisait peser sur le vaste entonnoir une continuelle atmosphère d'orage. Tous les insectes semblaient frappés de stupeur, à l'exclusion de ces mouches que l'émanation de lessive et de poisson d'eau douce des grands halliers excitait autant que la pestilence des charognes. Pas le moindre souffle d'air, aucun oiseau pour pétiller sur les éteules — sauf des corbeaux qui dérivaient lentement à la verticale des falaises contre lesquelles se répercutaient leurs cris préhistoriques, et qui s'abattaient sur les carcasses d'arbres morts pour méditer pendant des heures sur ce monde solaire loqueteux.

Joseph ne pouvait plus se supporter entre quatre murs ; il se sentait bizarre et oppressé dès qu'il se réveillait. Le matin, il n'avait qu'une hâte, c'était de sortir, de quitter cette maison dont les murailles épaisses, malgré la fraîcheur qu'elles entretenaient, ajoutaient encore à son impression d'étouffement. Il y avait aussi la présence de sa mère, continuellement dans son dos, à le choyer et à le surveiller, et qu'il ressentait maintenant comme une présence malsaine. Il passait des nuits très agitées, qui ne lui apportaient aucun repos, et sans doute les rêves qu'il faisait étaient-ils pour beaucoup dans l'impression de malaise que cette femme lui causait : il rêvait qu'une belle jeune fille s'allongeait sur son lit, tout contre lui, et posait sa bouche charnue sur la cicatrice de sa lèvre mutilée. Naturellement, cette situation exquise le mettait dans tous ses états, au point qu'il éprouvait dans son rêve une extraordinaire sensation de réalité, sans aucune déformation onirique, avec la pression des seins contre sa poitrine, l'odeur de chèvrefeuille des cheveux et la tiédeur de l'haleine sur sa figure, qui le bouleversaient tellement qu'il en avait les nerfs tout veloutés de plaisir, et soudain, il s'apercevait avec horreur que cette jeune fille devenait sa mère, et elle se putréfiait aussitôt entre ses bras. Ou bien, toujours en rêve, étant enfermé dans le grenier, d'où il n'était possible de fuir que par une issue, il entendait quelqu'un ou *quelque chose* monter lentement les escaliers; la porte s'ouvrait, et derrière une silhouette se tenait immobile, couverte d'un voile noir de la tête aux pieds, et bien que ne voyant pas le visage il savait que c'était celui de sa mère, et qu'elle lui apparaissait en deuil pour lui annoncer qu'il allait mourir; quelquefois, ce n'était pas sa mère qui attendait derrière la porte, mais cette chose qu'il redoutait tant : un cercueil debout et entrouvert, avec, dedans, l'innommable putréfaction à sa poursuite. Il se réveillait en hurlant et croyait sentir l'odeur suspecte autour de son lit. Un autre rêve revenait assez fréquemment : il était accroché dans le vide au sommet des falaises, retenu par la main de sa mère, et tout à coup il tombait, tenant toujours cette main, qui s'était détachée du bras, agrippée dans la sienne comme une vulgaire patte de poulet. En tout cas, sa mère lui apparaissait toujours vêtue de noir, soit en pleurs, soit avec des fleurs à la main, immobile et spectrale, incarnation de la mort et prophétesse du malheur.

Avant que la chaleur, dehors, ne soit accablante, il boitillait jusqu'aux premiers châtaigniers surplombant les bâtiments de la ferme, tout de suite en nage car désormais le moindre effort l'essoufflait et lui ôtait rapidement ses forces, et là, assis contre un arbre, sa béquille dans l'herbe et sa bible purement emblématique sur les genoux, il contemplait avec hébétude les toits gris de Maheux à ses pieds, où la lumière terne glissait sans éclat, les pentes d'en face, qui semblaient déverser sur eux, par un effet d'écrasement des perspectives, les lourdes roches de leurs éboulis, et cette alliance sauvage de rocailles et de toits concassés donnait à son malaise d'étranges prolongements, comme s'il avait la fièvre ou le délire et que tout ce qui l'entourait devînt une source d'angoisse — son angoisse même.

A ces moments-là, l'éventualité de demeurer ici toute sa vie lui était intolérable. Instinctivement, son regard plongeait vers le petit cimetière, cent mètres au-dessous de la ferme, et dans le flamboiement du jour, dans ce silence des pierres qui descendait le long des pentes et faisait bourdonner dans ses oreilles la rumeur inquiétante du sang, devant cet écrasement des perspectives, cette platitude du décor (il aurait pu toucher de la main les hêtres du versant opposé, alors que, l'an dernier encore, la distance qui l'en séparait lui paraissait beaucoup plus vaste), devant ce déversement d'énormes rochers sur les toits qu'ils écrasaient de leur domination séculaire, et qui ressemblaient à une excroissance sécrétée par une maladie minérale (et peut-être les hommes n'étaient-ils qu'une maladie minérale), devant cette folie de la vie dans ce désert en feu, ces gros lézards verts dont la marche mécanique et maladroite rappelait brutalement que, pendant deux ou trois cent millions d'années, les grands sauriens avaient été parmi les véritables maîtres de cette planète, son angoisse devenait encore plus menaçante, un étau bloquait sa respiration, des douleurs vives circulaient à travers son ventre, une poigne maligne le serrait à la gorge et accélérait les battements de son cœur ; une singulière lucidité, subtile et vénéneuse émanation des malaises qui la précédaient, lui montrait tout à coup que sur tout ce qu'il avait sous les yeux, y compris lui-même, s'étendait le règne placide, implacable, d'une monstruosité universelle dont l'horreur dépassait tout ce qu'on pouvait imaginer : tout se passait comme si la création se retournait contre elle-même pour se dévorer à grands coups de mâchoire, par une rage de néant qui n'arrivait jamais à se satisfaire, car la fatalité universelle fournissait à cette fureur une matière inépuisable à dévorer ; il n'y avait qu'une seule et unique vérité : c'était ce travail discret qui s'accomplissait là-bas sous la terre, dans ce petit carré grouillant d'orties. Tout le reste : fumée !

Un matin, cette angoisse le mena si loin qu'il crut sa dernière heure arrivée, et qu'il se mit à pleurer ; des larmes de peur, coulant sur son visage crispé, tandis qu'il se mordait les doigts pour ne pas crier.

« Les mouches mortes infectent et font fermenter l'huile du parfumeur; un peu de folie l'emporte sur la sagesse et sur la gloire » (L'Ecclésiaste).

L'après-midi, pendant l'heure de la sieste, il se réveillait en sursaut, sous la force d'une idée qui faisait violemment irruption dans son esprit complètement désarmé par la somnolence (et il aurait fallu épeler cette idée en énormes lettres majuscules occupant tout le champ de la conscience) :

QU'EST-CE QUE DIEU
VENAIT FAIRE LÀ AU MILIEU

Il restait là, dans la pénombre de la chambre, ahuri, dressé sur les coudes, son cœur battant la chamade, pareil à une bête à qui on vient d'assener un coup derrière les oreilles. Les mots diminuaient d'importance, l'idée se recroquevillait et retrouvait sa place parmi d'autres idées qui refaisaient surface et lui restituaient ses dimensions normales : qu'est-ce que Dieu venait faire là au milieu : ça ne tenait vraiment pas le coup.

Le fait qu'il existe des prêtres, des pasteurs, accusait encore un moment le choc de cette pure absurdité remontée des profondeurs. Et puis, par simple contamination, qu'il soit pasteur lui-même lui semblait ennuyeux et saugrenu.

Il errait tout l'après-midi avec sa béquille dans l'air visqueux qui huilait le visage et laissait les poumons à la limite d'une légère asphyxie — l'impression de respirer le peu d'oxygène contenu dans cette liqueur épaisse, juste assez pour ne pas s'étouffer —, les mains gonflées, le front luisant d'une sueur graisseuse, sentant le regard de sa mère lui peser comme une gêne aux épaules depuis la grotte plus fraîche de la cuisine où elle se tenait embusquée comme une araignée au fond de sa toile.

Accroupi sur l'aire, dans la poussière et l'herbe rôtie, il construisait de petites tours de pierre, les bourrait de cette herbe sèche, y mettait le feu et se repaissait avec avidité du spectacle de la fumée qui s'échappait par les interstices. Alors, avec la précision d'un coucou que l'heure fait surgir de sa boîte, et qui l'agaçait suprêmement, sa mère écartait le rideau pour les mouches et apparaissait sur le seuil; elle venait vers lui dans cette chaleur épaissement sucrée par les menthes sauvages à quoi s'ajoutait l'odeur plus suffocante des genêts. Il ne pouvait plus supporter cette manière qu'elle avait de marcher en traînant les pieds, ni cette main noire, rêche qu'elle lui posait sur la nuque ou sur les cheveux, ni cette voix usée, un peu geignante, qu'elle prenait pour lui dire (et qui correspondait si bien à ce frottement fatigué des pantoufles) :

— Mais qu'est-ce que tu fais, mon petit, si ton père te voyait!

Oh! Ce ton de tendre reproche! Il l'aurait envoyée au diable, si l'agacement, et parfois même une espèce de haine, qu'elle lui inspirait, ne s'était transformé en une atroce pitié, à cause de l'attachement animal qu'il ressentait pour elle.

— Comment veux-tu qu'il me voie? Et, de toute façon, qu'est-ce que ça peut lui faire?

— Et ta bible, Joseph, ta bible...

Comme s'il ne le savait pas qu'il s'appelait Joseph! Ce nom ridicule allait bien avec cette voix brisée et ces grosses pantoufles d'homme d'où sortaient les os maigres de ses chevilles. Sa bible! Joseph et Sa bible! Il était seul au monde à posséder une bible. Partout, des gens chuchotaient que le puîné de Maheux se promenait sous les arbres avec LA bible. On n'attendait que lui pour en discuter. Des messieurs importants viendraient le voir exprès de Paris, et la main sur le cœur : ainsi, vous avez lu la bible à votre âge? Inouï! On le porterait en triomphe. Juliette Clément, sa cousine de Sète (la jeune fille à la bouche charnue qui dans ses rêves tétait cette humiliante cicatrice lui ressemblait), deviendrait folle de lui.

Il faisait ainsi défiler devant ses yeux bon nombre d'images plus ridicules les unes que les autres, comme on titille une blessure douloureuse, ce qui ne manquait pas de le porter au comble de l'exaspération : c'était la jouissance amère de connaître ses limites, et de se vautrer dans sa propre ânerie. Pauvre femme ! Il regardait ce visage anxieux et consterné penché vers lui, cette peau curieusement fine pour une paysanne, ses yeux toujours un peu mouillés d'un petit peu d'eau, cette tête de fourmi aux os fragiles, qu'on avait l'impression de pouvoir écraser dans la main comme une noix, et dont il savait très bien qu'il occupait toutes les pensées.

— Eh bien quoi, ma bible, ma bible... Tu vois bien que je réfléchis.

— Mais tu risques de mettre le feu, voyons.

Ces paysans et leur hantise du feu ! Il serait bien content que tout brûle, lui, qu'il se produise un événement qui bouleverse sa vie sans qu'il ait besoin de se creuser la cervelle du matin au soir !

— Mais non, mais non, laisse-moi tranquille, puisque je te dis que ça ne risque rien. Allons, si tu y tiens, va me chercher de l'eau, maintenant.

Et elle allait lui chercher de l'eau, traînant les pieds, voûtant le dos, les bras ballants, se répétant en elle-même : mais pourquoi fait-il ça, il risque de mettre le feu, son père serait fou s'il le voyait, pourquoi fait-il ça, est-ce qu'il n'est pas malade, et si le docteur le voyait en train de faire ces bêtises, et si le pasteur le savait... — partagée entre l'inquiétude qu'il ne « réussisse » pas, et l'espoir secret qu'un comportement aussi bizarre fût précisément un de ces signes auxquels on reconnaît les destins exceptionnels.

Seul, sur le petit causse de Ferrières, le Taciturne avançait en suivant le bord de la draille pointillé d'un vestige de mur, dans ce brouillard très épais qui va en s'illuminant et qui annonce souvent les chaudes journées de septembre; malgré la tombée rapide du crépuscule, ce sont peut-être ici les plus belles de l'année. On dirait que la terre, accablée de soleil pendant des semaines de chaleurs brutales, profite des premières douceurs de l'arrière-saison pour dégorger tout le miel de cette chaleur accumulée en elle. L'air rouge et gras a le goût de la pulpe des fruits; on sent y couler dedans l'odeur des treilles, comme du sirop.

Oui, il ferait certainement très chaud, aujourd'hui : bien que le brouillard masquât encore complètement le soleil, le vieux montagnard, en marchant, transpirait comme au plein de l'été.

Il avait quitté Maheux à la fine pointe du jour, équipé de son légendaire fusil à piston et de sa gibecière, où ballottait déjà un geai qu'il venait de tirer, à peu près le seul gibier que cette pétoire archaïque soit capable d'atteindre, pour rejoindre à Mazel-de-Mort toute une bande de chasseurs que réunissait chaque année l'ouverture de la chasse : Despuech, chez qui se déroulaient d'ordinaire les agapes traditionnelles, Boutonnet, de Barre-des-Cévennes, qui parlait d'une voix exténuée et semblait toujours accablé de maux irréparables, les frères Roux, de Saint-Julien, cramoisis et asphyxiés, comme tous les mangeurs de cochon, Sauveplane, de Florac, avec son trou près de la tempe, qu'il avait écopé dans la Marne, et où l'on voyait battre son pouls à fleur de peau, deux ou trois jeunes loustics, également de Florac, que la possession d'un « Robuste » à plusieurs coups enivrait, et qui éliminaient leur ivresse en étoilant les panneaux de signalisation ou de chasse gardée, enfin quelques vieux roublards qui venaient là uniquement pour se farcir la panse : ceux-là n'avaient besoin ni de fusil, ni de chien, ni d'ouverture, ni de permis pour remplir leur gibecière; du premier janvier à la Saint-Sylvestre, ils arpentaient les bois, écumaient les torrents et fournissaient la plupart des restaurants de la région de tout ce qui pouvait se dépouiller, se plumer, se vider, se confire, se mettre au four, à la broche, en sauce ou en conserve.

Et puis, ce soir, la fête finie, Reilhan ramènerait à Maheux le cheval que lui prêtait son ami au moment des labours ou des semailles d'automne : à partir de demain, et pour quinze jours, il naviguerait avec l'animal au large des hautes pentes, fouillant la terre, les bras tirés par l'araire, trouvant parfois, dans la fatigue, la sensation que c'était de ses propres muscles qu'il arrachait les mottes et ouvrait le sillon. Mais cette fatigue lui était bonne; il ne se lassait pas de voir s'écarter devant lui ces deux lèvres de terre rougeâtre qui, lorsqu'il avait plu peu de temps avant, étaient aussi lisses et aussi crémeuses que s'il les avait tracées dans le beurre. Il aurait continué à labourer ainsi jusqu'au fond des horizons, pour le seul plaisir d'entendre cliqueter les fers du cheval parmi les pierres et de sentir tressauter jusqu'à ses épaules ce bec luisant et propre où se concentrait toute la puissance de ses bras multipliée par celle du cheval. Il n'aurait jamais osé avouer à quiconque que le meilleur de sa récolte était là. Il ne se demandait même pas si celle-ci serait bonne ou mauvaise, meilleure ou pire que la précédente; ce genre de souci n'avait jamais altéré le sentiment de plénitude, l'âpre soulagement qu'il éprouvait à joindre son effort à celui du cheval pour défoncer le derme stérile des éteules, à faire bouillonner cette surface rôtie, craquelée, hérissée de poils ras et durs, à trancher dans cette croûte morte sous laquelle une vie silencieuse et captive attendait l'air, la pluie et le soleil pour s'élancer de nouveau dans de frêles tiges tremblantes que le vent de printemps ondulerait, six mois plus tard, lorsqu'elles commenceraient à roussir de la pointe comme le duvet des jeunes chiens.

Tout en suivant la draille à travers le brouillard, grâce au double liséré de pierres rondes qu'elle matérialisait devant lui au fur et à mesure qu'il se déplaçait dans une sorte de halo plus clair dont il restait le centre et qu'il entraînait avec lui, à croire que sa seule présence suffisait à dissoudre cette épaisseur cotonneuse dans un rayon de quelques mètres, il réfléchissait, l'esprit tranquille et démeublé par ce trajet presque machinal qui, au milieu de cette brume sans surprise, laissait libre cours à ses pensées. Il repassait ces moments si satisfaisants de sa vie, que le cycle des saisons livrait périodiquement au ciel vaste et aux grands espaces, à cette navigation hauturière fouettée d'embruns et de vent ou aveuglée de soleil — cette vie qu'il n'avait finalement jamais consenti à trahir ni à perdre. C'était pour cela qu'il avait tenu bon, pour cela qu'il n'avait pas voulu partir, qu'il n'avait pas voulu vendre, qu'il avait écrit à ce bonhomme de la ville, sans rien dire à personne, pour casser la vente. Si un jour la mère apprenait cela, elle ne le lui pardonnerait pas. Oui, bien sûr, il y avait ce retard qu'il n'arrivait pas à combler, cette course harassante après la saison, dont il n'était jamais parvenu à épouser le rythme, les récoltes à moitié perdues, la terre emportée par les orages, et qu'on était obligé de remonter dans des paniers, les pentes raides à dévaler et à gravir du matin au soir pour engranger le foin ou garnir le bûcher, il y avait la tristesse du soleil et la solitude du cœur, le silence du monde, l'incertitude de l'avenir, il y avait la pauvreté, cette pauvreté qui habitait chez vous de la naissance à la mort comme une compagne fidèle et que vous finissiez par aimer, cette pauvreté de la terre, de la table, des vêtements, cette pauvreté des gestes et des mots, cette pauvreté que tout le monde haïssait, refusait avec rage. Eh bien quoi, la pauvreté ? Vous avez tous ce mot-là à la bouche. Comme s'il ne vaut pas mieux manger une cèbe assis devant sa porte et en étant un homme libre, que de se nourrir de langouste en prison ; car enfin, ne me dites pas que ces gens-là ne sont pas en prison. Ne me dites pas que ces gens-là sont heureux. Ils ont beau être habillés comme des milords, rouler en voiture, aller au cinéma, faire des tas de trucs extraordinaires, ils ont l'air triste, ils sont toujours malades, ou en colère après quelqu'un : ils se battent pour un oui ou pour un non, des guerres et des révolutions en veux-tu en voilà ; quand on les voit marcher dans la rue, collés les uns contre les autres, on se demande où ils vont, en tout cas ça n'a pas l'air de leur faire plaisir, d'aller là où ils vont et de faire ce qu'ils font, et c'est peut-être pour ça qu'à la fin ils se battent. Ils se battent parce qu'ils s'ennuient, et ils veulent qu'on aille se battre à leur côté ; ils n'ont qu'à se battre tout seuls si ça leur chante : est-ce qu'ils s'intéressent à nous, le reste du temps ? L'été, on en voit rappliquer quelques-uns par ici, ils se promènent dans la forêt, ils laissent traîner des papiers gras, des fois ils mettent le feu, et ils disent en regardant les montagnes : que c'est beau, ah ! que c'est beau ! Qu'est-ce que ça veut dire, c'est beau ? Ils disent n'importe quoi, comme ça, pour montrer qu'ils sont intelligents, et qu'ils ont barre sur nous. Et je te claque les portières de la voiture, et je te donne un coup de frein pour faire de la poussière, et je te prends des photographies, et l'église, et le cheval, et la fontaine, et les moutons, et la bergerie, et le berger, et je te grimpe à travers la montagne, et je te couche sous la tente. Et au bout de deux jours de pluie, je te fais les valises et je te décampe ; des foulards autour du cou, des lunettes sur la figure, et des livres sous le bras : des rigolos, quoi. Toujours le feu aux trousses, à courir à droite et à gauche, et madame a la migraine, et elle préférerait descendre au bord de la mer, eh bien, allez-y, au bord de la mer, pour manger du sable et vous faire griller comme des sardines, attraper des maladies...

Il aperçut, à demi noyée dans la brume, la silhouette d'un berger, immobile au bord de la draille, dans sa cape noire qui le faisait ressembler à un petit sapin ; le berger grandit, et devint justement un sapin. Il fallait rebrousser chemin : il n'y avait pas de sapin avant l'embranchement pour Mazel-de-Mort ; trompé par la brume, il avait dû passer celui-ci sans y prendre garde. Enfin il trouva le sentier au bout d'une centaine de mètres. Des culs-blancs s'envolaient à son approche, filant en rase-mottes pour se poser un peu plus loin sur des pierres. Mouillés par le brouillard, les buis dégageaient une odeur amère et médicamenteuse.

Demain, certainement, il commencerait par labourer la Grand-Terre, une parcelle accrochée là-haut, au bord du plateau, perdue en plein ciel et proche des nuages, soulevée par un mouvement de terrain qui vous jette avec le cheval d'un coup dans le vent du large ; c'est une terre argileuse, à la peau racornie, et à la chair poussiéreuse, toute cliquetante de ces lauzes qu'on entasse une par une et de génération en génération sur un clapier central, mais il en remonte toujours à la surface, comme si l'araire retournait un immense charnier, et qu'on marche sur des os. Le seigle y est court, clairsemé par endroits, là où la pierre forme une chaussée compacte qui affleure au ras du sol. On y trouve souvent des étoiles de mer, des oursins, des volutes de coquillages frappés dans le calcaire comme des médailles — par les mers antiques, à ce qu'il paraît. A l'autre bout du champ, vers l'intérieur du plateau, un vieux mastaba servait dans le temps d'abri aux bergers ou aux chasseurs qui ont inscrit, avec des bouts de bois brûlés, leurs noms sur les pierres jusqu'au sommet de la voûte, à travers laquelle brillent des débris de ciel. Certaines de ces inscriptions remontent au début du siècle dernier, au moment des guerres de l'Empire. Au chaud du jour, on mange un morceau de fromage à la fraîcheur de cette voûte, le dos contre les lourdes dalles froides ; dehors, c'est la grande lumière tremblante qui brouille l'horizon, bleuit les montagnes, attise les insectes ; on attend encore un peu en buvant de temps à autre une lampée de piquette, puis on serre la bouteille au frais, sous des chiffons au fond du sac, et on repart à travers la fournaise sirupeuse, et de nouveau les sillons vous enlèvent vers la cime de la croupe, dans un sillage de mouches et d'odeurs violentes que le cheval laisse derrière lui, les flancs laqués de transpiration et la bouche blanchie d'écume.

Tout à coup, dans une combe éloignée, on entendit des chiens aboyer de cette voix anxieuse et précipitée qu'ils ont pour lever le gibier ; presque aussitôt, deux coups de fusil claquèrent sans écho, absorbés par le brouillard.

Le sentier se mit insensiblement à descendre ; des hêtres en boule étendaient leurs branches basses sur le gazon feutré de la pente. La brume perdait peu à peu de sa consistance ; par endroits, il n'y en avait presque plus ; alors s'ouvrait une zone où les choses apparaissaient avec une netteté surprenante, un relief inhabituel. Puis elle s'épaississait de nouveau et engloutissait tout, laissant une petite clairière où la vue ne portait qu'à quelques pas. Enfin tout ce gris vira au jaune, s'illumina, et sur son visage ruisselant de transpiration, Reilhan perçut la tiédeur du soleil ; au bout d'un lacet du sentier, il déboucha du bois où le brouillard se retirait lentement et se trouva en pleine clarté.

Devant lui, dans la lumière matinale légèrement voilée, se déployait un vaste panorama de montagnes enchevêtrées et couvertes de forêts, avec, contre les versants les plus proches, l'éclat luisant et argenté des toits d'ardoise, semblables à des écailles de poisson. La murette de granit encore mouillée qui courait le long du sentier fumait au milieu des orties, et il n'était pas une touffe d'herbe à laquelle ne s'accrochât une petite toile d'araignée perlée de gouttelettes qu'irisaient à contre-jour les rayons obliques.

Dans les sous-bois qui retrouvaient maintenant la

profondeur de leurs échos, des coups de fusil partaient, révélant cette profondeur. Les chiens, fous de désir, jappaient dans l'aigu, d'une manière déchirante.

Lorsqu'il aperçut les toits de Mazel-de-Mort en contrebas d'une grande prairie cernée de bois, Reilhan enjamba la murette et coupa à travers les genêts ; leur odeur chaude et âcre prenait à la gorge et peut-être était-ce la première fatigue du matin et le fait d'avoir marché si longtemps à jeun qui rendait cette odeur si forte et si entêtante. Il s'arrêta d'un instant les pieds en travers de la pente pour essuyer son front ruisselant et, posant son fusil dans l'herbe, il eut en se redressant un éblouissement ; des petits points noirs s'affolèrent devant ses yeux dans toutes les directions. Il regardait stupidement autour de lui, comme s'il était étonné d'être là.

Les genêts commençaient doucement à frire ; on voyait, à l'entrée de la ferme, sur un terre-plein gazonné, quatre ou cinq voitures arrêtées au milieu de vieilles machines agricoles plus ou moins délabrées, et dont les timons pointés vers le ciel évoquaient des canons anti-aériens. Par-dessus le marché, il y avait un gros oiseau aux ailes en accent circonflexe, menaçantes, qui décrivait de grands cercles au-dessus des toits, intéressé par quelque proie minuscule ; peut-être les timons allaient-ils ouvrir le feu sur lui ? Au moment où il se baissa pour ramasser son fusil, Reilhan eut, pendant un instant, la sensation bizarre, brusquement dépaysante, d'un embrouillement des époques, d'un mélange très singulier, captivant, des affûts de chasse et des matins de guerre où les hommes patrouillaient le long des bois blanchis par le givre ou entre les terres à betteraves, boueuses et tristes, faites exprès, semblait-il, pour subir les dommages de la guerre, pour servir d'entonnoirs aux obus et de tranchées aux cadavres. Si forte était son impression, si curieux il était d'en suivre les progrès en lui, au point de se croire habillé de vêtements militaires, qu'il ramassa son fusil et parcourut les trois cents derniers mètres sans même s'en rendre compte. L'odeur du café chaud qui soufflait par la porte entrebâillée de la cuisine vint encore ajouter à tout cela une confusion supplémentaire : quand il pénétra dans la pièce basse de plafond, encore assez sombre et mal éclairée, il n'eût pas été autrement étonné que le brouhaha des conversations, le choc de ferblanterie des bidons dans les sacs, le claquement sec et précis des culasses que les jeunes gens manœuvraient martialement, eussent été ceux d'une patrouille partant pour les avant-postes dans la forêt des Ardennes, un matin de l'hiver 40. C'était d'autant plus étrange qu'on était aujourd'hui le 10 septembre, et que cela faisait exactement dix ans, jour pour jour, que cette aventure ahurissante, dont il n'avait jamais très bien compris les tenants et les aboutissants, avait débuté pour lui, ainsi, d'ailleurs, que pour la plupart de ceux qui se trouvaient présents ici ce matin ; après avoir serré quelques mains et bu une tasse de café, il sentit son impression se dissiper, et à sa propre surprise en eut de la nostalgie, une vague tristesse, un peu d'ennui à l'idée qu'une journée de chasse se terminerait obligatoirement dans un lit — comme si, d'une véritable journée de guerre, on eût attendu quelque chose de beaucoup plus important ; comme si rien ne pouvait remplacer la merveilleuse impression de liberté, d'irresponsabilité, d'appréhension, bref : d'incertitude, qu'il venait de ressentir à travers ce flottement de la réalité actuelle sur la montée mystérieuse des souvenirs.

— On n'attendait que toi, dit Despuech en lui posant la main sur l'épaule ; maintenant, allons-y, la journée sera rude.

— Oui, oui, la journée sera rude, dit Reilhan en se levant, les jambes un peu lourdes ; et de nouveau, étonné d'être là, un peu étourdi par la chaleur du fourneau, l'odeur des sauces et de venaison qui épaississait l'atmosphère, le bruit des chaises qu'on tirait et le raclement des pieds, il répéta machinalement, d'une voix qui semblait ne pas lui appartenir tout à fait :

— Oui, la journée sera rude.

Au moment où il allait passer la porte, Despuech l'arrêta par le bras.

— C'est à propos du cheval, dit-il, j'ai quelque chose à te dire ; quelque chose d'important pour toi. Nous en parlerons ce soir.

— Ah bon, dit Reilhan, et pourquoi pas maintenant ? Si c'est quelque chose d'ennuyeux, j'aime autant le savoir tout de suite.

Despuech gonfla les joues et pouffa de rire.

— Oh ! Oui, alors, quelque chose de rudement ennuyeux...

Il lui tapa sur l'épaule et continua à s'esclaffer.

— Sacré Reilhan ! Toujours dans la lune, hein ? Et tu crois que les autres font comme toi ? Allez, zou, en avant ! Ce soir, quand on sera tranquille, on reparlera de tout ça. Et il le poussa dehors ; pendant ce temps, Marie-la-Noiraude, sa fille, faisait un vacarme de tous les diables avec sa vaisselle ; elle paraissait furieuse. C'était une petite femme maigre, de peau sombre et l'air revêche, mais qui, à ce qu'on disait, abattait le travail d'un homme. Une fois que tout le monde fut sorti, elle claqua la porte et revint à son fourneau en haussant les épaules.

Les hommes rentrèrent vers une heure de l'après-midi, par une chaleur presque torride, sous un soleil de plomb. On était en droit d'espérer de belles journées d'automne d'un ciel si pur et si calme ; on avait entendu partout grésiller les alouettes au-dessus des labours.

Après avoir accroché leurs fusils au râtelier et empilé les pièces tuées sur le coffre à pain, les hommes allèrent se laver les mains dehors, dans une auge où arrivait une eau glacée captée au sommet de la prairie, au milieu d'un nid de joncs, et conduite jusqu'à la ferme dans des troncs de mélèzes évidés et moussus ; cette source qui coulait sans défaillance été comme hiver faisait la fierté de son propriétaire et l'envie de tous, dans une région où l'on était obligé dans la plupart des cas de compter sur le ciel pour remplir les citernes. Le trop-plein de cette eau alimentait une mare artificielle dont les bords colmatés de glaise étaient criblés de trous par les moutons ; et il y en avait encore assez pour arroser le carré de légumes d'un courtil où régnait le soleil entre des murs de pierres rondes. Des fleurs garnissaient des plates-bandes, également bordées de granits ronds, sous les fenêtres.

Pour les Reilhan, cette ferme représentait une sorte de paradis terrestre, et Despuech en était le Dieu bienveillant : il était évident que, sans son aide, ils n'auraient même pas pu survivre. Chaque fois qu'il se trouvait à Mazel-de-Mort, Reilhan se sentait aussi emprunté qu'un vilain en visite chez son châtelain; à peine s'il osait s'asseoir, malgré l'amène jovialité que lui témoignait son ami.

Les hommes entrèrent un par un, tirèrent les chaises et s'installèrent autour de la table en silence. Les chiens dormaient déjà dans les coins, assoupis par la fraîcheur des dalles. On but dans des verres à moutarde un pastis à forte saveur de grappe. De temps à autre, quelqu'un parlait d'une voix puissante, qu'on eût dit adressée à un sourd. Certains visages, penchés en avant et éclairés de biais, semblaient recouverts d'un masque d'argile rouge, au-dessus duquel apparaissait une bande de peau blafarde, d'un blanc fragile et malsain, et qui avait l'indécence des parties secrètes du corps dissimulées au regard et inviolées par le soleil.

Debout contre son fourneau, bras croisés, visage inexpressif, Marie Despuech les observait l'un après l'autre avec la froideur d'un acheteur de bestiaux, attendant le bon plaisir de la race des seigneurs pour exercer ses fonctions domestiques; sur un signe de tête de son père, elle se dirigea vers un bahut sur lequel étaient placés deux grands plats de charcuterie; elle les disposa au milieu de la table en écartant les verres et les bouteilles avec des gestes brusques, gardant le même visage fermé, servant tout le monde avec un zèle bourru, rongeant toujours on ne savait quel frein, nourrissant on ne savait quel ressentiment à l'égard de l'assistance. Puis elle se remit à son poste d'observation, et les hôtes, dépliant lentement leur serviette et ouvrant leur couteau de la pointe de l'ongle, commencèrent à officier devant les assiettes.

Pendant la plus grande partie du repas, ils mangèrent en silence, comme à un repas de deuil ; et d'ailleurs, dans leur façon de couper le pain en petits cubes, de mâcher chaque bouchée sans hâte, presque sans appétit semblait-il, de boire en fermant à demi les yeux, avec prudence et respect, il y avait une espèce de solennité rituelle qui donnait au repas quelque chose de religieux.

Vers la fin, cependant, le vin aidant, et les sauces lourdes, les esprits s'échauffèrent et le ton des conversations monta ; on raconta d'abord des histoires de chasse, que la rareté du gibier fit dégénérer bientôt en discussions politiques, et ce fut alors le déversement d'une mauvaise humeur générale, la condamnation en bloc du système, des syndicats, des partis, avec, pour conclusion suprême, le recours tout à fait platonique au régime de la table rase, des places nettes et du nettoyage par le vide, comme un écho lointain et mourant d'anciennes vertus révolutionnaires aujourd'hui désamorcées.

Despuech, s'adressant à Reilhan, qu'il plaçait toujours à son côté :

— Tu ne fais pas comme nous ?

Il désagrégeait une tranche de pain dans son assiette et arrosait les morceaux d'une louche de sauce noire et mordorée ; à la fin d'un repas, juste avant la salade ou les « pélardons », beaucoup avaient cette habitude.

Reilhan secoua la tête ; ces gueuletons qui traînaient en longueur le fatiguaient toujours un peu et la nourriture trop riche lui calait rapidement l'estomac. A peine s'il avait touché aux civets. Le brouhaha confus des voix, la fumée, les grincements de chaises, le peu de vin qu'il avait bu, alors qu'il n'en buvait jamais, tout cela s'ajoutait à la satiété légèrement écœuré qui pesait sur sa digestion, et finissait par l'étourdir ; il avait hâte de sortir, de marcher, de respirer un bon coup d'air frais.

Tout d'un coup il se souvint du cheval, de ce que Despuech lui avait dit le matin au moment de partir ; dans le feu de l'action, il n'y avait plus songé que par intermittence, en s'obligeant à ne pas approfondir, dans la crainte de quelque complication. Maintenant, il se voyait rentrer seul ce soir à Maheux. Pas de cheval, pour une raison ou pour une autre. Demain, pas de navigation à travers les grands espaces, ni de sillon à ouvrir, aucune secousse dans les bras — comme si la terre se mettait à bouger, qu'elle fût vivante, pas de saine fatigue, meilleure que le meilleur lit où sombrer le soir. La Grand-Terre, là-haut, resterait-elle inculte, morte, son éteule livide à l'abandon ? Il ne songeait même pas aux récoltes, à la catastrophe que cela impliquerait pour lui et pour les siens s'il se trouvait sans bête pour travailler.

Là-haut... Il la voyait s'étendre et monter devant lui, cette terre de plein ciel, avec son abri misérable de pierres sèches, la longue et puissante vague qui la soulevait vers les nuages, le débouché au sommet de la croupe, qui vous livrait d'un coup au vent de l'espace, à une liberté plus grande, sur ce découvert où s'amorçait la fuite du paysage, pareil aux vastes mouvements de houle que l'océan déroule immensément au large des continents.

Rien comme cette idée ne le tirait hors de lui avec une telle force, à la fois si douce, si ferme, si ensorcelante. Tout en essayant d'écouter ce que lui disait son compagnon, il se demanda soudain, avec une intensité singulière, où en était la lumière, là-haut, en cet instant ; quel était l'angle du soleil par rapport à la pente, et à quelle distance de sa noire ouverture l'ombre du mastaba s'était avancée. D'imaginer que tout cela existait sans lui, dans la solitude, alors qu'il était ici, en train de ripailler, lui mit au cœur un pincement bizarre d'anxiété, d'il ne savait quelle forme d'amour étrange, aussi trouble et aussi pénétrante qu'une attirance pour un visage humain ; en tout cas, rien ne lui paraissait plus important que ce qui se passait là-haut à l'heure qu'il était, même s'il ne se passait rien — peut-être parce qu'il ne se passait rien.

A ce moment-là, il s'aperçut que Despuech était précisément en train de lui parler du cheval. L'image du champ avec son abri rustique était si présente à son esprit qu'il dut faire un effort réel pour revenir parmi les convives et prêter attention à ce que l'autre lui disait.

— Veux-tu répéter, dit-il. Avec tout ce bruit, je n'ai rien entendu.

— Parbleu, tu n'écoutes pas quand on te parle ; on se demande toujours à quoi tu penses. Je te disais que la Marie...

A quoi je pense ; pourquoi penser de cette façon ? Je n'ai jamais pensé ainsi de toute ma vie. J'aimerais être maintenant là-haut, avec le cheval, à labourer ; ou assis devant la capitelle, à attendre ; à attendre que la nuit tombe.

Pour la première fois de sa vie, il fut traversé par l'idée saugrenue de ne pas retourner chez lui et d'aller coucher là-haut, au milieu du grésillement des étoiles et des grillons. Une main lui secouait l'épaule.

— Et alors, c'est tout l'effet que ça te fait ?

Despuech, très rouge, souriait niaisement et ne parvenait pas à fixer sur lui ses yeux clairs, où dérivait le regard des gens un tout petit peu ivres.

— Ah ben, ça alors, dit Reilhan, ça alors... Tu m'en dis une bien bonne...

Sans avoir écouté, il avait l'impression de se rappeler que son ami lui donnait le cheval *pour toujours* ; on aurait dit qu'il avait enregistré les mots sans les comprendre. Le cheval, c'était un cadeau de Marie. Maintenant, il comprenait.

— Marie, tu entends, c'est Marie... Parce que Marie et Abel... Hein, faut tout t'expliquer, à toi ! Sacré nom de nom, ce que je suis content, disait l'autre, il y a tout de même de bons moments dans la vie !

Puis, sur un regard courroucé de sa fille, baissant le ton, et à l'oreille de son ami :

— Si ça ne te fait rien, on l'annoncera un autre jour ; aujourd'hui, la Marie n'est pas disposée.

Il se lança dans des projets d'avenir. La perspective de marier sa fille et l'heureuse influence du vin s'alliaient pour lui montrer celui-ci en rose ; il parlait de restaurer une société traditionnelle, mais fondée sur la communauté des intérêts et la fraternité ; c'est l'égoïsme, la stupidité, l'isolement de chacun qui sont en partie responsables de notre situation actuelle ; le Haut-Pays s'est défait maille après maille, famille après famille, et personne n'a levé le petit doigt pour empêcher ce scandale ; il ne s'agit pas de savoir ce qui se passera dans mille ans ; il s'agit de s'occuper de ce qui se passe maintenant ; est-ce que nous sommes heureux ? Est-ce que notre travail a un sens si nous ne sommes même pas capables d'assurer l'avenir de nos enfants ? A vivre chacun pour soi, on s'abrutit à la tâche, on rumine des idées noires, les années fichent le camp à toute vitesse, un beau jour on se retrouve seul, et tout ce qu'on a fait n'a servi à rien, même pas à bien vivre : on est encore plus pauvre à la fin qu'au commencement. Au fond, les tribus patriarcales avaient du bon : il suffit de se réunir autour d'une table et de vider quelques verres ou de tremper sa soupe ensemble pour que la vieille joie soit de nouveau parmi nous ; alors que d'habitude, c'est la mort qui est assise à notre table ; même on finit par ne plus se rendre compte que c'est pour elle qu'on travaille : vivre pour soi-même, c'est vivre pour sa mort ; mais n'allons pas chercher si loin. Il faut essayer de trouver une solution pour tenir le coup. On s'occupera de religion et de philosophie ensuite.

Les enfants mariés, pourquoi ne pas travailler les terres en commun, partager le fruit de la récolte, un genre de kolkhoze, quoi ! Le travail serait plus facile, le rendement amélioré ; on serait heureux.

— C'est vrai, dit Reilhan, on serait heureux.

Il essayait de fixer son attention, mais il se sentait de plus en plus distrait, préoccupé, comme si rien de tout cela ne le concernait, et qu'il y eût quelque chose de beaucoup plus important, de beaucoup plus urgent à faire — mais quoi, il eût été incapable de le dire ; dormir, peut-être... Non, c'était plus léger, plus grisant que l'envie de dormir — il était à la fois fatigué et impatient de s'en aller. Une suite ininterrompue de pensées roulaient pêle-mêle dans sa tête, aussi étrangères et indifférentes les unes que les autres, et pourtant, ce cheval, cette terre, l'avenir de la ferme, un peu plus de sécurité pour les siens, qu'y avait-il de plus important pour lui ? Mais derrière cette agitation stérile, régnait une sorte de calme étrange, lunaire, qui l'attirait et lui donnait déjà une merveilleuse impression de repos. Oui, oui, s'en aller, marcher sous le ciel vaste, mettre un peu d'ordre dans ses idées, voilà ce qu'il fallait. Il se leva brusquement.

— Faut que j'aille annoncer la nouvelle à la mère, dit-il, et d'ailleurs il va bientôt faire nuit. Dans le brouhaha des conversations, il entendait bourdonner sa voix désagréablement, comme quand on a les oreilles bouchées.

Il était six heures du soir ; le soleil avait quitté la fenêtre et, dans la cour déjà sombre, il n'y avait d'illuminé que le sommet du mur de la grange. « C'est la même lumière que là-haut », se dit-il, et de nouveau il ressentit le même trouble, semblable à une imperceptible crampe d'appréhension.

— Tu ne vas pas nous laisser maintenant, dit Despuech, il y a encore les oreillettes et le mousseux.

— Ah bon, dit Reilhan, et, docilement, il se rassit.

Du temps que son père allait chercher le mousseux, Marie servit les oreillettes ; elle s'approcha de lui ; elle avait un air à la fois ironique et furieux. Mais elle lui posa rapidement la main sur le bras.

— Un de ces jours, dit-elle, je viendrai voir la mère. Pour parler.

Et un peu plus tard, sur le pas de la porte, au moment de partir, Reilhan :

— Je te remercie pour le cheval, lui dit-il ; c'est la mère qui va être surprise ! Et il l'embrassa sur les joues, trois fois.

— Faut qu'on s'embrasse, nous aussi, dit Despuech, et il l'attira contre lui.

— Tout de même, dit Marie, il aurait pu vous accompagner, aujourd'hui, quel sauvage !

— Tu sais bien qu'il n'aime pas la compagnie, dit Despuech, c'est pas toi qui le changeras ; contente-toi de lui avoir mis le grappin dessus.

Attaché à la porte de l'écurie, le cheval, énorme, tapait du pied, comme impatient, lui aussi, de marcher au milieu des herbes, dans la fraîcheur odorante du soir : l'odeur des prés humides coulait jusqu'à eux. Reilhan saisit le licou de la bête; elle s'ébranla lourdement derrière lui.

Arrivé en haut du pré, il se retourna, stupéfait d'avoir parcouru tout ce chemin : la ferme était minuscule. Quand elle eut complètement disparu, avalée par un pli de terrain, il fut soudain délivré d'une gêne, avec, enfin, le ciel immense pour lui seul.

— Toi, maintenant, dit Marie à son père en rejoignant leurs hôtes, tâche de tenir ta langue et ne dis rien à ces ivrognes.

Depuis des années, elle prétendait qu'elle ne voulait pas se marier; tout le monde pensait qu'avec le caractère qu'elle avait, c'était plutôt les garçons qui n'en voulaient pas.

Le jour avait rapidement baissé ; le bois qu'il avait traversé le matin dans l'autre sens était déjà très sombre, mais, plus haut, en débouchant sur le découvert des pentes, il retrouva la clarté du ciel, où tremblait une étoile vers le couchant. Derrière lui, les pierres du chemin crissaient et roulaient sous les fers du cheval ; il n'y avait d'autre bruit que ce lourd et lent martèlement sans écho accompagnant sa marche. C'était pourtant l'heure où commençait à s'élever le chant de tous les insectes nocturnes ; surtout par des soirées si douces. Mais on n'entendait rien — sauf le choc sourd des sabots du cheval qui faisaient trembler le sol et rouler les pierres. Il sentait la transpiration lui couler dans le cou, mouiller son front, qu'elle rafraîchissait en s'évaporant. Soudain, il s'arrêta, croyant qu'il avait oublié sa gibecière chez Despuech. Mais non, où avait-il la tête ? Elle pesait à son côté, pleine du gibier qu'on lui avait donné après le partage — bien que lui-même n'ait réussi à tuer que ce geai, à l'aube ; pendant quelques jours, chez les Reilhan, on ferait bombance. Surtout Abel. Joseph ne mangeait presque rien. Joseph. Il essaya de penser à Joseph, mais, chose curieuse, sans y parvenir vraiment : on aurait dit que l'image du puîné refusait de se former dans sa tête. C'était une impression très singulière : l'impression qu'un coup de gomme discret, mais terriblement efficace, avait effacé définitivement de sa mémoire l'image de son fils. Et même l'idée d'avoir des fils lui paraissait absurde.

Il chemina un bon moment en ruminant d'autres idées aussi singulières, complètement dépaysé, comme si sa conscience s'était trompée de personne en cours de route, et que, sans qu'il y eût pris garde, elle eût émigré dans un autre corps en abandonnant son contenu superflu. Qu'est-ce que cela voulait dire : avoir un fils? ou avoir une femme? On n'a rien du tout. Des petits points blancs fuyaient devant ses yeux, avec la vitesse décroissante des balles traçantes.

Au sommet de la côte, il souffla un instant, le cœur affolé par la rude montée. La bouche, pleine de salive gluante et amère, bougeait toute seule au bas de son visage, comme une chose qui aurait eu une vie indépendante. A ce moment, le cheval buta contre une souche; il se retourna pour le regarder; quelle bête étrange, tout de même : la tête ressemblait à un étui d'instrument de musique. « Ce cheval m'appartient », se dit-il, mais cette idée non plus n'avait pas de corps. Il avait l'impression de répéter une leçon apprise par cœur et à laquelle il n'aurait rien compris. Il mettait un entêtement d'ivrogne à y revenir dessus et à la remâcher : en vain; les mots glissaient, paraissaient fuir devant l'effort de sa pensée, qui restait là, stupide, à moudre le vide.

Tout à coup, comme dégrisé, il crut ouvrir les yeux et aperçut devant lui une grande étendue déserte qu'il ne reconnut pas tout de suite; il eut un instant de panique, tentant de rassembler ses idées, d'arrêter cette chute vertigineuse hors de son univers familier; probablement s'était-il égaré, l'esprit obnubilé par tous ses phénomènes bizarres, et avait-il quitté la draille sans même s'en rendre compte. Il se rappelait s'être arrêté un instant au sommet du versant pour reprendre un peu de souffle; ensuite, plus rien : un trou noir. Il avait dû se remettre en marche machinalement. « Mais qu'est-ce que je fais ici, se dit-il, jusqu'où et vers où ai-je bien pu marcher ainsi? » Sa peur diminuait; il était surtout ahuri d'être là, dans un endroit inconnu que la lune ascendante éclairait paisiblement. Tout était silencieux autour de lui; le vent faible, presque tiède, agitait par bouffées caressantes les tiges des graminées au milieu desquelles il se trouvait; un peu plus loin, montait dans la légère phosphorescence de la nuit l'immense tapis d'un champ couvert d'éteule. Pas un arbre, aucun buisson, rien que ce mouvement de la terre soulevée vers le ciel comme une grande vague lisse sur laquelle glissait la nuit.

Il se tenait immobile, attentif à cette paix nocturne qui le gagnait peu à peu et lui offrait ce qu'il avait confusément désiré toute la journée : ne penser à rien, se reposer de toutes les fatigues, être délivré des projets, flotter dans cette clarté rêveuse ainsi qu'une barque au fil d'une eau dormante.

Puis, insensiblement, quelque chose s'orienta dans son esprit, et le décor reprit son aspect familier, l'éteule grise sa place habituelle au bord du plateau, le paysage ses profondeurs invisibles. Et en même temps qu'il la reconnaissait, ce fut comme s'il se souvenait du chemin qu'il avait parcouru et qui l'avait amené, inconscient, jusqu'à la Grand-Terre. « Ça y est, je suis arrivé, maintenant, qu'est-ce que je vais faire ? » Mais il n'était pas très important de faire quoi que ce soit. Il avança de quelques pas, sentit craquer les premiers chaumes sous ses pieds; sa tête était aussi légère qu'un cocon vide. Il sentait une douleur lointaine y battre quelque part son fer rouge; c'était difficile à localiser. Une seule chose l'intriguait encore : ce bruit qui ronronnait continûment à ses oreilles, semblable au bourdonnement d'une ligne à haute tension.

Une idée enfantine lui vint à l'esprit : monter sur le cheval et se laisser porter vers le sommet de la croupe, pour découvrir, de là-haut, le large des terres. Il se retourna; le cheval n'était plus là. Il eut une petite angoisse puérile, vite dissipée, avec l'insouciance d'un gamin. « Maman, se dit-il, qu'est-ce qu'on va me passer! » Il continuait à avancer au milieu du champ; les grillons se taisaient sur son passage : il n'entendait que ce ronronnement électrique continu. A sa droite, au bout de l'éteule, une ouverture noire, ovale, s'ouvrait dans le brouillard gris des pierres : le mastaba. Comme tout était simple. (Mais pourquoi ne pas y avoir songé avant?) Dire qu'il avait fallu un demi-siècle pour en arriver là — ou, plus exactement, pour en revenir là!

Il se sentait très faible, un peu nauséeux; ses jambes, rendues insensibles par la fatigue, le soutenaient sans qu'il eût l'impression d'y être pour quelque chose. « La monture est exténuée », se dit-il, et il eut un instant le sentiment que ce corps recru ne lui appartenait plus, et que ce qu'il y avait d'intact en lui se tenait entièrement réfugié au sommet d'un édifice sur le point de s'effondrer. Une fois devant le mastaba, il s'appuya contre le mur, plia les jambes, trouva le sol sous ses reins avec une inexprimable sensation de bien-être. « Eh bien, c'est pas si mal que ça », dit-il à voix haute, avec un petit rire de gorge inquiet. « Mais quelle drôle d'histoire, tout de même! » Un vague sentiment de culpabilité, *d'école buissonnière*, ternissait légèrement sa quiétude, mais il haussa les épaules, et, de ce simple mouvement, se délesta de tous les fardeaux inutiles, tel un aéronaute qui veut s'arracher à la pesanteur.

Pareille à une mer presque immobile, la nuit respirait, poudrée d'une poussière bleue; son haleine tiède, porteuse du parfum de la terre aromatisée de plantes, lui touchait le visage avec une tendresse sereine et maternelle. Là où n'était pas la lune, des étoiles clignotaient; elles s'étaient allumées un peu partout dans le ciel, comme les lumières d'une ville quand le soir tombe.

L'éteule déployait devant lui son aire vaste et montante, appelant irrésistiblement l'idée d'un départ, d'un abandon possible de la terre, pour une destination sans fin — pour cette immense cité palpitante située au-delà des siècles. Attendre, là, toujours, mais quoi? Peut-être le départ figé dans cette longue échine géologique, faite pour accueillir ou lancer quelque chose, évoquant la torpeur attentive d'un quai, d'une rampe, d'un tremplin.

Le sifflement grave au fond de ses oreilles s'apaisait peu à peu; depuis qu'il était assis, il lui semblait que ses idées devenaient plus claires et plus légères, délivrées d'il ne savait quelle lourdeur. Elles l'effleuraient à peine et le laissaient agréablement disponible. Certaines étaient des souvenirs récents; elles s'évanouissaient dès qu'il tentait de les capturer, pétales emportés par le vent. D'autres visages avaient subi le même effacement que celui de Joseph tout à l'heure; impossible de les faire apparaître. Tout ce qu'il avait vécu ces dernières années, et jusqu'à aujourd'hui, lui paraissait lointain, flou, infiniment improbable. Quel chemin parcouru! Il avait l'impression d'avoir quitté les siens depuis une éternité. Déjà, des étrangers; ils avaient rejoint cette longue file de visages entr'aperçus au cours de sa vie, et sur lesquels se refermait indifféremment l'eau trouble de la mémoire. On aurait dit qu'ils étaient morts depuis longtemps. Maintenant, il touchait le fond de la mer; il venait d'arriver à destination. Il n'y avait plus rien à attendre, ni personne. Cette grande nuit ouverte au-dessus de sa tête, et si accueillante, cette lune tranquille dont les taches grises formaient une physionomie qui regardait tristement la terre, ces étendues phosphorescentes, ces pierres blanches devenaient l'immuable décor de sa vie, comme s'il n'avait jamais bougé de cet endroit.

En avait-il seulement bougé? Il était vraiment perplexe. Comme toute cette agitation pour vivre ou survivre comptait pour peu de chose! La preuve : il n'en restait presque rien. Furtivement, il revit les petits matins de brouillard dans la Moselle, où les soldats faisaient brûler du mazout au milieu d'une cour de ferme abandonnée, dans des bidons d'huile coupés en deux longitudinalement; la guerre, les blindés, la débâcle; son retour, le bonheur mêlé de déception qu'on éprouve à retrouver tout ce qu'on a laissé derrière soi, et qui n'a pas suivi le même chemin que celui que vous lui avez fait suivre en pensée; l'étrange satisfaction de défoncer la terre pendant des heures, sillon après sillon, pour un gain qui n'était pas celui de la récolte; mais surtout le silence; cinquante ans de silence derrière tous ces gestes et toutes ces grimaces ; et aujourd'hui, la conscience de ce silence. Mais pourquoi, mon Dieu, pourquoi ?

Brusquement, il redressa le buste en appuyant ses coudes contre le mur du mastaba : un souvenir venait de faire sauvagement irruption, celui de sa mère fauchant le blé avec sa petite faucille, là-devant, à quelques pas du mastaba. « Maman ! », cria-t-il ; sous le nez, quelque chose l'importunait, un filet tiède, qu'il essuya d'un revers de la main. Il se revit assis, là, contre ce même mur, à l'entrée de la capitelle. Il devait avoir trois ou quatre ans, cinq peut-être ; c'était la fin du mois d'août puisque mère fauchait ; je regardais les corbeaux tourner en croassant au-dessus des rochers en forme de tour qui surplombent le cirque ; je fus extraordinairement... comment dire ? Quel étrange moment ! Bizarrement heureux ; mais non, ni sentiment, ni souvenir, c'était autre chose ; il faisait si beau ce jour-là ! Ce bleu profond, les falaises, un vol de corbeaux, et mère, courbée au milieu des épis, voilà ce qu'il y avait derrière cinquante ans de gestes et de grimaces, voilà de quoi était fait ce silence. Non, non, ce n'est pas un souvenir. C'était là, c'était toujours là, comme un commencement inachevé, une graine non germée, une promesse non tenue... Et maintenant, il fallait mourir. Mourir, alors qu'il y avait eu, un jour, CELA.

Il eut un véritable éblouissement intérieur, l'impression qu'une lumière brutale s'éclairait à l'intérieur d'une pièce obscure, révélant les murs nus, le plafond nu, le sol nu : une pièce vide. C'était sa propre tête qui était vide. De plus en plus légère et de plus en plus vide. Et cette lumière aveuglante n'éclairait rien. On revenait à son point de départ au bout de cinquante ans pour découvrir une pièce vide. Un demi-siècle vide, rien dedans, rien dehors, rien nulle part, mais à l'origine, comme une petite touffe d'herbe recroquevillée en plein désert : un gamin assis contre ce mur et regardant flotter des corbeaux au-dessus des falaises. Tout s'était passé comme s'il n'avait entrevu la réalité du monde que pendant quelques secondes. Au détour d'un sillon, parfois, la fatigue aidant, il lui semblait qu'il allait la retrouver. Mais la vie avait été posée sur lui comme une dalle de ciment recouvre les tombeaux.

Il voulut plier la jambe, elle n'obéissait plus ; ce filet tiède qui lui coulait du nez et passait sur sa bouche avait un goût de sel. Mais il ne parvenait plus à bouger le bras et à porter la main jusqu'à son visage. Dans ses oreilles, le bourdonnement s'était éteint. Il glissait dans une léthargie béate qui lui était aussi bonne qu'un refuge à une bête blessée. Il se dit encore une fois qu'il allait mourir, mais ce qui l'intéressait davantage, c'était de suivre jusqu'à la fin cette petite trace intacte et ineffaçable qui conduisait vers ce mystérieux paradis.

L'envie de le retrouver le saisit avec une telle violence qu'il eut un sursaut de toutes ses dernières forces, comme pour s'arracher à cet enlisement du corps et de la conscience. Ce fut un instant de délire, un défilement d'images rapides et d'une cruelle beauté. Le vent violet du soir d'août poussait contre son visage les atroces et délicieux parfums de la terre. Elles sont là, elles sont toujours là, se dit-il ; l'antique soleil aussi était là, avec ses fouets d'or, l'amère fraîcheur de la lavande froissée sous les narines. L'alliance, la secrète et incompréhensible alliance avec toutes ces choses. C'était donc cela qu'il était revenu chercher ici. C'était le premier jour de sa vie dans lequel il se blottissait de nouveau avec un renoncement paisible, pour s'y abîmer dans un engourdissement d'embryon.

C'est au moment où sa vie lui apparut sous la forme d'un drôle de petit objet menaçant et saugrenu, toute notion d'espace et de durée s'étant abolie — sans qu'il soit certain de l'avoir jamais vécue, ni d'avoir jamais quitté cet endroit, ni d'avoir échappé à cette invincible fascination que celui-ci n'avait jamais cessé d'exercer sur lui —, qu'il fut soulagé de tout le poids horrible de l'existence.

Il bascula doucement sur le côté, un œil fermé, l'autre ouvert démesurément, un filet noir coulait de son nez et brillait sous la lune. Sa bouche happait encore un peu d'air, s'ouvrant et se refermant comme celle des grenouilles à la surface des étangs, lorsqu'il va faire un orage.

Le lendemain, à la petite aube, Despuech fut tiré de son sommeil par un piétinement sourd qui ébranlait le sol sous ses fenêtres; entendant renâcler, il se leva. C'était le cheval; son licou traînait entre ses jambes; manifestement, l'animal s'était échappé; mais pour retrouver tout seul le chemin de son écurie, il fallait qu'il ne soit pas revenu de bien loin. « De guère plus loin que la draille, se dit-il, eh bien, tu sais ce qui te reste à faire. » Il prit son chien avec lui.

— Qu'est-ce qu'il arrive, qu'est-ce que c'est encore que cette histoire? lui dit sa fille lorsqu'il fut de retour une heure après, l'air fatigué et préoccupé; elle avait vu le cheval dans l'écurie.

— Comment veux-tu que je le sache? Je vais descendre à Saint-Julien; fais-moi chauffer une tasse de café.

Les chaises des invités étaient encore autour de la table; malgré lui, il regardait pensivement celle que Reilhan avait occupée la veille à son côté. « Il avait une drôle de tête », se dit-il. Il but son café et se rendit à Saint-Julien où il laissa sa voiture; le trajet à pied jusqu'à Maheux lui parut très long; il était à peine neuf heures, mais déjà le soleil brûlait; on se serait cru au plein de la canicule; il ne se souvenait pas qu'il ait jamais fait si chaud en septembre. Cette grosse chaleur le fit penser à des choses désagréables. Il ne voyait pas arriver le moment où il pousserait la porte, là-haut, trouvant l'autre en train de déjeuner tranquillement : « Toi, alors, tu peux te vanter de m'avoir fait une de ces frousses ! » Mais le cheval était là, obstacle insurmontable qui ruinait cette espérance, et il imaginait une tout autre scène : « Comment, il n'est pas avec vous? Nous pensions qu'il était resté à coucher chez vous », etc. « Il s'est peut-être tout simplement endormi là-haut », se dit-il en regardant les bois qui s'étendaient entre Maheux et Mazel-de-Mort. Et pendant le dernier kilomètre, cette hypothèse lui sembla de nature à résister aux pires objections, même à celle du cheval; elle lui redonna un peu de courage. En tout cas, c'était un argument qui servirait toujours à amortir le choc. En passant à la hauteur du minuscule cimetière, il ne put s'empêcher de jeter un coup d'œil sur les tombes envahies par les orties; son aspect abandonné, inoffensif à force de vétusté, le réconforta; son impression était que rien au monde ne se produirait qui délogerait ces orties de leur domicile; mais, par ailleurs, il se représentait très bien quelqu'un les délogeant à coups de bêche. « Je deviens couillon », dit-il à voix haute.

Devant la ferme, pas un chat; tout était silencieux, paisible — scandaleusement paisible.

« Il est là, se dit-il, il est derrière cette porte et il boit son café. » Au moment d'entrer, il eut une brève hésitation, comme si, en rebroussant chemin, en retournant chez lui, en jouant l'insouciance et l'indifférence à l'égard du destin, celui-ci se remettrait dans ses gonds — mieux : n'en serait jamais sorti —, comme si on pouvait agir sur le passé, comme si, ouvrir cette porte, c'était commettre l'irrémédiable, reprendre depuis la veille une suite de petits incidents anodins et, d'un coup de dé, faire brusquement basculer le tout dans le désastre. Puis il se jeta à l'eau.

— Salut à tous ! cria-t-il en passant la tête dans l'entrebâillement de la porte; bien qu'il eût essayé d'employer un ton qui ne laissât aucun doute sur l'équanimité de son état d'âme et la bienveillance de ses intentions, il eut l'impression d'avoir crié beaucoup trop fort et de s'être trahi en trois mots ; il dut fournir un effort considérable pour conserver un visage naturel : la mère était seule dans la cuisine ; elle épluchait une salade de chicorée sauvage.

Despuech s'avança de deux ou trois pas. Il avait si fortement souhaité de voir Reilhan assis à cette table que son absence remplissait la pièce d'une terrible évidence.

« Il est mort, se dit-il, inutile de raconter des histoires ; il est mort hier soir, quelque part sur le plateau, entre chez moi et ici. »

La mère posa doucement son couteau au milieu de la salade ; il la dévisagea gravement, presque sans indulgence ; elle sentit peser dans ce regard une effrayante sollicitude.

Les battues commencèrent dès la fin de la matinée.

Pendant ce temps, les femmes des environs vinrent piailler toutes ensemble dans la cuisine, toutes plus optimistes les unes que les autres, et s'étourdissant des suppositions les plus abracadabrantes. Certaines affirmaient qu'on avait aperçu, ce matin même, de très bonne heure, un homme errant du côté de l'Aigoual ; peut-être le Taciturne avait-il perdu la mémoire et s'était-il égaré dans ces forêts impénétrables ; après tout, il avait toujours eu un caractère assez bizarre. D'autres croyaient plutôt qu'il avait été assailli par des voleurs ou des romanichels qui l'avaient dépouillé de ses vêtements et garrotté sous quelque buisson. Quelques-unes parlèrent de passion subite et de disparition préméditée : du temps qu'elle se lamentait, qui sait s'il ne voguait pas tranquillement vers les Amériques ? On avait vu des choses bien plus extraordinaires ; des pères de famille, irréprochables jusqu'à la cinquantaine, et un beau matin, enragés comme des boucs, jetant les bonnets par-dessus les moulins pour le premier jupon venu, oui, oui, ça tombe toujours sur les plus calmes...

Mais à mesure que les heures passaient et qu'arrivait le soir, les imaginations s'épuisaient, se tarissaient au fil de cette pure attente que chacune de ces femmes, dans son for intérieur, trouvait plus lourde et plus accablante ; alors, par une sorte de résignation instinctive et communicative, il s'établissait un silence entrecoupé de soupirs, de petits reniflements, de craquements de chaises que nul n'osait rompre et qui pesait sur la maison comme pour y préparer l'entrée du malheur.

Le corps ne fut découvert qu'au bout de trois jours de recherches. Qui aurait pu se douter qu'il était allé mourir là-haut, si loin de chez lui, si loin de tout ? C'est presque par hasard qu'on avait fini par y tomber dessus.

Il avait fait très chaud ; exposé en plein soleil durant trois jours entiers, il dégageait maintenant une odeur terrible.

On le ramena sur un brancard ; la tête était enveloppée dans un sac.

Le convoi s'arrêta devant la porte ; en voyant le sac, Marie interrogea son père du regard.

— Les corbeaux, dit Despuech à mi-voix. Que tout le monde reste dans la cuisine ; il ne faut pas qu'elle le voie.

Les personnes qui attendaient sur le seuil refluèrent précipitamment à l'intérieur de la maison.

Pour monter dans la chambre, on était obligé de traverser la cuisine. Au moment où elle entendit grincer les chaussures des hommes qui peinaient en portant leur fardeau macabre, la mère voulut se lever du fauteuil où deux femmes s'efforçaient de la maintenir assise ; il y eut autour d'elle une affreuse bousculade. « Tenez-le, tenez-le », disait un des hommes en haletant : l'escalier était si raide que le corps glissait sur son brancard. Une chaise tomba ; au milieu de ces respirations heurtées, de ces raclements de pieds et de ces froissements, cela fit un bruit épouvantable. On aurait dit qu'on se battait avec le mort, ou peut-être avec la mort elle-même. Ce combat silencieux avait quelque chose de sinistre qui éprouva les nerfs de tout le monde.

Une odeur d'œillet se répandit dans la pièce : pour lutter contre la puanteur, une femme avait cru bon de verser du parfum sur le sol; liée à de telles images, l'odeur paraissait atroce; elle ne faisait que rendre l'autre encore plus insidieuse. Ce mélange de fleurs mortes et de chair corrompue soulevait le cœur au point qu'une jeune femme sortit pour vomir; Joseph sortit sur ses talons, pâle, prêt à vomir lui aussi. Il redoutait plus que tout d'être forcé de voir son père une dernière fois. « Avec la chaleur qu'il fait, chuchota quelqu'un, il faudrait le mettre en bière tout de suite. » Le jeune homme resta un moment assis dehors, la tête entre les mains, anéanti par l'abominable réalité de la mort, devant laquelle la réalité de la vie paraissait accidentelle et irréelle; en quelques secondes, il venait de perdre confiance en tout. Il regardait ses mains avec horreur : c'était donc cela, la mort : une rupture d'équilibres subtils qui livrait brusquement un corps vivant à d'autres lois que les siennes, qui brisait, dénonçait une solidarité d'espèce pour établir une relation hostile entre la dépouille d'un homme et ceux qui l'avaient aimé. C'était cette incompréhensible précipitation, cette présence du danger, tout aussi incompréhensible, ce combat contre un ennemi invisible et tout-puissant; c'était cette odeur qui alertait un sens plus vigilant que tous les autres sens et dont on sentait, jusque dans le dégoût, la terrible majesté — comme si, avec un peu d'attention, on eût fini par déceler dedans non pas seulement de répugnantes modifications physico-chimiques, mais une métamorphose solennelle et fondamentale, le trouble renoncement de quelque chose à la durée.

Tandis que la lutte silencieuse continuait au premier étage en faisant lentement craquer les solives l'une après l'autre, la mère, les mains ramenées sur la figure, balançait le buste d'avant en arrière dans une sorte d'affreux bercement : promener sa douleur dans l'espace de ce va-et-vient lui donnait l'illusion d'atténuer celle-ci et de l'aider à chasser certaines images de son esprit ; soudain elle s'immobilisa, cédant à l'atrocité de ses images, qui s'imposaient à elle avec autant de force et de précision que si une intuition infaillible lui avait permis de percevoir tout ce qu'on avait essayé de lui cacher ; l'horreur dominait son chagrin et semblait même en pervertir la nature en faisant du disparu l'objet d'une répulsion intolérable ; il y avait, dans cette chose macabre et puante qu'on était en train de plier dans un drap et d'installer sur un lit, une substitution violente que l'esprit n'avait pas eu le temps d'admettre, ni l'oubli de tempérer. Avec ce cadavre défiguré, et sans doute déjà grouillant de vers, l'Ennemie quittait son antre habituel et trônait avec insolence dans la maison des vivants en étalant au grand jour ses attributs obscènes.

Une plainte finit par s'élever, animale, régulière, interrompue par instants de phrases brèves, dites à la cantonade, où le sens pratique de la ménagère reprenait le dessus — « fermez la fenêtre de la chambre à cause des mouches, le café se trouve dans le fond du placard à gauche, il faudra l'habiller avec son vieux costume noir, les bêtes n'ont pas mangé depuis hier, etc. » — contrepoint qui faisait paraître son chant funèbre vaguement parodique, convenu, comme indépendant du drame et presque professionnel à force de régularité.

— Si elle continue à crier comme ça, dit une femme, je vais avoir une crise de nerfs.

Elle s'en alla pleurer dehors en se bouchant les oreilles : ce n'était pas quelqu'un du pays.

La nuit tombait quand le docteur vint signer le permis d'inhumer.

— C'est une sale besogne qui vous attend, lui dit Despuech en l'accompagnant jusqu'à la chambre ; dans le couloir, l'odeur était déjà intenable.

— Mais qu'est-ce qu'il est allé foutre là-haut ? Pouvait pas crever dans son lit, comme tout le monde ?

Il s'approcha du cadavre un mouchoir sur le nez. Il n'avait jamais rien vu de semblable : c'était hideux.

— Dégueulasse, dit-il à mi-voix ; au-delà du dégoût, il y avait le mépris; et au-delà du mépris, une épouvantable indifférence : en un dixième de seconde, trois degrés de la connaissance.

Excepté les déchirures qui mutilaient la face (mais qui à elles seules n'auraient pas suffi à provoquer la mort), le corps ne portait aucune trace de violence; d'ailleurs, toutes ces déchirures avaient été infligées *post mortem*. Cependant, aux orifices du nez, il découvrit des traces de sang. « Epistaxis spontanée, se dit-il, mais pas assez abondante pour lui sauver la vie. Congestion cérébrale. Cause probable : hypertension (un comble : il ne bouffait que des châtaignes), ou anévrisme, avec, précédant l'ictus apoplectique, obnubilation probable, désorientation, amnésie momentanée, délire peut-être, paralysie, arrêt du cœur... Il a dû perdre la boule et il est allé tranquillement mourir sur la plus haute branche de son arbre. »

Il arrosa abondamment le corps avec du formol, et le lit, et le plancher de la chambre. Il descendit se laver les mains et but un coup de gnole. Tout le monde le regardait avec un peu d'effroi. Il tira Despuech et Abel Reilhan à part.

— Vous n'auriez jamais dû le rentrer dans cette chambre. Maintenant, c'est fait, c'est fait ; il faudra me désinfecter tout ça et brûler la paillasse. Que personne ne pénètre dans la chambre avant la mise en bière ; je me chargerai de ça demain matin. Toi, tu viens avec moi, dit-il à Joseph, cette nuit tu dormiras chez moi.

L'autre ne se le fit pas dire deux fois : à chaque instant, il pensait entendre se lever le cadavre défiguré de son père et craquer sous cette horreur les marches de l'escalier. Il imaginait d'horribles poursuites. Passer une nuit sous le même toit que cette chose étendue là-haut sur un lit eût été au-dessus de ses forces.

A Florac, chez le docteur, dans une chambre inconnue et coquette, il dormit d'un trait, sans un rêve ; l'émotion, la fatigue et le dépaysement aidant, il n'avait même jamais si bien dormi de sa vie. Il y avait aux fenêtres des rideaux roses qui ressemblaient à deux petites filles tirées à quatre épingles. Qu'on était loin de la mort, ici, parmi ces livres, ces tapis, ces gravures, cet ordre, cette propreté et ces petites filles. La famille, c'est la mort.

L'enterrement était fixé au début de l'après-midi ; ils remontèrent dans la matinée. Il faisait toujours le même temps extraordinairement beau et chaud pour la saison. Le docteur était obligé de s'arrêter tous les dix mètres pour attendre Joseph qui clopinait lamentablement au milieu des pierres ; de temps à autre il s'impatientait : « allez, allez, dépêchons ! », et il repartait, maudissant l'été, le soleil, la médecine ; il était en nage ; tout ce qui allait se passer autour de ce cadavre l'indisposait au plus haut point.

Assises dans cette espèce de grotte qu'était la cuisine, quelques personnes buvaient le café en silence avec la maîtresse de maison, pour qui la mort de son mari paraissait maintenant chose acquise. En voyant entrer son puîné, elle lui tendit les bras et le serra contre elle en fermant les yeux. « Le plus dur est passé, se dit le docteur, nous voilà au moment où la principale intéressée *n'a plus de larmes* ; elle doit actuellement redécouvrir son univers sous un nouvel éclairage ; la mort ressemble à un de ces cataclysmes qui avivent les vieilles couleurs du monde et restituent aux choses une sorte de jeunesse. Nul ne résiste à ce curieux phénomène. » Il était également agacé par ces embrassades *de circonstance*, et sensible surtout à ce qu'elles avaient de scénique. Quant à l'odeur, eh bien mon Dieu, c'était acceptable, grâce au formol sans doute, ainsi qu'à ce thym qu'une bonne femme émiettait de temps en temps sur le fourneau ; mais tout de même, il fallait être totalement dépourvu d'imagination comme toutes ces femmes, pour ne pas déceler, derrière l'odeur pharmaceutique du formol et celle, déjà plus trouble, du thym, une terrible odeur de venaison qui leur imposait une tout autre signification.

Mais le plus embêtant restait à faire : on n'avait pas encore amené le cercueil ; c'était un vieux menuisier, maintenant retiré à Saint-Julien, qui avait été chargé d'en fabriquer un et de le monter sur son charreton. « Il y a peut-être un os », se dit le docteur, que cette plaisanterie de mauvais goût mit de meilleure humeur. Il consulta sa montre.

— Déjà onze heures, fit-il entre ses dents, il faudrait peut-être aller voir ce qui se passe.

Il n'avait pas envie de rester plus longtemps en présence de ces femmes silencieuses et vêtues de noir qui buvaient du café et attendaient un cercueil avec une désarmante sérénité tandis que le *cher disparu* était en train de se liquéfier au-dessus de leur tête ; il avait l'impression qu'elles auraient attendu leur propre cercueil avec la même sérénité. Et cette sérénité — comme d'ailleurs toutes ces traditions funèbres populaires — lui paraissait très équivoque, très inquiétante, et peut-être plus significative que les révoltes les plus spectaculaires de l'esprit devant la mort. (« Faisons que ce soit un scandale... » Cela ne pesait guère lourd devant cet acquiescement paisible, charnel, qu'on devinait sous la douleur de ces êtres simples, et qui suggérait une alliance obscure avec la mort, située bien au-delà de toutes les exigences de la culture et de toutes les ambitions du christianisme.)

Il sortit et se dirigea vers le cimetière : depuis un instant, on entendait sonner des coups de pioche. L'oreille se laissait prendre malgré elle à ce bruit régulier et heureux qui ne troublait le silence que pour lui ajouter cette paix inégalable des travaux potagers et des matins paysans, et qu'elle ne parvenait pas à identifier à une besogne lugubre.

A peu de chose près, la besogne lugubre était en somme terminée ; enseveli jusqu'au ventre (comme tout bon fossoyeur qui se respecte), Abel s'employait à égaliser le fond du trou qu'il avait creusé le matin, à la fraîche. Il paraissait à son affaire ; justement, ni plus ni moins qu'un type qui plante ses légumes ou bâtit sa maison. Une bouteille de piquette était plantée en terre au niveau de sa tête et mettait dans tout ça une sorte de bonhomie théâtrale et un peu convenue; la seule chose qui semblât bizarre, c'était son accoutrement; entretemps, il avait dû se changer en vue de la cérémonie. Il avait mis des chaussures noires à tiges montantes, un pantalon noir (qui lui était trop étroit, et laissait ses chevilles à découvert), une chemise blanche avec un col cassé et une cravate noire naturellement; il avait relevé les manches de sa chemise (qui était trempée de sueur et qui collait à la peau de son dos) et la veste de son costume était accrochée à la porte du cimetière. Il avait quelque chose du jeune marié et du bourreau. Ou peut-être, à cause de sa moustache de bandit mexicain, du condamné à mort à qui l'on fait creuser, par raffinement, sa propre tombe.

Maintenant, il fignolait, il avait trouvé si peu d'espace pour creuser entre les anciennes tombes celle de son père qu'à diverses reprises, sa pioche avait rencontré un crâne ou déterré des os; et en déterrait encore : il s'arrêtait de piocher pour ramasser un morceau d'ancêtre et le jeter en tas dans un coin de la fosse. Quand il aperçut le docteur, il posa sa pioche et roula une cigarette entre ses mains de déménageur; une espèce de sourire sanguinolent découvrit ses gencives de vieillard.

— Comme ça, il sera pas seul, dit-il en clignant de l'œil et en désignant les os d'un petit coup du menton.

Le docteur ne répondit rien et se contenta de hocher la tête, comme s'il approuvait : il n'y avait pas grand-chose à ajouter à une pareille évidence. Il remarqua pour la première fois qu'Abel bégayait légèrement : le début de chaque période était lent, hésitant, et le reste de la phrase rappliquait d'un coup, avec une vélocité brusque, presque coléreuse (peut-être est-il réellement et tout le temps en colère, j'aimerais bien savoir contre qui ou contre quoi, surtout s'il ne le sait pas lui-même).

— Assez creusé pour aujourd'hui, lui dit-il, tu devrais aller secouer les puces à ce menuisier. Si tu veux, je t'accompagne.

Ils rencontrèrent l'homme à mi-chemin, attelé à son

charreton sur lequel était ficelé le cercueil; il n'en pouvait plus.

— Vous avez bien fait de venir, leur dit-il, j'ai cru que je n'y arriverais jamais; soupesez-moi ça : c'est du chêne : le reste d'une chambre à coucher.

Il caressa le cercueil avec tendresse.

— La dernière fois que j'ai fait un cercueil comme celui-là, c'était pour un boucher de Vébron : un type énorme, gros mangeur, gros buveur de bière.

— Je vous suis, dit le docteur, malicieusement.

— J'avais pourtant pris ses mesures; eh bien, au moment de refermer le couvercle, voilà le mort qui pousse avec ses épaules et avec son ventre : pendant la nuit, il avait encore grossi!

— Gonflé, dit le docteur.

— Enfin, gonflé, si vous voulez. Pour refermer ce couvercle, il a fallu s'asseoir dessus, et toute la famille avec moi, parce que j'étais trop léger, comme si on fermait une malle!

— Ce devait être un spectacle réjouissant, répliqua le docteur d'une voix délicate.

— C'est pas le vieux qui t'embêtera, dit Abel, y reste plus grand-chose à fourrer dans ta boîte.

Il se mit devant, empoigna les bras du charreton, et le cortège s'ébranla.

— Depuis cette histoire, dit l'homme, je calcule toujours plus large; surtout l'été (il accompagna l'été d'un geste arrondi de la main autour du ventre, comme s'il évoquait un obèse, ou une femme enceinte); ça m'évite des surprises.

— C'est une mesure excellente, soupira le docteur en s'épongeant le front.

On entendit croasser des corbeaux; il leva les yeux et les aperçut qui tournaient en dérivant très haut au-dessus des falaises. Le ciel était au bleu fixe; forêts, rochers, éboulis, tout ruisselait de lumière, et même les pentes couvertes d'herbes roussies, qui luisaient comme du silex. Il se sentit brusquement dépaysé. Légèrement flottant, aussi : la fatigue, sans doute, ou le manque de sommeil. Il ne prêtait qu'une oreille distraite aux élucubrations macabres que l'homme poursuivait à son côté (avec, semblait-il, une véritable délectation professionnelle. D'autant que les cercueils rapportaient manifestement beaucoup plus d'argent que la fabrication des portes et des fenêtres). Tout cela était devenu d'un coup très abstrait ; il ne semblait y avoir de réel que ce vol de corbeaux noyé dans le bleu très pur d'une matinée d'été. Et même l'incident qui se produisit un peu plus loin (lorsque le charreton, à cause de l'étroitesse du sentier, versa avec son chargement au sommet d'une fougeraie à pic, et qu'il fallut qu'Abel et le vieux descendent chercher le cercueil à grand renfort de jurons) lui laissa-t-il une impression assez irréelle — augmentée encore par le spectacle plus qu'insolite de ce cercueil dévalant la pente à toute vitesse et devant lequel les fougères s'écartaient brutalement jusqu'à ce que ce toboggan funèbre bute avec un choc sourd (naturellement, cela lui avait fait songer aussitôt à Baudelaire) contre le tronc d'un fayard qui encaissa le coup en frémissant de toutes ses branches. L'homme aux cercueils, par contre, avait eu l'air littéralement catastrophé devant les dégâts subis par son ouvrage, par le couvercle en particulier, fendu dans toute sa longueur ; il avait tristement tourné autour, examiné les traces de coups, les éraflures des planches sur le côté, avec une expression de souffrance qui n'aurait pas été plus intense s'il s'était agi de son propre épiderme : « Du chêne de 30 ! Au sec depuis cinq ans ! Si c'est pas malheureux, quand même... » C'était surtout la fente du couvercle qui le démoralisait ; elle semblait l'avoir atteint dans ce qu'il avait de plus sensible. Il avait même parlé de redescendre à Saint-Julien en fabriquer un autre « pour le même prix ». « En tout cas, la prochaine fois, avait gueulé Abel, on se passera de cercueil... »

« ... Le pasteur avait fait son entrée... (mais comment diable s'appelle-t-il ? Quelque chose comme M. Barthélemy, ce qui est tout de même assez chic pour un pasteur)... son entrée vers une heure de l'après-midi ; devant la porte, il avait refermé le parapluie sous lequel il s'était abrité du soleil pendant la montée. Au moment où il avait écarté le rideau pour les mouches, on avait entendu distinctement derrière lui le bruit de friture des insectes qui crépitaient au soleil comme dans de l'huile bouillante. Il avait eu un geste d'excuse pour le parapluie, et, à mi-voix, à l'intention du docteur et de deux ou trois personnes qui n'étaient pas de la famille : « En vérité, la vallée de Josaphat ne serait pas plus pénible, quelle chaleur effroyable... »

En voyant M. le pasteur, la mère s'était remise à pleurer : depuis la veille, n'ayant plus reçu de nouvelles visites, elle avait eu le temps de s'habituer à son chagrin ; mais l'arrivée du pasteur la ramenait plusieurs semaines, peut-être plusieurs mois en arrière, et tout se passait comme si de nouveau son mari venait de mourir à l'instant même. Il faudrait que nos êtres chers meurent en présence de tous les gens que nous connaissons afin que nous n'ayons pas à souffrir leur mort chaque fois que nous nous trouvons en face d'une personne qui les a connus et que nous n'avons pas revue depuis qu'ils sont morts. « Monsieur le pasteur, Monsieur le pasteur, oh ! Monsieur le pasteur ! – C'est une terrible épreuve, Madame, que Dieu vous envoie... » Elle, un peu confondue par cette voix méticuleuse et blanche, fleurant probablement la menthe ou le cachou, lui, penché sur elle, les mains croisées, aux ongles brillants et soignés, l'enveloppant de cette charité luxueuse et intimidante, de cette voix soyeuse, artificielle, enrichie par le brillant des lunettes, des ongles, des dents irréprochables, des chaussures, et même du front perlé d'imperceptibles gouttelettes discrètes, se redressant parfois pour jeter sur l'assistance un regard dont la bienveillance ternissait d'un coup, et qui était le regard d'un bonhomme légèrement incommodé par trois quarts d'heure de marche au soleil dans un sentier abrupt, et sans doute aussi par l'odeur de vernis rance qui l'avait accueilli à son arrivée, et que le cercueil chaud avait laissé flotter dans la pièce — odeur, avait remarqué le docteur, singulièrement voisine de la formidable odeur amassée là-haut derrière la porte de la chambre. »

« ... La fille Despuech (dont il savait que le père ne tarderait pas à claquer d'une cirrhose s'il ne s'arrêtait pas de boire) avait sorti des verres et les avait essuyés avec une énergie furibonde avant de les disposer sur la table ; une petite bonne femme agile et noire comme une fourmi, et qui donnait l'impression d'aller et venir dans cette maison comme chez elle. Pendant que la fourmi versait dans les verres un mélange d'eau et de café froid, M. Barthélemy avait continué de prodiguer ses consolations métaphysiques à la veuve, de la même voix douce et confidentielle, comme s'il lui racontait des obscénités, ou qu'il eût honte de déclarer certaines choses à haute voix devant tout le monde. La plupart des gens paraissent toujours gênés quand on commence à leur parler du royaume de Dieu : ils ont suffisamment d'emmerdements avec celui de la terre pour ne pas avoir encore à tenir compte de considérations plus ou moins vaseuses sur les récompenses ou les sanctions aléatoires qui sont censées les attendre de l'autre côté de la tombe. C'est probablement la raison pour laquelle les ministres de Dieu répugnent à déballer leur salade dans des endroits qui ne sont pas destinés à ça et où ils risquent d'être conspués ou lynchés en racontant des histoires de brigands. »

« ... Il y avait eu ensuite un assez long silence à travers lequel, petit à petit, comme un œil qui s'habitue à l'obscurité, l'oreille avait fini par distinguer de nouveau le concert des insectes, un peu atténué par le rideau pour les mouches. Personne ne bougeait. On aurait juré que ces gens attendaient quelque chose ou quelqu'un ; en tout cas, ils n'avaient aucune raison de rester comme ça sans bouger et sans parler, à regarder fixement par terre ou dans le vague. C'était sans doute leur façon à eux de s'entretenir une dernière fois avec le disparu, d'évoquer son souvenir en lui consacrant instinctivement quelques minutes de silence. Cette immobilité et ce silence étaient si impressionnants que M. Barthélemy lui-même n'osait plus faire un geste ni prononcer le moindre mot, comme si la présence du mort, rendue sensible par cet extraordinaire silence, annihilait momentanément son autorité spirituelle. Il tenait sa bible entre ses mains croisées à la hauteur de son ventre, et il regardait par terre, comme tout le monde. Enfin, Despuech s'était lentement levé, et tout le monde avait compris, aux traits affreusement lisses de sa figure, que le moment était arrivé. Les gens s'étaient levés à leur tour les uns après les autres, et M. Barthélemy, qui semblait tout à coup avoir retrouvé son ascendant, avait posé ses deux mains sur les épaules de la veuve comme pour lui transmettre par un fluide magnétique la force de ses certitudes et la souveraine assurance qui émanait de sa personne jusque dans sa mise impeccable, le brillant de ses lunettes, le pli de son pantalon, et la délicate rosée humectant son front. « Seule la souffrance est capable de donner à notre vie la signification que le bonheur lui-même serait incapable de lui donner... » Abel Reilhan et le menuisier de Saint-Julien étaient sortis avec Despuech, et le docteur leur avait spontanément emboîté le pas. « Vous ne serez pas de trop », lui avait dit le fabricant de cercueils en montant l'escalier ; avec sa sacoche à outils en bandoulière, il ressemblait à un inoffensif plombier qui va déboucher un lavabo ; juste au moment de pénétrer dans la chambre, le docteur avait eu une espèce d'illumination. Il s'était demandé si ce cadavre en train de se liquéfier dans cette puanteur moite et pharmaceutique ne valait pas mieux, dans son implacable réalité, que toutes les perversions mentales entraînées par le refus de cette évidence, si intolérable fût-elle. « Suivre cette voie jusqu'au bout », s'était-il dit, mais aussitôt, tout s'était obscurci, et il avait senti à quel point le moindre effort de la conscience fait retomber celle-ci dans de très anciennes ornières. »

« ... Il avait voulu à tout prix mastiquer cette fente du couvercle, par conscience professionnelle, et parce que

« ça n'était pas décent pour le mort ». Naturellement, on avait été obligé d'entrebâiller les volets pour laisser entrer un peu de jour, et que le vieux puisse mastiquer à son aise, mais si, du point de vue odeur, on avait gagné au change, l'atmosphère s'étant un peu désépaissie grâce au courant d'air, par contre il y avait certaines choses, quoique le corps fût enroulé dans un drap, qu'on se serait bien passé d'avoir vues — par exemple, les taches brunes qui souillaient le matelas et le traversin — et que le jour avait révélées ou, en tout cas, permis de deviner (car, au fond, à part ces taches, on ne voyait pas grand-chose) ; mais c'est fou ce que l'imagination pouvait être sollicitée par cette forme étendue sous un drap et « gonflée de son importance », comme presque tous les cadavres, auxquels l'ignoble combustion délabrante confère pendant un certain temps quelque chose de l'enflure impériale. Une fois terminée la réparation du couvercle, on avait disposé le cercueil près du lit, sur deux chaises, de façon à pouvoir faire glisser le corps directement dedans en soulevant le drap juste un peu. Question d'hygiène. Quant à lui changer ses vêtements, il ne fallait pas y songer, malgré le désir qu'en avait exprimé sa femme : le travail de la décomposition, bien que partiellement ralenti par le formol, était beaucoup trop avancé. Le corps était enfin tombé au fond du cercueil avec un bruit mou. Et c'est à ce moment-là qu'on avait entendu s'ouvrir la porte de la cuisine, en bas, et le bruit d'une altercation avait retenti dans la cage de l'escalier ; c'était surtout la voix du pasteur qui dominait le brouhaha, une voix féminine et criarde, méconnaissable, tout à fait en contradiction avec les lunettes cerclées d'or, le sang-froid professionnel et les compétences sacerdotales dont cet instrument étincelant semblait garantir l'infaillibilité. « Madame Reilhan, je vous en prie ! Madame Reilhan, vous ne pouvez pas faire ça ! Madame Reilhan, ce n'est pas raisonnable… vous m'aviez promis… » Il paraît que, pour l'empêcher de passer, il s'était mis les bras en croix au milieu du couloir, et il essayait de la raisonner avec ces piaulements de volatile affolé qui trahissaient, dans le ministre de la Puissance et de la Gloire, une vieille vierge vinaigrée et sujette aux crises de nerfs. Toujours est-il que la veuve ne s'en était pas laissé imposer par ces simagrées, et qu'elle s'était assez rapidement débarrassée des bras en croix de M. Barthélemy (dont les lunettes étaient tombées par terre au cours de la bousculade) ; ce qu'elle voulait, c'était assister à la mise en bière, et rien au monde ne l'aurait détournée de cette idée fixe. On ne vit pas impunément à côté de quelqu'un pendant un tiers de siècle ; même si ça n'a pas très bien marché, il en reste toujours quelque chose. Les autres, là-haut, se doutant de ce qui arrivait, s'étaient dépêchés de fermer le cercueil, mais une fois dans la chambre, noire et rabougrie comme si, après trente ans de travaux forcés, trois jours et trois nuits de chagrin avaient suffi à la faire rétrécir d'un coup, elle les avait obligés à soulever le couvercle pour entrevoir une dernière fois la dépouille de son compagnon d'infortune. Évidemment, cet incident ne se serait pas produit, ni la suite, si le vieux maniaque n'avait retardé la fermeture du cercueil en voulant boucher cette fente de crainte qu'elle ne fasse mauvais effet sur d'éventuels clients. Les sept ou huit personnes qui attendaient dans la cuisine étaient montées à leur tour, ainsi que M. Barthélemy et derrière lui, se tenant sur le pas de la porte, blanc comme un linge et à moitié mort de peur, le jeune boiteux. Grand silence, comme tout à l'heure ; et dehors, grand concert d'insectes : des millions d'élytres proclamant le noir triomphe de l'été (sur de longues aires calcinées comme des hauts plateaux d'Éthiopie, des glaives, des pinces, des couteaux-scies, des mandibules, des machines de guerre, des combats sans merci de chevaliers-homards, des génocides, à la gloire d'un Dieu-Minotaure). M. Barthélemy, un peu défraîchi par l'algarade de l'escalier, et atteint dans son prestige, paraissait avoir brusquement vieilli de plusieurs années : il avait retiré ses lunettes pour les essuyer et on ne voyait plus que ses yeux de myope, des yeux rapetissés, aux paupières chiffonnées et légèrement enflammées. Dépouillé de l'emblème de son autorité, il avait l'air nu, flétri, vulnérable : une huître sans coquille. A la fin, le docteur avait pris la veuve par le bras : « Maintenant, ça suffit comme ça », et il avait ordonné aux deux zèbres de boucler la caisse. Au moment où le vieux s'apprêtait à enfoncer les vis, la veuve s'était penchée vers lui et elle lui avait dit quelque chose à l'oreille ; le vieux avait paru interloqué et il l'avait regardée d'un drôle d'air ; elle lui avait parlé de nouveaux doucement à l'oreille, alors il avait hoché la tête et dit : « Bon, d'accord, on va essayer » ; il avait retiré les vis une à une ; les gens retenaient leur respiration et se regardaient sans comprendre ; ils se demandaient ce qui allait arriver, et si la veuve n'était pas subitement devenue folle. Non, elle désirait simplement récupérer le drap, et le vieux s'était exécuté devant une assistance pétrifiée ; par bonheur, la manœuvre avait été facilitée par le fait que le drap s'était presque entièrement roulé au-dessus du corps quand on avait fait basculer celui-ci dans la bière : le vieux n'avait eu qu'à tirer dessus en soulevant le couvercle ; elle le lui avait pris aussitôt des mains, comme on fait avec du linge sale qui traîne lorsqu'un visiteur fait irruption inopinément, et l'avait fourré en boule sous le lit ; M. Barthélemy avait tiré son mouchoir et il l'appuyait discrètement contre le bas de son visage ; d'ailleurs, d'autres personnes en faisaient autant. Il est certain qu'il fallait avoir le cœur bien accroché pour ne pas rendre ses tripes. Le docteur, qui se trouvait près de la fenêtre, avait observé machinalement la pente d'un toit couvert d'écailles grises qui luisaient sous la lourde lumière terne de l'après-midi ; il avait songé aux rues désertes de ces petites cités montagnardes recluses entre de hautes pentes, et où il visitait sa clientèle depuis vingt ans sans y avoir jamais rencontré l'exemple de ce qu'il appelait, dans son jargon de philosophe amateur, une « liberté » — cette volonté tenace de tout refuser en bloc, de tout remettre en question continuellement, et de vivre sur ce refus sans pour autant l'investir d'une signification spirituelle ou métaphysique quelconque.

Devant cette cour vide et noyée de chaleur, il pensait aux fermes misérables, vides et silencieuses comme celle-ci à l'heure qu'il était, à toutes ces maisons en ruine où la vie croupissait comme l'eau des citernes, où l'ennui siégeait à la droite de la mort, et à sa gauche, l'inutilité — l'irréalité — à laquelle, chose curieuse, il était en vieillissant de plus en plus sensible. L'irréalité fascinante et trouble de ces pentes et de ces plateaux désertiques, de ces falaises millénaires, de ces landes inanimées auxquelles des hordes de chevaux cosaques et de hautes lueurs d'incendie auraient peut-être prêté un sens péremptoire. L'irréalité tragique de l'existence menée par ces hommes et ces femmes complices de leur propre mort ; il imaginait les naissances, les siestes lourdes, les relations sexuelles larvées entre des êtres qui ne savaient pas détourner la nature — ou si mal —, assurant strictement la survie de l'espèce, les vieillesses et les agonies dans ces grands lits funèbres au fond de chambres sombres et humides comme des caveaux. La scandaleuse irréalité de cette religion aujourd'hui exsangue, convoquée du bout des lèvres et le plus souvent à seule fin de manifester une mauvaise humeur légitime à l'égard des majorités triomphantes, politiques ou religieuses (les études démographiques le montraient bien). L'irréalité de ce pays, profond par ce qu'il avait de tragique, irritant et superficiel par ce qu'il avait de folklorique et de complaisant, pays dont la rusticité ne lui avait jamais rien évoqué de l'appareil lyrique traditionnel, mais au contraire une louche alliance avec la terre : il n'y avait qu'à regarder ces murailles pesantes, trouées d'ouvertures plus étroites que profondes, indifférentes au site environnant, ou faisant peser sur lui cette vigilance aveugle des constructions de boue africaines criblées de trous et semblables à des alvéoles d'insectes géants, pour sentir combien les hommes de ces montagnes, justement, étaient à peine plus libres, plus affranchis des obscures fatalités du monde et de ses mécanismes, que ces insectes éternels qui étaient en train d'incendier les solitudes de leurs crépitements. Toutes ces vies obéissaient aux mêmes lois féroces, gravitaient autour d'une même pesanteur; l'illusion des gestes, des mots, des costumes — des cérémonies comme celle-ci — ne lui avait jamais complètement masqué le programme implacable inscrit derrière et gouvernant ces grands insectes au visage tragique, et vêtus de noir comme pour se confondre avec la noirceur essentielle de ces montagnes; l'artifice, poussé à son paroxysme, pouvait faire illusion sur les Champs-Élysées à Paris, devant les gratte-ciel de New York, ou même au fond des sanctuaires catholiques — malgré les monstrueux élytres de coléoptères des officiants; mais ici, à cause du peu de marge laissé à l'artifice et à la gratuité par « la force des choses », pour des causes faciles à déterminer : économiques, historiques, climatiques, la nécessité aveugle de l'univers, son inertie, sa torpeur, la fatalité inintelligible de ses lois semblaient peser plus lourdement, plus directement qu'ailleurs sur la vie des hommes, commander leurs actes, dominer leur silence, triompher dans l'austérité de leur condition — jusque dans ces lits hauts comme des catafalques, et qui parlaient beaucoup plus d'agonies que de caresses. On sentait la mort affleurer partout, non sous cette forme délirante et mythique, très délibérément cernée, concentrée, et par là même entièrement contrôlée, que savent si bien lui imposer les civilisations solaires, mais sous des espèces vagues, imprécises, semblables à une émanation vénéneuse à laquelle les habitants d'une maison ne seraient plus sensibles; le malaise oppressant que lui avaient toujours inspiré ces chambres glaciales, ces cuisines sombres, enchâssées dans le roc, et où la vie s'écoulait plus qu'elle n'était vécue, ces cours aveugles cernées de murs vétustes, au-dessus desquels les perspectives restaient prisonnières de ces flancs verticaux, immuables comme le destin, semblait provoqué par quelque chose de beaucoup plus profond, menaçant, qu'une banale impression d'inconfort, de dénuement, de solitude qu'on pouvait en recevoir.

Jeune encore, et quoique natif du pays — dont il ne s'était absenté que pendant la durée de ses études et de la guerre —, il avait souvent ressenti la même impression trouble lorsqu'il pénétrait dans ces foyers rébarbatifs et rudes, et qu'il y mesurait le peu d'espace imparti à ce qui permet aux hommes de lutter contre ce que leur condition a d'incommode et de tragique, à ce qui fait oublier en eux l'animal, à ce qui les pose dans l'univers comme un phénomène irréductible aux seules lois objectives. Il était obsédé par la nature de leurs pensées, de leurs projets, de leurs propres obsessions, au point de ne pouvoir s'empêcher de leur poser parfois certaines questions qu'on ne doit jamais poser dans les milieux dominés par des préoccupations strictement matérielles, sous peine de paraître suspect, velléitaire ou farfelu ; et les réponses qu'il obtenait dans la plupart des cas indiquaient une indifférence, une banalité qu'il jugeait révoltantes, et très inquiétantes : ces réponses dénotaient moins l'inconscience de ces êtres devant la précarité de la condition humaine — cela se serait parfaitement expliqué, harcelés qu'ils étaient par les difficultés concrètes de la leur propre — qu'une sorte de passivité qui n'était même pas de la résignation : c'était une soumission complaisante, et d'un certain point de vue extrêmement avantageuse, aux considérations les plus conventionnelles, les plus médiocres, et même les plus sordides de la petite société bourgeoise occidentale, rationaliste et myope, et dont les obsessions métaphysiques ne sont pas le fort ; mais ce qui pouvait donner le change et tromper l'œil à Paris ou à Bordeaux (où il avait fait sa médecine) devenait encore plus horrible parmi ces besogneux, à qui manquaient les accessoires de la respectabilité et de la vanité sociale : les fils de bourgeois ne manipulaient pas les os de leurs ancêtres comme le faisait Abel Reilhan tout à l'heure avec tant de désinvolture, ni leurs veuves des suaires souillés : c'était plutôt les testaments qu'on manipulait avec désinvolture dans ces familles où deux et deux font rigoureusement quatre, même devant un mort (mais cela revenait exactement au même).

Certes, il y avait ce qu'on ne voyait pas : les suicides

équivoques, inexplicables, les originaux — dont l'originalité consistait à se taire pendant soixante-quinze ans, mais comment savoir ce que cachait ce silence ? Rien, peut-être, ou des mécontentements risibles, navrants ; il essayait de se persuader que ces hommes et ces femmes dissimulaient en eux quelque chose dont ils ignoraient eux-mêmes la présence...

En regardant vivre et mourir ces montagnards depuis vingt-cinq ans, en comprenant très bien qu'il leur fallait imiter, pour survivre, ce qu'il y avait de plus détestable dans le progrès, et renier ce qu'il y avait de plus admirable dans leurs traditions pour y parvenir, il en avait conclu qu'entre le tumulte des grandes cités et le silence de ces plateaux déserts, la différence n'était pas si grande qu'on eût pu le croire : ce n'était qu'une différence de densité, non de qualité ; ici comme à New York, l'animal tirait dans le même sens. Une photographie de la cité géante prise à l'aube montrait la même vacuité, la même vigilance aveugle d'insecte, comme si la terre, désertique, n'était peuplée que d'automates. Et lorsqu'il avait assisté à l'électrification du pays, il avait eu l'envie répréhensible et inavouable de penser quelque chose comme : « Vous aussi, vous avez loupé le coche... » Devant l'injustice et la misère, une telle attitude était un cas pendable ; c'est la raison pour laquelle ce qu'il haïssait le plus dans la société de profit, ce n'était pas tant les injustices qu'elle engendrait, que plutôt d'avoir rendu suspect, et peut-être définitivement, tout acte, toute pensée qui n'étaient pas mobilisés pour l'abolir.

Mais il n'y avait pas que les hommes...

Il y avait ce pays de pierres ruiniformes, de hautes landes celtiques, de gorges et de sites préhistoriques où l'oreille, malgré elle, se tendait à l'affût de bramements monstrueux, il y avait son climat brutal, tout en contrastes, ces combes noircies par l'hiver, ces aires torrides à l'heure présente — et même ces bourgs pauvrement industrieux, avec leur rue unique de part et d'autre de laquelle des façades pourries se considéraient dans le silence de mort des longs après-midi —, le souvenir de leurs génoises crottées par les hirondelles et décrépies pesait sur celui de ses années d'études primaires : même aux heures de mouvements de la rue, leur surplomb crénelé conservait une sérénité intemporelle, un glissement paisible d'éternité au-dessus des époques, qui le fascinait. Partout, dans ces fermes et dans ces hameaux, pesait la même oppression minérale. Au même titre que la mort, la roche immortelle affleurait partout, jusqu'au milieu des murailles ; elle soulevait le sol de terre battue, épaulait une cheminée, lourde, compacte, hostile... Cette intimité entre les hommes et ce monde élémentaire comme émergé des premiers âges de la terre, lorsqu'il était adolescent, exerçait sur lui un charme puissant et morbide : il y avait une telle incompatibilité entre l'esprit humain et cette amère irruption de la matière à l'état brut, une telle contradiction entre les lois fragiles, incertaines, gouvernant celui-ci, et les immuables propriétés de celle-là, que cette promiscuité avait fini par le scandaliser et par l'angoisser, malgré son amour pour ce morceau de planète abandonnée qu'était à ses yeux le Haut-Pays — amour malheureux, amour équivoque de la victime pour ce qui l'écrase, se plaisantait-il parfois. Et au fil des années, tout cela s'était cristallisé, durci autour d'une même obsession : de même, jeune encore, il lui semblait parfois se réveiller d'un songe au cours de la journée, saisi brusquement par l'idée de la mort et par les images ignobles qu'elle entraînait en lui, comme s'il y avait en lui quelque chose qui rendait cette réalité irrecevable — et parfaitement *irréelle* —, de même en était-il arrivé à éprouver parfois un sentiment d'irréalité vertigineux devant la vie et devant le monde — d'autant plus inintelligibles à l'esprit et irrecevables l'une et l'autre, qu'ils étaient expliqués par la science : mais allez faire comprendre ça aux imbéciles ! — comme s'il se sentait pris dans une aventure qui ne le concernait pas et que, devant ce qu'elle avait d'accidentel et d'aléatoire — il n'y avait aucune raison pour que les choses, « tout ça », n'eussent pas été différentes de ce qu'elles étaient —, il y avait en lui (et en tous les hommes, mais...) quelque chose d'immuable, d'étranger à la vie et au monde et à la mort qui en était la suprême évidence, quelque chose qui s'opposait à ce que le monde et la vie et la mort avaient d'immuable, à ce qui dans l'homme subit inexorablement les lois aveugles du monde : usure, lassitude, finitude, décrépitude, disparition. Combien de fois n'avait-il surpris dans son miroir, derrière ce masque gagné par les rides, la même attention à l'affût depuis bientôt cinquante ans et qui, elle non plus, n'était pas solidaire de ce masque ruiné, comme si le temps et l'expérience n'avaient eu sur elle la moindre prise? Voilà ce qu'il y avait en face de la réalité irréelle du monde : cette volonté de réalité intellectuelle ou spirituelle qui luttait désespérément dans ce corps irréel et précaire, comme un homme bouclé dans une maison en train de brûler. Rêve, illusion? Peu importe... C'était là, dans l'homme, dans tous les hommes, il l'eût juré, aptitude ou réalité, selon que le : « comment vivre? » l'emportait sur le : « pourquoi vivre? ». Et sans doute se fût-il, lui aussi, laissé prendre aux apparences, s'il avait exercé sa profession à Paris, là où le rêve des hommes se prolonge dans les pierres et dans les institutions. Mais ici, devant ces solitudes minérales, devant ces constructions humaines qui en prolongeaient l'hostilité plus qu'elles ne leur opposaient leur confort, devant la vie rudimentaire qu'elles abritaient, comme si ces hommes n'obéissaient qu'à la lancée aveugle qu'elle avait communiqué à leurs ancêtres cent mille ans plus tôt, c'était cette irréalité dramatique qui triomphait, et dont il avait si violemment ressenti les effets tout à l'heure, parmi ces hommes et ces femmes qui lui avaient brusquement donné l'impression de jouer une comédie assez bizarre autour du cadavre décomposé de l'un d'entre eux; quelque chose s'était mystérieusement déclenché en lui et avait fait appel au témoin privilégié pour qui le comportement de ces êtres et la forme de leur corps n'étaient pas moins étranges que ce cadavre absurde autour duquel ils s'agitaient.

Qu'elle soit rêve ou illusion, cette... « réalité de l'esprit » avait au fond, elle aussi, quelque chose de très insolite, de très troublant...

Il alluma une cigarette : beaucoup trop fumé, ce soir ; tant pis pour son cœur (songer au cœur, comme ça, de but en blanc, et après avoir été si longtemps et si profondément absorbé par de glorieuses pensées, obtenait toujours sur lui le même effet : non de peur, de surprise. C'était de même nature que tout le reste ; quand le corps ne jouissait pas ou ne souffrait pas, l'esprit — ce qui se passe dans la tête — livré à lui-même, à ses propres lois, très rapidement prenait le large et oubliait son véhicule : ce n'était pas sans étonnement qu'il en retrouvait les rouages et toutes les contingences). Au fond, même en culottes courtes, j'étais étonné : étonné par le monde, étonné d'être là ; la seule chose qui ne m'étonnait pas, à cette époque-là, c'était précisément cette faculté d'étonnement, comme si elle seule fût incontestable, et me justifiât nécessairement. Depuis, hélas ! rien n'était aussi simple, et cette faculté d'étonnement, cette aptitude de refuser, de tout remettre en question, paraissait parfois aussi étrange, aussi irréelle que ce qu'elle remettait en question ; remise en question à son tour, on eût dit qu'elle se dévorait elle-même, qu'elle n'était là que pour assumer sa propre négation, et tout se passait alors comme dans les labyrinthes, où l'on repasse toujours par les mêmes endroits, ou comme dans ces cages tournantes, où des écureuils s'enragent dans une course exténuante, immobile...

Mais avec quelle facilité ce qu'on a coutume d'appeler la vie avait le dernier mot... Avec quelle facilité les choses se retrouvaient à leur place habituelle, et retrouvaient leur aspect nécessaire, convaincant — comme ces rochers dominant le bourg qui ressemblaient à des termitières géantes et sur lesquels, depuis la terrasse de sa villa, il regardait le jour s'éteindre. Comme sa femme, en train de dresser la table pour le dîner : vivre à la surface des choses, voilà ce que promettaient les gestes paisibles de cette femme allant et venant dans le crépuscule.

Il jeta sa cigarette dans l'obscurité du jardin, où embaumaient les roses de septembre ; l'étincelle décrivit une longue courbe et s'immobilisa au milieu des graviers : parfum des roses, étincelle, convoquaient les printemps disparus, les roses disparues avec ceux qui respiraient leur exhalaison en ramassant dans l'herbe humide des lampyres bleuâtres. Enfant mort dans l'adulte, et dont il ne reste, peut-être, que cette interrogation passionnée : tout cela ne peut pas avoir servi à rien, ni la souffrance ni le bonheur... Il y a là une réalité atroce, fondée sur tout ce qui la nie : le temps, la vieillesse, la mort. Situation intolérable. Mais il n'est de situation intolérable à laquelle il semble que le destin des hommes ne soit précisément de s'habituer. Vivre à la surface de choses... Mais les gestes séculaires de cette ménagère, comme dans tous les foyers où s'allumait une lampe, laissaient flotter, ainsi qu'une épave entre deux eaux, l'évocation poignante du bonheur, beaucoup plus que le bonheur lui-même... Parce que rien n'est innocent sur la terre : à quelle terrible absence notre expérience de la vie — l'affreuse mémoire contaminante — ne finit-elle pas par aboutir ?... Tout a déjà eu lieu au moins une fois : comment vivre à la surface des choses, alors qu'à chaque instant la vie nous contraint à essayer de retrouver un secret perdu.

De là, sans doute, son goût prononcé pour les petits chevaux cosaques, les invasions martiennes, les époques catastrophiques, qui, comme par magie, rendent les hommes pareils à des enfants. Son meilleur souvenir : les matins d'hiver dans cette ferme allemande où il charriait du fumier comme prisonnier de guerre. L'enfer de la guerre, certes. Et l'enfer de la paix ? Personne jamais n'en parle, hypocrites nations ! Il n'y a qu'une paix orageuse pour nous empêcher de mourir à petit feu. Ou sinon, vous voilà supprimant les déboires rédempteurs, comme le con de la fable, sciant la branche sur laquelle vous êtes assis. Grotesque.

— Grotesque ?

Elle s'était immobilisée, tournant la salade, dont on sentait d'ici l'odeur piquante et alliacée — tout l'autre Sud fleurissait dans cette pointe un peu canaille, émoustillante, vaguement ironique. Que de réalités dans l'irréalité !

— Cette mise en scène. Toute cette mise en scène autour d'un cadavre. Tu ne peux pas savoir. A vingt kilomètres d'ici. On croit rêver.

Il avait encore devant les yeux le geste de cette femme roulant en boule le drap souillé et le fourrant sous un lit. Cette implacable affirmation de la vie devant la mort... Ce geste qui s'accordait si bien avec les actes de violence que la vie commettait depuis quelques centaines de millions d'années, avec cette détermination aveugle, effrayante qui assurait le développement des espèces, cette permanence absurde sur la terre... pour aboutir à ce crépitement d'insectes, dehors, comme au geste de cette femme, un après-midi de septembre, dans une chambre mortuaire chrétienne...

— Ce cloisonnement de l'esprit chez les simples, tu comprends, cette faculté d'oubli, presque immédiate... La disproportion qu'il y avait entre ce mort — pour qui la sphère solaire aurait dû exploser, comme l'eût souhaité Shakespeare — et... et ce drap qu'on lui arrachait... cette négation de la valeur de la vie, beaucoup plus que son affirmation, par le peu de valeur que son interruption paraît avoir pour presque tous ces gens, moi peut-être... ce geste détruisait beaucoup plus que la corruption ce misérable... Je sais bien, mieux que personne ! qu'un mort n'est rien, mais qui peut se flatter d'une objectivité si pure, si théorique ? C'est le geste de cette femme qui a sanctionné la mort de son mari — qu'elle aimait !

Même impression lorsqu'une deuxième naissance était désirée ou attendue dans un de ces innombrables foyers où il entendait dire par le père ou la mère à propos du premier enfant : « on ne sait jamais ce qui peut arriver », comme on envisage de remplacer sa voiture !

Les raisons qui le scandalisaient étaient plus obscures que leur rustrerie. C'était comme si quelque chose, en lui, se trouvait brutalement floué, ou insulté.

Floué, surtout... Ainsi, parfois, à l'époque de sa « puberté » religieuse (né catholique), se réveillait-il en sursaut, secoué par une idée aussi sèchement que si quelqu'un avait interrompu son sommeil en le secouant par l'épaule : un seul cadavre de bébé asiatique (ou nègre, ou du néolithique) anéantissait radicalement à lui seul les probabilités d'un plan de création divin, où l'homme occupât une place privilégiée, où chacun de ses cheveux fût compté... Ce n'était guère de cheveux qu'il s'agissait dans l'histoire du monde, mais des milliards de cadavres de créatures intermédiaires auxquels ni le hasard ni la providence n'avaient permis d'accéder à la conscience, qui n'avaient pas eu le temps de devenir des hommes, mais qui étaient pourtant des hommes... Il y avait là de quoi éprouver le sentiment d'une imposture de belle taille, de la part d'un dieu qui, s'il eût existé, n'eût été qu'un mauvais plaisantin : sa création n'était, comme le dit Nietzsche, « qu'une somme de douleur et d'illogisme qui abaisserait la valeur totale du devenir ».

Le hasard, le hasard imbécile pouvait être seul responsable du peu de prix de la conscience et de l'existence humaines, qui n'en avaient déjà pas beaucoup aux yeux des hommes eux-mêmes...

Ce qui l'avait surtout frappé aujourd'hui — cette bizarre impression d'irréalité qu'il s'expliquait si mal lui-même, comme s'il avait débarqué d'une autre planète, où les choses se seraient passées autrement, et dont il lui restât l'obscure mémoire...

— Ce qui m'a frappé, c'est le naturel avec lequel ces gens enterrent l'un d'entre eux... Tout était si scabreux ! Personne ne bronchait... Ce bûcheron endimanché... J'avais l'impression d'un énorme malentendu... Une espèce de farce inutile : j'ai parlé de mise en scène sans le vouloir. Si l'un d'eux s'était mis à... à faire quelque chose de complètement absurde — uriner dans le cercueil, arracher l'oreille de son voisin pour la manger — j'aurais été à peine plus surpris...

Il revoyait ce bûcheron endimanché qui entassait les débris de ses ancêtres dans un coin de la fosse qu'il venait de creuser (« comme ça, il ne sera pas seul »), le cercueil fou naviguant au milieu des fougères (Buñuel n'aurait pas mieux fait), les lunettes emblématiques de ce pasteur astiqué jusqu'au bout des ongles (et qui s'appelait M. Barthélemy!), sa voix lointaine, chevrotée, que le plein air accompagnait du concert d'insectes : « O mort, où est ta victoire? O mort, où est ton aiguillon? », ces mots emportés dans l'espace par la chaleur pleine d'odeurs solennelles, Abel Reilhan, la fosse comblée, arrachant une ardoise au toit d'un vieil appentis et gravant dessus avec un tournevis les initiales du défunt, les dates de sa naissance et de sa mort, pour la planter d'un coup de talon à la tête de sa tombe — mystérieuse identité livrée à l'indifférence des orties, du soleil, de la pluie...

— Je me suis demandé ce que nous venions faire dans tout ça : mort, vie, je tombais de la lune; pendant plusieurs heures, j'ai dû tout oublier; c'est comme si je voyais les choses pour la première fois : ni tragiques, ni comiques — incompréhensibles.

Ce n'était pas la première fois que ça lui arrivait, s'amusant quelquefois à provoquer lui-même ce phénomène en essayant par exemple de retrouver au-delà de la mémoire et des habitudes prises l'aspect primitif et inintelligible d'une chose (comme tous les grands exilés obsédés par des sensations perdues). Mais dans le cas présent, cela s'était produit bien malgré lui, et avec la violence d'une révélation.

— Cela m'a pris dans le chemin, comme un vertige, et cela s'est un peu dissipé au moment où je me suis penché vers la fenêtre pour observer machinalement ce toit qui semblait couvert de plomb sous la lumière... et, juste avant, il y avait eu cette histoire de drap... Une espèce de collapsus mental, tu sais, comme pourraient en provoquer le surmenage, l'insomnie, ou je ne sais quoi.

Ce qui le troublait le plus maintenant, c'est qu'au fond, ce sentiment d'irréalité, ce vertige, ne concernait pas moins ses semblables que ce cadavre mutilé par des corbeaux, et que ce n'était pas tant la mort devant laquelle il s'était senti comme un étranger, que la vie — la vie sur la terre : un enchaînement de circonstances fortuites débouchant sur cette irréparable énormité : lui-même, la conscience de sa propre existence, le témoignage accablant et irrécusable qu'elle lui imposait, qu'elle s'imposait à elle-même — qui aurait pu ne pas être, et qui était — irrémédiablement.

— Pourquoi me regardes-tu ainsi ?

Les coudes écartés, tenant entre deux fourchettes une touffe de salade au-dessus de son assiette, sa femme le dévisageait avec l'inquiétude amusée d'une femme de quarante-cinq ans pour qui le visage d'un interlocuteur est un second et implacable miroir : mais cette fois-ci, il l'avait regardée avec un peu trop d'insistance — ce genre de regard terrifiant qui examine autre chose à travers le vôtre —, comme il l'eût regardée la sachant atteinte d'un cancer.

Il baissa les yeux, déplia lentement sa serviette, sourit enfin.

— Je pensais, dit-il, à nos dernières vacances d'avant-guerre. Octobre à Venise, les matins de brouillard sur la lagune, les derniers touristes, anglais naturellement : je suis à un âge où l'on a besoin de conventions. Dix ans, déjà, et puis la guerre... Tu crois qu'il y a toujours ces orchestres merveilleusement démodés ?

Venise... Il venait d'y penser comme tout à l'heure à son cœur : d'abord intrigué, entre le zist et le zest. L'Italie, c'était comme l'afflux dans son esprit d'une douceur étonnée d'être au monde.

Ils partirent pour Venise quinze jours plus tard : il y avait beaucoup d'Américains et peu de brouillard. Depuis le Lido, on apercevait Venise, au loin ; le docteur observait les oiseaux de mer avec ses jumelles.

De retour, il apprit que le jeune Reilhan était entré au service du pasteur, comme secrétaire, ou quelque chose dans ce genre.

Les premiers temps, Joseph montait voir sa mère tous les samedis ; il prenait un car vers onze heures, et avec les trois quarts d'heure de trajet à pied, il arrivait chez lui pour se mettre à table.

Veuve, lui à Florac, Abel — toujours célibataire — à qui les coupes d'automne ne laissaient guère de répit, au large des bois du matin au soir, quand il n'y restait pas la nuit, dormant dans quelque baraquement forestier... En un rien de temps, elle s'était retrouvée quasi seule, et la seule consolation qui occupait le vide de ses journées était ces quelques heures qu'il passait avec elle chaque semaine.

Qu'il pleuve ou qu'il vente, elle allait se poster au bas du sentier pour guetter l'arrivée de la montagnarde, épiait les rumeurs de la route, trompée à chaque instant par celle du torrent — suspendue par ses moindres fibres, dès que celle-ci débouchait à la sortie du virage, deux ou trois cents mètres avant l'arrêt, au régime du moteur, à la vitesse hésitante de cette guimbarde qui semblait ne pas avancer et ne jamais se décider à ralentir (l'arrêt était facultatif), scrutant anxieusement à travers les vitres jusqu'à ce qu'elle l'ait aperçu ; alors, comme si cela n'avait plus d'intérêt pour elle, elle se détournait brusquement, les mains ramenées contre la poitrine, croisant les pointes de son châle, et commençait à remonter toute seule dans le sentier, mi par contenance, mi par elle ne savait trop quelle vague rancune qu'elle se permettait le luxe d'éprouver une fois certaine de son arrivée — comme si c'était surtout pour qu'il réalise ce que lui coûtait son absence. Mais en même temps qu'elle se jouait — et lui jouait — cette petite comédie des retrouvailles, elle sentait, comme prise à son jeu, le froid d'une espèce de dépit, ou de lassitude, l'envahir : elle ne vivait, depuis son départ, que pour cette minute, comptait les jours, pour ne pas dire les heures qui l'en séparaient, et lorsque cette minute arrivait, la joie d'être avec lui retombait presque immédiatement dans un désappointement indéfinissable, une curieuse impuissance à profiter de sa présence, comme si, à la peine de l'avoir attendu toute une semaine, s'ajoutait d'ores et déjà, irréparablement, le découragement de le voir repartir. On aurait dit qu'il n'y avait plus assez de vie en elle pour alimenter la moindre illusion.

Une fois rendus là-haut, elle s'accroupissait devant la porte pour en dénicher la clef sous une pierre — clef d'autant plus grosse qu'il n'y a rien à voler dans ces masures : lui songeait à la minuscule clef de sûreté que M. le pasteur conservait sur lui au bout d'une chaînette, terriblement éloquente celle-là ; « tu ferais aussi bien de la laisser sur la porte », lui dit-il un jour avec brusquerie —, ouvrait enfin cette porte sur des odeurs que l'atmosphère surveillée dans laquelle il évoluait toute la semaine rendait agressives, sur le moment ; incommodantes, même… les odeurs animales des gens qui vivent avec les animaux — ou même, pourquoi ne pas dire comme les animaux : il songeait à son frère. Ces cuisines qui sentent l'étable, quelle que soit leur propreté… ces vêtements que la fumée du hêtre imprègne de cette odeur de sauvagine et de purin qu'on retrouve partout ; maintenant qu'il se servait d'une salle de bains, il regardait sa mère à la dérobée en se demandant avec un peu d'inquiétude comment elle se lavait.

— Assieds-toi, assieds-toi… Donne-moi ton sac…

Elle s'activait, croyant retrouver dans ses gestes pour lui, faits d'une longue complicité, sa joie intacte, dressait la table, lui servait à manger — jusqu'à l'écœurement : dans son assiette bourrée de nourriture, s'étalait au grand jour, indécente comme cette couche de graisse jaune qui noyait indifféremment tous les plats, toute la misère et son cortège de préjugés imbéciles, de compensations pitoyables, de naïvetés horripilantes — poignantes... Il savait bien qu'elle se saignait aux quatre veines pour cet unique repas de la semaine — qu'elle avait dû longuement combiner : il avait l'impression d'engloutir quelque chose d'elle-même, pas seulement parce qu'elle continuait à se priver pour lui, à lui sacrifier toutes ses économies peut-être, mais aussi par une flagrante corrélation entre sa gaucherie, sa retenue de vieille paysanne, et tout ce qu'il devinait qu'elle confiait naïvement à l'abondance de cette nourriture.

— Mais enfin, je ne peux pas manger tout ça, voyons !

Elle faisait un geste de la main qui avait l'air de dire : « Les gens comme toi n'ont pas à finir ce qu'il y a dans leur assiette. » Immobile devant son fourneau, dont il semblait qu'après trente ans de vie commune elle ait emprunté quelques traits, sinon la seule énergie dont elle pût encore disposer, elle le regardait manger, l'écoutait parler de sa nouvelle vie, peu à peu subjuguée malgré elle et en dépit de cet étrange détachement intérieur : après la traversée de ce désert hebdomadaire, elle buvait ses paroles, naturellement, sans cesser toutefois d'être partagée entre une dévotion inconditionnelle et une secrète répugnance pour toutes ces excentricités intellectuelles aussi vaines qu'irritantes, et qui toutes paraissaient scandaleusement impliquer le désintéressement des richesses qui semblaient par ailleurs leur être spontanément acquises... Mystère un peu monstrueux dans sa tête de fourmi. Lui, soudain, la bouche pleine, quoique emporté par son excitation loquace, s'arrêtait, interdit :

— Et toi, tu ne manges rien ?

— J'ai mangé, j'ai mangé... Allez, continue...

Elle aurait bien le temps de manger quand il ne serait plus là.

Parfois, si le temps se gâtait, il restait à coucher le soir et ne redescendait à Florac que le lendemain matin, de façon à regagner son poste une demi-heure avant l'office : c'est à lui qu'entre autres, revenait le soin, tous les dimanches, de sonner la cloche et de balayer le temple; mais il parlait surtout à sa mère des petits travaux de rangement, de correspondance ou d'écriture auxquels le pasteur désirait le former : M. Barthélemy, lettré et féru d'histoire — la petite —, consacrait ses heures de liberté à étudier les figures du terroir qui s'étaient illustrées par les armes ou par l'influence pendant les guerres de religion; de temps en temps, il publiait à leur sujet des monographies pertinentes qui lui assuraient l'estime des érudits et dont il ne détestait pas de donner la primeur à de petites soirées où fréquentait la meilleure société du département. Il travaillait en ce moment à un ouvrage plus important sur le « Théâtre sacré des Cévennes », attendu avec beaucoup d'intérêt dans ces milieux sensibles à la survivance d'un passé héroïque, et où l'autorité de ses sources ainsi que la clarté de son propos l'avaient maintes fois distingué. Son altruisme achevait de lui rallier tous les suffrages, notamment le dévouement dont il venait de montrer une nouvelle preuve en recueillant chez lui ce jeune estropié dont la famille avait eu des malheurs, et à l'établissement de qui il ne ménageait ni son temps ni sa peine : si, dans son esprit, il était hors de question que son protégé pût seulement ambitionner un rôle inaccessible à ses faibles dispositions, en revanche, il se proposait d'en faire un excellent secrétaire, consoliderait son instruction, élargirait ses connaissances; par la suite, il ne manquerait pas de librairies protestantes où toujours le caser. Qu'est-ce qu'un petit montagnard sans bagage pouvait espérer de plus?

L'automne entra dans sa période triomphale. La métamorphose des bois commençait toujours par les hauteurs, où des gerbes de couleurs incandescentes, jaillies au cœur de la verdure, éclairaient les pentes et amorçaient rapidement la combustion éclatante de la forêt.

Jours calmes, sans inquiétude du lendemain, repus comme des fruits mûrs; ciel pur, sans ride, fumées montant des bois encore feuillus où s'étouffaient le cognement des haches et le craquement souple des arbres qui s'abattaient; herbes et bouquets d'orties sifflaient contre les murs comme un feu de sarments : les derniers insectes, dans ces nids abrités, tiraient un ultime profit des restes que l'été avait laissés derrière lui en se retirant, foyers isolés qui jalonnent le sillage d'un incendie et brasillent jusqu'aux pluies d'automne.

Les murs, vernis d'humidité du côté de l'ombre — d'une fraîcheur mordue par un froid qui arrivait de plus loin que cette ombre —, fumaient au soleil en scintillant de toutes leurs facettes micacées. Cours de fermes encombrées de toutes sortes d'outils accrochés contre les murs ou abandonnés à leur rouille dans les coins, de charrettes désaffectées à moitié ensevelies sous le fumier, de troncs prêts à être débités — luisantes, dans l'air lavé du matin qui donnait à toute chose une présence aiguë, une netteté magique, naïve, et où les volailles, les animaux domestiques, dociles à l'air du temps, évoluaient au ralenti au milieu de ce désordre artisanal et sapide de Riches Heures qui préparait — on ne savait à quoi; peut-être à une lente et imperceptible décantation des couleurs et des volumes — l'arrivée des hivers médiévaux, ceux des plaines flamandes ou des landes celtiques, comme une victoire à long terme de la modération, de la patience et de l'âge sur la folie du printemps ou l'amour ruineux de l'été.

Les premiers brouillards grimpaient de plus en plus haut, remontant les vallées à la rencontre de soirs de plus en plus rouges. Les jardins de la vallée, maintenant, perdaient eux aussi leurs feuilles, avec l'élégance et la noblesse désespérées des derniers aristocrates; les grilles closes et les persiennes bouclées des habitations de vacances portaient la marque d'un deuil récent, semblaient avoir été témoins d'une agonie pathétique; cette consternation merveilleuse des parcs, avec leurs massifs de roses corrompues et leurs allées tapissées d'or, ne pouvait pas ne pas impliquer la disparition prématurée d'une jeune personne de grande beauté, morte d'une mort ambiguë, en griffant de ses ongles les draps, dans un spasme terriblement semblable à celui de la volupté. Dans un coin, exotique et transi, un kaki dépouillé de son feuillage s'obstinait à exhiber ses fruits rouges, avariés pour la plupart, quoique féeriques dans la désolation générale.

Tous les matins, avant de visiter ses malades, le docteur se donnait un peu d'exercice en ratissant les graviers de son jardin et, pommettes rouges, mains engourdies, goutte au nez, brûlait les feuilles mortes ; la fumée se perdait, presque invisible dans un ciel terne et froid dont le soleil n'avait pas encore dissipé les brumes. Solitaire derrière un banc, un arrosoir vide communiquait à ce fond de jardin une atmosphère presbytérale et mélancolique — d'une mélancolie fin de siècle : l'endroit ressemblait au jardin du collège Saint-Stanislas, à N., où, vers les années 1908, le docteur se trouvait pensionnaire. Voilà, se disait-il, où et comment s'achève la barbarie de l'été — la barbarie de la vie : dans ce dépouillement exsangue, berceau d'une conscience frileuse — anglaise, se plaisait-il à préciser — vouée aux raffinements de l'égocentrisme et de la pudeur, avant qu'elle ne s'éclipse d'une scène où la pièce fut parfois d'un goût douteux.

Abel Reilhan avait presque terminé ses coupes : on arrivait en décembre. Bientôt, la forêt serait vide et sonore comme ces salles de bal qu'on dépouille de leurs ornements et qu'on ferme pendant tout l'hiver.

Talonné par la mauvaise saison, il lui arrivait de plus en plus souvent, pour activer son travail, de passer la nuit sur place, dans une de ces baraques en bois que les forestiers abandonnent à la fin d'un chantier ou avec les premières neiges. Au lever du jour, lorsque les carreaux sales de la petite fenêtre commençaient à pâlir dans l'obscurité, il repoussait les couvertures, quittait son châlit grinçant, allumait du feu dans un vieux poêle en fonte tout démoli sur lequel il faisait réchauffer la soupe que sa mère lui préparait pour plusieurs jours, poussait la porte, respirait le froid tonique de l'aube en roulant sa première cigarette. Dans la pénombre de la clairière, les troncs de hêtres ébranchés composaient un ordre satisfaisant, offraient une sorte de sécurité devant le mystère toujours un peu inquiétant de la forêt silencieuse : c'était l'heure à laquelle il n'y avait pas encore un souffle d'air. Assis sur la marche de bois du seuil, il avalait sa soupe chaude par petites lampées bruyantes, le dos voûté, sa casquette de chasseur enfoncée jusqu'aux oreilles, une grosse écharpe de laine enroulée autour du cou ; il était toujours surpris de la rapidité avec laquelle ce monde décoloré s'éclaircissait, quittait l'ombre pour la lumière dans une gradation de clarté difficile à percevoir cependant ; les premiers coups de vent qui rabattaient la fumée du poêle annonçaient régulièrement l'arrivée du soleil ; il empoignait sa hache, gagnait la coupe, et dès que la lumière horizontale, d'un rouge glacé, incendiait la cime des montagnes, lentement, en réchauffant ses muscles encore gourds de sommeil et du froid de la nuit, il attaquait un arbre à sa base, dans un giclement d'aubier qui étoilait chaque morsure du bois par l'acier. Jusque vers midi il travaillait ainsi sans relâche, insensible à la fatigue, presque sans effort, dans l'ivresse du mouvement continuel de ses bras, qui semblaient emprunter leur rythme aux battements de son sang — inconscient du temps qui passait, de l'heure qu'il était, aveugle à ce qui l'entourait, comme dépossédé de lui par l'enchaînement de ces coups profonds qui ébranlaient la charpente des arbres et faisaient trembler le sol sous ses pieds. Au moment où le soleil atteignait le sommet de sa course, il sentait son estomac vide lui réclamer sa pitance comme un animal qui eût vécu d'une vie indépendante : les mouvements réguliers de sa hache finissaient par communiquer à ses bras une frénésie insatiable qui le possédait plus impérieusement que la faim. Il se redressait, essuyait sa figure ruisselante, le dos au soleil, attentif, pour la première fois de la journée, à la rumeur des autres camps perdus dans la forêt, et que l'heure de la pause apaisait un peu partout ; de loin en loin, des fumées bleues montaient du milieu des bois, s'étalaient à leur surface en molles nébuleuses parfaitement immobiles. On entendait cogner une hache obstinée, quelque part sous les couverts, dont l'écho rendait les bruits difficiles à localiser, et pétarader une « Homélite » comme une pétrolette qui eût gravi des bosses de terrain à grands coups d'accélérateur ; quelques arbres s'abattaient encore avec un froissement d'étoffe déchirée, suivi d'un choc sourd ; puis le silence retombait sur la forêt tranquille, comme une trêve étrange au milieu d'un combat ; des voix, parfois des chants ajoutaient à cette paix une nonchalance heureuse, l'atmosphère des tribus qui ont déposé les armes pour vaquer à des occupations ménagères à l'approche des grands froids. Assis dans les feuilles mortes et les copeaux de bois secs qui délivraient des odeurs de thé et de champignon, Abel, le dos appuyé contre celui, presque humain, d'une roche, savourait la tiédeur du soleil sur une digestion de soupe et de pain trempé ; il somnolait ainsi jusqu'au moment où les bois retrouvaient leur activité ; parfois il observait un lézard immobile, comme lui, plaqué contre la roche, en train de nourrir de ces dernières heures de soleil sa chair glacée, à peine différent de la roche contre laquelle il s'écrasait, béat comme lui, indifférent à tout ce qui n'était pas son instinct de conservation. Passait une ombre ; l'homme levait la tête, regardait un nuage traverser le ciel, puis, comme pris d'une inspiration subite, il se remettait à l'ouvrage jusqu'à la tombée de la nuit, comme si le passage d'un nuage avait suffi à déclencher en lui un goût obscur de l'aventure, instinctivement lié à celui de l'effort et du mouvement.

L'arrivée de la nuit était peut-être un des moments de la journée qu'il aimait le mieux ; une fois les troncs empilés, prêts à être emportés (désormais par le cheval que lui avait offert son futur beau-père : gain de temps, moins de fatigue inutile, plus de schlitte à hisser ou à retenir, ni de chargements dégringolant le long des pentes), il rangeait ses instruments de travail, bourrait le poêle : les nuits étaient glaciales, bricolait, rafistolait, conforté, malgré la fatigue du soir, par la même intense sensation de plénitude et de sécurité que celle qu'il éprouvait à l'aube — et qu'il avait éprouvée quotidiennement, six ou sept ans avant, lorsque les événements l'avaient contraint à prendre le large, à vivre seul, là-haut, dans cette bergerie abandonnée où il faisait ce qu'il voulait, où personne ne dérangeait ses habitudes ni ne contrecarrait ses envies. Ici, c'était la même chose : libre, heureux comme un roi ; pas de discussions ni de comptes à rendre — cracher, roter quand ça lui chantait — bien, quoi. Un peu avant la nuit, il prenait la vieille pétoire de son père (elle le suivait partout) et allait faire un tour dans les bois, pour essayer de tirer une grive, un merle, ou quelque oiseau branché, surpris : la pétoire ne pouvait guère atteindre qu'une cible rapprochée et immobile. Cette marche entre chien et loup aiguisait en lui des instincts de chasse et d'affût ; au débouché du bois, devant une lande grise incertaine, il s'accroupissait à l'abri d'un buisson de genêts, scrutant l'espace où se dessinait encore, noir comme de l'encre, le lacis des hautes branches sur lesquelles une proie se fût nettement découpée ; dans le bleu marine très pur du couchant, les petits points liquides des étoiles commençaient à trembler à travers les arbres. Comme s'il lui avait fallu longtemps pour affluer à travers le silence, le souffle du torrent parvenait jusqu'à lui, s'amplifiant avec la nuit. Au loin, parfois, un bruit de moteur ahanait, soudain coupé net par le relief, quand le véhicule prenait un virage. On entendait aussi aboyer un chien, encore plus loin, du côté des fermes perdues sur le plateau, où rentrait sans doute un chasseur... L'aboi, que le froid et l'obscurité de la nuit semblaient encore éloigner, apportait, dans cette pure attente d'un gibier hypothétique, une douceur mystérieuse, qu'on eût dit revenue depuis le fond de l'enfance. Il l'écoutait, sentant tout à coup monter autour de lui le froid de la terre, incapable de rien comprendre à cette gêne bizarre et agréable qui se glissait en lui chaque fois qu'il entendait aboyer ainsi un chien à la tombée de la nuit.

Alors il rentrait — du reste toujours bredouille —, allumait une bougie, dînait dans la tiédeur du poêle d'un morceau de pain et de fromage, les coudes appuyés sur les cuisses, la tête dans les épaules, dans une attitude que sa fatigue rendait pensive. Après la dernière cigarette de la journée, fumée devant le poêle en écoutant respirer la forêt et soupirer le feu, il s'enroulait dans une couverture et s'endormait d'un coup — d'un sommeil aussi complètement dépourvu de vie que la mort.

D'autres fois, un vent mou, soufflant par à-coups, se levait au milieu de la nuit, faisant craquer les cloisons légères de la baraque et grincer les branches d'un hêtre contre la tôle ondulée du toit ; arraché à son sommeil par ce raclement saccadé, il se levait pour jeter un coup d'œil dehors, attiré malgré lui par cette rumeur grave, marine, qui donnait à la nuit appareillante l'ampleur et la majesté du grand large : quand il ouvrait la porte, il recevait au visage, comme une bouffée d'embruns à l'écoutille d'un bateau, la senteur humide et profonde des bois que ce vent poisseux soulevait à l'approche de la pluie.

Ces nuits-là, le ciel était un vaste chantier de nuages en mouvement ; ils arrivaient du sud à l'assaut des montagnes, roulaient en se déchirant devant la lune, qui semblait elle-même remonter le courant de cette cavalcade silencieuse, en glissant rapidement de trouées de ciel en trouées de ciel aussi noires que l'eau d'un lac. Cette marée montante qui installait la pluie sur les hauteurs pendant plusieurs jours, parfois des semaines entières, précipitait l'arrivée de l'hiver plus sûrement que des froids secs, dont on avait souvent une garantie de beau temps jusqu'à la fin de l'année.

Il ne détestait pas de travailler dans cet univers de feuilles détrempées et de brume qui cotonnait la vue autour de lui dans un rayon de quelques mètres. Ce n'étaient pas ces grosses pluies de printemps ou du début de l'automne, qui font déborder les torrents, ravinent les pentes, défoncent les chemins, fouettent les murs à l'horizontale, tambourinent contre les vitres et noient le paysage en bouclant les plus intrépides devant leur feu ; plutôt une lente pénétration aérée de la forêt par un crachin à peine plus dense que le brouillard et qu'il ne lui était pas désagréable de respirer, tandis qu'à chaque coup de hache, l'arbre au-dessus de lui lâchait une brusque ondée dans le périmètre de ses branches. Ces soirs de pluie où la nuit tombait plus vite, il en profitait pour descendre à Maheux et reconstituer ses provisions de bouche pour la semaine ; malgré le confort relatif qu'il y retrouvait, ces retours à ce qui, pour lui, représentait la vie civile, ne lui plaisaient guère ; et en dépit des dissuasions de sa mère, il repartait le lendemain pour ses bois dès la première heure, lesté d'un pain, de quelques fromages, de soupe fraîche et de piquette, aspirant goulûment l'air froid des grands espaces, comme si le souffle lui avait manqué de passer une seule nuit dans une maison normale.

— Oh ! Ce n'est pas un mauvais garçon, disait de lui sa mère à quelque connaissance rencontrée sur la route lorsqu'elle allait attendre Joseph — et qui, la sachant veuve et son cadet à Florac, lui demandait des nouvelles de son premier fils — mais il est comme son pauvre père. On ne sait jamais ce qu'il pense, s'il est content ou quoi... Même petit, c'était pareil : toujours à travers bois, comme un vrai sauvage... Figurez-vous qu'il s'est enfui plusieurs fois de l'école, mais son père n'en a jamais rien su : il avait suffisamment de soucis comme ça. Il était si fort et si brusque que l'institutrice avait peur de lui ; les autres aussi avaient peur de lui, pourtant il n'a jamais fait de mal à une mouche. Mais voilà, il fallait courir les chemins, les bois, c'était la seule chose qui l'intéressait, et ça ne s'est pas arrangé avec l'âge. Quand il est là, pas un mot à table, ni bonjour, ni bonsoir. C'est bien simple : je ne sais pas si j'ai un autre fils. La forêt, c'est tout ce qui compte pour lui, et il ne faut pas lui en demander davantage. Il a besoin de se dépenser, de bouger, il ne peut pas rester en place ; il abattrait tous les arbres de la région si on le laissait faire.

— Et son mariage ?

— Ah ! Son mariage... Parlons-en... J'en connais une qui risque d'attendre longtemps... Et s'il avait encore de la religion, comme son pauvre père, qui ne s'est pas mis à table devant moi une seule fois en trente ans sans dire la prière. Et je suis bien sûre, allez, que s'il est allé mourir là-haut, c'était pour être, dans son idée, plus près de Dieu...

En fait de mort chrétienne...

Un matin, en ouvrant les yeux, il s'aperçut avec stupéfaction que le jour s'était levé sans lui, et depuis plusieurs heures sans doute, à en juger par l'intensité de la lumière diffusée à l'intérieur de la cabane par les carreaux : une intensité insolite, d'ailleurs, et qui laissait persister comme une palpitation blanchâtre devant les yeux. Il restait perplexe sur son châlit, engourdi par l'étrange bien-être qui prolongeait son sommeil et auquel s'ajoutait une certaine qualité du silence qu'il n'avait pas envie de troubler. Le froid dur et mat de l'atmosphère faisait fumer son haleine plus que d'habitude ; on aurait dit que le dessus des couvertures était lui-même gelé, raide comme des vêtements humides surpris par une nuit de glace. Enfin, après avoir longuement ruminé la chaleur enfouie sous ses couvertures, il se décida à se lever : il lui fallut s'y prendre à plusieurs reprises pour repousser avec la porte le bourrelet qui crissait souplement derrière elle comme de l'étoupe ; bien que le ciel fût couvert, l'éblouissante blancheur qui recouvrait la terre lui fit cligner les yeux ; saisi par le spectacle, il respirait ce froid étincelant qui émerveille le sang et brûle le visage, sans même songer à refermer la porte ou à enfiler sa canadienne : forêts, montagnes, à perte de vue, déployaient cette blancheur sans nuance et sans ombre, sur laquelle chaque arbre trouvait une féerie surnaturelle, et, plus que tout autre, ces sapins noirs qui semblaient surgis d'un conte de Noël, avec leurs branches pyramidales ployant les unes au-dessous des autres sous leur coussin de neige, et auxquelles le regard accroche irrésistiblement des bougies et des ornements multicolores.

Au bout d'un moment, il refermait la porte, allumait son poêle pour la dernière fois de la saison, déjeunait, grillait une cigarette, vaguement désœuvré par l'heure tardive et ce décor changé qui le forçait dès aujourd'hui à interrompre la coupe, à lever le camp et à rentrer chez lui. Tout en pliant ses couvertures et en rassemblant ses affaires, il s'arrêtait de temps à autre pour jeter un coup d'œil dehors par la fenêtre givrée, ou par la porte qu'il entrebâillait, comme s'il n'avait pas encore très bien réalisé ce que signifiait pour lui le changement de la saison, et qu'il lui fallût y revenir à plusieurs reprises pour bien s'en pénétrer. Avant de partir, il rentrait quelques fagots au sec, dans la cabane, pour le cas — très improbable — où il serait obligé, en cours d'hiver, d'y passer la nuit. Et puis, avec ces fagots empilés derrière le poêle, la baraque semblait moins vide...

Avec ces premières neiges, les visites de Joseph à sa mère commencèrent à s'espacer. Il ne se sentait pas le courage de remonter là-haut tous les samedis, ni de retrouver, après une heure de marche dans la boue, les congères ou le vent glacé, l'atmosphère de la pauvreté, son odeur réglementaire de soupe et de lessive, son rituel, ses mesquineries exaspérantes, et moins encore cette mentalité indécrottable dont ne parviennent même pas à se débarrasser ceux qui en sont sortis — comme s'ils avaient la nostalgie de leur crasse !

Pour compenser son absence, il lui écrivait assez souvent, disait, dans ses lettres, les horaires de car perturbés par l'état des routes, invoquait, outre le froid, la boue, les congères du sentier et la raideur que l'hiver infligeait à sa jambe, la perte de temps et la fatigue, incompatibles avec la bonne marche de son travail ; cet argument irrésistible recouvrait des motifs beaucoup moins avouables, et il n'y avait pas que les inconvénients de l'hiver pour faire tourner à la corvée ses obligations familiales. L'inconfort, la boue du chemin, l'odeur et les gestes de la lésine, la chambre glaciale où il dormait, passe encore : il s'en serait accommodé par une sorte de fidélité amère et désespérée, de même qu'il s'attendrissait — de loin — sur sa mère. Mais c'était surtout cette mentalité qui commençait sérieusement à le hérisser : il ne lui avait pas fallu beaucoup de temps pour épuiser la griserie enfantine d'étonner sa mère, d'éblouir quelqu'un dont il ne pouvait guère attendre que l'irritant respect des résultats concrets et le secret mépris des moyens pour les obtenir, d'autant que leurs fins réelles échappaient à la sphère de la pauvre femme ; il essayait, avec une jubilation morbide, de se représenter la façon dont celle-ci concevait son travail chez le pasteur. Bien que s'étant fait un malin devoir d'insister sur l'aspect immatériel de son activité, il restait persuadé qu'elle l'imaginait, dans son for intérieur, clouant des caisses, sciant du bois, et laissant aux Puissances Supérieures le soin d'exercer au-dessus de sa tête leurs excentricités en affichant à leur égard l'impassibilité narquoise du machiniste dans son coin devant les gloussements et les grimaces des comédiens.

Ce malentendu radical entre ce que désirait sa mère pour lui, ce qu'elle avait désiré pour elle-même toute sa vie et croyait qu'il désirait lui-même, et ce qui était en fait : une découverte inquiète du monde, un trouble croissant devant ses incertitudes et ses contradictions, lui avait rendu très rapidement insupportable de se trouver trop longtemps en sa présence — surtout là-haut, sur place, dans son antre, où elle exhibait, avec l'inconscience indécente des gens qui vous ont élevé, des façons d'être et de penser dont un milieu ou un décor différent du sien lui eût peut-être révélé l'ineptie, ou qu'elle eût l'instinct et la prudence de dissimuler. Maintenant qu'il vivait dans un milieu bourgeois cossu qui ignorait ces contingences, qui comprenait mal leurs méfaits, et même, il s'en était rendu compte, qui les considérait malgré la religion, ou peut-être à cause d'elle, avec un certain dédain, celles-ci lui apparaissaient avec d'autant plus de violence chaque fois qu'il débarquait chez lui et qu'il passait brutalement du monde des réalités abstraites à celui des tyrannies les plus sordides. Il n'était pas encore entré assez loin, ni depuis assez longtemps dans l'aisance, la liberté d'esprit et la désinvolture qu'elle confère, pour y déceler une plus subtile et plus odieuse vulgarité.

Pour le moment, il avait surtout peur de garder sur lui toute sa vie les marques indélébiles et rédhibitoires de ses origines misérables ; d'être un petit pauvre arrivé par charité et à la force du poignet, mais qui sentira toujours le pauvre, à qui échapperont un jour ou l'autre des réflexes de pauvre, encore plus horribles fortune faite : anciens paysans qui avaient réussi dans le commerce — ou qui avaient su tourner la guerre à leur profit — et dont on sentait bien qu'il faudrait deux ou trois générations pour que disparaisse l'envie de retourner, au moment du fromage, leur assiette en porcelaine de Limoges pour le manger : ainsi faisaient les siens, et tremblait-il de faire.

Sa mère elle-même, craignant que l'état désastreux du chemin n'empire celui de sa jambe, avait encouragé sa démission en lui conseillant, la mort dans l'âme, d'attendre que l'hiver passe, que la neige fonde et que sa situation se consolide pour remonter lui tenir compagnie tous les samedis. Naturellement, le lascar ne se l'était pas fait dire deux fois : elle ne le vit plus arriver qu'un samedi sur deux, puis sur trois, et bientôt sur quatre, et d'autant plus empressé à lui concéder sans résistance la nuit et une partie de la matinée du dimanche, qu'il fallait bien rattraper un peu les défections précédentes, sinon racheter d'avance celles, innombrables, qu'il lui réservait pour l'avenir. La fin de l'hiver arriva, les jours meilleurs revinrent : lui pas. Maintenant, le pli était pris.

Quant à son frère, il ne le voyait pratiquement jamais. Que ce soit chez lui ou à Florac, il faisait tout son possible pour l'éviter. C'était un véritable supplice de le voir vivre, de passer plus de dix minutes avec lui ; un supplice qu'on puisse les apercevoir ensemble dans la rue. Ces cadeaux que vous fait la nature ! Ces endroits où elle vous fait surgir ! Y avait-il jamais eu quelque chose de commun entre eux ? L'enfance était loin, elle et ses alliances éphémères, son illusoire solidarité ; les prises de conscience qui tôt ou tard lui succèdent se transforment très vite en règlements de compte. Depuis son accident, et même depuis bien avant, il avait passé tant d'eau sous le pont qu'ils étaient devenus l'un pour l'autre des étrangers ; encore eût-il fallu, pour que cette expression ne soit pas une comparaison humiliante, que ce rustre insondable ne fût pas étranger à lui-même, comme l'est un animal. Savoir. Qu'est-ce qui pouvait bien se passer dans sa tête ? S'y passait-il seulement quelque chose ? Un sanglier a-t-il les moyens de se trouver une fois dans sa vie en présence de lui-même ? « Il n'existe pas », se disait-il, atterré — mais ce qui l'atterrait ne concernait pas la personne de son frère... C'était quelque chose de plus général et de plus trouble. Une inquiétude récente. Lorsqu'il s'approchait de lui pour l'embrasser, et que l'autre lui soufflait à la figure son haleine de fossoyeur, empestant le fauve, la nicotine froide, le gros rouge et le goudron aigre — toujours le goudron du hêtre, qui sent la vache — il ressentait moins du dégoût que de la rage. Rage sourde, impuissante, dont il continuait à s'enivrer au cours du repas ou de la veillée qui les avaient accidentellement réunis, et qu'il soulageait comme il pouvait, en s'y enfonçant davantage dedans, en observant sa victime, sa façon de rouler une cigarette, la bouche grande ouverte par la minutie de l'opération, la langue tremblant entre le nu luisant des gencives, d'un rose humide et vulnérable de chèvre enfourchée... cette casquette sempiternellement vissée sur ses oreilles congestionnées, violettes, fripées comme une membrane de chauve-souris ; ses pattes de maçon, craquelées par le ciment, dures comme lui, si compactes qu'on n'y sentait battre aucune vie, circuler aucune chaleur, qu'on avait l'impression d'empoigner la main rongée d'une statue ; et il écoutait avec une sorte d'horreur voluptueuse sa respiration asthmatique, compliquée d'une multitude de petits sifflements auxiliaires que laissent échapper les bronches goudronnées. De temps à autre, l'animal éructait dans le feu de respectables giclées noirâtres qui ravivaient la rage de son frère, et même l'éclairaient un peu : c'était, en partie, la rage que rien ne puisse entamer cette innocence cosmique, minérale.

Tout cet hiver, le sachant à la scierie, Joseph s'était

arrangé pour ne jamais sortir à une heure où il risquait de se rencontrer nez à nez avec lui ; il n'avait qu'une peur, c'était d'entendre, au hasard d'une course, tonner dans son dos la voix du colosse : « Holà, Joseph ! Kek-tu-fous-là ? » Et lui, Joseph, parlant haut à son tour, et dans le genre petit nègre, comme aux séniles, aux enfants ou aux arriérés mentaux. Cinq minutes de cauchemar, pendant lesquelles il lui fallait soutenir une conversation lamentable, exténuante, prendre une contenance dans laquelle il jetait toutes ses forces pour concentrer son attention et se conformer à l'image que l'autre devait avoir de lui — sans trop savoir du reste ce qu'elle était — et crainte de se sentir jugé, ou ridicule aux yeux d'un bûcheron qui n'avait pas trois cents mots de vocabulaire ! Plusieurs fois déjà il avait été contraint en public de se livrer à cet exercice épuisant. Ces brèves rencontres qui lui réclamaient une tension considérable, mettaient ses nerfs à rude épreuve, et lui sur le flanc pour plusieurs heures ; il sortait de là ruiné, au propre et au figuré, comme si la position acrobatique qu'il avait dû infliger à son esprit avait entraîné une grande dépense d'énergie musculaire. Il regagnait son poste humilié et déprimé, avec des gestes désordonnés et des éclats dans la voix qui n'étaient pas habituellement les siens, séquelles des acrobaties, et nouvelles violences pour retrouver sans transition son apparence civilisée, guère encore plus naturelle que l'autre.

Allongé sur son lit, où il reprenait des forces, il essayait d'imaginer ce que serait le comportement de son maître et modèle en pareil cas ; mais à son désespoir, il concluait que son raisonnement n'était pas bon, car M. Barthélemy ni aucune autre personne un peu élevée ne risquaient de se voir affligés d'un frère de cette sorte. Il sombrait pour le reste de la journée dans un abîme de désespoir. Il s'étudiait dans une glace, observait la cicatrice de sa lèvre, reniflait l'odeur de sa peau, glorieuse comme chez tous les rouquins, se haïssait. Se mettait à son travail, écrivait, recopiait, et haïssait son écriture. Lisait. N'arrivait pas à comprendre ce qu'il lisait, et se haïssait à travers le livre. Allait s'enfermer dans le temple, et astiquait rageusement les bancs, pour se punir et se délivrer de sa haine ; cette tâche servile était la seule dont il soit digne. Une bonne nuit de sommeil était nécessaire pour récupérer un peu d'espérance en l'avenir. Il fallut également quatre saisons de plus (et les défections qui les agrémentèrent) entre lui et les siens pour cicatriser ces vilaines blessures.

Vers Pâques de l'année suivante, Joseph ayant accompli de grands progrès dans le vocabulaire et dans la sveltesse, M. Barthélemy, qui avait une idée derrière la tête, lui fit la surprise de l'emmener avec lui passer une quinzaine de jours en Suisse, où il possédait quelques parents d'une branche émigrée, enrichie par le négoce du chocolat et des livres pieux, dans une alternative décente.

Après deux changements de train, ils prirent une micheline d'une vélocité diabolique, qui reliait en quelques heures l'Espagne à la Suisse. En passant la frontière, Joseph, qui voyageait pour la première fois de sa vie, eut l'initiative de constater que les arbres, les nuages, les routes, les maisons qui défilaient le long de la voie avaient quelque chose de suisse ; des vaches suisses broutaient l'herbe suisse en regardant passer leur train. Pas même le soleil, ici, qui ne fût d'essence suisse : son front rouge émergeait des sommets de sucre cristallisé et de crème fraîche avec une espèce de débonnaireté exemplaire, comme si les Puissances Supérieures Suisses l'avaient annexé. On eût dit, également, que M. Barthélemy se métamorphosait, resplendissait d'un nouvel éclat : l'éclat suisse. En descendant du train, en prenant un taxi, en pénétrant dans le hall, presque aussi vaste que celui de la gare, de l'hôtel, Joseph, stupéfait, s'aperçut que M. Barthélemy n'était pas français, mais suisse : il semblait qu'entre le luxe affairé de cette ville, la propreté surnaturelle de ses rues, et la personne de son maître, existât une affinité mystérieuse. Son admiration pour lui s'augmenta d'une respectueuse perplexité : Joseph se demanda si Dieu, Lui aussi, n'était pas suisse.

Le matin, après de somptueux petits déjeuners, congrès, travaux; le pasteur prenait des notes que lui recopiait et lui classait ensuite son factotum. L'après-midi était consacré aux courses, visites, mondanités. Les lunettes de M. Barthélemy jetaient mille feux; lui-même rayonnait. Pendant ce temps, Joseph rapetissait à vue d'œil; ces activités, ces rencontres, cette effervescence lui donnaient l'impression de ne guère peser plus lourd qu'un fétu de paille; ce n'était pas devant les Alpes qu'il se sentait petit, mais au milieu de tous ces magasins, hôtels, banques, voitures, dont le fonctionnement harmonieux dépassait son entendement. Toutes ces richesses l'humiliaient, surtout parce qu'il n'arrivait pas à réaliser clairement le nombre incalculable de prodiges qu'il avait fallu multiplier au cours des siècles pour obtenir de tels résultats.

Un après-midi, ils entrèrent dans une sorte de drugstore qui, avec ses photos de villages arabes et de palmiers dans les vitrines, tenait en même temps de l'agence de voyage, et où le silence semblait lui-même conçu et réalisé par la technique à laquelle on devait ce laboratoire de luxe.

Parmi les clients (ils paraissaient d'une gravité singulière), circulaient de jeunes personnes aussi élaborées que le décor, et dont l'uniforme bleu pâle ainsi que le calot impertinent rappelaient ceux des hôtesses de l'air — ou d'une armée du salut dessalée par Coco Chanel; il s'agissait en réalité d'hôtesses du ciel, et cette agence était en quelque sorte celle du Grand Voyage : la librairie religieuse où le pasteur venait d'entraîner imprudemment Joseph appartenait à un de ses cousins dont les élans mystiques avaient sublimé dans l'ouvrage sacré et la collection édifiante les super-bénéfices réalisés dans le chocolat, telle une rose au milieu des immondices.

C'était un homme d'une longueur étonnante, solennelle, avec une mine à l'avenant, les ongles larges et plats des constitutions insatiables, et de vastes surfaces de chair à nourrir, lisses et inexpressives comme la vertu dont elles procédaient; cette immobilité épidermique donnait une grande impression de solennité : quel que fût son propos, il avait l'air d'annoncer la Mauvaise Nouvelle.

— Mon cousin et moi avons à parler, dit au bout d'un moment M. Barthélemy à Joseph, regarde donc si tu trouves ces livres.

Il lui remit une liste d'ouvrages introuvables, ou épuisés, et les deux hommes s'enfermèrent dans un bureau de promoteur américain pour y conspirer tranquillement.

Joseph demeura tout seul parmi ces jeunes Suissesses laiteuses dont il n'était pas concevable qu'elles eussent un système digestif, à l'instar des Françaises ; leurs mollets ronds, d'une rondeur enthousiasmante, succulents et charnus dans leur gaine de soie, leurs nuques frisottées, leurs lèvres atomiques mirent ses avantages en révolution. Il ne savait plus ou donner des yeux, tant toutes étaient belles, et tant elles l'étaient des pieds à la tête. Ses doigts tremblaient de la pointe, comme ceux des buveurs de vin blanc ; il tirait tout le temps son mouchoir et faisait semblant de se moucher, moitié par honte de son bec-de-lièvre, moitié pour dissimuler ce tremblement. La blondinette pulpeuse préposée à son service lui tendait de temps à autre un livre, d'un air caressant, comme s'il y avait dans le livre un billet de rendez-vous ou la clef de sa chambre. Joseph se sentait transpercé ; il avait l'impression que si sa chair sevrée entrait en contact avec celle de la jeune Helvétique qui s'agitait sous son nez dans un froissement électrique de soies cachées, il prendrait feu d'un coup, ou exploserait. Lorsque la récolte de livres (répliques approximatives de ceux indiqués sur la liste, mais qu'il vénérait déjà à cause de leur provenance) fut terminée, elle lui prit la pile des mains. Il sentit ses doigts sur les siens. Cela fit comme une décharge de haute tension, et s'il ne prit pas feu, ce n'est pas faute d'avoir le cœur et les reins en ignition.

— Si vous voulez bien me suivre, monsieur...

Jusqu'au sommet du Mont-Blanc ! Et en la portant sur le dos par-dessus le marché !

Il avançait sur ses talons, dans le paradis de sa démarche, en humant le plus léger indice du fumet de sa personne, comme un chien de chasse magnétisé par le fumet du lièvre. Il imaginait la vie privée de la jeune fille ; influencé par les moquettes et l'éclairage intime de son lieu de travail, la voyait vivre dans le luxe, ignorer les obscurs, éconduire une armée de tigres, accorder ses pâmoisons à un jeune monstre cynique, revenu de tout, blasé de naissance.

La cueillette des livres achevée, elle l'ignora incontinent, et reporta sur un nouveau client son attention exquise. La vie se retira de lui comme l'eau dans le sable : loin de cette source, tout devenait aride. Il songea sérieusement à regagner sa ferme natale pour y mourir loin des cruautés de la civilisation.

– Comment trouves-tu cette librairie ? demanda le pasteur au moment où ils quittaient ce lieu de délices et de souffrances.

Joseph, d'une voix appauvrie, fit entendre un son inarticulé, comme s'il était pris d'une faiblesse générale.

– Je savais que ça te plairait, dit le pasteur, en interprétant le gémissement de Joseph dans le sens qui l'arrangeait. Et d'un air dégagé :

– Si tu marche bien d'ici là, tu viendras peut-être faire un stage de quelques semaines en octobre.

Le bruit que le pasteur obtint en réponse ressemblait à l'autre comme un frère, mais une oreille plus attentive eût décelé qu'il était exactement l'envers du premier, comme si le sang accouru de nouveau dans les veines de l'élu à cette perspective ravissante avait inversé ce commentaire éloquent.

Ce fut une nuit terrible (ils rentraient en France le lendemain). Chaque fois qu'il évoquait les mollets ronds, les hanches, la poitrine, et toute cette pulpe chaude qui gonflait et respirait là-dessous, ces images déclenchaient en lui des décharges d'un poison délicieux : son sang, ses nerfs répandaient dans son corps le désir et son exquise souffrance. Il n'était pas capable, à son niveau d'évolution sexuelle (de tristes épanchements solitaires), d'imaginer quoi que ce soit de précis à propos de la jeune fille : il avait simplement envie de la manger.

Chaque fois qu'il pensait : je vais venir passer quelque temps au milieu de ces filles, il ressentait, dans son lit, exactement ce qu'il eût ressenti si on l'avait poussé d'un coup dans le vide : violent spasme d'angoisse, ventre fauché par la chute, contraction interne, à mi-chemin entre une torsion d'entrailles comme celle du trac, et ce picotement intime, équivoque — malsain —, qui annonce les vagues de boue de la jouissance.

Puis il sentait comme un courant d'air glacial souffler sur ses méninges surexcitées, éteindre son enthousiasme : c'était le « si tout marche bien d'ici là » du pasteur qui douchait sévèrement son espérance et son ardeur. On était en avril. Il comptait sur ses doigts. Encore six mois avant d'entrer au Paradis. Six mois pour prendre une Mâle Autorité, gagner complètement les bonnes grâces de M. Barthélemy; il faudrait mettre les bouchées doubles; ne pas s'embarrasser de choses inutiles; se débarrasser de certaines contraintes qui n'étaient plus du tout compatibles avec ces nouvelles relations, ni avec le brusque virage que venait d'amorcer sa vie. Son frère. Sa mère. Surtout son frère. L'imaginer débarquant avec ses gros godillots et sa dégaine de troupier dans cette Jérusalem terrestre, dans cette bonbonnière — pleine de quels bonbons! — « Kek-tu-fous-là, Joseph? » Il en avait des sueurs froides. Qu'allait-il leur dire, là-bas, en arrivant? Rien, pour le moment; il valait mieux se taire, garder le secret : le triomphe éclaterait par la suite, avec la violence d'un scandale. Certes, il serait démangé par l'envie d'en parler — de parler de n'importe quoi qui de près ou de loin ait quelque rapport avec ELLE : Guillaume Tell, Jean-Jacques Rousseau, le lait Nestlé; autant d'écrans de protection et de bouffées d'oxygène, dans ce milieu familial si haïssable, si dégradant quand on est amoureux et qu'on a besoin autour de soi de pelouses et de roses. Premier acte de volonté : savoir se priver de ces enfantillages. C'est en lui, pendant ces six mois, qu'il puiserait force, courage, volonté, en lui qu'il respirerait Son Odeur — Leur Odeur, l'odeur de cette ville, et celle de la Suisse, car tout cela allait ensemble — avec cette jouissance encore plus subtile de celui qui a trouvé un trésor et qui le garde pour lui tout seul : preuve de caractère, gage de réussite.

Il tournait, retournait et ruait dans son lit, d'impatience, et comme si cela eût pu faire avancer les choses. Parfois, il tendait l'oreille, croyant entendre marcher dans le couloir de l'hôtel : il n'y avait aucune raison pour qu'une vendeuse de la librairie, blonde (la sienne), brune, rousse, qu'importe, instruite de son adresse et qu'il allait quitter la Suisse dès demain matin, ne vienne, comme ça, au milieu de la nuit, sous un prétexte quelconque... O, Dieu des Armées ! Il fallait que ça marche ! Ça marcherait... Il se calmait. Ces filles, tout de même... Elles étaient d'une autre race, elles respiraient la santé, la jeunesse. Les gens d'ici ne devaient pas vieillir : ils étaient immortels, comme en Amérique. On ne pouvait pas imaginer non plus que ces merveilles habillées en filles fassent pipi... C'est la pauvreté qui sent mauvais, qui va au cabinet, qui est vieille. O, se laver, se blottir dans ce corps divin, l'avaler, ou en être avalé... Et la machine repartait de plus belle.

Les premières chaleurs se déversaient de nouveau à travers les villages et les bourgs, suaves et moelleuses le matin, lorsqu'en traversant les jardins, on n'avait pas l'impression d'avoir quitté son lit, et qu'on sentait la jeunesse appelée dans le sang par ce ciel immense, ouvert au monde entier et à toutes les promesses — mais chaleurs troubles, sensuelles dans le faux été de l'après-midi ; déprimantes, même, comme si l'arôme chaud et pimenté du trottoir d'asphalte, respiré depuis une fenêtre, promettait une aventure vouée par avance à la solitude et à l'attente vaine. Quelle promesse attendre de ces bourgs mortels, de ces montagnes de silence ? Quelle aventure, quelle aventure espérer dans la touffeur bourdonnante de l'après-midi, toutes persiennes closes, prostré dans la pénombre comme une vieille séquestrée, imaginant les gestes, les balbutiements, le souffle rauque de l'amour, avec l'amère et irrévocable certitude que rien au monde ne vaut son gâchis ou ses mécomptes, et surtout pas la sécheresse orgueilleuse du penser ou de l'expérience. L'oreille aux aguets épie le bruit des pas qui se rapprochent et qui s'éloignent : quelqu'un, jamais, s'arrêtera-t-il ? Mais comment ont-ils fait pour se rencontrer, se retrouver dans un lit, tous ces mariés funèbres du Haut-Pays — avec l'obscène puritanisme de la terre gavotte ! Nés pour mourir, nés pour pourrir. Et pendant ce temps sans caresse où tu agonises, il y a des gens qui s'aiment à ventre que veux-tu de l'autre côté du monde!

Autour de la petite ville aux toits plombés sous la lumière droite, le regard n'accrochait aucune coulée de verdure, pas un arbre neuf, ni la moindre pelouse rafraîchie, lumineuse : rien que cette pelade jaune des pentes, la forêt décharnée, la ferraille des buissons inhabités, dans ce pays exaspérant qui mettait plus longtemps que les autres à trouver le printemps, et le cueillait trop tard, comme un fruit blet, tant sa pauvreté, la rustrerie de son climat le mettaient même à la traîne des saisons.

Avec cette chaleur précoce, les montagnes et leurs croupes teigneuses, déboisées ou paraissant telles, évoquaient la crasse aride de terrils de mine géants, et leur tapis d'herbe jaune écrasée, une mauvaise zone industrielle, avec ses terrains vagues, ses remblais charbonneux, ses vallées colonisées et leurs eaux sales, sous la neige désertique des sommets; tout renforçait cette impression de misère besogneuse et utilitaire : l'affluence des poteaux électriques et leurs réseaux anarchiques désenchantant le paysage, contaminant fermes et hameaux, encrassant leurs façades; les énormes citernes de goudron au bord des routes, maculant de flaques ridées les banquettes herbeuses; les tas de graviers sur les terre-pleins de garage, les engins pour les routes, immobilisés comme les tripodes de Wells par une épidémie foudroyante — ou leur emplacement reconnaissable aux pertes de cambouis qui eussent entraîné leur disparition; tout cela étant la marque des régions livrées au despotisme ouvrier des Ponts et Chaussées, qui laissent à vie un pays en chantier; sans oublier les tubes des balcons passés au minium et laissés tels quels; ou pis encore : ces toits de tôle aussi minables et veules que le serait un homme descendu dans la rue en caleçon. Et que l'étaient ces joueurs de boules en pantoufles et en tricot de peau, eux et leur accent débraillé, traîne-pisse, dont la fausse bonhomie ne cachait qu'à moitié la lâcheté, la petitesse, l'égoïsme... Eux et leur haleine anisée, mégotière... Eux et leurs vieilles à moustache qui vont au marché en traînant la savate, avec leur sempiternel sac en toile cirée pendu au poignet et le porte-monnaie à la main — pourquoi pas vos pots de chambre ? — comme deux organes inséparables à quoi se ramènerait le principe de leur système vital. Quant à leurs gamines, affublées de noms qui puent la naphtaline, le chignon serré, les triples jupes noires et la poitrine de punaise : Thérèse, Marthe, Élise, petites vieilles de cinq ans aux mollets grêles, aux yeux rapprochés et aux bouches sans lèvres, des sangs appauvris par le cousinage du lit, avec leur petite perle perce-oreille qui leur donne un visage de jeune morte, elles font illusion jusqu'à vingt ans — et à la condition qu'on n'y touche pas — pour prendre un quart de siècle en deux enfants... Leur printemps aura été de courte durée : il fallait les voir à ce moment-là traverser la rue en courant, la tête gaufrée de bigoudis, le gras de la cuisse à l'air par la fente du peignoir, en riant de ce rire scatologique qui associe et soumet traditionnellement le sexe à ses servitudes subalternes... O race atrophiée, usée, goitreuse, brèche-dent, qu'il la haïssait, maintenant, le rouquin de Maheux !

La Suisse, ses panoramas de première classe, ses lacs publicitaires, ses montagnes de syndicat d'initiative, ses petites putains aseptiques ont eu raison, très vite, de cette province délabrée, tannée, culottée, qu'il a eu peine à reconnaître après quinze jours d'absence : ce n'est qu'au bout de quelque temps qu'elle a retrouvé ses dimensions normales. Sur le moment, tout lui paraissait minuscule, élimé, miteux; ce qu'on prenait pour des montagnes n'est qu'une modeste houle de collines exagérées par une enfance sédentaire. Les immeubles climatisés du Nouveau Monde effaceront de sa mémoire les forêts de l'Ancien, l'enfance et la pauvreté mystérieuses.

Une charrette roule et grince dans la rue, de l'autre côté du jardin, comme la charrette de la mort : pas un chat de vivant, à travers le petit bourg d'arrière-province que l'heure de la sieste écrase entre deux raides pentes. On entend le disque d'acier d'une scie miauler par intervalles, et les oiseaux de mai sautiller avec un bruit griffu sur le bord de la gouttière, juste au-dessus de la fenêtre, sans un cri. Au loin, une gerbe de clameurs pointues s'éparpille soudain, lâchée devant les écoles par l'heure de la récréation. Un clocher — mairie, collège, église ? — sonne trois coups — trois longs coups espacés, funèbres, résignés comme ce temps mort qu'ils mesurent, ou qu'ils constatent, et que constatent de vallée en vallée, de bourg en bourg, les trois mêmes coups immuables, inertes comme un glas, impuissants eux-mêmes devant la sourde et lente débâcle qui les entraîne et aspire tout vers la destruction : trois coups d'une sérénité d'éternité, écœurante comme la sérénité des cimetières, nerveusement repris comme un défi, quelque part dans la maison, le bureau sans doute, par une pendulette cristalline, sémillante, affairée, vigilante : M. Barthélemy en personne. Trois petits tintements rapides et brefs qui eux semblent avoir pris les choses en main et être bien décidés à les mener jusqu'au bout, quoi qu'il arrive, tambour battant, sans s'en laisser conter. Trois petits coups qui mènent les affaires humaines, rassurants et bornés, comme toutes les entreprises de crédulité qui se surmènent et qui aboutissent. Derrière, ramenant un calme définitif, sur lequel apparaît dérisoire toute cette vitalité cristalline et sotte, le clocher égrène à nouveau ses trois lents coups intemporels, comme liés aux roches immortelles et au moutonnement des hautes solitudes quaternaires où l'ère des pendules aura compté pour quelques millimètres d'érosion.

On entendit sonner à la grille du jardin : ce fut comme si l'envoûtement se dissipait, comme si ce timbre limpide et grêle faisait relever le rideau sur le théâtre irrésistible de la vie quotidienne. « Les rombières... », pensa Joseph Reilhan.

Plusieurs fois par semaine, Madame Barthélemy recevait ces dames de la paroisse pour organiser avec elles les kermesses et les ventes de charité. Peu de temps après, on frappa à la porte de sa chambre; c'était Madame Barthélemy, l'air mystérieux.

— On vous demande, Joseph (les premiers temps, elle ne l'appelait jamais autrement que Joseph-Samuel, combinaison à elle encore plus fâcheuse que son prénom usuel, auquel il s'était finalement résigné). Et d'une voix confidentielle, haussant les sourcils, comme si elle lui annonçait quelque chose de stupéfiant et de honteux : C'est votre frère... Et devant l'air brusquement contrarié de Joseph : Non, non, rassurez-vous, rien de grave, paraît-il... Puis son visage se recomposa en une expression de commisération entendue : Je ne vous savais pas un frère si... enfin, beaucoup plus âgé que vous.

— Il n'a que trente ans, dit Joseph, mais vous savez, trente ans dans les bois...

Trente ans de quoi, Seigneur! pensa Madame Barthélemy, ces bergers sont de véritables loups. Joseph lui emboîta le pas, furieux. « D'où sort-il, celui-là, maintenant, manquait plus que ça... »

Abel remplissait tout le fond du couloir : harnaché, bâté, velu, et, miracle, sa casquette, pour le coup minuscule, entre ses mains grosses comme des briques. Joseph serra les dents. Il attendait l'inéluctable : « Holà, Joseph; kek-tu-fous-là? », déjà prêt à rembarrer un bon coup cet abruti; mais il songea tout à coup qu'il n'avait pas vu sa mère depuis au moins quatre mois, et que cela lui ôtait momentanément le droit d'engueuler son frère, surtout en présence de Madame Barthélemy.

— Qu'est-ce qu'il arrive, dit-il en appliquant symboliquement, et par trois fois, ses joues contre celles d'Abel; il eut l'impression de donner l'accolade à une râpe.

Le géant le regardait en secouant la tête de bas en haut et en faisant : « aha... aha... », comme si Joseph avait commis quelque méfait de taille, et qu'il se préparât à lui flanquer une correction.

— Eh bien quoi, aha, aha, fit Joseph, excédé, qu'est-ce que ça veut dire...

— Je vous laisse, dit Madame Barthélemy, polie et compatissante. Installez-vous avec votre frère dans le petit salon.

— Tu veux... dit Joseph en montrant d'un signe de tête la porte du salon, mais sans bouger d'un pouce. Madame Barthélemy se décida à s'en aller. « Aha, aha... », faisait l'autre en continuant à hocher la tête, les yeux plantés dans ceux de son frère, comme un sourd-muet qui aurait un secret terrible.

— Bon, écoute, dit Joseph, surnaturellement calme, résigné à tout, nous allons nous asseoir dans cette pièce, et tu t'expliqueras tranquillement.

Il venait de décider qu'il parlerait à son frère comme à un petit enfant, et cela lui apportait une étrange sérénité.

Abel le suivit en courbant la tête, comme s'il passait sous un plafond trop bas, et triturant sa casquette d'un geste rapide et mécanique. Joseph s'effaça pour le laisser entrer, referma la porte derrière lui, s'appuya contre elle :

— Avant toute chose, comment va maman, dit-il décemment ; il avait les bras derrière le dos et tenait la poignée de cuivre entre ses mains, en la faisant doucement bouger, comme s'il allait ressortir, et que leur présence à tous les deux dans cette pièce fût très passagère, accidentelle, et même tout à fait imaginaire.

Le « aha... » recommença de plus belle, ainsi que la trituration de la casquette, que Joseph considérait d'un air méditatif, sentant revenir au galop son exaspération, et en même temps fasciné par la rapidité avec laquelle ces grosses mains pataudes faisaient tourner le couvre-chef. Au bout d'un instant, il n'y tint plus :

— Arrête ça, je t'en prie, tu me donnes mal au cœur ; et parle !

Avec une obéissance merveilleuse, Abel fourra sa casquette dans une poche et se décida à s'asseoir ; du même coup il trouva ses mots.

— Justement, dit-il, c'est la mère... Il écarta les mains en signe d'impuissance.

— J'espère qu'elle n'est pas malade, dit Joseph, attelé

à son tour au tripotage de la poignée de la porte, comme tout à l'heure son frère à celui de sa casquette. Je viendrai la voir un de ces jours. J'ai eu beaucoup de travail, et puis... — il eut subitement envie de frapper un grand coup, d'anéantir l'adversaire, de trancher une bonne fois pour toutes dans ces dépendances et ces familiarités intolérables — autant que je te le dise tout de suite — mais surtout pas un mot à maman, hein ! — eh bien, je vais partir.

Il lâcha la poignée de la porte et se mit à aller et venir lentement, comme si l'importance de la nouvelle autorisait momentanément sa présence ici.

— Oui, tu comprends, la Suisse, c'est tout de même autre chose... Je vais m'occuper d'une librairie religieuse, en attendant de passer des examens...

Il s'arrêta, découragé de poursuivre ses explications et ses demi-mensonges devant quelqu'un qui ne semblait guère en être impressionné et gardait les yeux fixes, plantés dans les siens avec la même expression stupide.

— Bon, enfin, tu en sais suffisamment. Alors, qu'est-ce que tu voulais me dire ? Et ne me répète pas sans arrêt : aha... aha...

« Je suis sûr et certain qu'il n'a rien compris à ce que je lui ai dit. » Il le regarda comme un objet ; il fallait se faire une raison : jamais il ne parviendrait à étonner cet ignare. Et pourtant, la vraie réussite, c'est la vengeance, c'est d'épater avant quiconque ceux qui nous ont connus au moment où nous n'étions rien.

— Ben, dit Abel, loin de tous ces problèmes, ben... Il se frappa le front de son poing fermé, claqua la langue, ouvrit la bouche, et attendit un instant pour crier : « ça tourne plus là-dedans », comme s'il y avait un décalage entre ses gestes et sa pensée.

— Pas la peine de crier si fort, je ne suis pas sourd...

Selon un processus rigoureusement identique, Abel se frappa de nouveau le front, claqua la langue, ouvrit la bouche, et plus doucement cette fois : « Ça tourne plus là-dedans... »

Hypnotisé, malgré son impatience, par le fonctionnement mystérieux de la pensée chez cet être rudimentaire, Joseph ne réagit pas immédiatement à cette nouvelle, comme adoptant le même rythme mental que son frère. « Si les arbres pensent, se disait-il flegmatiquement, ça doit être ainsi que ça se passe. »

— Pourquoi, que fait-elle ?

Ce qu'elle faisait ? Ah ! la, la ! Ça avait commencé un soir. En arrivant, il l'avait trouvée assise devant son fourneau, comme sourde. « Eh ! la mère... (il s'était levé pour mieux mimer le drame, et secouait Joseph par l'épaule) qu'est-ce qui se passe... Motus. Bougeait pas, répondait pas, du bois. L'avait secouée... (secouait Joseph) Eh ben, quoi, eh ben, quoi... » Au bout d'un bon moment, elle avait fini par retrouver la parole... en faisant, les deux mains sur la tête : j'ché pas... Ce soir-là, elle avait mangé sa soupe, comme d'habitude, et puis : blam ! alors qu'elle se couchait toujours la dernière, elle avait filé au lit sans un mot, en laissant tout en plan, sa cuillère au beau milieu de son assiette, sans débarrasser la table, ni rien. Le lendemain, le jour était à peine levé qu'elle était dans la cuisine, en train de lui préparer son panier, comme si de rien n'était.

— Et elle ne t'a rien dit ?

— Rienn ! Rienn !

Il lui avait demandé si ça allait : elle lui avait jeté un de ces regards ! Il avait pas insisté. Mais maintenant, c'était plus comme avant.

Dans le feu de l'action, il recommençait à vociférer en secouant son frère et en mimant, comme tous les simples qui ne placent pas leur confiance dans les mots :

— Des heures entières, t'entends, assise sans rien dire, à regarder le feu, ou le vide...

Et quand on lui parlait à ce moment-là, toujours ce même regard mauvais, comme si on lui avait volé sa chemise !

— Il n'y a qu'à faire venir le docteur, coupa brusquement Joseph, ainsi qu'on fait à un enfant dont on redoute une gaffe irréparable, ou quelque épouvantable vérité. Naturellement, c'est moi qui paierai la visite...

Mais il n'y avait pas que ça ! Des fois, elle disparaissait : impossible de savoir où elle allait. Ou alors, elle restait accroupie dehors, et elle s'amusait à construire des petites tours en pierre, pour les remplir de paille et y mettre le feu, a-t-on idée...

— Bon, bon, c'est entendu, dit Joseph, qui sentait augmenter son agitation, je vais venir. — Il ouvrit la porte. — Demain. Je viendrai demain. Tu lui diras que je viendrai demain.

Il le raccompagna jusqu'à la grille en priant le Seigneur que ces dames de la Charité ne fassent pas leur entrée à ce moment-là. Abel ne semblait pas pressé de s'en aller. Il s'était planté au milieu du trottoir et, pour faire durer le plaisir, roulait une cigarette.

Joseph, nerveux, jeta un rapide coup d'œil à l'horizon :

— Bon, allez, à demain ; maintenant, il faut que j'aille travailler. Et surtout, n'oublie pas, hein : pas un mot à propos de la Suisse.

Il ferma la grille et revint sur ses pas. Arrivé en haut du perron, au moment de rentrer, il se retourna : l'autre était toujours là, devant la grille — à une dizaine de mètres tout au plus ; cigarette pendante, moustache en berne, immobile et dépenaillé comme un épouvantail, il regardait stupidement dans la direction du perron : le vide bovin des traits indiquait la profondeur de la concentration mentale. Il y avait beaucoup à parier qu'il était en train de ruminer les déclarations énigmatiques de son frère ; énigmatiques ou stupéfiantes : sa cigarette n'était même pas allumée.

Une tache de cambouis, ou de crasse forestière, bougeait doucement sur son front ; ce devait être une ombre, puisqu'elle bougeait.

— Qu'est-ce qu'il attend, murmura Joseph entre ses dents.

Son irritation avait fait place à un malaise indéfinissable. Il regardait cette face ténébreuse et impénétrable avec une espèce de stupeur, comme s'il la voyait pour la première fois. Derrière Abel, de l'autre côté de la rue, des maisons, inoccupées, plates comme un décor de théâtre, mortelles à cette heure trouble de la journée où le ciel est comme une plage de sable sec sur laquelle vient mourir la lumière exténuée. Où tout est désert, silencieux : plateaux, villages, fermes — êtres humains. Une morne évidence dénuée de sens.

Il se secoua et, tournant les talons, s'enfonça dans la maison, soulagé de retrouver la fraîcheur et l'obscurité relatives du vestibule.

« Après tout, se dit-il, presque machinalement, Dieu a peut-être ses raisons. » Cet escalier ne lui avait jamais paru aussi pénible à gravir.

Dans sa chambre, où l'attendait son bureau encombré de livres et de paperasses, il se sentit brusquement fatigué, dégoûté de beaucoup de choses, même de la Suisse, irréelle. S'étant assuré, d'un coup d'œil par la fenêtre, que sa bête noire était enfin partie — partie vers ses forêts antédiluviennes — il se laissa tomber sur son lit et alluma une cigarette : car, depuis son voyage en Suisse, il fumait. Il fumait en cachette, avec une délectation aussi scélérate que s'il avait feuilleté des livres cochons.

Ce n'était pas tant le goût du tabac, qui lui plaisait, que la sauce qu'il mettait autour, en singeant les gestes, les attitudes stéréotypées des brutes sexuelles et alcooliques de la littérature policière dans les bas-fonds de laquelle il faisait ses débuts clandestins ; tout ça pour se venger de tout ce qu'il n'était pas et aurait voulu être.

Il tapotait sur l'ongle du pouce le bout de la cigarette, soi-disant pour tasser le tabac ; allumée, il la laissait pendre au coin de la bouche en fermant un œil, comme la crapule ; fumée, il en expédiait le mégot d'une chiquenaude par la fenêtre. Il s'imaginait que toute cette comédie le virilisait, et qu'un témoin féminin délicieux et invisible qui l'eût observé dans la solitude de sa chambre — on se demande comment et surtout dans quel but — n'eût pas manqué d'être subjugué par cette irrésistible désinvolture de grand trousseur de jupons.

Aujourd'hui, la cigarette libératrice avait un goût

désagréable : seulement celui du tabac. Les mains derrière la nuque, il la laissa se consumer toute seule entre ses lèvres jusqu'à ce que la cendre lui dégringole dans le cou ; alors il se redressa, hébété, croyant avoir entendu frapper à la porte de sa chambre juste au moment où il avait ressenti la petite brûlure sur la peau. Non, personne... Qui d'autre que son frère aurait bien pu venir le voir ! Il retomba dans cette somnolence crépusculaire de l'après-midi, dans les eaux troubles de laquelle rôdaient des inspirations venimeuses à l'affût d'une conscience engourdie, désarmée, comme des reptiles quittant leur trou à l'heure où les oiseaux s'endorment.

C'était la première fois qu'il descendait du car sans qu'elle fût là, noire et chétive — l'anxiété même —, à l'attendre ; il fut moitié soulagé, moitié inquiet, devant ce sentier solitaire qui lui donnait l'impression que sa mère était morte, tant son image restait liée à son arrivée, à ce remblai escaladé par les fougères, à ce gros châtaignier sous lequel elle avait l'habitude de s'abriter, lorsqu'il pleuvait. Il grimpa, sa veste sous le bras et une bouteille d'eau de Cologne à la main, étonné de nouveau par le rétrécissement spectaculaire que le voyage, l'absence, le changement avaient fait subir au paysage : que ces montagnes, naguère himalayennes, paraissaient étriquées à côté de celles qu'il avait aperçues au loin, en Suisse... L'échine osseuse, les flancs décharnés, médiocrement boisés, leurs horizons bornés — vieillottes, usagées, besogneuses, domestiquées par leurs traversiers, perforées de mines : une banlieue méridionale décidément sans envergure.

En arrivant en vue de la ferme, il s'arrêta un instant pour souffler. Comme tout avait changé, en quelques mois... Juste au moment où on les retrouve, on voit les choses comme si on ne les avait jamais vues ; cela ne dure pas longtemps, mais c'est suffisant pour les découvrir telles qu'elles sont, écrêtées brusquement, dépréciées par des rivalités hautaines et impitoyables. Jamais l'ensemble et la disposition des bâtiments ne lui avaient provoqué une telle impression de délabrement, d'abandon, de tristesse : murs lézardés, volets grisâtres, gondolés par la pluie, décolorés par le soleil, et qu'on n'avait pas repeints depuis cent cinquante ans : il y en avait même un qui pendait, là-bas, à moitié arraché, sinistre... Ces toits qui s'affaissaient, perdant leurs écailles comme une bête morte... Et ce fouillis indescriptible, dans la cour que pas une fleur n'éclairait, mais par contre qu'encanaillait un tas de détritus qu'on n'avait même pas pris la peine d'enfouir ou de jeter plus loin. Un drap pendait à une fenêtre, déchiré. Partout, des ronces et des orties, sournoises, velues, mangeuses de gravats, plantes rapaces flairant la charogne, comme attirées par les ruines prochaines...

L'ensemble offrait l'aspect du terrain vague et du bidonville, malpropre, malfamé, à peine plus décent que ces repaires où nichent caraques et clochards. Et là autour, l'indifférence royale du monde : le bleu total du ciel, poignant de pureté, innocent de toute cette misère, coupable d'une vénéneuse espérance — comme si la terre fût une prison intolérable à la plupart des hommes, et qu'on ne pût y vivre que l'esprit ailleurs — la douceur de la température, la limpidité de l'air immobile, laissant transparaître le bleu de la jeune verdure — frisson de verdure naissante encore un peu pâle et fripée, gluante de sirop... Royaume dont la trace se perdait, et qui n'existait plus que sous forme de décor, vaine et conventionnelle...

Cette décrépitude du lieu, dont l'accélération était beaucoup plus imaginaire que réelle, il la ressentait comme si elle n'était que le prolongement d'une fêlure morale congénitale ; elle trouvait en lui des correspondances lointaines et désespérées, mais moins amères qu'il ne l'eût cru... parce que précisément désespérées.

Le chien accourut en gémissant, lui aussi pelé, chassieux, servile, pitoyable : c'était toute son enfance bâtarde qui rampait à ses pieds en agitant la queue, bête-esclave reconnaissante à son maître de n'être pas rouée de coups.

Il fut sur le point de rebrousser chemin : il n'était pas ici ce matin pour se laisser emberlificoter par les astuces de la fidélité — autant dire du renoncement; ni pour épouser les causes de son insuffisance, ou de son pessimisme (le fait de mettre causes au pluriel trahissait un lapsus étrange : il avait pensé à la fois « connaître » et « prendre parti pour »).

Mais la complaisance noire fut la plus forte : il s'accroupit, et, gorge serrée, caressa l'animal, fou de gratitude. « Toi, au moins, tu n'as pas à être quelqu'un, à épater les culs-terreux, ni à culbuter des jeunes filles suisses... » Il traversa la cour, accompagné par les sauts et les jappements insouciants, presque pénibles, du chien. Mais comment se faisait-il que tout ce chahut n'attire pas sa mère sur le pas de la porte? Était-elle encore couchée à onze heures du matin?

Il entra, franchement inquiet; malgré le temps magnifique, peut-être à cause de lui, la pièce était sombre, humide, elle sentait l'âtre mort, la cendre froide : le fourneau n'était même pas allumé — sinistre, comme si s'était obligatoirement éteinte avec lui la vie de cette domestique qui avait fini par s'identifier avec son vieux tyran de fonte noire. Il entendit craquer légèrement les solives; un chat ne les aurait guère sollicitées davantage. Il monta, appelant pour ne pas la surprendre. Elle parut enfin dans la cage de l'escalier, descendit à son avance, prudemment, marche après marche, donnant moins l'impression de faiblesse que d'une grande fragilité qui eût ralenti tous ses gestes : il semblait que le moindre choc l'eût brisée comme du verre.

— Ah! C'est toi...

Elle l'accueillait aussi placidement que s'ils s'étaient quittés la veille. Elle parlait d'une voix un peu nonchalante.

Il l'embrassa, décontenancé; la robe, le châle qui enveloppait ses épaules paraissaient tendus directement sur les os. Elle trottina devant lui, ouvrit la porte, jeta un coup d'œil dehors.

— Il fait bien froid, ici... Tu n'allumes pas le feu?

Elle referma la porte; quelque chose semblait la chiffonner.

— Tu ne vois pas qu'il est sous la table?

Elle cherchait le chien.

— Le feu... Oh! Tu sais, pour moi toute seule... Je l'allume le soir. Mais puisque tu es là...

Elle s'affaira, brisa quelques bûchettes, froissa un vieux journal.

— Abel t'a dit que je viendrais aujourd'hui?

— Ah! Oui... Il me l'a dit...

Elle hocha la tête en ayant l'air de réfléchir là-dessus.

— Et tu as reçu mes cartes?

— Oui, oui... Elles sont jolies...

Elle souriait.

Les cartes postales étaient alignées sur le dessus de la cheminée : Genève, le jet d'eau, le lac, Thonon, Évian... Images rassurantes d'un monde en ordre, dont on sentait la sécurité lointaine — échantillon des Puissances Supérieures Occultes.

Un peu de fumée s'éleva de la grille du fourneau; elle ouvrit la fenêtre pour faciliter le tirage. L'odeur du feu, mêlée à cette quiétude matinale et ensoleillée — on entendait à peine craqueter le bois sec enflammé —, suspendit un instant le cours des choses et du temps. Il ressentit une intense sensation de bien-être et de légèreté — vie retrouvée à sa source fraîche, non encore contaminée par la maladie mortelle des hommes. Tandis qu'elle tisonnait son feu, il regardait par la fenêtre, étonné par cet instant de paix merveilleuse et surnaturelle qui se prolongeait en lui, n'osant penser trop fort, ni faire un faux mouvement, crainte de dissiper cet enchantement fragile.

Ces sensations intimes étaient au fond aussi dérisoires que poignantes : c'était comme si on se tenait toute sa vie à côté du vrai monde, à côté de la vie, à côté de la beauté et de la vérité, mais perdu pour lui, perdu pour elles, sans parvenir à replonger tout à fait dans l'innocence originelle — qu'on frôlait pourtant dans des instants semblables à celui-ci. Au seuil du Royaume, sur les frontières du monde interdit, témoin malheureux, jamais dedans... Il songea à son accident, à sa vie antérieure, où de tels moments de plénitude étaient monnaie courante : il y avait toujours le grain de sable qui venait flanquer tout par terre, la *punition*, et tout, ensuite, se corrompait à toute vitesse. Abel, lui, peut-être... Il soupira :

— Tiens, voilà pour que tu fasses la coquette...

Il lui tendit la bouteille d'eau de Cologne. Elle la lui prit des mains et la tint serrée contre la poitrine.

— Tu ne veux pas la sentir?

Il l'observait, guettant le moindre signe qui lui eût brusquement rendu ce visage étranger, qui l'eût rendu étranger à lui-même. Elle avait l'air simplement préoccupée et nonchalante.

— Oh! Si c'est toi qui l'as choisie, elle doit sentir bon...

Leurs regards se croisèrent, ou plutôt, il essaya d'accrocher dans celui de sa mère une connivence, un signe d'intelligence muet qui fussent une réponse à l'interrogation qu'il mettait dans le sien : « Tu dois bien te douter de la raison pour laquelle je suis ici ce matin; dis quelque chose, ou fais-moi comprendre que tu comprends... » Mais dans ces yeux rapetissés par la vieillesse, comme nageant, au milieu d'un nid de rides, dans ces fausses larmes qui humectent continuellement les yeux de certains animaux, il n'y avait rien qu'une gaieté affreuse sur laquelle son propre regard n'aurait plus aucune prise. Le silence s'élargissait entre eux, dense, inquiétant, palpable comme un écran étanche de part et d'autre duquel il eût été impossible de communiquer.

— Bien; et alors, c'est tout ce que tu me racontes. Tu es contente, au moins, de me voir?

Elle hocha de nouveau la tête sans répondre, son sourire enfantin, légèrement cruel dans un visage de vieille femme, se diluant peu à peu, et remplacé insensiblement par cette expression préoccupée qui devait être devenue son expression naturelle. Elle serrait toujours la bouteille contre sa poitrine; il la lui enleva doucement des mains et la posa sur la table. Puis, machinalement, comme il eût caressé un chien, il lui caressa les cheveux. Ce geste de douceur inutile lui donnait la nausée. Enfin, il s'accroupit devant elle :

— Dis, tu sais qui je suis, au moins?

A l'affût d'un revirement possible, il faisait semblant de prendre la chose en riant.

— Tu es Joseph, dit-elle gravement.

Il se redressa et la dévisagea pensivement un long moment, sans qu'elle parût y prêter attention. Il aurait préféré qu'elle ne réponde rien, ou pas ainsi. Nonchalante, lointaine, préoccupée par une minuscule pensée qui lui grignotait doucement le cerveau, elle était là, assise devant lui, présente-absente, aussi morte qu'une morte, légère petite poupée animale où la vie se faisait de plus en plus discrète, dont la peau était de plus en plus fine, les os de plus en plus délicats, creux comme ceux des oiseaux — et la conscience de plus en plus superficielle.

D'un coup, il pensa qu'elle mourrait comme elle était née, comme elle avait vécu : pour rien. Ce fut comme si d'un mouvement des épaules il s'était débarrassé d'un fardeau gênant. Il la prit par les épaules, deux petites noix dans ses paumes, qui n'étaient pourtant pas bien grandes, et lentement, avec précaution :

— Pendant que tu prépares le dîner, je vais aller faire un petit tour dehors, hein? D'accord... Il la flatta d'une tape de la main et sortit.

Un peu plus loin que l'aire, il tomba sur deux ou trois traces de cendres au milieu des pierres noircies, là même où jadis, écrasé d'angoisse et d'ennui, il s'amusait à ce jeu idiot et funèbre. Les tours qu'elle avait essayé de construire s'étaient effondrées, l'herbe qu'elles contenaient ayant brûlé, sauf une, où le feu n'avait pas pris : c'était pitoyable de maladresse et de grossièreté d'exécution. C'était même un peu difforme, monstrueux, comme ces travaux d'enfants retardés ou de débiles mentaux. S'il était besoin d'une preuve...

De toutes ses forces, il écrasa la tour d'un coup de talon, s'acharna sur les ruines calcinées des autres en soulevant un nuage de cendres. « Un salaud. » Il s'assit au soleil, sur un muret ceinturant un ancien potager, et la tête entre les mains, contempla l'amphithéâtre de pentes roussies par la neige, où le printemps tardif commençait à plaquer çà et là des taches vertes; plus haut, les falaises, qui dégorgeaient par leur pertuis les sanies rougeâtres du plateau; et plus haut encore, couronnant leur crête d'un liséré noir, présence mystérieuse contre le ciel, la forêt — la forêt de sapins. Son cœur, d'effort brusque, de rage, lui battait dans la bouche. Apparu devant lui-même, il se considérait froidement.

— Un salaud. Je ne suis qu'un salaud.

Comme une vieille embarcation abandonnée coule entre deux eaux ou se détache du quai et part à la dérive, elle avait fini par se détacher doucement de cette prison qui serait aussi son tombeau; ni folle, ni saine, entre deux eaux, dans ce mélange hideux de la vérité et du délire. Trente ans d'attente déçue, de souffrance, d'espérances détruites, avec, sous le nez du matin au soir, cette muraille énorme, implacable comme la mort. Quoi qu'il fasse, maintenant, c'était trop tard, personne ne pouvait plus rien.

— Et pour rien!

Il serrait les poings, pris d'une colère neuve, inconnue, amère et stimulante, comme les grands vents païens de printemps, sur les plateaux.

Il passa l'après-midi avec elle, ayant décidé de ne rentrer à Florac que le lendemain, ou même le surlendemain : les Barthélemy comprendraient et ne s'inquiéteraient pas.

Dès qu'il eut terminé son assiette de « bajana », elle-même ayant mâchonné sa ration debout, toute seule, avant de le servir, suivant la bonne tradition, passée dans le sang, de la ségrégation des sexes — il se lança dans une grande opération de salut.

Il commença par ouvrir en grand portes et fenêtres : qu'au moins l'air et le soleil puissent entrer et circuler dans cette maison, renouveler cette atmosphère de sépulcre qui vous pesait sur les épaules comme une chape de plomb... Il eût démonté la bâtisse pierre par pierre pour la reconstruire plus loin et qu'elle trouvât une âme nouvelle. A défaut de cette solution idéale, il se contenta d'y mettre de l'ordre, nettoya, ratissa les saletés éparpillées dans la cour, brûla les détritus amoncelés sous les fenêtres, ainsi que pas mal d'épaves inutiles qui encombraient la turne. Dans la chambre de sa mère, coincé entre le mur et l'armoire, il y avait le matelas sur lequel avait reposé le corps de son père.

Ce fut la première chose qu'il brûla ; il le fit basculer par une fenêtre qui donnait derrière la maison, puis ayant traîné cette horreur au large il l'arrosa de pétrole et y mit le feu. Il le regarda flamber imperturbablement. Il fit main basse sur d'autres vieilleries qui vinrent alimenter l'autodafé ; il éprouvait une âpre satisfaction à voir les flammes rouges dévorer et réduire en cendres des objets si longtemps complices de la misère, de tyrannies et de résignations intolérables.

Et il n'y avait pas que les maisons qui eussent réclamé des mesures d'hygiène radicales. Sa rage de brûler semblait inextinguible : s'il avait pu mettre le feu à tous les bâtiments, il eût été quasiment comblé : d'ailleurs, il avait toujours eu un goût bizarre et assez morbide pour le feu, les incendies — ne fût-ce que les incendies en miniature. On brûle ce qu'on peut.

Sur le moment, il avait eu peur que ce nettoyage par le vide n'affole complètement la pauvre femme, elle qui avait la manie de conserver jusqu'au moindre bout de ficelle... Mais elle le laissa faire sans protester, et même fit mine de mettre la main à la pâte.

— Non, non, aujourd'hui, c'est ta journée...

Il l'installa dehors, dans un vieux fauteuil de rotin déniché au grenier, son tricot à la main, le chien attaché à côté d'elle de façon qu'elle n'ait pas à le chercher partout : manifestement, cette bête minable était devenue pour elle une obsession tyrannique.

— Allez, on va faire un peu entrer le printemps dans la maison...

De temps en temps, il interrompait sa besogne pour venir lui dire un mot, ou jeter un coup d'œil sur elle depuis une fenêtre. Absorbée par son tricot, elle semblait sereine, et ne bougea pas de son fauteuil de tout l'après-midi ; dans un mouvement familier aux tricoteuses, elle haussait l'ouvrage à intervalles réguliers pour donner du mou à la laine, en écartant les coudes, et elle levait en même temps les yeux par-dessus ses lunettes pour s'assurer machinalement de la présence du chien. Hors de cette marge étroite de conscience, elle ne devait plus très bien se rendre compte de ce qui se passait autour d'elle. Et au fond, ce n'était pas plus mal ainsi.

Abel rentra à la tombée de la nuit. Il parut ne pas remarquer lui non plus les prouesses d'ordre et de propreté que Joseph avait accomplies pendant son absence ; au-dessus de la ferme, dans une excavation au milieu des rochers, les détritus achevaient de brûler et, avec l'humidité du soir, la fumée commençait à blanchir.

Il mangea sa soupe à peine arrivé et s'alla coucher aussitôt ; il avait bien essayé, en entrant, de sonder d'un long regard d'herbivore le visage de son frère, pour y lire en clair l'exposé de la situation, mais celui-ci, exaspéré que ce rustaud n'ait même pas eu un regard pour tout ce qu'il avait fait en si peu de temps, avait conservé un visage de marbre.

Le lendemain matin, Joseph se réveilla très tôt, un peu moulu mais satisfait de lui ; l'aube bleue suintait à la fenêtre. Il entrebâilla les volets, reçut au visage la fraîcheur délicieuse de la verdure apprivoisée par des émanations fermières que son nez déshabitué captait avec une sensibilité accrue. Celle qui dominait surtout était l'odeur du foin ; on aurait dit qu'elle lui restituait la profondeur disparue et illimitée des prairies où il avait séché. Outre cette sensation subtile et la bouffée d'espoir violent qui l'accompagnait, il éprouvait un sentiment diffus, bizarre, hésitant si c'était une présence dans l'air ou une absence impalpables qui rendaient celui-ci plus neuf, plus lumineux, plus léger à respirer. Et puis il se souvint qu'on était dimanche, et il se sentit tout drôle.

En observant la cour nettoyée de ses ronces et débarrassée de ses immondices, il eut la surprise agréable de constater que la somme des petits efforts pour obtenir ce résultat le lui avait masqué sur le moment, mais qu'il en recevait d'un coup l'usufruit.

Pour la seconde fois depuis hier, une onde de bien-être l'envahit, et il restait là, penché à la fenêtre, considérant cette cour, plus propre qu'il ne l'avait trouvée en arrivant, les venelles, entre les communs, désherbées par ses soins, savourant le résultat de son travail, attentif à l'étrange plénitude qui naissait en lui de ce petit monde matinal paisible et grâce à lui plus accueillant.

C'était curieux, tout de même, cet accord irremplaçable des sens et du monde qui parfois — très rarement — pour des raisons mystérieuses, des influences accidentelles, se réalisait de nouveau; les sens émerveillés se désaltéraient à cette source miraculeuse qui ne consentait à couler, après de longues étapes de sécheresse intérieure, que pendant quelques secondes, comme des oasis rafraîchissantes de plus en plus espacées dans le temps. Ainsi que ces valétudinaires sans cesse à l'affût des signes de guérison ou d'échéance fatale, et passés maître dans l'art d'interpréter le fonctionnement de leur corps en menaces de mort ou en promesses de félicité, il avait fini par remarquer que le phénomène en question semblait lié à la profondeur et à la durée de son sommeil, et qu'il se manifestait en même temps par une impression de légèreté, d'absence de corps, et de relief saisissant des perspectives : le décor de théâtre retrouvait sa profondeur primitive. Pendant quelques instants, Adam respirait, depuis l'est d'Eden, une bouffée du pays natal interdit.

Sans attendre que le charme se dissipe de lui-même, il

interrompit sa contemplation, s'habilla, descendit, prêt à croire que la moindre opération physique ou mentale de la matinée serait placée sous le signe de la métamorphose rédemptrice. Autre signe clinique du phénomène : un optimisme légèrement délirant. Étonnée d'être délivrée de sa torpeur ordinaire, la conscience, au même titre qu'un individu dans un état d'ébriété, éliminait toutes les contrariétés, dorait toutes les pilules, se payait le luxe d'envisager les pires catastrophes avec une sérénité orientale : sa mère guérirait de sa langueur; il s'engagerait à venir la voir plus souvent, à l'emmener avec lui en voyage, lui donnerait de l'argent, ferait restaurer à ses frais cette ruine, y passerait ses vacances, etc., etc.

Dieu est bien dans le ciel, tout va bien sur la terre.

C'était six heures du matin; sa mère n'était peut-être pas guérie mais elle dormait encore. Abel ne tarda pas à le rejoindre dans la cuisine. Joseph décida de passer aux actes illico, et de se montrer plein d'indulgence à l'égard de son frère. Ils déjeunèrent assis l'un en face de l'autre.

Calmement, Joseph entreprit d'exposer à son aîné ce qu'il pensait de ces anomalies, et les dispositions qu'il y avait lieu de prendre.

— A mon avis, ce n'est pas bien grave. Une mauvaise passe qui ne durera pas : c'est à cet âge que les femmes ont le plus d'ennuis. Le sang, à ce qu'il paraît... Le docteur Stéphan est absent jusqu'à la fin de la semaine; et faire venir son remplaçant, qui ne connaît pas maman... Mais lui viendra de toute façon.

Abel écoutait; c'était tout ce qu'il pouvait faire. Ce qui ne l'empêchait pas d'orchestrer ce soliloque d'un contrepoint de clappements et de gargouillis qu'il produisait en enfournant de véritables pelletées de châtaignons sur le rythme d'une locomotive happant le charbon à toute vapeur.

Sentant renaître en lui une sorte de curiosité hébétée pour cette phénoménale insouciance, et craignant que ses bonnes dispositions ne rendent l'âme avant terme, Joseph à travers la table attrapa au vol le bras de son frère :

— Écoute-moi bien : ce qu'il faut, maintenant, c'est la distraire, lui tenir compagnie, lui parler, ne plus la laisser seule trop longtemps. Je reconnais que, de mon côté, je n'aurais pas dû rester sans venir pendant tout ce temps. Mais que veux-tu, on ne fait pas toujours ce qu'on veut. Désormais, je monterai plus souvent, ça, je te le promets. Je suis sûr et certain que tout rentrera dans l'ordre; elle redeviendra normale, tu verras...

Il se tut un instant; on entendit trembler le sol dans l'écurie voisine : le cheval rouspétait après les mouches.

— Et... Et... Et-la-Suisse? vociféra tout à coup Abel; Joseph sursauta.

« Ça, alors, il avait donc bien saisi, l'animal, et, par-dessus le marché, il s'en souvient », se dit-il sidéré.

— Ne crie pas si fort, tu vas la réveiller... Eh bien, la Suisse, d'abord ce n'est que dans quatre ou cinq mois, et je pense qu'elle sera guérie d'ici là, si tant est qu'elle soit réellement malade. Et puis, à ce moment-là, il y aura peut-être du changement, dans cette maison, hein?

Joseph lui adressa une œillade décelable à quatre-vingts mètres.

— P't'êt-ben... fit Abel avec flegme.

« Incroyable. Ce matin, il comprend tout ce que je lui dis, et à demi-mot... »

— A propos, comment va la Marie?

Abel, qui s'était mis à rouler une cigarette, fit claquer sa langue :

— Ça va, ça va...

— Et alors, ce mariage, c'est pour quand?

— En... En... En octobre. A... A... Après la récolte. Faut des sous pour se marier.

— Ce sera tout de même plus gai, pour toi. C'est plus une vie, tout seul, comme ça, toute la journée...

Il se leva de table, traversa la pièce, ouvrit la porte. Que le monde était beau, ce matin. Il avait vraiment l'impression de renaître, de ne vivre plus qu'à travers la légère existence des choses, d'être sans existence propre, tout entier offert à ce qu'il regardait. Des corbeaux tournoyaient lentement au large des falaises, comme des débris à la surface d'un remous. Abel vint fumer sa cigarette sur le pas de la porte.

— Ce sera une belle journée, dit Joseph.

Abel hocha la tête, cracha par terre et écrasa son crachat sous le pied.

— Viens donc voir tout ce que j'ai fait, hier.

Il le prit par le bras et l'entraîna ; les deux frères firent le tour des communs. L'herbe coupée la veille et mouillée de rosée sentait déjà le foin. En contrebas des pentes de prés et de genêtières, un bourrelet d'un léger brouillard ourlait le lit du torrent ; le cirque était encore plongé dans l'ombre. Ils revinrent dans la cour.

— Je sais bien que tu n'as pas le temps de t'occuper de tout ça. Aujourd'hui, si tu veux, on pourrait nettoyer les étables et le bûcher. Ça doit être plein de vermine, là-dessous... Si tu avais vu les fagots que j'ai tirés du fond de la cheminée... Des cafards filaient de tous les côtés, des rats y avaient niché dedans... J'ai tout brûlé aux immondices...

Ils commencèrent par les étables et travaillèrent jusqu'à midi sans relâche. Ils avaient attaché les trois chèvres dehors ; indifférentes, elles broutaient le lierre de la muraille et de temps à autre, tournant la tête dans leur direction, montraient leur impénétrable regard de pieuvre.

La mère s'était levée vers neuf heures ; elle avait doucement entrebâillé les volets de sa chambre, puis, peu de temps après, on l'avait entendue racler le foyer de son fourneau. « Bon signe », avait pensé Joseph, pour qui la santé de celle-ci dépendait étroitement du fonctionnement de celui-là.

Ils entassaient au milieu de l'aire le foin et la paille pourris, de vieux sacs de jute moisis, tout ce qui leur tombait sous la main de vétuste et d'inutile ; le tout une fois allumé dégageait une fumée jaune épaisse comme de la crème. Joseph contemplait avec avidité les lourdes volutes qui bouffaient et s'élevaient lentement dans l'air calme. Il avait presque envie de passer ici la semaine ; il y avait encore tant de choses à faire, à nettoyer, à réparer, dans cette maison. Il pensait aussi à une petite phrase qui avait retenu son attention dans le « Voyage en Cévennes sur un âne », de l'impayable Stevenson : « ... car lorsque le présent montre tant d'exigences, qui se soucierait du futur? » Il lui semblait que depuis hier, le temps ne s'écoulait plus, mais que, dompté par ces travaux rustiques, il s'étendait autour de lui sans bouger comme l'eau paisible d'un lac. « Je pourrais faire dire aux Barthélemy que je ne puis laisser toute seule ma mère malade tant que le médecin ne l'a pas vue... »

Avant de passer à table, il se lava dehors à l'eau froide, torse nu; le soleil s'était mis à chauffer terriblement.

C'était midi, les ombres étaient maintenant immobilisées sous la lumière quasi verticale, et, le temps de manger, déjà on devinait leur imperceptible mouvement de fuite dans l'autre sens.

La mère tricotait devant la porte, dans le vieux fauteuil de rotin, avec les mêmes gestes que la veille, mais Joseph, maintenant, avait terminé le rangement de la maison, il ne se dépensait plus à trier des vieilles nippes, à brûler des saletés, à aller et venir de la cave au grenier, à changer les meubles de place et à soulever des nuages de poussière; il était assis dehors, sur une marche du seuil, et il regardait devant lui sans penser à rien. Abel, on ne l'entendait pas; il devait somnoler sur sa chaise. La lumière glissait sur le toit d'en face, terne, comme huileuse.

Joseph se dressa brusquement et entra dans la cuisine.

— Je vais bientôt partir, dit-il. Il y a un car vers deux heures et demie.

Abel rota. Des mouches véloces circulaient sur ses mains.

— Bien entendu, si quelque chose ne va pas, tu me fais prévenir. Je monterai à la fin de la semaine avec le docteur Stéphan; de cette façon, nous saurons définitivement à quoi nous en tenir.

Il ressortit, sa veste sous le bras, embrassa sa mère, et lui effleurant les cheveux avec le bout de ses doigts :

— Tous les samedis, toi et moi, hein, comme avant ; tu me promets d'être sage...

Elle rit et se remit à son tricot après un coup d'œil discret dans la direction de son chien.

Abel accompagna son frère jusqu'à la hauteur du petit cimetière ; depuis la mort de Reilhan, Joseph ne s'y était pas arrêté une seule fois. Il y entra un instant. Les mauvaises herbes avaient presque entièrement enseveli la plaque de schiste sur laquelle Abel avait gravé les initiales de son père ; de gros escargots y avaient élu domicile. Les orties, plus vigoureuses que jamais, menaient tranquillement au-dessus des morts leur existence casanière d'orties, en se nourrissant de leur décomposition sans arrière-pensée. Il ressortit et tira sur lui la modeste grille grinçante ; plissant les yeux et regardant son frère, il parut réfléchir.

— Tu ne vas jamais au temple, toi... Tu ne dis jamais les prières que papa nous a apprises. Je parie que tu n'as pas ouvert une bible depuis des années.

Il baissa les yeux, traça, dans la poussière, un arc de cercle de la pointe de son soulier.

— Tu ne crois peut-être même pas en Dieu.

Sur le moment, Abel eut l'air interloqué ; puis il eut un sourire un peu ironique ; ouvrant la bouche et montrant ses gencives nues — affreusement vulnérables :

— Ça, c'est... C'est... C'est... pas mes affaires, c'est... C'est les tiennes...

— Et le trou, dit Joseph avec une rage rentrée, ça ne te fait rien, d'y aller, dans le trou ?

— Le trou... Quel trou ?

Du pouce, sans se retourner, Joseph désigna les tombes alignées derrière lui :

— Dans celui-là, mon pauvre vieux, ce trou plein de vermine, où tu boufferas la terre et où les vers te boufferont. T'y penses, des fois, à ça ? Bouffé, rongé, disparu... Plus rien, zéro, néant... Volatilisé...

Il parlait d'une voix sourde et précipitée :

— Comme si t'avais jamais existé. Comme cette fourmi, regarde — d'un coup de talon, il écrasa la bestiole; terminé! Adieu les bois, les castagnades! Adieu tout ce qui te fait plaisir. Hop! Le trou, t'entends, le trou, comme un chien, comme un con... De la merde. T'es que de la merde, comme moi, comme tout le monde, si y a pas autre chose...

Il donna une bourrade au géant consterné et stupide qui le fixait d'un œil ahuri et, lentement, s'éloigna de lui et se mit en route. Il se retourna une dernière fois avant de prendre la descente, forcé de crier à cause de la distance.

— T'es trop con pour comprendre, hein? Mais réfléchis bien à ça : de la merde. Le trou — caca!

Il serrait les poings, envieux jusqu'à la haine que tant d'innocence fût le privilège du plus grand nombre.

— Du caca! Du caca! Du caca!

Secoué d'un hoquet de rage, le désespoir au cœur, il disparut, enveloppé de la triple invective.

Il était trop malheureux, trop dégoûté pour rentrer directement chez le pasteur. Il alla finir la journée et consommer ce qu'il tenait pour une exécution capitale à la terrasse d'un café, à boire des canettes de bière et à loucher sur l'entrecuisse des filles assises en face de lui.

Le soir, il y avait un bal sous les platanes. Il vint rôder dans la pénombre, lia connaissance et réussit à coucher. C'était la première fois (la Suisse n'avait donné pour l'instant que des approches). Il se sentit tout drôle. Léger. Comme guéri. La petite avait des cuisses sublimes et l'air stupide; il n'osa pas lui demander si c'était toujours comme ça la première fois. Voilà sa vocation trouvée.

DEUXIÈME PARTIE
L'ÉPERVIER

Lui qui n'avait pas attendu que le temps et tout ce qu'apporte le temps lui apprissent que le suprême degré de la sagesse était d'avoir des rêves assez grands pour ne pas les perdre de vue pendant qu'on les poursuit.

FAULKNER (*Sartoris*).

Enfin, l'homme compte passer les trois quarts de sa vie à souffrir, pour se reposer le quatrième quart ; et, le plus souvent, il crève de misère sans plus savoir où il en est de son plan !

RIMBAUD (Lettre du 6 janvier 1886).

Le vent avait ouvert le volet, sans doute mal accroché ; une lueur bleue, phosphorescente comme du lait, remplit tout à coup la chambre.

Pelotonnée sous les couvertures, elle frissonna, et d'instinct, cherchant la sécurité d'une autre tiédeur, tendit la main entre les draps, mais il n'y avait à côté d'elle qu'un emplacement vide et froid : où était-il encore passé, à une heure pareille ? Elle se dressa sur son séant, interrogeant de toutes ses oreilles le silence de la maison et la nuit mouvante qui enveloppait celle-ci, mais elle n'entendait que les battements de son cœur résonner sourdement dans sa poitrine.

Dès que le printemps arrivait, Abel était comme ces bêtes trop longtemps engourdies sous la terre par le froid de l'hiver, les jours blancs silencieux, les nuits scellées par les glaces, mais qui, sitôt les premiers signes de vie que la saison leur fait, ne peuvent plus tenir en place ni perdre un instant à dormir dans leur bauge, alors que, dehors, un monde d'arbres, de feuillages neufs, d'eaux libres, de ciel ventilé appareille pour la grande traversée...

D'un coup, la chambre fut plongée dans l'obscurité, ne conservant de clair que le rectangle vertical de la fenêtre : un nuage venait de passer devant la lune, éteignant brusquement la nuit. Si seulement il pleuvait... Elle se leva, enfila ses pantoufles, un peignoir, se dirigea vers la fenêtre.

C'était une nuit lumineuse, pleine de vent et de mouvements ; dans le ciel noir et luisant, un nuage solitaire filait à toute vitesse du nord au sud, semblable à une petite bête échappée du troupeau qui eût foncé aveuglément vers sa destination personnelle. Avec ce temps fixé au nord, la pluie ne serait pas pour demain : depuis deux mois, pas une goutte d'eau ; au fond des citernes sonores, les coups de pompe aspiraient le vide. Les journaux parlaient d'une sécheresse de printemps jamais vue. On allait rire.

Son cœur sauta : quelque chose venait de bouger, là-haut, au-dessus de sa tête. Elle n'aimait pas se trouver toute seule, surtout la nuit, dans cette grande maison pleine de craquements et de bruits insolites — seule avec cette vieille folle dont des nuits sans sommeil excitaient les phantasmes.

Elle sortit de la chambre, marcha à tâtons le long du couloir jusqu'à ce qu'elle reçût au visage le courant d'air froid qui montait de la cage d'escalier. En bas, silence ; silence également là-haut. « Elle a dû remuer dans la paille », se dit-elle. Elle gravit le plus doucement qu'elle put l'échelle de meunier qui conduisait à la mansarde — dont elle constata avec effroi qu'on avait oublié de fermer la porte à clef ! Elle entrebâilla vivement celle-ci, scrutant la pénombre du grenier, qu'éclairait à peine une lucarne sans volet. Sur la litière, dépassant la couverture, elle crut distinguer la forme sombre de la tête ; sa belle-mère dormait, elle respira. Mais ses yeux s'étant habitués à l'obscurité, la forme lui parut suspecte, ainsi que le silence absolu de cette litière de paille ; elle se précipita, mains en avant, redoutant par-dessus tout que l'ennemie embusquée dans un coin comme une grosse araignée ne lui tombe dessus par surprise : personne ! Le grabat était inoccupé, le grenier vide, elle redescendit en toute hâte.

Dans la cuisine, personne non plus. Mais où étaient-ils donc, tous les deux ? Elle se sentait gagnée par la peur et alluma la lampe à pétrole. Le loquet de la porte était tiré, le fusil manquait à son emplacement sur la poutre, ainsi que la canadienne à la patère : Abel avait dû profiter de ce clair de lune extraordinaire pour aller prendre un affût. La mère, livrée à ses démons nocturnes, était encore partie faire les siennes ; elle se serait battue, d'avoir laissé cette porte ouverte ! Pourvu que cette diablesse n'ait pas déniché les allumettes : c'était sa marotte. La paille, en pleine nuit, et avec ce vent... Non, les allumettes étaient toujours à leur place, dans une boîte en fer fourrée bien au fond du placard. De quel côté divaguait cette folle, maintenant ?

Elle sortit : pas besoin de lampe, pour y voir ; il faisait un clair à lire le journal. La nuit était au froid vif et sec, une nuit d'avril argentée, pailletée d'étoiles tremblantes. Elle resserra les revers du peignoir autour de son cou et appela :

— Mère, mère, où êtes-vous ?

Le vent couvrit sa voix, et dans la remise, le chien lui répondit en gémissant. Elle le délivra : « Cherche, cherche... »

L'animal ne mit pas longtemps à découvrir la vieille femme de l'autre côté de l'aire, accroupie contre le petit mur dans la position d'une momie indienne, dure, glacée, les yeux fixes, grands ouverts — comme morte.

— Mais qu'est-ce qu'elle fait là ! Si c'est pas malheureux de voir ça ! Être obligée de sortir du lit en pleine nuit, quand on était si tranquille chez soi...

Tout en maugréant, elle la souleva en lui glissant les mains sous les aisselles, impressionnée par la légèreté de cette frêle cage d'osier où l'on se demandait par quel miracle la vie battait encore.

Elle lui fit chauffer une tasse de lait, la mit au lit au premier étage, dans son ancienne chambre, d'où l'avaient exilée ses incontinences : une fois ne serait pas coutume. Si par hasard elle claquait cette nuit d'un coup de froid, qu'au moins elle claque dans son lit.

Elle se recoucha, gelée jusqu'aux os, et ne parvint à se rendormir qu'à l'aube, remuant dans sa tête à peu près les mêmes pensées que celles qui n'avaient cessé, jadis, de harceler sa belle-mère.

Mais avec elle, ce serait une autre paire de manches : le Moyen Age, l'eau des sources, les lessives à la rivière, le feu de bois, tout ce folklore humiliant, grotesque et exténuant, désormais, c'était bon pour les Parisiens. Si le Haut-Pays était en voie de devenir la résidence secondaire de la France, son réservoir d'oxygène, son retour aux sources, pour ne pas dire sa réserve paléolithique, par contre les naturels ne rêvaient que de tubes fluorescents et de formica.

Et puis enfin, son père n'était pas éternel (il leur avait bien proposé d'aller vivre avec lui, mais Reilhan n'avait rien voulu savoir) ; un jour ou l'autre, lui mort, Maheux serait bazardé, ou laissé aux ronces si personne n'en voulait, on garderait les terres et on se replierait sur Mazel-de-Mort, où l'on pourrait reprendre l'élevage du mouton, où il y avait des pâturages, un poulailler, un verger, de la bonne terre.

Et de l'eau.

Lorsqu'elle se leva vers huit heures, ce fut pour se voir obligée de nettoyer les draps et le matelas dans lesquels sa belle-mère s'était oubliée. Mais ce n'était peut-être pas un « oubli », car elle en avait mis partout, comme à plaisir, comme pour se venger. Quoique la coupable y fût certainement insensible, Marie ne lui épargna ni ses remontrances ni ses criailleries.

— Je suis sûre que vous l'avez fait exprès, mauvaise femme ! Puisque c'est ainsi, vous ne quitterez plus le grenier ; et vous pourrez faire vos saletés dans votre litière, si ça vous chante...

Elle la fit monter sur-le-champ dans son antre ; un peu plus tard, elle lui apporta sa bouillie de châtaignes écrasées dans du lait de chèvre ; la vieille dormait, ou faisait semblant. Déposant le bol à terre, elle se pencha sur elle et, soulevée par l'odeur, eut un haut-le-cœur :

— Allons, dressez-vous, et tâchez d'être raisonnable, maintenant.

Comme elle essayait de lui tirer le buste en avant, la vieille se détendit avec la promptitude d'un serpent et la mordit cruellement au bras.

— Espèce de salope !

D'une bourrade, elle la repoussa brutalement ; la tête donna sur le coin d'une vieille malle qui arrêtait la paille, et fit un assez vilain bruit de coquille brisée. Glacée, folle de terreur, croyant l'avoir tuée, Marie s'enfuit en claquant la porte, dégringola l'échelle, l'escalier, et se précipita dehors pour retrouver son calme.

Quelle affaire ! Quelle mine ferait-elle, ce soir, devant son mari ? Saurait-elle conserver un air naturel ? Elle, une meurtrière ! Elle se voyait déjà entre deux gendarmes. Le scandale, la honte... La prison peut-être. Tout ça à cause d'une vieille toquée enragée à qui elle servait depuis des mois de domestique ! Mais qu'est-ce qu'elle était venue fabriquer dans cette galère !

Allant, venant et se tordant les mains d'inquiétude, elle n'osait pas rentrer dans la maison. Mais, vers la fin de la matinée, les quelques grognements qu'elle crut percevoir l'y décidèrent, et, tendant l'oreille dans la cage de l'escalier, elle entendit effectivement la morte qui marmonnait comme d'habitude. Alors ses nerfs lâchèrent, elle se laissa tomber sur une chaise et se mit à pleurer. Elle ne put empêcher ses larmes d'exhumer des chagrins négligés qui les rendirent plus amères.

Son mariage. Personne n'y avait assisté, comme s'il était honteux de se marier après trente ans. Après deux « oui » bredouillés à la sauvette, il y avait eu pour toute réjouissance une menthe à l'eau au bistrot de Saint-Julien-d'Arpaon, et un rôti de cochon chez elle, à Mazel-de-Mort — avec une belle-mère déjà à moitié dans ses nuages, son père autant miné par son régime que par ce qui l'y contraignait, et un jeune beau-frère lointain, absent, et touchant à peine aux plats. Et le plus drôle, c'est qu'elle était enceinte, elle, la presque vieille fille sèche comme une fascine, et pourtant engrossée comme ces gamines fraîches, charnues et pas dégourdies qui cachent leur gros ventre sous des voiles blancs à l'église. Quelque temps avant, il l'avait rencontrée à l'épicerie de Saint-Julien, et empoignant un foulard tout mangé de soleil qui était à la montre dans la vitrine au milieu des cornets de surprise et des flacons de parfum bon marché, il le lui avait fourré de force dans son cabas : « Si, si, allez, fais… fais… fais pas d'histoires… »

Une semaine plus tard, il lui avait arraché, de force également, le salaire de son cadeau ; comme elle gardait ses chèvres dans un sentier herbu et tendre, qui sentait l'aubépine et engageait aux abandons, il l'avait surprise — et prise. Une vague curiosité, épuisée tout de suite, et surtout l'envie de se venger de quantité d'humiliations, l'avaient poussée à se laisser faire ; une bergère troussée derrière une haie, ce n'était pas si courant dans ce pays de cuisses closes… Ils n'avaient pas raté leur affaire, comme tous les débutants : aussi, un mois plus tard, mariage. On tricherait sur les dates. Un enfant peut très bien naître un ou deux mois avant terme.

Malheureusement, il naquit tout de bon avant terme, et mourut au bout de trois jours. C'était l'an dernier. On l'enterra à la tête de son grand-père, petite momie à peine plus grosse qu'un lapin écorché, et en guise de consolation le docteur lui déclara qu'elle ne pourrait plus en avoir. Trop vieille, trop racornie, comme ces éteules stériles des plateaux sur lesquelles il ne pleuvait plus depuis des semaines.

Les orages d'automne avaient effacé le renflement de la sépulture dérisoire, et avec lui son chagrin hâtif s'était également effacé, comme si son mariage, sa brève maternité n'eussent été qu'une illusion sans lendemain.

Le soir même, lorsqu'il entra, traînant la jambe, elle lui annonça — et il y avait une espèce de défi dans sa façon de parler — que la source ne coulait presque plus : à peine un suintement tété par les guêpes et environné de papillons, comme aux pires heures de la canicule ; elle était tout de même arrivée à en récupérer la plus grande partie en enfonçant plus profondément dans le talus le canon de bois qui drainait la source. Mais pour obtenir un malheureux seau, deux heures à attendre et à se ronger les ongles ! Si seulement il y avait un bassin couvert qui récolte l'eau, comme à Mazel-de-Mort...

— A quoi ils pensaient, tes ancêtres ?

Hargneux, il ne répondit rien ; elle haussa les épaules, et, décidée à l'asticoter :

— Tu as tué quelque chose, au moins ?

Il jeta rageusement son fusil sur la table.

— Rienn ! N'y a rienn !

Il y avait bien les lièvres du plateau qui gambadaient sous la lune et l'arrachaient à son lit en pleine nuit, mais, avec cette pétoire, n'importe quelle proie devenait chimérique.

L'automne, quand il travaillait à ses coupes et que les profondeurs des bois lui renvoyaient l'écho des parties de chasse, il reposait sa hache et, la rage et l'envie au cœur, tendait l'oreille, captivé par ces claquements secs et nerveux qui lui semblaient le privilège des armes modernes. Ah! s'il avait eu en sa possession un fusil comme celui de son beau-père, ce merveilleux « Robuste » à deux canons d'acier bleui, un calibre seize, léger et puissant comme la foudre, ç'aurait été souvent fête à Maheux!

Elle écarta le fusil, posa la soupière à sa place, remua le sempiternel mélange de lait et de châtaignons et lui en servit sa ration.

— En attendant, mon pauvre Reilhan, tu te contenteras de bajana, comme ton père, et comme ton grand-père. Mais tu avoueras que risquer une grosse amende pour revenir le sac vide... Nous avons déjà assez d'embêtements comme ça. Si par hasard un jour tu tombes sur un de ces fédéraux...

Il se mit à vociférer et à taper du poing sur la table. Les veines de son cou gonflèrent et noircirent de si vilaine façon qu'elle préféra se taire et filer doux tout le reste de la soirée. Bien qu'il ne l'ait jamais frappée, elle restait toujours sur ses gardes; cette violence ramassée dans la plupart des hommes comme une bête prête à bondir lui faisait peur. D'instinct, elle savait opposer à ces soudaines crues de sang une placidité domestique à toute épreuve.

Le lendemain matin, il faisait encore gris lorsque Reilhan descendit à la source.

Située à un kilomètre environ de la ferme, à mi-chemin entre celle-ci et le torrent, elle était le point névralgique de Maheux, son pouls, presque sa raison d'être : c'est ici qu'on menait les bêtes boire, jadis, au temps où les sources coulaient à profusion — du moins d'après la mémoire confuse et enrichissante du passé; il paraît en tout cas que les femmes y descendaient leur linge à laver, qu'on venait s'y laver soi-même en été, en se frottant le corps avec des feuilles de saponaire. Longue de plusieurs mètres, une auge de bois verdi et gluant, aujourd'hui complètement pourrie et mariée aux herbes, recueillait l'eau où zigzaguaient les insectes aquatiques pourchassés par les libellules; les soirées tièdes, il y avait toujours une rainette pour répondre aux hulottes de la forêt, et leurs appels s'échangeaient en révélant les corridors dont la nuit était pleine. Mais depuis qu'au fil des années les réserves de la montagne semblaient s'être épuisées — à moins que ce ne fût la mémoire qui trichât —, son débit restait parcimonieux même à la saison des pluies, pour devenir incertain dès qu'on était aux beaux jours : ce n'était plus qu'un de ces pipis de roche capricieux et intermittents que les chasseurs par ici appellent une « fon de chin », juste de quoi attirer les serpents et remplir la cruche quand la citerne est vide.

Quoi qu'il en soit, si le temps ne changeait pas bientôt, elle ne remplirait plus rien du tout; Abel remplaça le seau que la Noiraude avait placé la veille sous le canon par un arrosoir qu'il avait apporté, puis il poussa jusqu'au torrent.

Son lit silencieux étendait une blancheur squelettique à travers les arbres : les eaux en diminuant avaient laissé blanchir au soleil le dépôt visqueux qui tapisse la rocaille des rivières; çà et là, des vasques pleines d'une eau croupie, que des infiltrations souterraines devaient alimenter, dégageaient une saumâtre odeur de vase et de décomposition végétale.

Certes, il avait connu de grands étés flamboyants, poudreux et calcinés comme de la chaux, où l'on était obligé de dormir à la belle étoile tant l'atmosphère des chambres était irrespirable, où, de mai aux orages d'octobre, les feuilles recroquevillées pendaient lamentablement aux branches; pourtant il ne se souvenait pas que le torrent se soit trouvé à sec si tôt dans la saison. Il remonta pensivement vers la source. Le soleil matinal rougissait le front des forêts; dans le ciel d'un bleu totalement pur, il n'y avait pas le moindre mouvement, rien qui puisse laisser espérer une promesse de pluie.

Au passage, il s'arrêta pour prendre le seau rempli et jeta un coup d'œil au fond de l'arrosoir qu'il avait mis tout à l'heure à sa place : à peine si le récipient avait recueilli trois ou quatre litres d'eau en une vingtaine de minutes.

S'il ne pleuvait pas un bon coup d'ici à quelques jours, c'est à Saint-Julien qu'on serait obligé d'aller chercher la flotte : huit kilomètres aller et retour avec un tonneau de cinquante kilos dans une brouette toute branlante — sans compter les ricanements de tous ces couillons derrière leurs fenêtres. Il serra les poings.

Toute la nuit, Marie sentit qu'il tournait et retournait dans le lit comme une crêpe. Aux premières lueurs du jour, il était déjà levé et farfouillait, en bas, dans la remise; elle se leva et, de la fenêtre, l'aperçut qui descendit vers la source, armé d'outils de toutes sortes. Il y avait un très léger brouillard qui huilait les pierres et annonçait de fortes chaleurs. Lorsqu'elle descendit à son tour avec son seau vers le milieu de la matinée, elle entendit sonner de loin les coups de pioche dans l'air clarifié.

Il était en train de creuser une cuvette assez grande, dans le genre de celles qu'on colmate avec de la glaise et où l'on récolte l'eau de pluie pour faire boire les moutons.

Elle considéra le trou, sidérée : est-ce qu'il s'imaginait qu'elle allait tremper sa soupe et laver son linge avec de l'eau pleine de têtards?

— Et le béton, nom de Dieu, avec quoi tu veux que je le coule?

Épaules basses, comme dépitée, elle s'en fut.

A moitié enfouis dans le sol, les vestiges de l'auge indiquaient l'emplacement idéal où aménager la fosse : ainsi, le niveau supérieur du bassin affleurerait sans erreur possible celui de la source, qui se trouvait à une dizaine de mètres.

Il fit sauter à coups de bêche le bois vermoulu et moisi; les débris de planche s'arrachaient à leur gaine d'herbes mortes et de radicelles tourbeuses avec un agréable craquement d'étoffe déchirée. Jusqu'à un mètre de profondeur, la terre demeura sablonneuse et crissante, légèrement humide, facile à défoncer. Ensuite, la pioche rencontra le rocher avec un claquement mat, mais le filon n'était pas compact : c'étaient de grosses souches de granit bleu noyées dans le sable, et entre lesquelles la barre à mine s'engageait sans peine. Une fois qu'un bloc était déchaussé, il l'empoignait à main nue et, le soulevant d'un lent et irrésistible effort des reins, il le déposait sur le bord de l'excavation.

De temps en temps, la Noiraude venait jeter un coup d'œil sur l'ouvrage ; le visage fermé, complètement inexpressif, elle le regardait travailler un instant sans rien dire, puis elle repartait, n'ayant pas daigné desserrer les lèvres.

Son beau-père, quand il venait, se montrait plus loquace. Maintenant, c'était un homme fatigué qui marchait à petits pas et haletait toujours un peu.

— Tu es un as, disait-il à son gendre. Dommage que ta piaule ne soit pas au même niveau que ton bassin ; sans quoi tu aurais pu y amener l'eau, comme les anciens l'ont fait chez moi.

En observant la silhouette amaigrie, le cerne mauve des yeux, l'enfoncement des orbites, Reilhan pensait : « Dommage que toi t'aies pas une tête à faire des vieux os. » Et il sentait avec un orgueil calme battre dans ses veines une puissance invincible.

Vers la mi-mai, on entendit, à deux ou trois reprises, gronder au loin des orages ; ils traînaillaient dans les bas-fonds de l'ouest, du côté de l'Aubrac, de Rodez, d'Albi. Mais le temps décidément au beau les bâillonnait avant qu'ils n'aient eu le temps de mûrir, et l'on voyait leurs grandes montagnes bleu ardoise s'effondrer lentement derrière l'horizon. Le ciel du matin collait aux vitres son azur immuable.

Reilhan avait fini par prendre goût à ce travail de terrassier : ses bras retrouvaient à peu près la même cadence qu'en pleine forêt, lorsqu'il sentait vibrer dans ses bras à chaque coup porté l'arbre jusqu'à sa cime.

Tôt le matin, il était à pied d'œuvre ; les claquements du pic sonnaient clair dans l'atmosphère limpide. En dépit de l'heure relativement matinale, le ciel commençait à blanchir et le disque incandescent du soleil tremblait comme une surface de métal en fusion, mouvante et parcourue de frémissements huileux d'une extrême férocité.

Vers le milieu du jour, au moment où il s'arrêtait pour mâcher quelques châtaignes et boire une rasade de piquette dont son beau-père lui offrait une bonbonne de temps à autre, il arrivait qu'un voile laiteux monté lentement du sud ou de l'ouest recouvrît comme une taie la pupille immense du ciel, qui se voilait tout entier et prenait l'aspect d'un verre dépoli plus aveuglant encore que le soleil. Alors, tout se taisait dans le cirque, aucun insecte ne crissait plus, pas le moindre oiseau ne bougeait, on n'entendait plus que l'égouttement pauvre de la source dans un récipient. Quelquefois, levant les yeux, Reilhan apercevait une buse, ou un épervier qui tournait sur un remous de haute altitude avec une lenteur singulière, à la fois solennelle et menaçante. Il lâchait doucement son pic, ramassait sa pétoire posée dans l'herbe, visait longuement. L'air mou et chaud absorbait presque aussitôt la détonation grasse, vaguement répercutée par les flancs de la montagne. Mais le rapace semblait indifférent aux coups qu'on tirait sur lui, et chaque fois il ne changeait que lentement, dédaigneusement d'orbite, comme si la poudre noire que Reilhan employait dans ce vieux Chassepot transformé n'avait pas assez de force pour faire siffler les plombs à une telle hauteur. On distinguait parfaitement sa petite tête effilée et mobile d'oiseau guerrier qui paraissait indépendante du reste du corps et de l'étendue des ailes, fixée à cette carlingue comme la tête d'un observateur à la carlingue d'un planeur. « Saloperie », criait Reilhan, et il jetait son fusil dans l'herbe en maudissant sa vétusté et cet oiseau d'une quiétude insolente qui continuait à décrire ses cercles parfaits, là-haut, à une altitude devenant vertigineuse.

La fosse proprement dite fut achevée en une dizaine de jours. Avec ses six mètres de long, trois de large et autant de profondeur, elle assurerait une réserve d'eau suffisante pour relayer la citerne dans les périodes de sécheresse. Il s'attela sans plus tarder au coffrage des parois, pendant plusieurs jours mesura, scia, ajusta, cloua; il utilisait à cette fin les planches que son père avait mises de côté peut-être trente ou quarante ans avant dans le but de remplacer le plancher d'une chambre condamnée depuis ce temps, projet qui n'avait jamais abouti, comme tous les projets de son père. Celui-là avait entrepris un beau jour de creuser un puits pas très loin de la baraque, croyant trouver l'eau, comme ça, au petit bonheur la chance, soi-disant parce qu'il avait vu un puits en songe à cet endroit. Naturellement, il avait abandonné au bout de quelques jours pour se replonger dans sa bible, et l'on avait comblé le trou avec des immondices. Une autre fois, quand lui, Abel, était petit et son frère encore au berceau, on avait entendu au beau milieu de la nuit, après deux ou trois jours de très gros orages, un fracas épouvantable; il s'était précipité, fou de terreur, vers la chambre de sa mère, son frère dans les bras, réveillé en sursaut lui aussi, et hurlant à s'asphyxier : le mur d'une chambre qui était accoté au flanc de la montagne, et où heureusement personne ne couchait, venait de s'effondrer sous la pression d'un véritable torrent de boue qui s'était amassé derrière. Le lit était à moitié enseveli sous les pierres, les gravats; il fallut sortir tous ces décombres et la boue qui les noyait, à la pelle et à la brouette. En attendant de rebâtir le mur, on tendit devant la cavité béante une vieille couverture : elle s'y trouvait encore aujourd'hui, maintenue au sol par une rangée de moellons. La charpente menaçait ruine à son tour : on ne la remplaçait pas davantage que le plancher de la chambre condamnée, mais puisqu'il fallait bien conserver un toit sur la tête, on se décidait à l'étayer. Le rafistolage tenait le coup jusqu'au moment où les xylophages, principaux locataires de la maison, en venaient à bout; qu'à cela ne tienne : on étayait l'étayage, et ainsi de suite jusqu'à ce que l'échafaudage prenne plus d'importance que ce qu'il soutenait, et finisse par s'écrouler sous son propre poids. Depuis que la montagne avait fait irruption dans la ferme, les enfants avaient d'horribles cauchemars; leur mère — celle qui en ce moment était en train de ruer là-haut dans la paille et de se souiller comme un lapin qu'on vient d'estourbir — les accompagnait le soir dans leur chambre et la bougie qu'elle tenait à la main en protégeant la flamme avec son autre main projetait contre les murs d'étranges formes mouvantes qui sautaient au plafond ou refluaient précipitamment au fond de la pièce dans laquelle ils pénétraient derrière elle; une fois couchés en chien de fusil sous des couvertures lourdes d'humidité, et qui sentaient la paillasse moisie, mère et bougie se retiraient, laissant les deux compères terrifiés et transis sonder le silence nocturne dans la crainte d'une avalanche définitive sous laquelle ils seraient engloutis. Veillant sur le sommeil des parents et tempérant leurs désirs, il y avait, accroché au mur au-dessus de leur lit, et unique luxe de la maison, un de ces phylactères qui proclament des vérités éternelles dans beaucoup de foyers huguenots campagnards : « Le Seigneur est mon berger, rien ne saurait me manquer » — « Tu as vu ton frère, tu as vu ton Seigneur » — « Heureux vous qui êtes pauvre, car le royaume de Dieu est à vous », etc.

Le leur enseignait : « Achetez-vous, O enfants d'Adam, à travers ces choses transitoires qui ne sont pas vôtres, ce qui est vôtre qui ne passe pas. »

Ce devait être à cause de ça qu'en ne réparait rien dans la maison.

Ce fut bientôt juin; le travail approchait de sa fin : il n'y avait plus qu'à couler le béton. Le ciel restait vide d'orages. Quotidiennement, il prenait vers midi la même teinte vitreuse et plombée, mais les nuits splendides lui restituaient son eau, si l'on peut dire. L'aube lavée sentait le foin; un soleil abondant, légèrement gras à cause de l'immobilité de l'air, inondait le cirque et chauffait les pierres jusqu'au moment où cette taie remontait de l'ouest comme une immense paupière morte d'où tombait un jour blême et sans vie qui imposait le silence aux insectes et faisait peser sur le monde l'attente morne et vacante des astres qui s'éteignent.

Souvent, la lente rotation d'un épervier dans cette eau trouble accentuait la torpeur générale de son poids étrange. Le coup partait, cotonneux, flasque, comme rendant tangible son impuissance à envoyer des plombs ou quoi que ce soit de dangereux quelque part. L'oiseau ne semblait même pas accuser leur passage à sa proximité; il poursuivait imperturbablement son vol plané circulaire dans ce ciel de préhistoire, épiant de sa petite tête mobile les mouvements possibles d'une proie.

La silhouette du rapace porté par les couches d'air ascensionnelles se profilait contre le ciel livide avec une netteté anguleuse, une noirceur inquiétante : tout se taisait, comme si les bêtes et le moindre insecte sentaient planer sur le silence stupéfié du cirque cette menace occulte qui agite les basses-cours et alimente les superstitions campagnardes. L'homme, vaguement ensorcelé par cette cible parfaite et presque immobile qui semblait le narguer, suivait encore un moment des yeux les évolutions lentes de l'épervier — probablement un tiercelet, à en juger par sa petite taille. Insensiblement, les cercles décrits par l'oiseau portaient celui-ci au-dessus d'un autre territoire; Reilhan revenait à lui, baissait les yeux, considérait son chantier, les planches éparpillées autour de lui avec une espèce de stupeur. Cette interruption le laissait un instant désoccupé, un peu vacant; il faisait le tour de la fosse en traînant les pieds, allait, venait, ramassait un outil quelconque, hésitait; il regardait encore deux ou trois fois dans la direction où l'objet de sa convoitise avait disparu, là-haut, au bout de cette plage déserte et sans fin, avant de se décider à reprendre son travail; il roulait une cigarette, aspirait goulûment la fumée, et aussitôt il lui semblait retrouver son entrain habituel.

Quelquefois, il arrivait à tuer un corbeau, ou une pie; il demandait à sa femme de les mettre en bouillon : elle s'exécutait en ne lui dissimulant pas sa répugnance, et n'aurait pas touché à cette mixture pour tout l'or du monde. Lorsqu'il ingurgitait le bouillon à grandes lampées, elle l'observait avec épouvante. On lui avait toujours dit que les corbeaux étaient surtout friands de cadavres, et elle ne pouvait s'empêcher de songer à son beau-père, aux joues hachées de coups de bec.

Un soir, au moment de quitter la table et d'aller dormir, il déclara :

— J'ai fini mon co... coffrage ; demain, j'irai acheter le ciment.

Puis, se penchant sur elle et lui donnant une légère bourrade :

— Allez, tu l'auras, ton eau, autant que t'en voudras !

Elle attendait qu'il fût sorti de la pièce pour bougonner : « Oui, à un kilomètre... Mon pauvre Reilhan... »

Là-haut, des grognements lui rappelèrent l'existence de la folle, qui réclamait sa soupe, ou Dieu sait quoi ; elle jeta brutalement deux louches de bajana dans une écuelle et la lui monta pour avoir la paix : ces grognements de bête malade qui hantaient la maison toute la journée finiraient par la rendre folle elle aussi.

L'achat du ciment mangea la quasi-totalité de leurs économies : pas grand-chose, il est vrai, moins de vingt mille francs. Une fois les sacs payés et les armatures de fer, il resta un billet de cinq mille francs que la Noiraude fit prestement disparaître. En cas de besoin, elle ne pourrait guère compter sur l'aide de son père qui, depuis sa maladie, se trouvait lui-même en difficulté, et avait été forcé de donner ses terres à moitié.

— Si seulement ton mari n'était pas si têtu ! Ici, on arriverait à s'en sortir, en vivant ensemble ; les frais seraient moindres, tu le sais bien, toi. Et puis, enfin, dans ce trou, là-bas, c'est pas une vie, pour toi. Tout ce qu'il fait ou rien, d'ailleurs... Vraiment, je ne comprends pas ce qui le retient là-bas...

Le vieil homme se dirigeait vers la fenêtre et interrogeait le ciel dans la direction de Maheux, comme s'il allait y découvrir la réponse. Puis il se retournait vers sa fille et hochait la tête : « Ma pauvre Marie, va... » Et avant qu'elle ne reparte, il s'arrangeait pour lui glisser dans la main un billet de cent francs.

Le soir, rentrée chez elle, elle observait son mari à la dérobée, lorsqu'à la fin du repas, il pétrissait une cigarette toute tordue et perdant son foin, entre ses grosses mains étoilées de ciment, et que le bout de sa langue accompagnait cette manœuvre délicate par toute une série de petits tremblements d'aise et de désir. Elle aussi, elle aurait bien voulu savoir ce qui le retenait ici. Sa liberté, la complète solitude, si profitable aux petites manies, quoi, au juste ? Avec un Reilhan, allez savoir...

Pourtant, à dix kilomètres d'ici, derrière ces pentes raides, tout aurait été plus facile : supporter ça sous le nez toute sa vie, est-ce qu'il n'y avait pas de quoi devenir folle ? Ces immenses travers lui donnaient mal au cœur, et elle comprenait que la raison de sa belle-mère n'ait pas résisté à ce décor ni à cet isolement. Qui sait quand et comment cela a commencé pour elle, se disait-elle lorsqu'elle regardait l'oppressante muraille. Il lui semblait que, de la naissance à la mort, sa vie se trouvait tout entière et implacablement résumée dans cette pente jaunâtre, et celle-ci lui inspirait une irrépressible horreur.

Depuis trois ou quatre jours, le bassin terminé, Reilhan passait son temps à bricoler à droite et à gauche, bouchait un trou par-ci, scellait par-là le cadre branlant d'une fenêtre, mais on voyait bien que le cœur n'y était pas, et que c'était surtout par désœuvrement qu'il faisait ça, et pour utiliser les fonds de ciment. Elle trouvait que son humeur s'était brusquement assombrie. A le sentir rôder du matin au soir comme un chien malade, vacant malgré sa gâche et sa truelle, elle languissait de le voir repartir pour la forêt.

De temps en temps, il se précipitait dans la maison comme un fou, arrachait l'arme pendue à la poutre et toujours chargée : « Tu vas me tuer, un de ces jours ! — Mais puisque je te dis que le chien est baissé ! » et le coup partait sous les fenêtres. Cette excitation qu'il manifestait chaque fois qu'il apercevait un oiseau de proie tournant au-dessus de la ferme intriguait Marie et ne lui semblait pas justifiée.

— Qu'est-ce qui t'arrive ? On dirait que tu as vu un loup dans ta bergerie ! Tu n'as pas de volailles dans ta basse-cour, que je sache... A quoi bon gaspiller ta poudre ? Laisse donc cet oiseau tranquille.

Au beau milieu de l'aire, son fusil à la main, il suivait des yeux le petit rapace, puis, sans un mot, rentrait dans la cuisine et rechargeait l'arme. Il avait un air étrange, un peu égaré. Mais ce n'était pas de tirer sur des éperviers qui remplirait le buffet. Ni même, d'ailleurs, de creuser des bassins ou de reboucher les trous des murs. Au bout d'une semaine de bricolage et de tir à l'épervier, elle n'y tint plus, et un jour qu'il rentrait avec son arme encore fumante à la main :

— Si tu ne fais pas quelque chose d'ici les moissons, nous n'y arriverons pas. Ton ciment a fait fondre comme le beurre nos dernières économies.

Elle s'assit en face de lui et, prenant son courage à deux mains :

— Je ne voulais pas t'embêter, mais... Faut que tu ailles t'embaucher, Reilhan. C'est pas de gaieté de cœur que je te dis ça... Si tu ne ramènes pas bientôt un peu d'argent...

Bouche ouverte, son fusil sur les genoux, il la considérait attentivement, en ayant l'air de ne pas très bien comprendre ce qu'elle lui disait. Elle s'impatienta :

— Eh ben, faut-il que je te fasse un dessin? Nous n'avons plus d'argent, plus rien, tu entends, plus un sou; si mon père ne me donnait pas de temps en temps un billet ou deux... Cette année, pas un champignon, rien! Des châtaignes, toujours des châtaignes, encore des châtaignes, tu n'en as pas assez, toi? Et si la récolte est mauvaise? Et si l'un de nous deux tombe malade? S'il arrive quelque chose à ta mère, nous n'avons même pas de quoi lui payer un cercueil!

Sa voix commençait à s'étrangler — d'une anxiété retenue depuis trop longtemps. Elle se dressa, se mit à aller et venir avec nervosité à travers la pièce.

— Ça fait des mois et des mois que je vois venir ce moment. Il y en a d'autres, bien mieux lotis que nous, qui n'ont pas pu tenir le coup et qui sont partis : tiens, pas plus tard que la semaine dernière, les Rouvière, tu sais, à côté de Cassagnas. Lui s'est fait gendarme. Il a ton âge, et t'es pas plus bête que lui...

Reilhan se leva et accrocha son fusil à la poutre; ses mains tremblaient.

— Ça me fait peine de te dire tout ça, mais je suis bien obligée.... Après les moissons, on verra bien, mais pour le moment, il faut trouver à t'embaucher; sinon, tu n'auras même plus de quoi t'acheter ton tabac et ta poudre pour tes éperviers... Moi, j'ai juste de quoi acheter du pétrole, l'huile de noix est terminée, et il ne nous reste plus de sucre ni de café... Et moi, et moi...

Elle s'abattit sur une chaise et, la figure dans les mains, se mit à pleurer. Elle continuait à parler d'une voix rageuse, hachée de petits sanglots :

— Mais tu en as pas marre, toi, depuis quinze ou vingt ans que tu trimes pour rien! Et ton père en est mort, et ta mère est devenue folle, il n'y a que ton frère qui a compris. Je t'ai laissé faire ton bassin sans rien dire, mais tu crois que c'est drôle, pour moi, d'aller chercher l'eau à un kilomètre... Je n'en peux plus, Reilhan, je n'en peux plus! Et puis toute seule, toute la journée, avec cette folle, là-haut... Et mon père, malade, tout seul lui aussi à Mazel-de-Mort, alors qu'on pourrait très bien s'établir là-bas, élever des poules, avoir des légumes, vendre des œufs, des laitages... Qu'est-ce que tu veux faire, ici? Même pas une fleur, même pas un carré de persil! Rien que ce travers, là en face... Moi aussi, je deviendrai folle, si on ne s'en va pas de cet endroit maudit!

Quand elle leva les yeux, il n'y avait plus personne dans la pièce. Elle s'élança vers la porte :

— Reilhan!

Il dévalait à grands pas vers la source, son fusil en bandoulière.

— Reilhan! Reviens! Écoute-moi!

Il disparut bientôt derrière un pli de terrain.

De la nuit, il ne rentra pas; l'inquiétude la rongeait; quelle bêtise serait-il capable de faire, après tout ce qu'elle lui avait dit? Filer, comme ça, sans un mot... Enfin elle entendit la porte s'ouvrir vers le matin et, en descendant, elle trouva sur la table de la cuisine un lièvre encore mou et tiède, la tête à moitié arrachée : il avait dû le tirer presque à bout portant.

Il trouva à s'embaucher du côté de Marvéjols, chez un ami de son beau-père dont le fils venait d'être appelé sous les drapeaux et qui avait besoin de quelqu'un à tout prix pour l'aider à ramasser ses poires. Outre le gîte et le couvert, il recevait cinq cents francs par jour : ce fut le Pérou pendant trois semaines, durée de la cueillette. Les heures supplémentaires augmentèrent un peu le pécule, il rapporta exactement onze mille cinq cents francs et de quoi faire « péter l'arquebuse »; il n'avait dépensé que pour la poudre et pour son tabac. Voilà qui clouerait le bec à la Noiraude pour un bout de temps. Si de violents orages ne piétinaient pas le blé avant la moisson, la récolte ne serait pas aussi désastreuse qu'une telle sécheresse pouvait le laisser craindre. Une fois terminés labours et semailles, viendrait le temps, marqué d'une pierre blanche dans son esprit, de l'affouage et des hautes coupes : une trentaine d'hectares de fayards, auxquels s'ajoutaient une dizaine en conifères inclus dans les communaux, mettaient un peu plus d'argent dans la boîte en fer et remplissaient le bûcher pour l'hiver.

Dans son programme, un gros point noir : les mois de grande neige, qui l'expédiaient à la scierie. Mais il faut bien vivre. Quant à aller mendier sa vie aux autres... Sur le chemin du retour, il cracha dans la direction de Mazel-de-Mort. Des œufs, des légumes, des laitages... Il se débrouillerait.

— C'est toi...

Elle vint à lui, lui tendit la joue, trois fois; ne l'ayant pas vue depuis trois semaines, sur le moment, il lui trouva une drôle de tête, comme si les traits de son visage avaient profité de son absence pour se transformer, s'exagérer, bouffir; ce qui donnait à ses yeux une expression de gaieté animale et rusée.

Il jeta l'argent sur la table (il n'avait conservé qu'un billet de mille francs).

— Tu vois bien, fit-il, tu te faisais du souci pour rien!

Elle serra les lèvres et mit en soupirant l'argent dans la boîte en fer. Il demanda des nouvelles de ce qui restait de sa mère, là-haut dans la soupente.

— Elle ne mange presque plus, dit-elle, et elle est enragée! Chaque fois que je lui monte son assiette de bajana, elle essaie de me mordre. C'est égal, maintenant que tu es là, c'est toi qui lui monteras son manger : je ne peux plus supporter cette odeur...

Ils dînèrent en silence d'une salade de tomates — naturellement celles-ci provenaient de Mazel-de-Mort, où elle était allée deux ou trois fois par semaine pendant son absence, histoire de passer le temps. Il essayait de la faire parler pour s'assurer qu'il avait reconquis la situation, mais le silence retombait entre eux, craquant d'insectes, sec comme de l'amadou malgré la fraîcheur et l'obscurité de la cuisine, comme prêt à s'enflammer à la moindre étincelle, tant dehors, où le cirque tout entier n'était qu'un grand remou embrasé, qu'à l'intérieur des murs où l'on entendait, dominant la friture d'huile bouillante qui crépitait derrière le rideau pour les mouches, les coups de sonde menaçants et profonds de l'horloge.

Il se servit à boire; et dut s'y reprendre à deux fois pour soulever la cruche.

Sidéré, il vit couler du sable dans son verre.

Marie, très pâle, le regardait.

— Qu'est-ce que c'est que ça, gronda-t-il entre ses dents : sans buter sur une seule syllabe. Lui, c'était l'émotion qui l'empêchait de bégayer.

Une énorme quantité de colère s'amassait dans la

pièce comme une charge électrique. Ils se levèrent ensemble lentement. Une fourchette dégringola par terre et fit un bruit effrayant, comme si tout allait sauter, par contagion.

— C'est ta source, Reilhan.

La babine convulsive, le cou gonflé, la tempe apoplectique, il ouvrait la bouche en grand pour expectorer le torrent de colère mêlée de déception qui l'étouffait, mais d'une voix blanche, méconnaissable, elle lui imposa silence :

— Tais-toi. Assieds-toi et écoute-moi. Tu feras ce que tu voudras ensuite.

Sa voix tremblait tout de même un peu. Plus que ce ton exsangue, ce fut ce tremblement qui doucha sa colère, l'effort qu'elle devait être obligée de fournir pour garder son sang-froid et ne pas s'effondrer devant lui en larmes. Car il se rendait bien compte qu'en des moments pareils il la terrorisait. Mais alors, pourquoi cette provocation inutile? De quoi se plaignait-elle encore?

— Cela fait une semaine que la source ne coule plus. Du sable, voilà ce que j'ai trouvé.

— Le bassin, dit-il d'une voix morte.

— Ton bassin, le peu d'eau qui est dedans a pris goût (c'était vrai : il aurait fallu le laisser se remplir au moins une fois, et le vidanger). Ça fait une semaine que je descends à Saint-Julien tous les soirs avec la brouette et une bonbonne. J'ai dû amener mes chèvres à Mazel-de-Mort, et ton cheval aussi.

Le silence d'insectes afflua dans la pièce. Les coups de sonde de la vieille mécanique semblaient augmenter la tension entre eux et les atteindre en plein cœur; en essayant de déglutir, Marie laissa échapper un petit gloussement de volaille.

— Voilà, mon pauvre Reilhan, ce que j'ai à t'offrir pour ton retour.

Assommé, la tête vide, il resta un moment assis sans rien dire. Enfin il se leva et attrapa machinalement son fusil au moment de sortir.

— Où vas-tu, par cette chaleur?

Il plongea sans répondre dans la fournaise.

L'âcre senteur des genêts poussait au visage des bouffées d'air suffocantes. Le ciel était comme un lac de mercure bouillant ; l'horizon, déformé dans un tremblement de chaudière, se diluait dans l'air gluant : on ne distinguait même pas la ligne qui le séparait du ciel. Entre les flancs du cirque, la chaleur était telle qu'il avait l'impression de glisser dans des épaisseurs de sirops de plantes. Ses oreilles semblaient bouchées par du coton ; le crépitement des insectes affluait parfois comme un immense remous d'étincelles au-dessus d'un brasier.

Plus un insecte, autour de la source, pas le moindre signe de vie : une cuvette blanche, squelettique, abandonnée — morte.

Il envoya la main pour tâter le sable que la Noiraude avait voulu lui faire boire, mais la retira vivement, comme si une bête l'avait mordu : sec, brûlant, chauffé à blanc ! « Bordel de bordel de Dieu ! »

Soulevé d'une rage impuissante, il tira, pet flasque et vain dans l'énorme rugissement de la chaleur, le coup de fusil en l'air, vers ce ciel de colère et de négation qui lui ôtait l'eau et le pain de la bouche au fur et à mesure qu'il les lui arrachait. Mais le ciel était vide et n'avait cure de s'entrouvrir : pas même un épervier sur quoi soulager l'envie de meurtre qui ronronnait à ses oreilles. D'un coup de pied il cassa net le canon de bois de la source au ras du talus : « Salope ! Espèce de salope, va ! » Toutes les économies et la sueur de l'an dernier flambées pour rien ! Tout ce boulot de nègre pour trouver en arrivant un bassin vide et une source tarie ! Ce refus des choses à se donner... Ce refus de la terre à s'abandonner, à livrer sa richesse et son bien ! Cette mauvaise volonté enfouie dans les objets — il regardait haineusement son arme, qui ne claquait même pas assez puissamment pour ébranler la voûte céleste —, enfouie dans le monde ; ces surprises, conmerdepute, qui vous guettent à chaque instant, ces pièges, ces déboires, ces mécomptes, jamais un cadeau de la providence, pas la moindre grâce du ciel, pas même un tout petit orage pour remplir sa citerne ! Ah ! Dieu de Dieu, si seulement Tu descendais !

Hagard, ruisselant comme un taureau de combat, il chercha autour de lui sur quel objet assouvir sa fureur ; ses yeux rencontrèrent un hêtre tout rabougri qui se tenait un peu plus loin tout seul au milieu de la pente, effrayé, prêt à s'enfuir.

Il se précipita sur lui, l'arbre parut se tasser à son approche ; il empoigna le tronc et, d'une irrésistible torsion, fit craquer les racines. Le craquement souple et profond récompensa le terrible effort qu'il venait de fournir d'une onde et d'un giclement de jouissance.

Il ne reparut pas de toute la nuit. Marie pensa qu'il était allé cuver sa colère en arpentant les bois et en braconnant : pourvu qu'il ne soit pas tombé sur un garde ! Elle imaginait toutes sortes de violences, mais, vers le matin, finit par s'endormir d'épuisement.

Le gris de l'aube commençait à peine à découper les trèfles et les cœurs aux volets des maisons de Saint-Julien lorsque les gens qui habitaient le long du vicinal reliant le village à la nationale entendirent dans leur demi-sommeil un roulement sourd et grinçant passer lentement sous leurs fenêtres, pour repasser un moment après dans l'autre sens en écrasant les gravillons du chemin avec un son plus mat qu'à l'aller. Celui qui poussait semblait en avoir gros sur le cœur : il n'arrêtait pas de grommeler tout seul à voix basse comme un ivrogne.

Il n'avait pourtant bu que de l'eau : une bonne rasade, tout à l'heure, qui lui avait un peu ramolli les jambes ; même il avait profité de cette heure déserte pour se débarbouiller à la fontaine, du temps que son tonneau se remplissait ; c'était histoire d'en économiser un peu sur la ration de la journée : tant pour la cuisine, tant pour la toilette de la Noiraude, tant pour ceci, pour cela, il fallait se la suer, la salope ! Passe encore les trois quarts d'heure de descente à vide ; mais pour remonter avec une charge que la côte multipliait, on en bavait pendant une heure et quart au moins, sans compter les secousses que les cailloux et les ravines du sentier imprimaient dans les bras au point qu'en arrivant là-haut on avait les brancards de la brouette dans les omoplates, il en avait fait l'expérience le mois dernier en charriant les sacs de ciment, voilà ce qui l'attendait tous les matins tant qu'un bon orage ne regarnirait pas la citerne et ne referait pas gicler la source. Bordille. Tant que ce ciel de merde ne se couvrirait pas de nuages!

Si le ciel avait eu un minimum de susceptibilité, le regard qu'il lui jetait aurait dû le faire se déchirer d'un bout à l'autre. Mais ce ciel de merde, où les étoiles commençaient à se clairsemer, conservait une limpidité, une sérénité scandaleuses.

Dans toute cette histoire, il y avait un peu de sa faute : s'il avait pris les mêmes précautions que les anciens, la citerne à l'heure qu'il est serait encore à moitié pleine. Du temps de son père, la flotte, on ne la flanquait pas en l'air pour le plaisir, il se rappelait même qu'avant la guerre, c'était le vieux qui la distribuait cruche par cruche, gardant accrochée sur lui à la chaîne de sa montre la clef du cadenas qui bloquait le levier de la pompe. D'ailleurs, à cette époque-là, dans la plupart des fermes où il n'y avait pas l'eau courante, on tenait la citerne bouclée, et personne ne trouvait ça extraordinaire; aujourd'hui que les femmes n'en font plus qu'à leur tête, voilà le résultat. Et par-dessus le marché, cette pute de source qui crève en plein été; ce n'était pas arrivé une seule fois en plus de trente ans, fallait que ça lui arrive à lui, bordel de Dieu de bordel de merde! Si, pourtant : en 1928. Un été qui avait laissé dans sa mémoire une grosse tache noire de soleil. Une chaleur de tous les diables, la terre dure comme du ciment, les chemins et les buissons poudrés de plâtre, les cigales qui devenaient folles et continuaient à chanter après le coucher du soleil. Il n'avait que sept ans, mais on l'expédiait à la corvée d'eau jusqu'à Saint-Julien comme tout le monde : c'était alors dans des bonbonnes, toutes de taille différente, qu'on la trimbalait, sa mère appelait ça des *dames-jeannes*. « Tu as dit merde ? Corvée d'eau à Saint-Julien ! Tu as dit le con, corvée de bois à Ferrières ! La prochaine fois tu tâcheras de parler commyfaut, je t'apprendrai, moi. » On descendait le petit frère assis dans la brouette — celle-ci, naturellement : je vous demande un peu comment on aurait pu mettre assez d'argent de côté pour en acheter une neuve. Ah ! non, il se trompe... Le frangin ne pouvait pas descendre en brouette attendu qu'en 1928, il n'était pas encore né. Mais à la fin, tout s'embrouille.

Il lui semblait qu'à chaque tour de roue de la brouette, ses pensées se déroulaient comme un fil. Une fois que la bobine s'était complètement déroulée, il recommençait à répartir les rations d'eau nécessaires à la consommation quotidienne : tant pour la cuisine, tant pour la toilette de la Noiraude, tant pour ceci, pour cela : il était tellement absorbé par ses calculs qu'il ne se rendait pas compte qu'il parlait à voix haute : « Doit pas t'en rester beaucoup pour arroser la pelouse ! » rigola une voix dans le gris-bleu du petit matin au moment où il traversait le pont de la Mimente avec sa brouette.

C'était Deleuze, un des facteurs de la commune, qui tentait sa chance au ver rouge depuis le pont avant d'aller prendre son service à sept heures. Reilhan avait lâché les brancards, surpris et gêné ; les deux hommes échangèrent quelques banalités. Des demoiselles violettes papillonnaient à la surface de l'eau, crevée de temps à autre par les coups de fouet insolents des truites en chasse.

Reilhan sortit son tabac, roula une cigarette, mouilla le papier :

— T'en fous, toi, de la sécheresse — il suça la cigarette avant de l'allumer — t'habites au bord de l'eau !

On voyait d'ici, dans le petit matin qui prenait des couleurs à vue d'œil, les carrés de légumes du courtil balisé par le vert vaporeux strié de tiges jaunes des saules qui l'abritaient du vent. Une pièce de sainfoin le séparait de la maisonnette du facteur, contre l'appentis de laquelle s'étageaient les caisses grillagées des lapins. Toute cette luxuriance comestible embaumant la verdure et en train de naître, paisible, bien ordonnée, dans le petit jour, était fascinante pour un homme du désert obligé de charrier son eau tandis que d'autres avaient une rivière qui passait sous leur lit !

— Toi aussi, tu habites au bord de l'eau, dit le facteur d'un air entendu, et en feignant de considérer son hameçon dépouillé par les truites.

— De quoi, fit Reilhan, abasourdi.

Le facteur, d'une voix qui répète et s'applique :

— Je te dis : toi aussi, tu habites au bord de l'eau.

Reilhan regardait fixement Deleuze, qui paraissait visiblement satisfait d'avoir fait son petit effet.

— Tu te fous de ma gueule ?

— Je me fous de la gueule de personne. Tu sais que mon père, il était employé de Mairie à Florac.

— Et alors ?

— C'est lui qui s'occupait du cadastre. Un jour, en cherchant le numéro d'une parcelle, il est tombé sur ta ferme. Maheux, qu'il y avait d'écrit sur le registre, combe de Maheux. Au-dessus de chez toi, sur la carte, il y avait un autre mot. Tu sais comment s'appelle la montagne, à cet endroit ?

Le facteur rejeta sa ligne dans l'eau ; on entendit le petit « ploc » liquide.

— Elle s'appelle l'Aiqualette ; il paraît que ça vient du latin, comme l'Aigoual, et que ça veut dire « aqueux ».

— A queue ?

— Oui, aqueux, là où il y a de l'eau. D'ailleurs, ta source, il faut bien qu'elle s'alimente à une nappe souterraine. Les anciens, ils savaient ce qu'ils disaient ; s'ils ont appelé cette montagne l'Aiqualette, c'est pas pour des prunes. Dessous chez toi, je suis sûr que c'est plein d'eau. Seulement voilà, faudrait aller la chercher.

L'Aiqualette. Plein d'eau sous la ferme. Aller la chercher. Reilhan contemplait les raies de légumes qui, là-bas en bas, semblaient le narguer.

Sa tête se remplissait de fleurs et de verdure ; l'espace

d'un éclair, il entrevit une sorte d'oasis qui ressemblait un peu à celles qu'on trouvait dans la vieille bible illustrée de son père, feuilletée quand il était gosse.

— Moi, si j'étais toi, je sais ce que je ferais, au lieu de me crever la paillasse à trimbaler mon eau. Je la ferais sortir de terre au-dessus de la maison et je l'amènerais jusque chez moi. Simple comme bonjour.

— Et si la source coule plus?

— Justement : la source, c'est une chose, la montagne, c'est une autre; même quand tout est sec, il y a toujours de l'eau, là-dessous, figure-toi. La preuve, c'est que dans Combebelle où c'est du granit, le torrent n'est jamais à sec; regarde-le d'ici : il débouche entre les peupliers, là-bas, tu le vois? Tout ce qui est le côté ouest, c'est du calcaire : un véritable morceau de gruyère. C'est juste en face, contre le flanc est, qu'il te faut creuser : dans le granit, tu es sûr de trouver. Recta. D'ailleurs, toutes les vieilles mines abandonnées finissent par se remplir.

Reilhan se souvint qu'effectivement, lorsqu'il était au chantier de jeunesse à Villemagne, il avait découvert par hasard, tout au fond de la vallée du Bonheur, une ancienne galerie, avec sa culée de béton maculée de cambouis où rouillaient les écrous du treuil, complètement envahie par l'eau; un wagonnet renversé gisait au milieu des genêts, et augmentait l'impression de malaise qu'inspirait à tout le monde cet endroit, comme si ses anciens occupants l'avaient évacué en grande hâte. Il est vrai que cette ouverture béante, pleine à ras bord d'une eau noire et glaciale, ne laissait pas de communiquer à l'imagination une sorte d'horreur irrésistible; on se représentait là-dessous des profondeurs mystérieuses, tout un monde souterrain livré à une éternité de ténèbres inertes et liquides et de froid. Ce qui rôdait autour de cette mine, c'était le maléfice du lieu interdit. On y était attiré malgré soi; les hommes qu'on envoyait bûcheronner de ce côté-là finissaient toujours par se retrouver autour de l'ouverture de la mine, essayant de sonder du regard le gouffre glauque où la lumière elle-même, bien que l'eau fût parfaitement limpide, semblait ne pénétrer qu'avec répugnance.

Il se souvint aussi du puits que son père avait entrepris de creuser, rapidement découragé, comme d'habitude.

— Et tu crois que la nappe est profonde ?

— Je ne suis pas sorcier, ni sourcier, mais je peux te dire que, si moi j'habitais là-haut, ça fait belle lurette que l'eau coulerait dans ma piaule.

L'eau à Maheux. Ces mots possédaient quelque chose de magique ; l'hypothèse envisagée se situait de si longue date au niveau des utopies, pour ne pas dire des miracles irréalisables — de ceux qu'on ne prend pas plus au sérieux que la découverte d'un trésor ou le gros lot à la Loterie nationale —, que ses vertus imaginaires dépassaient largement ses avantages réels. Que l'eau coule à un robinet sans qu'on ait à se préoccuper de l'économiser, de l'eau courante, fraîche, vivante, et non cette eau morte, ténébreuse et lourde des citernes — cela paraissait aussi incroyable que de prétendre ramener un cadavre à la vie. A tel point que le colosse lorgnait son interlocuteur sous le nez, allant et venant sans arrêt d'un œil à l'autre pour essayer de déceler le moindre pli de malice, la moindre expression suspecte ; mais non, rien ne clochait, ce dernier avait l'air parfaitement convaincu : « Crever de soif sur un château d'eau, c'est un monde ! Moi, à ta place, je n'hésiterais pas une minute : qu'est-ce que tu risques ? »

Six heures sonnèrent à la mairie de Saint-Julien. Après un dernier regard de convoitise aux raies de légumes du facteur, Reilhan empoigna les brancards de sa brouette et les deux hommes se séparèrent.

— Quand tu auras trouvé l'eau, tu m'inviteras à bouffer un bon gueuleton chez toi, lui cria Deleuze de loin.

Les premières voitures commençaient à circuler sur la route.

Tout en poussant son tonneau, Reilhan sentait comme une crampe bizarre lui travailler doucement les entrailles, il lui semblait que son chargement était plus léger que tout à l'heure, avant qu'il ne se soit arrêté au pont ; il pensait à ces carrés de légumes. Mais il y avait autre chose. Quoi, il n'aurait su le dire au juste. C'était une espèce de mouvement imperceptible dans le ventre, un peu comme ces chatouillements d'excitation que lui provoquait, enfant, l'approche des vacances et le départ pour les grandes aventures forestières. Quoi qu'il en soit, cette étrange fébrilité lui fit perdre si bien la notion de l'espace et du temps qu'il se retrouva, éberlué, au sommet de la côte et donc presque arrivé, sans s'être rendu compte du chemin parcouru comme par enchantement.

Des élancements de lumière grisâtres et orange vif éclaboussèrent le ciel au moment où le soleil couleur de braise et quoique encore très bas, déjà cuisant, émergea lentement des cendres de l'horizon ainsi qu'une monstrueuse planète engendrée par la terre et encore rougeoyante du feu central. On devinait, rien qu'à voir ces dépôts de cendres qui encrassaient l'horizon un peu plus tous les jours, une énorme quantité de chaleur accumulée dedans et prête à tout embraser sur l'aire immense et jaunâtre des plateaux.

Des corbeaux passèrent, nonchalants, crapuleux, et s'abattirent sur les vieux châtaigniers au-dessus de la ferme. Reilhan tendit le cou : il n'y avait aucun épervier en vue. Depuis son départ pour Marvéjols, il n'avait plus eu l'occasion de songer à ces bêtises : tirer avec un mauvais fusil sur une cible inaccessible. Maintenant, il avait d'autres chats à fouetter ; une rude tâche l'attendait au fond de ce cirque, dont il ne dirait rien pour l'instant à personne. L'Aiqualette. L'eau courante ; des fruits, des légumes, des œufs, des animaux.

D'avance, il savourait le succès de sa solitude orgueilleuse.

Lorsqu'elle l'entendit arriver, elle sortit sur le pas de la porte ; elle avait les yeux rouges et battus de quelqu'un qui n'a pas dormi, ou qui peut-être a pleuré.

— Tu aurais pu me prévenir que tu ne rentrerais pas dormir…

Elle s'arrêta, interdite :

— Mais tu es complètement en nage, mon pauvre ami ! Va donc te changer, ou tu vas attraper la crève... Il est dit que cette ferme aura ta peau, et la mienne avec !

Reposant la brouette au sol, calmement il la laissa parler, puis levant la main dans un geste qui ne lui était guère familier :

— Si ça me fait plaisir de me crever la peau, c'est mon affaire...

Il souleva le tonneau et alla l'installer au frais dans la cuisine, sur deux chaises rapprochées ; puis se redressant, cramoisi et la voix coupée par l'effort :

— Pourvu que toi tu ne manques de rien, que tu aies ton tonneau d'eau fraîche tous les matins...

Elle le regarda sortir, anéantie : onze mille cinq cents francs pour tenir jusqu'aux moissons, et cinquante litres d'eau par jour pour le train de la maison, et il avait le culot de déclarer qu'elle ne manquait de rien ! Mais quelle chose au monde viendrait à bout de cet entêtement grotesque et de ses illusions ?

Elle s'assit à la table et se mit à écosser des pois — de chez elle, naturellement ! —, intriguée par le calme inhabituel dont il venait de faire preuve. Quelle nouvelle folie cachait son attitude ? Dans quelle entreprise abracadabrante allait-il encore se lancer ? Maintenant elle avait peur de lui ; non pas tellement d'être battue, bousculée, ou quoi que ce soit de semblable. Sa violence était assez bruyante pour ne pas franchir certaines limites ; et elle ne doutait pas qu'il y ait en lui un code d'honneur obscur qui réduisait à une part de spectacle très personnel le trop-plein de cette violence. Non, c'était plus grave que cela. Elle avait peur qu'il ne devienne fou.

Quarante-huit heures après, au début de la matinée, une sourde explosion ébranlait le sol et se répercutait entre les parois du cirque : c'était Reilhan qui s'essayait à son premier coup de mine.

— Qu'est-ce que tu comptes faire de toute cette poudre ?

Ébahie de lui voir acheter tout son stock de poudre d'un seul coup, la vieille buraliste de Ferrières qui vendait également des cartouches ou de quoi en fabriquer soi-même aux gens du pays depuis un demi-siècle, et présentait les cigarettes et le tabac sans façon, dans le placard de sa cuisine, l'observait à travers ses petites lunettes rondes et luisantes ; deux griffes de moustache accrochées au coin des lèvres comme des barbillons de poisson-chat donnaient à ce visage légèrement mafflu et plutôt jaune quelque chose d'asiatique et de mercantile que les garnements attribuaient jadis à la vente prolongée du « Fil au Chinois ».

Reilhan compta sans répondre deux mille cinq cents francs sur la toile cirée de la table (il les avait chapardés cette nuit même dans la réserve). Vingt-cinq sacs de poudre noire d'une livre, il y avait de quoi écorner de la roche pendant quelque temps ; à raison d'une demi-livre par explosion, cela représentait donc une cinquantaine de mines, et coûtait bien moins cher que la dynamite, certainement plus efficace, mais au prix déjà élevé de laquelle il aurait fallu ajouter celui du cordon fulminant, solution d'un coût prohibitif pour ses moyens — tandis qu'avec la poudre noire, une simple pincée dans du papier journal froissé en tire-bouchon faisait office de mèche ; évidemment, il fallait courir un peu, mais ça fonctionnait très bien, il l'avait expérimenté le matin même avec ce que les éperviers et les corbeaux lui avaient laissé de poudre. Une explosion un peu molle, lente, assez décevante du point de vue bruit, un nuage de fumée qui partait à la dérive et empestait le nitre, une vieille odeur de bataille et de terre remuée qui flottait encore un moment autour du rocher déchiqueté, dont les cassures fraîches faisaient songer à une souffrance muette, affreuse, inexprimable. Le pic et la barre à mine ne chômeraient pas, là-haut, dans cette hêtraie qui dominait Maheux de cinq ou six cents mètres, et dont les dessous moussus et assez tendres disaient des fraîcheurs secrètes, en tout cas devaient bien pomper quelque part de quoi conserver leur souplesse. A part la corvée d'eau qui lui mangeait deux heures tous les matins, mais c'était le salaire de la victoire, il pourrait, du moins jusqu'aux moissons, se consacrer entièrement à cette tâche qui le minait déjà autant que ce qu'il minerait lui-même la montagne.

Au moment de quitter la buraliste, il se souvint qu'il n'avait presque plus de tabac, et allongea trois francs de plus sur la table pleine de mouches ; il empocha le gris, et, son sac bourré de poudre sur l'épaule, il ouvrit la porte, enveloppé aussitôt par une atmosphère de four.

— Tu préfères garder le filon pour toi tout seul ?

Goguenarde, incarnation de la nécessité rassise mercantile et asexuée, elle vint derrière lui à petits pas pour refermer la porte. Feignant de ne pas entendre, il tourna lentement sur lui-même comme une barque trop chargée et s'enfonça dans la glu aveuglante de l'après-midi.

La draille prenait à une centaine de mètres du hameau ; raclée jusqu'à l'os par le passage des troupeaux, elle charriait ses omoplates de calcaire constellées de crottes de moutons, d'un bout à l'autre du plateau ; elle cliquetait et sonnait sous les pieds comme des débris de porcelaine.

Cette tache verdâtre qui coulait, là-bas en face, contre le flanc est du plateau, et tapissait jusqu'à mi-hauteur un vaste pli d'érosion, c'était L'Aiqualette.

Maintenant qu'il y avait ce nom en lui, il se sentait habité comme un homme épris par le nom de celle qui l'obsède. Le nom lui-même faisait songer à ces échassiers paradisiaques qui exécutent en gonflant leurs plumes leurs danses guerrières au bord des marais, sur des pattes fines à se briser comme du verre filé. Chaque fois qu'il y pensait, ça sautillait et ça voletait dans sa cervelle dans un battement d'ailes multicolores.

Il s'arrêta pour rouler une cigarette, posa son sac à l'ombre d'un cade avant de frotter le briquet : gare à la poudre ! Plus à gauche, juste au-dessus des falaises, et à peu près au même niveau que la draille, un rectangle rouge et jaune rapiéçait le plateau : la Grand-Terre, dont le blé neuf avait déjà recouvert par trois fois le souvenir macabre qui la souillait. Les clapiers souterrains la marquaient de pelade çà et là, terre maigre, osseuse comme un thorax de bête efflanquée, orientale, élimé dont le poil famélique, permettait pourtant à trois personnes de survivre et de vivre. C'est là qu'il avait tué cet énorme lièvre, le mois dernier ; à l'affût, cette nuit-là, dans le mastaba devant lequel son père était mort, il avait un peu soulagé sa hargne en tirant l'animal presque à bout portant : flac ! Pas un pli ; raide mort !

Vers la droite, coupant du nord la plus grande partie du Haut-Pays comme un énorme remblai dont la chaleur effaçait pour l'instant les détails telluriques, le mont Lozère, presque entièrement chauve, désertique, planétaire ; à une altitude inférieure et plus près, dominant le Pont-de-Montvert du côté de son versant nord, et les ossements caverneux de Saint-Julien entassés au pied du versant sud, le Bougès arrondissait son échine chevelue, crêtée par la bande noire des sapinières. Du sommet de l'Aigoual, derrière le bastion granitique duquel à l'heure qu'il est le Sud hilare et vaincu flambe et crépite de cigales, jusqu'à celui du Lozère dont les clapiers géants blanchissent l'horizon comme une neige malade, fiévreuse, cinquante kilomètres de ciel, de plateaux, de forêts torrides tremblaient et se déshydrataient dans la lumière pulvérulente. Vers l'est, dont le ciel légèrement plus foncé semblait refléter les champs de lavande du Contadour, un nuage de fumée noire montait des garrigues en flammes.

Cette fumée lointaine inclinée sur l'horizon, qui rappelait vaguement l'époque des bombardements sur le Rhône, prêtait soudain au paysage ce rôle de second plan que lui imposent brièvement les événements historiques ; c'était comme si cette fumée trahissait tout à coup la véritable nature de ce décor d'habitude inviolé par le temps, et qu'elle impliquât, qu'elle appelât tout à coup on ne savait quelle hâte.

Il se levait de très bonne heure, entre trois et quatre heures du matin, de façon que la corvée d'eau soit faite et le tonneau à sa place avant que la chaleur et sa femme ne viennent tout compliquer ; de retour, il tâchait de faire le moins de bruit possible, se réconfortait, après cet effort qui lui laissait les jambes un peu molles, d'un bol de lait froid, croquait quelques châtaignons, et gagnait L'Aiqualette.

Le soleil horizontal remplissait le sous-bois d'une lumière rouge, pas encore assez chaude pour sécher la rosée qui trempait les plantes ; il traversait de grandes flaques d'odeurs immobiles, encore froides de nuit, et qui reflétaient encore le visage nocturne des choses. Quand il arrivait sur le chantier, une lumière éclatante l'enveloppait d'un coup et réchauffait contre ses omoplates la transpiration de la grimpée. Tout en roulant sa première cigarette, il observait avec un calme contentement les progrès accomplis la veille, surpris chaque fois de les trouver plus importants qu'il ne s'y attendait ; toute cette terre et cette rocaille fraîchement arrachées au flanc de la montagne lui apportaient une curieuse satisfaction, comme s'il se fût agi d'une récolte concrète, monnayable, et non pas uniquement celle, imaginaire, d'un travail peut-être inutile. Mais il ne s'interrogeait sur l'opportunité et la réussite de son entreprise que lorsqu'elle ne l'accaparait pas physiquement : au moment de s'endormir, parfois, juste à cet instant où il sombrait dans le sommeil et où il se trouvait face à face avec une réalité inconnue et hostile qui semblait rendre tout saugrenu et vain.

Très vite, la pelle et le pic avaient rencontré une semelle de granit assez compacte qu'il avait fallu attaquer à la barre à mine; mais il ne faisait parler la poudre qu'à la dernière extrémité. Généralement, il suffisait de faire pénétrer la barre d'une dizaine de centimètres et d'exercer une pesée à l'autre bout pour détacher le bloc qui roulait au pied du monticule de terre avec un bruit sourd. Lorsque le bloc, trop lourd, trop profondément enraciné, résistait, il se résignait à employer la poudre, et n'utilisait pour la mèche que le strict nécessaire, quitte à galoper jusqu'aux premiers arbres, distants d'une dizaine de mètres, pour se mettre à l'abri.

Parfois, il arrivait que l'artifice, colmaté plus ou moins bien, fît long feu; Reilhan recommençait l'opération en se répandant en insultes à l'égard du ciel — qui ne s'entrouvrait pas davantage pour le frapper de son courroux qu'en d'autres temps il ne lui prodiguait ses bienfaits; à ce moment-là, il regardait malgré lui dans la direction des falaises, comme pour chercher à sa colère une victime plus substantielle, et si d'aventure au-dessus de leur crête un épervier ou quelque autre rapace tournoyait dans le ciel serein, sa colère tombait d'un coup, ses imprécations tarissaient immédiatement sur ses lèvres, il était repris par sa vieille hantise, lâchant son instrument de travail et se dirigeant vers un hêtre où était pendu son fusil, sans quitter des yeux cette cible vivante et obsédante qui pendant quelques instants lui faisait tout oublier.

Il appuyait le canon sur une branche, visait longuement en savourant cette minute où il tenait sa proie au bout de son arme et où il avait l'illusion de disposer sur elle d'un pouvoir mystérieux. Enfin le coup partait, insignifiant, miteux, rompant aussitôt le charme, et le laissant chaque fois piteux et désœuvré jusqu'à ce que ses yeux retombent sur le chantier et sur cette ouverture qui commençait à se dessiner contre la montagne, et après avoir rechargé le vieux Chassepot, il revenait à son ouvrage, vacant et traînant les pieds jusqu'à ce que le goût lui revienne ; en général, il choisissait ces moments de flottement pour faire une pause, rouler lentement une cigarette, craquait une allumette ou frottait d'un coup de paume la molette du briquet, allumant à la même flamme sa cigarette et la pièce fulminante qui ébranlait la paix matinale d'une sourde et lente explosion dont la poussière et la fumée descendaient paresseusement la pente et interposaient entre elle et le soleil un voile jaunâtre d'où tombait une lumière d'éclipse.

Il déposait les armes vers midi, lorsque les flots d'une chaleur épaisse, beurrée, remplissaient à ras bord l'immense dépression du cirque en exprimant des herbes et de la terre remuée des odeurs sèches et violentes ; il allait s'asseoir sous un hêtre, tirait sa gourde, avalait une lampée d'eau encore assez fraîche, croquait quelques châtaignes, un morceau de fromage dur et alcalin, mâchant avec les yeux en même temps que sa nourriture la terre amassée devant lui et l'éboulis de roche — dont l'importance semblait diminuer au fur et à mesure qu'augmentait sa fatigue, par une sorte de compensation négative. Avant de reprendre son travail, il faisait une sieste jusqu'à deux heures ; c'était le plus souvent une brûlure du soleil sur sa figure qui le tirait brusquement du sommeil ; il lui arrivait quelquefois de mettre un moment à se reconnaître, soit qu'il fût encore à moitié endormi ou que le soleil en tournant eût modifié suffisamment le site en l'éclairant d'une lumière dépaysante. La bouche ouverte, bras et épaules tombantes, il considérait stupidement l'excavation noyée de lumière que le roc à vif réverbérait d'une manière aveuglante.

Lentement, comme à regret, il reprenait son outil en main et, petit à petit, la journée se remettait en marche au rythme de ses bras jusqu'aux plages mauves, de fraîcheur et d'ombre où elle s'échouait le soir.

C'était l'heure où le monde autour de lui se remettait doucement à vivre de toutes ses plantes et de toutes ses bêtes; après la terrible fureur solaire qui délabrait le décor en faisant ressortir ses plaies et ses usures avec une indécence orientale, pouilleuse, mariant la zone industrieuse et le gourbi efflanqué, l'atmosphère retrouvait un peu de sa liquidité matinale, la fraîcheur d'herbe du serein montait des fonds déjà violets où commençaient à s'allumer çà et là, visibles depuis le chantier, des lueurs soufrées que la nuit arrivante révélait aux emplacements des fermes et des hameaux. Il y avait chaque soir dans cet instant une stimulation paisible et plus ménagère, l'envie de se trouver à une table avec d'autres personnes, de boire et de manger en leur compagnie, de traverser lentement les villages bruissants de rumeurs et de voix conversantes, à l'heure où les filles gonflent leurs bouches dans l'ombre vanillée par la brillantine de leurs cheveux, ou par l'émanation douceâtre et amoureuse des tilleuls — l'heure où les costauds poilus de la cinquantaine gaspillent à la pétanque leurs dernières cartouches politiques ou sexuelles, l'heure où les vieux assis sous les platanes branlent du chef, exhument leurs vieilles réprobations en oubliant qu'ils vont mourir cette nuit et que cette histoire de courte durée aura été sans importance.

Plus loin, là-bas, au bord de la mer ou dans les fourrés autour des bals publics, il y en a qui se foutent pas mal que ça ait de l'importance ou que ça n'en ait pas, qui baisent en cadence, et jouissent crapuleusement, comme des chats.

Ses outils rassemblés et roulés dans une bâche pour que la rosée du matin ne les lui rende pas trempés, il descendait à grands pas heureux, foulant les herbes molles d'humidité et le sol élastique qui rendait sa fatigue plus légère à emporter. La réalité qu'il descendait avec lui — bataille contre la montagne, ensemencée de grands horizons et de ce flottement incomparable d'aventure qu'apporte un immense avenir incertain — lui faisait oublier celle qui l'attendait en bas devant la porte, la réalité des lèvres pincées, nez triste, mains crochues, avides de manipuler autre chose que des promesses, et n'ayant que faire d'incertitudes lyriques : la réalité haineuse qui compte et qui spécule, congénitalement frustrée, criblée de convoitises comme une pelote d'épingles, ramenant tout à la propriété immédiate des choses, ladre dans le lit, devant la mort à qui l'on ne prête rien, ou du bout des lèvres, au cabinet, éternelles constipées refusant également de prêter quoi que ce soit au monde dont elles ne puissent par avance escompter un triste profit, perdant tout pour gagner une misère sur la misère et préférant l'épargne et la sagesse médiocre des bourreaux du portefeuille à la folie qui marche les mains dans les poches vides et qui emporte tout son bagage dans le creux de la tête. « Tu nous mettras sur la paille... Nous finirons comme ta pauvre mère, elle m'a encore mordue ce matin... Ton frère a compris, lui, et il doit bien rigoler dans sa Suisse... Dire que j'étais si bien toute seule à Mazel-de-Mort... Si tu crois que tu nous en sortiras parce que tu fais un trou dans la montagne, si tu crois que ça mettra du beurre dans les épinards parce que tu seras arrivé à faire couler l'eau jusqu'ici après Dieu sait combien d'années de bagne... Tu te crèves, tu te crèves, pendant ce temps les autres s'enrichissent, on donne des primes à droite et à gauche, et nous restons là, à attendre que le ciel nous verse sa corne d'abondance. Des fois je me demande si tu n'es pas fou. »

Un soir, sans plus lui répondre que les autres jours, il fit un baluchon de sa couverture, empocha son tabac, deux ou trois poignées de blanchettes, décrocha la lampe tempête, et remonta dormir là-haut, sous le ciel poudré d'étoiles, au milieu des innombrables murmures de la nuit. La lune glissait sur les feuillages lisses, éclatait sur l'herbe en mille morceaux. La nuit était si calme qu'on n'entendait même pas respirer la forêt. Au-dessus du monde des hommes neutralisé par les ténèbres et le sommeil, les roulades des rossignols à travers l'obscurité lumineuse établissaient un autre univers d'une fastueuse sérénité, négligente des différences qui font le malheur des hommes. Le bruit d'un moteur émergeait quelquefois un instant, impur, accidentel comme une scorie dans l'eau claire ; très vite, le ronronnement indiscret retombait dans les canivaux de la montagne, la nuit retournait à sa sérénité stellaire luxueuse, inhumaine, étrangère au temps, sans mémoire, ni commencement ni fin — semblable au visage inexpressif d'une divinité.

Un soir, au moment où il allait s'endormir, il aperçut sur l'autre versant du cirque une multitude d'étincelles bleues comme une traînée de poudre phosphorescente, qui gravissaient la pente en suivant l'orée du bois ; dressé sur les coudes, il suivit des yeux l'ascension de ce scintillement de même nature que celui des étoiles, et qui, avec cette liberté et cette impertinence que trouvent bêtes et choses en l'absence de l'homme, faisait évoluer juste sous son nez une pincée de voie lactée. Lorsque cette poudre d'étoiles atteignit le sommet de la montagne, elle disparut peu à peu mélangée à la nuit bleuâtre d'été, et il demeura longtemps le cou tendu, à retenir sa respiration, les yeux fixés dans la direction où ces étincelles vivantes s'étaient évanouies en lui laissant du vague et du flou dans l'esprit — une fine aiguille de solitude au vif de la poitrine, comme s'il regrettait de n'avoir pu les suivre là où elles étaient parties.

Après quelques heures d'un sommeil minéral, dès qu'il sentait le froid du matin se rabattre sur ses épaules, il se levait, s'étirait, s'exonérait bruyamment de ses ruminations intimes, hautes et basses, et jouissait d'un seul coup d'œil sur le chantier de l'usufruit et des progrès de son labeur quotidien. Le jour blême et incolore qui rasait la crête des montagnes encore dans le noir faisait ressortir peu à peu les taches plus claires sur l'herbe, des rochers concassés et du remblai de sable gris. Les premiers oiseaux s'ébrouaient sur leurs branches et engageaient des poursuites et des règlements de comptes entre les différents paliers de l'arbre ou du bosquet qu'ils habitaient. On sentait monter à travers bois l'odeur des genêtières mouillées — une odeur froide, piquante. Le monde auteur de lui continuait à vivre sur sa lancée personnelle qui n'était pas celle des hommes, insoucieuse et sans projet, tout entière dans la gloire d'un instant de création qui durait depuis quelques milliards d'années.

Mais il fallait pourtant retourner chez les hommes, descendre à Saint-Julien avec la brouette et le tonneau, passer sous les fenêtres des endormis qui avaient l'eau dans leurs cuisines et qu'il voyait parfois en train d'arroser leurs capucines et leurs haricots dans un parfum de terre humide qui semblait le prolongement naturel de l'odeur de pain chaud soufflée par le soupirail de la boulangerie — et qui faisait juter tous les jours si violemment sa salive qu'un matin il ne se sentit plus le courage de résister à la tentation, et qu'accroupi devant le soupirail, il tendit au boulanger stupéfait une pièce de dix sous en échange de laquelle il reçut une demi-flûte de pain qu'il dévora craquant et chaud le nez dans la mie comme un chien affamé son museau dans la soupe.

D'ailleurs, la somme de travail accomplie tous les jours le creusait considérablement; il n'avait jamais attaché beaucoup d'importance à la nourriture, toujours plus assoiffé d'air pur et de grands espaces qu'envieux d'une table bien garnie. Mais sa frugalité commençait à lui réclamer une base plus substantielle que ce pâle et fade bajana qui lui gonflait l'estomac mais ne lui confortait guère le muscle. Aussi prit-il l'habitude — ou plus exactement la reprit-il, car il avait déjà exploité largement et habilement la provende naturelle au cours de sa longue et haute retraite sur la can de Ferrières — de piéger chaque touffe de genêts, à deux ou trois cents mètres de son campement, et d'aller y récolter tous les matins quelques culs-blancs aplatis d'avoir passé la nuit entre deux pierres, et qu'il faisait rôtir incontinent comme au bon vieux temps où ronflait la fronde près de la fosse à ordures. En trois coups de dents, il ne laissait que le bec et les pattes; ça lui mettait un peu plus de cœur au ventre pour attaquer la montagne, fourmi carnivore géante dont les coups de pic affolaient ses congénères microscopiques qui emportaient leurs gros œufs blancs en se précipitant vers des soutes plus profondes.

On fut pas tout à fait vers le milieu d'août sans avoir vu s'écouler ces trois semaines englouties à creuser L'Aiqualette. Et pourtant, la galerie mesurait maintenant sept ou huit mètres de profondeur; parfois, le matin, en se réveillant, il considérait l'ouverture béante au sommet de l'éboulis de terre et de roches, et il lui paraissait incroyable d'avoir réalisé une telle prouesse tout seul et en si peu de temps : il lui semblait chaque fois qu'il venait à peine de commencer.

Maintenant qu'il avait atteint cette profondeur, la progression souterraine, si elle apportait certains avantages de fraîcheur, de pénombre — et en cas de mauvais temps, d'orage nocturne, il pourrait toujours dormir au sec —, posait par contre de nouveaux problèmes. Problèmes d'étayement : il eût été bougrement imprudent, quoique la roche fût assez compacte pour se soutenir toute seule, de continuer à creuser et surtout à ébranler la voûte à coups de mine sans consolider celle-ci par un échafaudage *ad hoc.* L'échafaudage, il l'avait sur place, dans ces hêtres qui tordaient leurs muscles noueux et satinés autour de la galerie, parmi ces granits dont il semblait qu'un mimétisme leur ait donné l'aspect grisâtre. Deux traverses verticales et une horizontale tous les mètres, renforcée, cette dernière, au besoin par un poteau central, offraient une sécurité à peu près illimitée : du reste, n'avait-il pas fait ses premières armes de sapeur à la mine de Villemagne, pour le boisage de laquelle on lui avait fait débiter du rondin à longueur de journée? Il connaissait la taille en sifflet des étais et l'art du cuvelage comme pas un; décidément, le sort vous réserve de ces surprises! Qui aurait dit alors que tout cela lui servirait un jour?

Il y avait un autre impératif : il fallait que la galerie conserve une légère pente *vers l'extérieur* : autrement dit, il était absolument indispensable de creuser en montant.

Un beau matin, il avait fait cette découverte idiote et capitale en essayant de rouler dehors un assez gros bloc de rocher qui n'avait pas l'air de vouloir se laisser faire et refusait carrément de sortir ; après l'avoir copieusement accablé d'insultes, il avait fini par le cajoler : sans cet incident, se serait-il aperçu que la galerie avait plutôt tendance à descendre vers l'intérieur de la montagne, et en ce cas, quand bien même aurait-il atteint la nappe aquifère, comment l'eau aurait-elle pu remonter la pente, sinon par des moyens artificiels compliqués et onéreux ?

Ce jour-là, il avait passé une partie de la matinée à confectionner un niveau d'eau de fortune avec une bouteille de limonade au milieu de laquelle il avait collé deux bandes de sparadrap parallèles qui indiquaient l'emplacement où devait s'immobiliser la bulle d'air, une fois la bouteille remplie d'eau. Bouteille et reste de sparadrap qui dataient de l'accident de son frère, et qu'il était allé dénicher dans un trou du mur au grenier, juste au-dessus de la tête de sa mère qui l'observait, recroquevillée dans la paille, les yeux fixes, et pas morte, ni recuite malgré la chaleur étouffante qui régnait sous les lauzes du toit en cette saison : « Tu crois pas qu'il faudrait sortir la vieille de là-haut ? — Tu n'as qu'à la mettre à l'hospice, après tout c'est ta mère pas la mienne, j'ai bien assez de travail comme ça pour lui monter sa soupe et lui laver le derrière dans cette puanteur et avec un malheureux litre d'eau ! » La guerre était entre eux franchement déclarée cette fois.

Le problème de l'éclairage commençait à se poser au fond de la galerie, un peu plus lente à s'éclairer tous les matins et sombre plus rapidement tous les soirs, tant à cause de sa profondeur croissante que par le fait du raccourcissement des jours, sensible dès le début du mois d'août ; il travaillait à la lueur vacillante de deux bougies qui encadrait chacun de ses mouvements d'ombres désordonnées. Il avait calculé que l'illumination souterraine lui coûtait dix sous par jour, ce n'était pas une fortune mais enfin il y avait intérêt à tomber sur la poche d'eau le plus vite possible.

Bien que moins grave, le dernier problème était peut-être le plus emmerdant : expulser dehors les déblais de la mine. Jusqu'à présent, il charriait les rochers sur le ventre ou en les faisant rouler par terre lorsqu'ils étaient trop lourds ; mais désormais, la distance à parcourir rendait cette tâche de plus en plus fastidieuse.

L'utilisation s'imposait d'un véhicule quelconque qui lui épargnerait toutes ces manipulations incommodes, ces va-et-vient à n'en plus finir avec des dalles pesantes appuyées contre l'estomac, ou ces sacs de jute bourrés de cailloutis à crever. Et qui, naturellement, ne s'en privaient pas, de crever, les enc... !

La brouette.

C'était la seule solution.

Mais alors il faudrait la redescendre tous les matins, sinon, comment trimbaler le tonneau, pendu à son cou, comme un tonnelet d'eau-de-vie au cou d'un saint-bernard ? Ce serait déjà assez pénible de la transbahuter jusqu'ici sans chemin, à travers les broussailles, les souches, les rochers, et par le travers d'une pente à toucher l'herbe du nez ! Répéter cet exploit tous les jours serait une pure folie. Il examinait ses mains, les posait sur sa poitrine : la mécanique a beau être solide, un jour ou l'autre, elle finirait par craquer, à ce régime-là...

Il se sentit envahi par une soudaine montée de découragement. Il sortit à pas lents de sa grotte, s'immobilisa au sommet du cône d'éboulis, dans l'aveuglante lumière d'août, et comme si brusquement il venait de perdre confiance en lui-même, en ce qu'il faisait, toutes ces roches empilées les unes sur les autres ou renversées dans l'herbe, ce trou noir ouvert dans la montagne lui parurent une vaine, harassante et bien étrange entreprise — oui, vraiment, l'œuvre d'un demi-fou. Il se demanda si tous ses efforts serviraient à quelque chose, si ce n'était pas du temps et beaucoup de peine perdus que de s'être lancé sans réfléchir davantage dans une opération aussi ambitieuse et qui se révélait peu à peu être au-dessus de ses forces. En considérant à ses pieds tous les déblais de la mine, il avait l'impression que c'était les ruines de son édifice imaginaire qui venaient de s'effondrer rien qu'à cause d'une brouette. Les ruines de son projet.

Il alla s'asseoir le dos contre un arbre, sentant en lui un grand vide ; il n'éprouvait même pas cette envie de fumer qui récompensait d'habitude une phase de travail menée à son terme. Pas plus qu'envie de tirer avec un mauvais fusil sur une cible inaccessible : il regardait le tiercelet planer tranquillement à la verticale du chantier, sans faire un geste vers le fusil qui pendait tout chargé à une branche. Qu'il plane tant qu'il veut, celui-là, lui était dégoûté de tout. Il se laissa envahir de pensées somnolentes et ne bougea plus : rien que l'idée de descendre à Maheux pour chercher la brouette lui pesait comme une tâche insurmontable, surhumaine. Il se voyait arc-bouté contre cette pente, poussant toute la montagne sur ses épaules, attelé à une brouette dans laquelle, lorsqu'il se retournait pour voir ce qui pesait si lourd dedans, il constatait que sa femme et sa mère avaient pris place. Il essayait de les faire partir, mais elles résistaient et s'accrochaient de toutes leurs forces.

Tout à coup, les brancards lui restèrent entre les mains, et il vit avec horreur la brouette où gesticulaient les deux femmes s'enfoncer dans la pente et prendre de la vitesse. Il poussa un gémissement sourd, comme s'il s'arrachait lui-même à cette chute par une violente ruade, et il se réveilla brusquement : il faisait presque nuit ; il devait s'être endormi de fatigue, et avait fait un cauchemar.

Il crut avoir entendu un bruit anormal et prêta l'oreille : ce n'était qu'un peu de vent qui soufflait par moments dans les arbres. Du vent, il y avait longtemps qu'il n'y en avait pas eu — pas un souffle d'air depuis des semaines : l'été n'était qu'un bloc de chaleur énorme dans lequel tout était enrobé comme dans une cuve de graisse bouillante. Ces quelques soupirs qui agitaient les feuilles des hêtres semblaient aussi prometteurs et miraculeux que le langage de la mer après la traversée du désert. Il se dressa et eut envie d'aller fumer une cigarette là-haut, au-dessus du chantier, vers le sommet de la montagne où ce ressac d'air frais devait apporter des nouvelles du grand large.

La nuit, pleine d'étoiles au-dessus de sa tête, était complètement noire du côté de l'ouest — sauf par instants, où un cillement lumineux d'intensité variable révélait l'architecture et les plans successifs de montagnes et de sites inconnus dont la rétine n'avait pas le temps de fixer les images, et qui laissait juste apparaître à chacun de ses flashes d'immenses cavernes phosphorescentes suspendues entre ciel et terre. Cette illumination silencieuse et saccadée rappelait, plus qu'un orage lointain, ces lueurs intermittentes et de force inégale que les bombardements faisaient palpiter la nuit au-dessus du Rhône et des cités de l'Est.

Assis sur une souche au milieu de la clairière osseuse qui tonsurait le sommet de la croupe, il grilla pensivement sa cigarette, guettant le moindre indice, la moindre saute de vent, la plus infime augmentation d'intensité du cillement électrique qui parut annoncer que l'orage en train de s'amorcer ou peut-être de ferrailler sur les pentes de l'Aubrac ou au-dessus de Rodez allait venir crever par ici et faire changer l'été de cap. Mais la molle répétition d'éclairs continuait à illuminer brièvement et sans bruit les décors de nuages verticaux et, peu à peu, elle sembla s'affaiblir et s'interrompit tout à fait au bout d'un moment, laissant le fond du paysage plongé dans l'obscurité, comme une scène de théâtre devant laquelle la rampe vient de s'éteindre. Le peu de vent qui soufflait tout à l'heure s'était recouché au sol ; il y avait un silence extraordinaire, on n'entendait aucun chant d'insecte ni le moindre glissement dans les herbes : on aurait dit que toute créature vivante venait d'abandonner ces hauteurs et qu'il en était le dernier occupant. Il éprouva une gêne bizarre à demeurer tout seul plus longtemps au milieu de ces bois silencieux, devant cet horizon ténébreux et muet, sous ce ciel noir et sans lune où tremblaient des étoiles disséminées — plus rares, semblait-il, que les autres nuits, comme si le ciel lui-même accusait ce soir une espèce de désertion. Il décida, pour le coup, de ne pas passer la nuit dehors et de dormir dans la galerie : cette nuit morte, déserte, accablée d'on ne savait quelle stupeur, ne lui disait rien qui vaille, et peut-être les moments désagréables qu'il avait traversés cet après-midi y étaient-ils pour quelque chose, mais une fois qu'il fut blotti dans le fond de son tunnel, où, la bougie allumée, il fuma une dernière cigarette, il eut un étrange bien-être à se sentir entouré, protégé de l'extérieur par des milliers de tonnes de roche; là-dedans, il était comme une taupe dans son trou : dès qu'il eut soufflé la bougie et qu'il se fut enveloppé dans sa couverture, il s'endormit au fond de son boyau souterrain comme un enfant entre les bras de sa mère.

Vers le milieu de la nuit, une épouvantable déflagration le tira brutalement du sommeil; il crut sur le choc du réveil que tout avait sauté et qu'il allait être enseveli sous les décombres de la mine; cœur battant à tout rompre, il se précipita dehors et fut accueilli par une immense lueur aveuglante qui déchira l'obscurité pour y laisser retomber dedans le décor qu'elle lui avait arraché l'espace d'un instant; la clarté foudroyante fut suivie de l'énorme retentissement de ces cavernes nuageuses qui étaient venues se former au-dessus du plateau pendant qu'il dormait. Le grondement se répercutait dans des cavités que leurs échos creusaient pour l'oreille un peu partout dans le ciel; il crut sentir la terre trembler sous ses pieds. Chaque coup de tonnerre s'abattait et résonnait au milieu du cirque avec la violence d'une bombe. Ce qui les rendait peut-être encore plus terrifiants, c'est qu'il ne tombait pas une goutte de pluie; il n'y avait même pas de vent. Ce n'était d'ailleurs pas la première fois qu'il assistait à un de ces orages secs qui épouvantent femmes, enfants, animaux par la violence et la fréquence de leurs éclairs, et qu'il n'est pas rare de voir mettre le feu aux granges ou à la forêt. Par moments, lorsque l'éclair se produisait, on aurait dit que le ciel se déchirait avec un bruit très matériel d'étoffe qui s'arrache, d'une incroyable méchanceté. Il fermait à demi les yeux et rentrait la tête dans les épaules. Il éprouvait de la haine pour cette débauche gratuite de vacarme et d'électricité qui secouait et incendiait de ses salves les hauteurs de la nuit sans être foutue de verser une goutte d'eau. Dire qu'il y avait dans ces nuages de quoi faire cesser immédiatement ses ennuis ! Fini, les corvées à Saint-Julien, les pertes de temps, le forçage ; la citerne se remplirait (avec toutes les toitures qui l'alimentaient, elle pouvait se remplir en une nuit) ; la source recommencerait à couler, le bassin lui aussi se remplirait, il irait chercher la brouette dès demain matin, sa femme ne le harcèlerait plus de ses récriminations incessantes, peut-être de nouveau consentirait-elle à redevenir une femme, alors que depuis des mois, malgré le bassin, malgré le lièvre, malgré les onze mille cinq cents francs, ceinture !

L'orage continuait à s'en donner à cœur joie — un véritable feu d'artifice nocturne qui illuminait le plateau de sa lumière froide rien que pour emmerder les gens et semer la terreur parmi les bêtes.

— Si tu crois que tu me fais peur, hurla-t-il entre deux coups de tonnerre.

Il sortit tête nue et cracha vers le ciel ; il aurait aimé que celui-ci ait un visage, soit une personne pour pouvoir mieux l'insulter. C'était peut-être une des raisons pour lesquelles il haïssait le plus l'univers, lorsque celui-ci lui donnait l'impression de contrecarrer sa volonté : être vide, n'être pas quelqu'un à qui tendre le poing, adresser des injures.

Mais à quoi bon se fatiguer pour rien ? Mieux valait rentrer dans la grotte et y rester toute la nuit.

Il serait toujours temps d'aviser à l'aube.

Il eut beau se tourner et se retourner dans tous les sens sur sa couverture comme un chien au fond de sa niche, impossible de se rendormir. Une fois c'était pour se dire qu'il lui faudrait renoncer, mettre la clef sous la porte, tout plaquer, et aller s'embaucher à la mine de charbon ; une autre fois il reprenait courage, décidait de poursuivre l'opération sans s'inquiéter de l'avenir, de descendre à Maheux aux premières lueurs de l'aube pour récupérer la brouette ; il irait chercher l'eau avec deux bonbonnes de dix litres, une dans chaque main : la Noiraude n'aurait qu'à se débrouiller avec ça. Un moment, il pensa utiliser le cheval attelé à un traîneau de fortune, comme on faisait dans l'ancien temps au fond des mines de charbon ; mais il se doutait bien que la galerie tout embarrassée par les poteaux de soutènement ne livrerait pas facilement le passage à l'animal, et même que celui-ci aurait peur de pénétrer dans ce boyau obscur : c'était déjà toute une comédie pour le faire entrer dans la bergerie, dont la porte était beaucoup plus basse et étroite que celle de son ancienne écurie à Mazel-de-Mort.

De temps à autre, il se levait pour aller prendre des nouvelles de l'orage : c'était toujours le même tintamarre, les mêmes grandes trouées aveuglantes dans lesquelles se matérialisaient des arbres, des rochers, des montagnes, des gouffres et des nuages, et il crut entendre la voix de son père, une nuit au cours d'un terrible orage qui avait ravagé la récolte : « Et devant l'Éternel, il y eut un vent fort et violent qui déchirait les montagnes et brisait les rochers : l'Éternel n'était pas dans le vent. » Il haussa les épaules. Il était bien possible que l'Éternel ne fût pas dans tout ce vacarme, et du reste on se demandait où il pouvait bien se fourrer dans tout ça.

Il alla se recoucher et de nouveau se laissa reprendre par l'engrenage de ses obsessions sans parvenir à leur échapper en s'esquivant dans le sommeil.

Alors il se dressait, allumait la bougie, roulait une cigarette, tirait quelques bouffées amères, mais c'était son propre fiel qui, d'amertume, de vindicte impuissante, lui remontait dans la bouche. Pour passer le temps, il donna quelques coups de pic contre le rocher, mais mollement, sans conviction ; il faut dire qu'il se sentait assez faible, n'ayant rien mangé depuis cette poignée de châtaignons d'hier matin ; d'hier matin, car on devait se trouver maintenant sur l'autre versant de la nuit. Il se précipita dehors, ayant soudain cru entendre crépiter le feuillage : non, c'était une puissante rafale qui tordait les arbres et soulevait des tourbillons de poussière et de feuilles sèches, et là encore, son père aurait eu beau jeu d'affirmer que l'Éternel était également absent de ce vent brutal qui fouettait les bois et lui jetait des poignées de sable à la figure. Les hommes ont toujours fait dire aux choses n'importe quoi, ce qui les arrange : bon, ce qui est Dieu, mauvais, ce qui n'est pas Lui. Lui n'a jamais dit grand-chose ; le bon et le mauvais sont si bien mélangés sur la terre qu'on se demande quel jeu Il joue.

A bout de force, et même à bout de colère, il tendit les bras vers ces lourdes nuées noires qui s'accumulaient au-dessus du Haut-Pays : oh ! Si seulement il pouvait pleuvoir... Mais il ne sentait entre ses doigts écartés qu'un vent sec et presque tiède glisser comme du sable. Maudite saison ! Maudit pays ! Maudit désert où les blés, demain matin, seraient piétinés au sol par ce vent stupide, obtus comme un troupeau de taureau ! Et le père, tous les jours, qui ne se mettait jamais à table devant son brouet de châtaignes sans exhaler d'une voix mourante, exténuée : « Seigneur, nous Te remercions pour les bienfaits dont Tu nous inondes. » Si on L'avait remercié pour les emmerdements, la vie entière n'eût été qu'une longue action de grâce. Ainsi, maintenant, fallait-il croire, tout comme Élie devant sa caverne du mont Horeb, que le Seigneur n'était pas dans cette flamme rouge qu'on voyait grandir et s'étendre, attisée par le vent, sur cette lande entre Maheux et Mazel-de-Mort, où la foudre venait de s'abattre, communiquant sans doute le feu aux buissons et aux herbes sèches ? Si l'incendie ne se contentait pas de brûler quelques hectares de lande, et sautait la saignée du torrent, dévorant les bois bourrés de résine, serait-Il ou ne serait-Il pas dans ce nouveau désastre ? C'est à ce moment de la nuit que la trombe d'eau vint fort à propos donner sa réponse grossière, et il ne fallait pas être grand clerc pour pénétrer que l'Éternel ne pouvait pas non plus prendre part à ce déluge brutal, aveugle, qui avait peut-être noyé illico l'incendie sur la can de Ferrières, mais d'un autre côté, comme pour faire payer ce service, écrabouillait au sol la moisson. Dieu n'écrase pas le blé des hommes ; il est d'ailleurs probable qu'Il ne s'intéresse pas du tout ni en quoi que ce soit à ce qui pousse sur la terre.

Appuyé contre la paroi de granit de sa grotte, Reilhan était en train de s'initier à la logique implacable du monde. Il regardait à la lueur des éclairs tomber et rouler au sol des torrents d'eau qui remplissaient les nappes souterraines et les citernes, revigoraient les bois décharnés, et emportaient dans les bas-fonds la terre des champs cultivés. N'avait-on pas cessé de leur apprendre, enfants, que Dieu ôtait d'une main ce qu'Il donnait de l'autre ? « Le Seigneur me l'a donné, le Seigneur me l'a repris, que le nom du Seigneur soit béni. » Ah ben merde, alors !

Il se recoucha, écœuré, las de tant d'absurdité, et s'endormit cette fois d'un coup, comme il arrive souvent lorsqu'il pleut beaucoup.

Il faisait jour lorsqu'il se réveilla : un jour gris, bas, et arrosé d'une petite pluie fine et fraîche. Dehors, il aspira un bon coup d'air humide, qui sentait le terreau, l'escargot et le bois mouillé. On entendait frissonner dans les arbres juste un petit peu de vent. C'était comme un murmure doux et léger qui annonçait tout simplement la fin de ses ennuis et probablement aussi le commencement de nouveaux désastres, car il ne peut en aller autrement sur la terre. Alors il s'enveloppa dans sa couverture car il faisait un peu frisquet, et il se tint sur le seuil de sa mine, écoutant la rumeur du monde, le délicieux frémissement de la pluie sur les feuillages, l'égouttis sous les branches, toute une musique qui après des mois de labeur, de peines, de sécheresse, parlait un langage de réconciliation et de paix. Il n'était pas nécessaire de mêler l'Éternel à toutes ces histoires de nuages, de vent, de pluie, d'éclairs et de tonnerre. L'Éternel s'en contrefout. L'Éternel joue un jeu tellement incompréhensible qu'on se demande s'il n'y a pas que du vent derrière toutes ces histoires.

Un peu plus tard, vers sept ou huit heures, comme il descendait chez lui pour manger un morceau (il n'avait jamais eu si faim de sa vie), le paysage commença à s'éclairer à et s'agrandir, des oiseaux ébouriffèrent leurs plumes en échangeant, presque sans voix après une nuit aussi rude, des espèces de petits grincements rouillés. Le vent qui soufflait légèrement charriait çà et là des flaques de ciel, d'un bleu superbe, neuf, brillant comme de l'émail.

Lorsque sa femme l'entendit arriver, elle ouvrit la porte et fit quelques pas vers lui ; elle avait l'air mi-figue mi-raisin.

— Mère est morte cette nuit, dit-elle doucement.

Et elle lui posa la main sur l'épaule.

Les dégâts étaient considérables : plus de la moitié de la récolte perdue. Il fallut attendre deux ou trois jours de franc soleil pour voir se redresser un peu le poil des champs. La source gargouillait, la citerne était presque pleine, le bassin ne tarderait pas à l'être, la saison était sauvée, c'était la boîte en fer qui ne se remplirait guère.

Il avait hâte d'expédier la routine des moissons, fastidieuses à cause de toutes ces navettes qu'elles exigeaient : la terre cultivée la plus proche de la ferme se trouvait à une demi-heure de marche. Un jour, tout ça changerait.

En attendant, il avait fallu enterrer la vieille, bricoler une caisse, creuser une fosse — derrière le cimetière, qui désormais refusait du monde — et faire monter le docteur Stéphan pour qu'il signe « l'ordonnance des morts ».

« C'est souvent à la fin de l'été que ces choses-là arrivent », avait déclaré celui-ci tout en rédigeant le permis d'inhumer ; et repoussant du doigt le papier en question sur la toile cirée, il avait paru étonné de voir aussitôt tout le monde se lever et se diriger vers la chambre où l'on avait descendu la morte pour ne pas donner à jaser aux gens avec ce grenier. Tout le monde, c'est beaucoup dire ; en fait on était trois : mari, femme et beau-père. Le frangin, lui, s'était contenté d'envoyer un télégramme : « Retenu par gros travail. De cœur avec vous. Lettre suit. Joseph-Samuel Reilhan. » La signature des grandes occasions.

Mais qu'est-ce que ça pouvait lui faire, au docteur Stéphan, qu'on enterre la vieille tout de suite et que le pasteur n'ait pas été prévenu ? D'abord, ça faisait deux ou trois nuits qu'elle était morte, et les gens qui meurent au cours d'un orage tournent plus vite que les autres, vous me direz que maigre comme elle était... Est-ce que ça lui aurait rendu la vie que M. Barthélemy ou un autre vienne débiter ses fariboles sur le corps d'une petite vieille toute ratatinée qui ne pesait guère plus lourd qu'un fagot de sarments farineux ? Simplement, on avait profité de sa présence pour qu'il y ait au moins une personne étrangère à la famille qui assiste à la cérémonie. Disons que ça faisait moins triste, surtout que le docteur était bien habillé, souliers noirs, le chapeau à la main, la cravate, et tout. Il avait réclamé une bible pour prononcer quelques mots sur la tombe : « Ce n'est pas la confession dans laquelle j'ai été élevé, mais peu importe, nous lui devons bien ça », et il avait ajouté : « Nous nous devons bien ça aussi. » Toujours le mot pour rire, ces docteurs. Au moment de commencer son laïus, il s'était tout à coup penché vers la Noiraude, et d'un air bizarre, il lui avait demandé à mi-voix comment s'appelait la morte, enfin quel était son prénom.

Ma foi... Celle-ci avait paru interloquée, et elle avait regardé son mari en tendant le cou et en écarquillant les yeux. Despuech ne disait rien ; il ne le savait pas non plus, ou il ne s'en rappelait plus.

Juliette, qu'elle s'appelait. Oui, c'est ça, Juliette. Mais non, voyons, tu n'y penses pas. Abel avait secoué la tête d'un air entendu : « Si, je te dis qu'elle s'appelait Juliette, je le sais bien, tout de même, non, c'était ma mère, c'était pas la tienne ! » Même qu'ils avaient failli se disputer : « Tu mélanges tout ; depuis que tu es là-haut dans ton puits tu ne sais même plus combien tu as d'oreilles. » Elle voulait à tout prix que sa belle-mère ne s'appelle pas Juliette, je vous demande un peu. Enfin le docteur les avait mis d'accord : va pour Juliette ! Et il avait fait son petit discours en commençant à lire un passage de la bible. Un passage que lui, Abel, connaissait très bien ; il le leur avait dit, après la cérémonie, et ça leur en avait bouché un coin, à sa femme et à son beau-père. Pourtant, il n'avait pas de mérite à le connaître par cœur : c'était le passage que le vieux leur lisait le plus souvent, au moins une fois par semaine, quelquefois deux : « Une bonne réputation vaut mieux que le bon parfum, et le jour de la mort que le jour de la naissance. Mieux vaut aller dans une maison de deuil que d'aller dans une maison de festin ; car c'est là la fin de tout homme, et celui qui vit prend la chose à cœur. Mieux vaut le chagrin que le rire ; car avec un visage triste, le cœur peut être content. Le cœur des sages est dans la maison de deuil, et le cœur des insensés dans la maison de joie. » Des paroles de religion, quoi...

Au moment où le docteur avait regardé sa montre pour s'en aller, on lui avait demandé combien on lui devait pour la visite, le dérangement : il n'avait rien voulu savoir. « Je ne l'ai pas fait payer pour le tirer d'affaire avec son dernier-né, pas plus que pour vous mettre au monde vous, vous ne voudriez tout de même pas que je la fasse payer pour mourir ! » Il avait l'air en colère en disant ça ; il avait regardé une dernière fois la caisse au fond du trou, on voyait un bout d'étoffe noire coincée dans une fente, ce devait être ça qui l'intriguait, puis il leur avait serré rapidement la main en s'excusant de ne pas pouvoir attendre jusqu'à la fin, ni les aider à combler la fosse, et il était reparti, la tête penchée sur le côté, droit sur ses longues jambes, mince pour un homme qui devait friser la soixantaine...

Une heure après, le beau-père les avait quittés à son tour ; à l'allure qu'il marchait, et avec ce gros ventre qui lui était venu, bien qu'il ne mangeât plus grand-chose, il mettrait bien quatre heures pour regagner son havre. Ils s'étaient donc retrouvés tout seuls dans la cuisine, oisifs, vacants à cause de l'heure inhabituelle qui les trouvait d'ordinaire au travail chacun de leur côté, et les endimanchait un peu : c'est vrai, on se serait cru un dimanche après-midi, un jour de fête, ce désœuvrement des muscles laissait remonter la fatigue, et les pensées elles-mêmes étaient trop floues, trop informes pour venir jusqu'aux lèvres. Il était sorti fumer une cigarette sur le pas de la porte. Le printemps d'automne fleurissait le ciel de petits nuages gais comme un champ de pâquerettes ; c'était un ciel de mésanges, d'hirondelles, frais, liquide, azuré, qui donnait envie de marcher le long des chemins, de connaître d'autres pays, de voir l'herbe au bord des routes onduler sous la caresse du vent, d'écouter le frémissement des peupliers dans la plaine. Il l'avait entendue respirer dans son dos et il s'était retourné : elle considérait fixement le grand travers de la montagne en face, elle pinçait les lèvres et plissait son nez, une espèce de moue comme si elle retenait une envie de rire, ou de plaisanter, il ne comprenait pas ce qui lui arrivait, mais tout à coup il avait vu ses yeux se remplir de larmes silencieuses ; puis elle avait ouvert la bouche et dit : « Nous sommes seuls, maintenant. » Gauchement, il lui avait entouré l'épaule de son bras, cela ne s'était plus produit depuis le jour où l'enfant était mort : « Mais non, tu es pas seule, tu es avec moi. Et pourquoi tu dirais pas à ton père de venir s'installer avec nous ? » Elle s'était lentement dégagée : « Je suis seule, tu es seul, nous sommes tous et toujours seuls. Et nous mourrons comme des chiens ! Il avait raison, ton frère ; j'ai entendu ce qu'il disait au docteur la dernière fois qu'il est venu, on c'était peut-être au pasteur qu'il parlait je ne m'en souviens plus. Il disait que nous ne sommes rien. Rien du tout. Il n'y a que cette montagne qui soit quelque chose, là en face de nous. Il vaudrait mieux être une pierre qu'être ce que nous sommes. Si seulement... » Elle avait regardé autour d'elle en hochant la tête : que cherchait-elle ? « Quoi, si seulement... ? » Elle avait essuyé ses yeux, replié son mouchoir, l'avait serré dans la poche de son tablier. « Non, ce n'est plus possible, maintenant ; ce n'est plus la peine. Tu sais, la vie, sans enfants, pour une femme... » Elle était rentrée dans sa cuisine. Il l'avait rejointe au bout d'un moment ; elle était en train de couper dans une casserole d'eau bouillante posée sur le fourneau les pommes de terre que son père lui avait apportées ; elle ne s'était même pas retournée lorsqu'il lui avait déclaré — parce qu'il fallait bien lui dire quelque chose : « Si j'ai pas trouvé l'eau avant le printemps prochain, alors on s'en ira. » Il avait enfilé sa canadienne : la soirée serait fraîche, là-haut. Mais il lui avait tardé de s'y retrouver seul, d'attaquer de nouveau son ouvrage, en plan depuis trois jours — d'en finir avec ces drôles de choses qu'elle lui faisait remuer dans la tête au lieu que ce soit lui qui remue du sable et de la roche : finalement, ça valait mieux que toutes ces misères. Tant que dureraient les moissons, il ne pourrait consacrer à sa passion que deux heures tous les soirs et deux tous les matins de très bonne heure, ce qui justifierait son bivouac dans la galerie ; ainsi, il serait à pied d'œuvre et gagnerait du temps. C'est ce qu'il lui avait dit au moment de partir, tout à l'heure, un peu embarrassé de la laisser toute seule mijoter dans son noir et dans ses larmes, mais quoi, ce n'était que sa belle-mère, et d'un certain côté, ç'aurait dû être un soulagement pour elle que d'être déchargée de corvées dégoûtantes : lorsqu'elle n'est pas du même sang, on dit bien que la chair se révulse devant la chair. Par ailleurs, lui ne tenait plus en place dans ce lit, entre quatre murs, alors que ses outils et sa poudre l'attendaient là-haut depuis trois jours, depuis dimanche matin, après l'orage. La brouette grinçait et tressautait derrière lui, et à mesure qu'il s'élevait le long de la montagne et que le paysage autour de lui grandissait, il avait l'impression de se retrouver lui-même, de respirer plus librement, de recouvrer avec l'ouïe, l'odorat, avec une vue plus nette et plus ample des choses, cette force et ce bien-être qui lui manquaient partout ailleurs.

Il fit un pétard de mine un peu plus puissant que d'habitude, tout le sac y passa, cinq cents grammes de poudre, histoire de dérouiller un peu le chantier — et cette paroi grise et dormante qui n'avait pas lâché un gramme de roche depuis trois jours : tu vas voir, ma mignonne, ce que tu vas prendre dans les calcifs ! Il ensemença le trou, tortilla la mèche de papier journal avec le restant de poudre, bourra en ménageant le passage pour elle, et une fois allumée et grésillante, bondit hors du trou le diable à ses trousses.

Un bon diable : c'était chaque fois un moment rudement excitant à passer; il dégringolait au milieu des rochers, se mussait derrière son arbre, et cœur battant, cou tendu, bouche grande ouverte, attendait la déflagration comme si la montagne tout entière allait sauter avec lui.

Ce mardi soir-là, elle ne sauta pas, mais ce fut tout comme; étreignant le tronc du hêtre derrière lequel il s'abritait, il sentit le coup venir lui résonner dans la poitrine, et quelques dixièmes de secondes après, léger décalage qui donnait à l'explosion on ne savait quoi d'imparfait et de vivant, un nuage de poussière et de fumée violemment expulsé de la galerie vint coiffer son émotion d'une bizarre ivresse; peut-être parce qu'il en était privé depuis plusieurs jours, et que pour saluer son retour il avait doublé la charge de poudre habituelle, cette sensation n'avait jamais été si pointue, si exquise. La fumée s'était dissipée depuis un bon moment qu'il en avait encore les sangs tout retournés.

Là-bas au fond, le résultat obtenu était à la hauteur du vacarme; le sol était jonché d'éclats presque jusqu'à l'entrée. Entre deux lourdes dalles, écartées de la paroi par l'explosion, la lueur tremblotante de la bougie dénicha une tache sombre; il approcha la flamme : du sable! Retenant sa respiration, il tendit le bras, plongea frénétiquement les doigts dans la fissure : sec!

Dépité un instant, il ne tarda pas à se reprendre et consacra une bonne partie de la soirée à charrier dehors à l'aide de sa brouette la récolte de l'explosion.

Il n'avait pas sommeil; vers le mitan de la nuit, il prit son fusil et alla se placer à l'espère, dans cette éclaircie encombrée de grosses souches du milieu desquelles il avait assisté à la formation de l'orage.

La nuit était claire, calme, aussi légère qu'une nuit d'avril; on voyait trembler des paillettes d'argent à la surface de la forêt ; le peu de lune qu'on voyait accroché dans le ciel, comme un croissant de carte postale sous lequel s'embrassent des amoureux, suffisait à faire étinceler la face vernissée des feuilles lavées par la pluie d'avant-hier. Il se souvint du nuage phosphorescent qu'il avait aperçu, une nuit, gravissant la montagne en face du chantier, chose magique issue d'un autre monde, et profitant de l'absence et du sommeil des hommes pour se manifester aux choses de la terre. Qu'est-ce que cela pouvait être ? Quand l'homme avait le dos tourné, le monde se remplissait de choses mystérieuses, d'étranges complicités naissaient entre elles, des alliances inconnues se formaient, dont nul n'avait idée, et dont il ne restait aucune trace à son retour. Mais il fallait une prunelle pure et une oreille exercée pour les distinguer, pour en déceler les traces, comme il déchiffrait jadis celles laissées par les visiteurs nocturnes autour de la borie sur la can de Ferrières. Ainsi le chasseur immobile au milieu d'une lande morte surprend-il peu à peu une petite vie encore intimidée qui s'éveille et s'étire, oublieuse bientôt de la menace embusquée quelque part, et donnant le spectacle insolite et dépaysant au témoin camouflé, de créatures vivantes livrées sans calcul à l'existence — une existence dont les hommes se sentent exclus mais dont certains d'entre eux conservent comme une mémoire obscure.

L'odeur des champignons frais qui poussaient de la tête sous les souches vermoulues finit par l'endormir ; ce fut le cri rouillé d'un oiseau nocturne qui le réveilla deux heures après. Il alla se recoucher au fond de la galerie et se rendormit sur-le-champ.

L'automne fut de courte durée ; de grands oiseaux de passage volant en formation symétrique, noirs et silencieux, précipitèrent l'arrivée de l'hiver. Un matin, en écartant la bâche qu'il avait tendue devant l'ouverture de la galerie pour que le froid de la nuit n'y pénètre pas, il constata qu'il avait un peu neigé ; sauf les fonds estompés dans la grisaille, tout le paysage était blanc à partir d'un certain niveau. Des corbeaux passèrent en croassant dans le ciel pâle et froid, cherchant fortune et pleurant misère; leur cri s'accordait aux sillons des champs labourés qui plissaient sous la neige fine, éclatée par endroits de grumeaux de terre noire. Il y avait un fil de fumée bleue accroché à la cheminée de la ferme. Hier encore, tout était lumineux et chaud. Qu'elle semblait loin, la canicule ! Cette brusque chute dans l'hiver escamotait chaque fois le temps sous les pieds, et pendant plusieurs jours on tournait sur soi-même comme une bête qui ne se reconnaît pas dans sa bauge; on avait un peu l'impression que la seule saison vraiment durable, c'était l'hiver. Les jours de soleil qu'on avait vécus paraissaient aussi mystérieux et fugaces que le lointain trou de lumière de la jeunesse.

Maintenant que les nuits glaciales le forçaient à réintégrer son lit — mais il y avait aussi dans sa décision le désir de ménager sa femme — il avait adopté un nouveau rythme de travail. Debout à six heures, une bonne assiette de soupe avalée, il partait pour la forêt, meilleure à tout prendre que les moissons : il travaillait seul; au milieu des arbres, on est seul sans l'être.

La nuit tombait vite, mais, pour creuser sa mine, il n'avait pas besoin de la lumière du jour. Dès cinq heures de l'après-midi, une fois qu'il avait rentré son voyage de bois et dételé le cheval dont elle voyait, en levant le nez de son tricot, fumer les naseaux à travers la vitre, il se réconfortait d'un bol de bajana et repartait là-haut ébranler sa montagne et écorner de la roche jusqu'à onze heures du soir, parfois minuit. Elle l'attendait pour se coucher, assise près du fourneau, le nez plongé dans son tricot, et il croyait chaque fois voir sa mère, qui avait occupé cette même place et attendu elle aussi quelqu'un ou quelque chose pendant plus de trente ans.

Il accrochait sa canadienne à la patère, posait son fusil, chien baissé, dans un angle de la pièce, s'approchait, fumant, crotté, glacé, rouge et sentant la poudre, tendait ses mains toutes crevassées au-dessus du fourneau :

— C'est moitié sable et moitié rocher depuis quinze jours ; maintenant, je sens que ça arrive. Un de ces quatre matins, tu me verras rentrer trempé comme un rat.

Elle haussait les épaules, repliait son tricot, baissait le tirage du fourneau pour que les braises tiennent jusqu'à l'aube :

— Si tu rentres...

Il n'aimait pas cette voix neutre avec laquelle elle lui répondait ; une voix qui disait son absence d'intérêt, décourageante, découragée. Une voix inhumaine. Il roulait la dernière cigarette de la journée ; quant à cette menace ridicule, très peu pour lui de risquer l'accident : maintenant qu'il creusait dans du friable — ce qui avait le double avantage d'économiser la poudre, presque épuisée, et de prouver qu'on progressait dans la bonne direction — il boisait poutre contre poutre, quasiment : le bois ne lui coûtait rien, que la peine de le couper. Au fond de cette galerie de trente-cinq mètres, il se sentait plus en sécurité que dans son lit.

Elle prenait la lampe, il la suivait dans l'escalier.

— Tu m'enterreras pas encore, va !

Ils pénétraient dans la chambre glaciale.

— Je n'aurai pas besoin de le faire, glissait-elle au moment de souffler la lampe, mais déjà il ronflait.

Par bonheur, ce ne fut pas une année de grosse neige ; il y en avait juste assez pour cendrer la terre et permettre aux allées et venues des lièvres de s'imprimer sur la croûte glacée et de conduire jusqu'à leur gîte : il en tua trois coup sur coup, juste avant les fêtes, ce qui parfuma et enjoliva un peu l'atmosphère rigide et froide de la maison. Avec la vente de l'un d'eux, il offrit à la ménagère une paire de pantoufles chaudes pour la Noël (elle se plaignait d'avoir toujours froid aux pieds). Ce cadeau royal devait la préparer à la nouvelle décision qu'il avait prise depuis plusieurs semaines, et qu'il n'osait lui annoncer : il ne reprendrait pas le travail à la scierie ; il ne se retrouverait pas dans la sciure et le fracas des scies, à essuyer du matin au soir les quolibets de tous les petits besogneux de Florac, qu'il feignait de ne pas entendre, mais qui finissaient, bien qu'il ait la peau dure, par le démanger et le piquer sérieusement : vient un âge où l'épiderme dur aux épreuves l'est moins aux blessures d'amour-propre.

La forêt, la galerie... Maintenant, il prenait le large. Un jour viendrait où, grâce à l'eau, il obtiendrait définitivement son indépendance ; il avait déjà tiré pas mal de plans dans sa tête : au printemps, peut-être... Et en y songeant, il ressentait toujours la même petite crampe d'anxiété au ventre, comme s'il allait sauter dans le vide — peut-être parce que c'est toujours sauter un peu dans le vide que de songer trop précisément à l'avenir.

Tous les matins, le givre collait ses arabesques multicolores contre les vitres ; l'air, dehors, tintait comme du cristal : on entendait le moindre bruit glisser sur le silence avec une grande netteté : aboi d'un chien, effondrement mou et feutré de la neige garnissant les sapins qui se délestaient le temps en temps, égouttis et gloussements du dégel de midi, lorsqu'un pâle rayon de soleil franchissait le voile gris des nuages, grincement d'une charrette, ronflement ahanant d'une guimbarde quelque part entre ciel et terre, à l'assaut épuisant d'un col, ou simplement, vers le milieu du jour, le léger craquement de la neige sous la tiédeur du soleil.

Un jour, comme il se trouvait à la tâche en pleine forêt, il entendit un cri bizarre dans le ciel et, levant la tête, il aperçut un épervier — ou en tout cas un rapace, qui tournait très haut dans le soleil blanc et anémique — lointain. C'était la première fois qu'il entendait crier un épervier ; du reste, enfermé dans son tunnel, il n'avait pas eu, depuis des mois, l'occasion de satisfaire cette manie insolite que la vue d'un de ces oiseaux lui inspirait. Il laissa sa hache plantée dans l'arbre, saisit posément son arme, dans laquelle, grisé par le triplé de lièvres qu'il avait réussi, il triplait également la charge de poudre : on lui avait affirmé que le Chassepot était capable de résister à une pression bien supérieure à la normale, et il l'avait expérimenté plusieurs fois en coinçant le fusil par précaution entre deux rochers et en tirant sur la détente à l'aide d'une longue ficelle. Le résultat avait été surprenant : l'arme tonnait d'une voix beaucoup plus mâle et expédiait ses plombs à une distance beaucoup plus grande : à plus de soixante mètres, il avait retrouvé leurs éraflures sur un tronc d'arbre. Maintenant : gare ! Toute sa vie, le vieux Reilhan s'était baladé avec un thermomètre à la main : pour atteindre une proie, il fallait quasiment l'enfoncer dans la bouche ou dans le derrière de celle-ci. On lui avait conseillé de ne pas dépasser deux grammes de poudre, mettons. C'était le genre de type qui n'aurait jamais essayé de vérifier par lui-même si on pouvait en mettre trois sans se faire péter la gueule. La consigne du zouave ; comme pour la flotte, comme pour tout.

Il prit son temps, visa longuement, le canon appuyé sur une branche, le point noir de l'oiseau vraiment très haut et perdu dans le ciel d'hiver que le froid rendait plus vaste, malgré le voile nuageux ; lorsque le coup partit, il se produisit une chose extraordinaire : comme s'il avait été touché, le rapace exécuta une espèce de gigue en battant des ailes d'une manière désordonnée et en amorçant une chute en feuille morte. Touché ! Reilhan lâcha son fusil et se mit à courir dans la neige comme un fou, les yeux hors de la tête ; son cœur battait à tout rompre. Il l'avait eu ! Il l'avait eu ! L'oiseau, en effet, paraissait incapable de retrouver sa stabilité et de reprendre de la hauteur ; il battait des ailes, ou plutôt, il se débattait et continuait à perdre de l'altitude, comme lesté d'un poids trop lourd. Parbleu, c'était de plomb qu'il l'avait farci ! Il courait dans la neige en écartant devant lui à la hauteur de son visage les branches qui lui fouettaient ses oreilles gelées, essayant de ne pas perdre des yeux sa victime.

Soudain, l'épervier parut se reprendre et, amorçant

un début de vol plané, il plongea derrière une crête du plateau, cent cinquante ou deux cents mètres plus loin. Reilhan, au moment où l'oiseau disparut, crut voir quelque chose se détacher de lui et tomber, trop rapidement pour être une plume à vrai dire. Il parvint bientôt au sommet de l'éminence, rouge, transpirant, hors de lui ; ses yeux exorbités roulaient, inspectaient dans toutes les directions le blanc mat de la neige gelée où çà et là perçaient quelques touffes de genévriers écrasés au sol. Aucune trace de l'épervier, naturellement ; rien qu'un petit rongeur qu'il trouva un peu plus loin étendu sur le dos, raide mort et sec depuis Dieu sait combien de temps. Il le saisit, considéra pensivement dans le creux de la main ce fétiche tombé sans nul doute du ciel, et, troublé, l'empocha. Il avait peut-être touché l'oiseau à une serre ; il ne le saurait jamais. Et tout cas, c'était un coup extraordinaire qu'il avait réussi : arracher sa proie à un épervier qui plane à une telle hauteur lui paraissait un exploit prodigieux, et il ne put s'empêcher, le soir même, d'en faire le récit détaillé à sa femme. Il lui montra le petit cadavre emmitouflé dans sa fourrure. Marie observa le rongeur avec une curiosité teintée de dégoût :

— Jette-moi ça au feu tout de suite, veux-tu ; ne dirait-on pas que tu as décroché la lune !

Reilhan ne répondit pas, mais, ouvrant la porte et sortant comme s'il allait se débarrasser de la chose, il la fourra rapidement dans un trou du mur à l'intérieur de la remise où nul ne la dénicherait. Au moment de s'endormir, il se demanda si l'épervier avait pu aller crever plus loin, ou si simplement les plombs en lui fouettant les ailes l'avaient affolé. Quoi qu'il en soit, il s'était passé quelque chose — et à quelle altitude ! —, il avait fini par atteindre cette cible ensorcelante qui, périodiquement, traversait son ciel et réveillait en lui la plus singulière et la plus gratuite des curiosités.

Le lendemain, par une manière de compensation où la quantité remplaçait plus ou moins la qualité, il tua quatre corbeaux de taille respectable, et en quatre coups de fusil — ce qui à ses yeux donnait une plus-value secrète à cette proie médiocre ; qu'il ne ramassa d'ailleurs même pas et abandonna dédaigneusement aux renards. Il regardait le ciel inhabité, fixant le soleil terne, et sentant se creuser en lui le même désir confus et insatiable.

Cet hiver-là, n'eussent été les chèvres, on les aurait peut-être retrouvés morts de faim — ou salement anémiés, c'est le moins qu'on puisse dire ; non pas que celles-ci donnent encore du lait en cette saison : ils les mangèrent. Et le plus drôle, c'est qu'il soit arrivé à lui faire accepter sans drame de manger ses propres chèvres (elles les appelait : « mes compagnes ») ; ils en firent rôtir une, qui leur dura la semaine ; les deux autres furent salées et pendues dans la remise glaciale ; tous les matins, Marie allait en découper un morceau dur comme du bois, avec lequel elle accommodait sa soupe, ou quelque ragoût. Elle aurait peut-être fini par accommoder son chien lui-même en sauce avec la même terrible soumission. L'univers dans lequel tous les deux vivaient maintenant n'était plus celui de tout le monde. Lui ne pensait plus qu'à sa galerie, sacrifiait tout à cette tâche démente, et elle, lui obéissait, entrait dans son jeu avec cette passivité sinistre qu'on destine aux fous et que leurs lubies et leur cruauté imposent.

Lorsqu'il lui avait appris son intention de ne pas reprendre le travail à la scierie de Florac comme les autres années, elle n'avait pas réagi davantage qu'elle ne s'était indignée du sacrifice des chèvres — et elle ne broncha pas non plus lorsqu'elle le vit un matin charger sa crédence sur le charreton d'un brocanteur qui passait la région au crible et était en train de faire fortune en dépouillant les fermes de leurs vieux meubles, ou même en arrachant les poutres et en descellant les pierres des cheminées dans les bâtiments en ruine. En l'espace de deux mois, l'homme revint trois fois faire le vide dans les pièces ; elle prêtait main-forte, au-delà de toute réaction, pour déménager le meuble dont le montant de la vente s'envolait par moitié en nourriture et par moitié en fumée au fond d'une galerie qui dévorait une maison et le travail de deux générations ou trois avec la goinfrerie aveugle et sans limites d'un Moloch.

Gêné de la voir inerte devant cet holocauste, il lui concédait quelques instants de son temps précieux pour essayer de ranimer entre eux un semblant de relation, et prenait cette voix de gorge qu'ont parfois les bourreaux lorsqu'ils s'attendrissent sur leur victime, ou qu'ils en ont besoin :

— Tu verras, là nous mettrons des légumes, ici des fleurs ; le poulailler, il faudra le disposer à l'abri du vent, qu'est-ce que tu en penses ?

Que voulait-il qu'elle pense ? Ce n'était pas avec des ruses aussi grossières, en lui donnant l'illusion qu'elle disposait d'un pouvoir de décision quelconque, qu'il la ferait sortir de son mutisme, de son dégoût, de son indifférence.

Elle retournait s'asseoir devant son fourneau, se remettait à son tricot dans cette pièce désertée de ses meubles, plus vaste et plus froide que jamais.

Et le silence retombait entre eux, prenait, se figeait comme de la graisse froide, si lourd qu'il leur devenait de plus en plus difficile de le soulever, de le briser avec des mots.

Un soir, pourtant, comme arrivant de la mine il versait un peu d'eau dans la cuvette pour se décrotter la figure devant elle, elle leva le nez de son tricot et le considéra un moment du fond de ce silence, puis elle eut un sourire glacé, terrible, pour dire d'une voix dolente, mourante, quelque chose qui le pétrifia ; il fut obligé de sortir pour ne pas lui montrer qu'il était devenu tout pâle. Il avait même honte de s'adresser la parole à lui-même, de rester en tête à tête avec sa propre conscience, et pour se changer les idées il entra dans l'écurie, s'adressa au cheval, fit beaucoup de bruit avec des ustensiles, de façon à retrouver un peu ses esprits. Tout ça n'empêchait pas qu'elle l'avait surpris en train de falsifier la vérité; elle avait dû monter là-haut et se glisser dans la galerie pendant qu'il y travaillait; fallait-il que le sort soit contre lui pour qu'elle ait eu l'idée d'entrer juste au moment où il jetait un seau d'eau contre la paroi sablonneuse dans laquelle il piochait! Comment lui faire admettre que ce n'était pas tellement pour la tromper qu'il avait fait ça, c'était pour la faire patienter, cela lui permettait de rentrer le soir crotté jusqu'aux sourcils afin de la rassurer un peu sur l'aboutissement de cette entreprise, sur son bien-fondé. Et elle l'avait démasqué!

Il allait se sentir complètement nu devant elle.

Tout en étrillant le cheval mille fois au même endroit, sans faire attention à ce qu'il faisait, il passa dans l'écurie un horrible moment.

L'étrille à la main, il laissa retomber son bras; peut-être avait-elle raison? Peut-être fallait-il être fou pour s'acharner ainsi dans le vide, dans le noir, pour rien, pour tout perdre?

Le temps passait, vertigineusement. Hier, l'été; ce matin l'automne, ce soir l'hiver, demain matin : le printemps, on était en mars. Pendant qu'il bradait le peu qu'il possédât, d'autres vivaient, s'enrichissaient, voyaient approcher avec sécurité l'âge de la retraite. Lui consumait sa vie, ses biens en poudre noire.

Il laissa tomber l'étrille au sol, se dirigea vers la porte comme un automate, sortit. Le ciel était découvert, il faisait froid et beau, de nouveau le Haut-Pays appareillait pour les grands ciels mouvementés de printemps. Quelque chose remuait faiblement dans sa poitrine, une chose longuement couvée qui allait mourir. Il fallait s'en remettre à la raison — à ses raisons à elle, la victime triomphante! Quitter Maheux, quitter tout ce qu'il aimait, pour vivre coincé entre une épouse victorieuse (si tu ne m'avais pas eue... Tu n'as qu'à te taire) et un moribond qui jaunissait à vue d'œil et n'en finissait pas de mourir ! Mais ce n'était pas le pire.

Le pire, c'était de tout lâcher, de renier en quelque sorte ce qu'on avait été jusqu'à présent, de se répéter que tout ce qu'on avait fait n'avait servi à rien, qu'à rendre la chute plus fascinante, l'échec plus irréversible — captivant comme une source vénéneuse — bref, de devenir quelqu'un d'autre.

Subitement, il s'arrêta de faire les cent pas, regarda autour de lui comme s'il était en train de se réveiller d'un cauchemar ; il est à peu près certain qu'il dut avoir un moment de flottement extraordinairement atroce pendant lequel il ne sut plus très bien qui il était ni ce qu'il fabriquait dans cette histoire délirante. La paix nocturne étendait devant lui ses grands espaces bleus. C'est là qu'il se sentit témoin de lui-même, étranger rempli d'étonnement. Que c'était bizarre, cet état intermédiaire où il n'était ni bien ni mal, ni tout à fait lui-même, ni tout à fait quelqu'un d'autre. On aurait dit que ses pieds ne le portaient plus, qu'il venait subitement de perdre tout son poids.

Il restait là, assis sur le petit mur usé ceinturant l'aire où son frère, jadis, autre fou, venait bâtir ses tours de fumée...

Des tours de fumée... Voilà à quoi les gens passent leur vie : à construire des tours de fumée... A tirer avec un mauvais fusil sur une cible inaccessible... A brûler des meubles, à laisser des champs en jachère et des cultures à vau-leau pour s'enfermer dans un désastre irrémédiable — à couper, sauvagement, derrière eux les ponts de la réalité, à préférer l'ombre à la proie, à se punir, à se priver, à s'empêcher d'être au monde et aux autres pour être soi nulle part, c'est à peu près ce que rabâchait désormais le docteur Stéphan à son épouse, et singulièrement depuis la mort de cette pauvre veuve séquestrée de Poitiers-Maheux, plaisantait-il, qui elle aussi vivait hors du monde, dans sa chère petite grotte, des gens qui vivent dans des grottes, des troglodytes de la pensée, voilà ce que nous sommes tous, et tu ne m'empêcheras pas de croire que ce n'est pas l'eau que ce crétin vertical cherche dans cette montagne.

— Mais qu'est-ce que tu en sais?

— Je le sais parce que j'en suis la première victime. Je vais te dire, je vais te dire : les hommes n'aiment rien tant que ce qui les tue. Les hommes n'aiment que la mort. Et Dieu n'arrange pas les choses. Du moins le leur. Le nôtre. Celui que nous cajolons. Qui sait, il m'arrive de rêver que l'histoire de la création reste à écrire, et peut-être Dieu, s'Il existe, va-t-Il se décider à changer son fusil d'épaule. S'Il n'existe pas, alors nous sommes faits comme des rats, parce que nous aussi nous avons creusé notre galerie depuis si longtemps que l'obscurité s'est refermée derrière nous quasi définitivement, et seule une catastrophe pourrait sauver l'avenir.

— Je n'ai jamais compris qu'on puisse être à la fois lucide et ensorcelé.

— Parole de femme, parole luciférienne : il ne faut pas confondre avec la vérité l'explication de la vérité. Parce qu'un milligramme d'espérance — venimeuse araignée qui refait continuellement sa toile pour nous engluer — est une charge plus puissante que la puissance de l'univers. Et je ne suis pas si sûr que tous ces gens aient tort de tricher : la réalité est horrible, celle qui est, et celle qu'ambitionnent pour nous les spécialistes.

Qu'est-ce qui s'est passé à ce moment-là dans sa tête? Il a dû prendre la décision de tout arrêter, de liquider cette ferme maudite, de suivre sa femme à Mazel-de-Mort. Il est rentré pour le lui dire, mais elle s'était déjà couchée, et elle dormait, ou faisait semblant. Et là il aurait peut-être fallu que la chance s'en mêle. Mais la chance, c'est le plus souvent une grâce qui tombe sur ceux qui n'en ont pas besoin. Quoi qu'il en soit, elle n'aurait jamais dû faire ce qu'elle a fait. D'un côté, c'est compréhensible; mais on n'attrape pas les mouches avec du vinaigre, et en le vexant de cette façon, au vu et au su de tout le monde, il fallait bien s'attendre à ce qu'il se braque, s'opiniâtre, et se barricade définitivement dans son idée fixe.

Le lendemain matin, à la pointe du jour, il grimpa là-haut pour récupérer ses outils. Il se sentait toujours un peu flottant, hésitant, étranger à lui-même, entre deux eaux, quoi... Il empila tout sur sa brouette, outils, poudre, bâche, lampe, et redescendit dans un état second, comme quelqu'un qui se réveille après une longue anesthésie. Si seulement le destin, la chance, la providence, lui avaient tendu la main. Mais justement, le destin, providence aveugle, donne et ne donne jamais le petit coup de pouce que dans la direction où l'on penche.

Il arrête sa brouette devant la porte. Il l'appelle de dessous la fenêtre de sa chambre : « Marie ! Marie ! » Tout content de lui annoncer la nouvelle. C'était une de ces petites joies compensatrices qui font qu'on ne se lâche jamais des deux mains. Elle serait radieuse, et ce serait le commencement de l'avenir. Marie ! Marie ! Il aurait pu l'appeler comme ça jusqu'à la Saint-Glinglin. Il rentre, il monte, ouvre la porte de la chambre, le lit est vide et il n'a pas mis longtemps pour comprendre qu'elle était repartie chez elle lorsqu'il a vu l'armoire — sauvée jusqu'à présent du brocanteur — grande ouverte — vide.

Il dégringole l'escalier, fait le tour des communs, descend jusqu'à la source — Marie ! Marie ! — par acquit de conscience. Il remonte en courant, pénètre dans la cuisine, où le fourneau mort et l'âtre froid l'attendent pour lui dire ses quatre vérités. Que son enfant est mort, qu'il lui a vendu ses meubles et fait bouffer ses chèvres, mais il ne veut rien entendre : ce qu'il voit de plus clair dans tout ça, c'est qu'après une nuit de torture, il venait faire amende honorable, il lui rendait la plus grande partie de la vie qu'il se doutait bien qu'il lui avait volée en l'épousant, mais elle avait préféré le mettre devant le fait accompli ; et alors, dans sa tête, il fit, à toute vitesse, défiler les événements à son avantage. En somme, il fit repasser le film à l'envers pour reprendre les choses là où il les avait laissées la veille, au moment où la terre lui avait manqué sous les pieds. Aucune raison de céder. Ils allaient voir ce qu'ils allaient voir; ah! la salope! Le planter seul avec tout ce qu'il avait fait pour elle! Le bassin, la source, l'embauche à Marvéjols, des catholiques qui le regardaient par en dessous à table, et comme il s'en était étonné auprès du maître de maison, celui-ci, embarrassé : « Le curé nous avait dit que les huguenots ont un œil à la mitan du front. » La corvée en brouette, le sillage d'yeux et de murmures dans son dos, tous ces cons de Saint-Julien — et puis enfin toute la misère de la vie qui vous revient en mémoire, ces blessures d'amour-propre qui vous poursuivent depuis les bancs de la communale, les injustices du sort qui s'acharne là où il comble autrui, est-ce qu'il n'était pas légitime de vouloir prendre sa revanche sur toutes ces humiliations accumulées, auxquelles on n'aurait même pas prêté attention dans l'abondance ou la réussite; c'était maintenant le foutre qui le reprenait, cette ivresse mâle, il saisit une chaise et, de toutes ses forces, il la brisa en miettes contre le mur.

Tendant le poing dans la direction de Mazel-de-Mort, il s'acharna sur les débris : « Salope! Salope! Salope! » Puis il se laissa choir sur la dernière chaise de la maison, et, la tête entre les mains, pleura. Une grosse voix gutturale et bourrue, secouée de hoquets qui remplissaient la maison d'un meuglement de bête malade.

Un printemps amer, sauvage, océanique, descendu d'Aquitaine plus que monté du sud, poussait devant lui de grands nuages rapides au ventre couleur d'ardoise, et secouait la forêt en faisant mousser du soleil haché sur les tapis d'or fin de l'herbe neuve. L'eau coulait partout, libre, anarchique, vernissait les grandes dalles verticales, les murs d'ombre, les cimetières d'orties, la terre noire des champs de pommes de terre, dont elle exhumait les paillettes de mica. Une année de soleil et d'eau, avec des plages de calme au milieu de la journée, chaudes comme une bouche... Les taillis sous le vent échangeaient leurs oiseaux comme des jets de pierres. Au fond des dolines, des sotchs, le ciel de nuages voyageait dans les mares fripées, glaçantes sous ce vent celte qui meuglait à travers les causses comme un troupeau d'aurochs. L'herbe emportait à l'infini les larges foulées de son passage invisible et sonore, et, derrière les vitres bleuâtres, des vieilles tendaient le cou pour suivre des yeux l'ombre d'un immense vaisseau traversant les blés qui s'écartaient, encore à peine gazon, sur son sillage. On voyait galoper derrière lui une harde de petits nuages qui escaladaient prestement les talus et sautaient les murettes du même vif élan. Le vent tonnait dans les ruelles, venelles, porches où il s'engouffrait à couper le souffle, gouffres miroitants des puits. Le jour tournait, se métamorphosait, avec les prompts revirements explosés des kaléidoscopes : d'abord, à la prime heure, le luisant blême des pierres et des toits mouillés dans une aube pluvieuse et couleur d'étain. Matinées venteuses, nuageuses et soleilleuses avant l'escale de midi, où parfois le vent jetait l'ancre. Le hameau, le village apparaissaient alors comme en été, dans une clarté plénière, mais le grillage sévère des branches lui conservait la noirceur essentielle de l'hiver. Il ne pleuvait jamais le soir, mais le ciel s'ouvrait au contraire, vaste et multicolore, vers le couchant, l'océan, l'ouest somptueux, les Amériques – l'Amérique du Nord, l'étoilée, à laquelle avaient appartenu ces plateaux à l'ère des trilobites. Le Haut-Pays reprenait la mer au crépuscule, et remontait le vent dans la direction de l'étoile Polaire.

Le matin, il fallait se laver à la source, boire où venaient boire les sangliers; la barbe, il ne la coupait plus. Plus de femme, à quoi bon se raser. Le bassin débordait d'une eau luisante et bleutée, comme l'eau des glaciers – dure et d'acier : une fois lavée, la figure restait insensible un bon moment. Il y avait un irrésistible galop de vent à travers les prés en pente du cirque qui annonçait l'ascension du soleil car maintenant le ciel lavande était au beau : plus de pluie; du vent et du soleil.

Il s'étirait dans la lumière rouge et horizontale, les bras, les reins et les jambes encore un peu en cendre, de fatigue. Ce n'était pourtant pas l'humidité de la galerie, où il dormait sur une botte de paille, qui lui rouillait les articulations : du sable sec et de la rocaille, un sahara souterrain, déversé dehors brouette après brouette, au sommet d'un éboulis de vingt mètres et plus de hauteur. Toutes les dix brouettes, il posait le pic, la barre à mine, débitait des troncs, boisait; ses gestes s'enchaînaient les uns aux autres d'une manière mécanique, un long repos de la pensée, un oubli du passé, une mise en veilleuse de l'avenir. Le présent immuable, pesant autour de lui, plusieurs centaines de millions d'années prises dans plusieurs centaines de millions de tonnes de roche, et le silence — non pas un silence respirant, mobile, mais un silence minéral aseptique auquel parfois, trompé par une rumeur des artères, il tendait l'oreille pour essayer de localiser ou de surprendre un égouttement, une déglutition lointaine. Que le monde change, dehors, bouge, luise, ait des couleurs, paraissait au bout de plusieurs heures de forage une chose si improbable que chaque fois, sortant pour évacuer les déblais ou fumer une cigarette, il en était comme saisi, et l'œil alors ne se lassait pas de se vautrer dans le bleu et le vert partout mariés à travers cette forêt de plein ciel.

Parfois, il entendait une voix qui le hélait d'en bas : « Holà ! Courrier ! » C'était Deleuze, qui glissait sous la porte des dépliants publicitaires — ou, très rarement, une feuille rose froissée rageusement et brûlée dans le fourneau : l'État, ici, merde alors, et puis quoi encore… — couché dans sa litière souterraine, il les compulsait à la lueur de la bougie, la journée finie, séduit par les couleurs chatoyantes et la précision agressive de ces produits d'un autre monde : Homélite, Mac-Culock, engin mi de travail, mi de guerre, qu'on épaulait devant les arbres, semblait-il, comme une mitraillette.

Un sentiment très trouble alors l'envahissait : le même sentiment que lorsqu'il apercevait dans le ciel grondant de toutes ses profondeurs le fuselage étincelant d'un grand courrier, symbole d'une nouvelle prouesse du monde, née ailleurs et survolant les vieux territoires avec la hautaine splendeur des races conquérantes. En ces instants-là, il se sentait écrasé au sol, comme rempli de ténèbres et de plomb, hargneux contre elle, que cette jeunesse orgueilleuse et véloce lui fût à jamais interdite — à lui, de la vieille race des hommes-arbres, plantés et enterrés en pleine terre, lui qui s'unissait au monde dans sa haine et dans sa passion comme s'unissent la mer et le ciel, la chair et l'ongle, dans une étreinte douloureuse et puissante, et combien dérisoire pourtant en face de ces instruments vainqueurs, d'une irritante et spectaculaire efficacité.

Il jetait les papiers dans un coin, se lovait sous la couverture, plongeait dans l'asile du sommeil d'où il ressortait quelques heures plus tard lavé de ces inquiètes et passagères tentations, frais, lisse, poli comme un galet de la rivière ; il remontait et redescendait dix fois de suite la galerie dans toute sa longueur, pour en jouir comme d'un bien acquis — même pas par vanité de ce qu'il était arrivé à faire tout seul, mais parce que ce qu'il avait fait lui paraissait beau et satisfaisant en soi, ce tunnel souterrain étayé de poutres et plongeant en droite ligne au cœur de la montagne possédait désormais sa propre fin, c'était de la belle ouvrage, une fouille exécutée dans les règles de l'art, et même avec un soin maniaque, le sol était d'une propreté jalouse, et ce serait presque dommage de ne s'en servir que pour tirer de l'eau d'une montagne. A quoi cela pouvait servir d'autre, ma foi, il eût été bien embarrassé pour le dire, mais s'il fallait supprimer de la surface de la terre tout ce qui ne sert à rien et obsède les hommes, on n'en finirait pas, et il en était arrivé à ce point où la persévérance tourne à l'obstination, où, dans un affreux moment de doute, l'idée qu'il pût creuser pour rien, avoir tout gâché pour rien, le rejetait à son ouvrage dans une sorte de fureur aveugle. Il avait alors l'impression que la seule solution, la seule façon de s'en sortir était de poursuivre dans la même direction et de poursuivre encore — quitte à passer de l'autre côté de la montagne, tonnerre de Dieu de tonnerre de Dieu !

A cette éventualité — sans doute charmante d'un point de vue symbolique auquel ne peuvent guère être sensible que des coupeurs de cheveux en seize chevronnés — il sentait, mais vraiment il sentait littéralement son sang se glacer dans ses veines et le cœur s'immobiliser dans sa poitrine ; lâchant ses outils, il errait dans le tunnel, allait faire les cent pas dehors, prenant son fusil pour se donner à soi-même sa propre contenance. Traverser la montagne et ne rien trouver, impossible ! L'Aiqualette ne pouvait pas être vide, puisqu'une source jaillissait à même altitude que la galerie dans la vallée de

Combebelle — et il y avait sa source à lui, là-bas en bas, non, non, après tout, il n'avait jamais creusé que cinquante mètres dans une montagne qui devait bien mesurer à cet endroit sept ou huit cents mètres d'épaisseur, à quoi bon se tourmenter pour rien, creuse, creuse, Reilhan, et ne te laisse pas influencer par des idioties pareilles : désormais, tu n'as de comptes à rendre qu'à tes rêves, toi qui préfères rêver le monde que le comprendre. Peut-être parce que tu sais qu'il n'y a rien à comprendre.

Cela faisait maintenant cinq ou six semaines que la Noiraude était repartie chez elle, et il n'avait eu de ses nouvelles que par l'intermédiaire du facteur : « Elle te fait dire qu'elle va bien, que tu n'as qu'à la rejoindre quand tu voudras. » On pensait qu'elle était repartie chez elle pour s'occuper de son père, qui avait du plomb dans l'aile, et que Reilhan finirait par se décourager et par la rejoindre. Au facteur, certains reprochaient d'être partiellement responsable de cette navrante affaire. « Pas si navrante que ça, vous me faites rigoler, s'écriait-il, car enfin, dites-moi un peu ce que Maheux vaudrait pour un péquenot de la ville s'il n'y a pas l'eau ? Pas un centime... Si un jour ils arrivent à la vendre, ce sera un peu grâce à moi. »

Ce qui a précipité les événements, c'est la visite de Despuech à son gendre. Il aurait mieux fait de se mêler de ses affaires, celui-là !

Il faisait une matinée lourde, fiévreuse, la première de l'année qui attendît un orage ; le ciel était bas, écrasant de nuages immobiles et de silence. Un silence excité de mouches, de guêpes, de moustiques, et on s'attendait d'un moment à l'autre à ce que ce ciel de ciment craque et s'effondre dans un fracas bleuté d'éclairs.

Reilhan était en train de préparer une mine ; il avait rencontré, barrant le banc de sable, un énorme menhir, inattaquable par le pic. Il entendit vaguement quelqu'un l'appeler dehors. C'était son beau-père, la mine d'un déterré, pas pour longtemps à vivre, avec juste ce que la grimpette lui avait laissé de souffle pour ne pas mourir asphyxié. « Bonjour — bonjour — comment ça va — très bien merci — fait une sale journée... » Personne n'osait aller plus loin. Enfin le vieux se décide :

— Tu en as fait, du boulot !

Et de hocher la tête, mais pas très chaleureusement, en regardant les centaines et les centaines de tonnes de sable, de cailloux, de rochers de taille impressionnante déversées sur la forêt et qui avaient fini par ensevelir plusieurs hêtres dont quelques branches émergeaient encore : Reilhan ne devait pas s'apercevoir de l'aspect un peu monstrueux, démesuré qu'avait pris le chantier ; l'autre en était bouche bée, sa fille le lui avait bien dit, mais il fallait le voir pour le croire.

— Et alors, où en es-tu, maintenant ?

Abel se mit à rouler une cigarette et fit signe que ça allait.

— Allez, tu me fais un peu visiter ton trou ?

Son trou !

Reilhan sentit quelque chose se crisper en lui. Néanmoins, il décida d'être beau joueur jusqu'au bout, et de rabattre le caquet au vieux non par des insultes, mais en lui montrant ce qu'un homme peut faire lorsqu'il n'est pas à moitié crevé.

Il le fit donc entrer, alluma au fur et à mesure les bougies qu'il avait disposées tous les cinq ou six mètres sur des boîtes de conserve clouées aux poutres : cette illumination souterraine ne pouvait manquer d'impressionner le visiteur qui haletait et crachotait sur ses talons en rentrant malgré lui la tête dans les épaules. Ils sortirent au bout d'un moment sans qu'un mot ait été échangé entre eux : Reilhan aurait donné sa tête à couper que son beau-père, ébahi par le spectacle, allait rendre les armes et le féliciter. Mais Despuech n'avait pas les mêmes raisons que lui d'admirer la prouesse en remettant à plus tard d'en juger le résultat : des prouesses, justement, il n'y en avait eu et il n'y en avait que trop, dans ce foutu pays où l'on avait toujours raffolé des causes perdues, des batailles impossibles à gagner : des traversiers, des murs de pierres sèches, des centaines et des milliers de kilomètres construits pierre par pierre, et qui valaient largement les sept travaux d'Hercule. Ce pour quoi il luttait, lui depuis toujours — des routes, l'électrification, l'irrigation, la création de coopératives, de mouvements régionalistes, l'indépendance économique, la dignité politique — dénonçait le caractère privé et saugrenu de cette entreprise, la disproportion démente entre un résultat incertain et une somme de travail écrasante — inutile peut-être, inutile certainement si ce qu'il craignait depuis tout à l'heure s'avérait vrai, et finalement criminel : il était de cette race d'une droiture incontestable qui garde en elle une haine farouche de la déraison dans l'histoire humaine, non par avarice mentale devant l'incertain, mais par horreur de sacrifier quoi que ce soit de ce qui est au profit de ce qui n'est peut-être pas. Le chantier au milieu des arbres, toute cette énergie qui aurait pu être utilisée plus intelligemment ailleurs, n'entraînerait que le désastre d'une famille et la ruine d'une terre (il avait vu sur son chemin dans quel état d'abandon les champs se trouvaient). Le trou ouvert dans la montagne, vomissant des entrailles dont la sécheresse criait l'absence d'eau, était un trou ouvert dans la raison de son gendre, comme un cancer géant.

Il se mit à lui parler, d'abord avec modération, puis en mettant peu à peu les points sur les i, et en lui faisant comprendre qu'il lui fallait se montrer raisonnable, se rendre à l'évidence : il n'y avait pas d'eau dans cette montagne.

— Que si, dit Reilhan, j'ai mon secret.

— Je ne sais pas de quel secret tu parles, mais si c'est celui dont tout le monde parle, je préfère te dire tout de suite que tu es doublement dans l'erreur.

Le ton commençait à monter entre eux; dans les moments où ils ne disaient rien, le silence était couvert de mouches comme un cadavre.

— Tout ça pour rien! disait Despuech de sa voix

courte et sifflante d'homme qui n'en a plus pour longtemps à vivre et qui voit les choses comme elles sont ; il considérait le remblai de la mine en hochant la tête :

— Dire qu'il a fait ça pour rien !

Il avait l'air effondré, et ne cessait de répéter :

— Tout ça pour rien !

L'autre secouait la tête et refusait d'entendre, embastionné dans son secret :

— J'ai mon secret... Puisque je vous dis que j'ai mon secret...

— Quel secret, qu'est-ce que tu nous fatigues avec ton secret, s'impatienta tout à coup Despuech, mais bon Dieu, regarde !

Il se baissa péniblement, ramassa une pincée de sable d'une des dernières brouettées déversées, l'écrasa dans sa main :

— Qu'est-ce qu'il te faut de plus ? Tu n'as donc pas compris que tu ne trouveras rien ? Hein ? Tu n'as pas compris que tu ne peux pas en trouver parce que tu t'es trompé de montagne ?

Reilhan jeta sa cigarette à moitié fumée et laissa tomber ses bras, mains grandes ouvertes — blanc comme un linge. Il n'y avait pas le plus petit souffle d'air ; pas une feuille qui bougeât. C'était le cas de dire qu'on entendait voler les mouches, à croire que la forêt n'était qu'un immense charnier.

— Qu'est-ce que vous dites ? articula-t-il.

— Mon pauvre, je dis que depuis des mois et des mois, tu te crèves pour rien : l'Aiqualette, c'est une autre crête que celle-ci, là-bas derrière...

Il désignait la croupe couverte de bois qui n'était pas l'Aiqualette, et qui, de ne pas l'être, semblait instantanément étaler au grand jour tares et vices éhontés, insignifiance, stérilité.

A voir la tête que faisait son gendre, il ajouta un peu de pommade :

— Tu me diras que c'est le même massif, et que la nappe pouvait très bien venir jusqu'ici. C'est ton facteur qui m'a mis la puce à l'oreille en me parlant de la source de Combebelle. Il prétend qu'elle se trouve sur le versant est de l'Aiqualette... Je la connais, cette source, on y allait quand on était gosse. Et je peux te dire qu'entre cette crête et Combebelle, il y a une autre crête : justement, l'Aiqualette...

— Hé ! l'Aiqualette ! l'Aiqualette ! vous commencez à m'emmerder avec votre Aiqualette... Je creuserai plus longtemps et puis voilà.

L'autre vint lui respirer sous le nez :

— Même que tu trouverais là-dessous les chutes du Niagara, est-ce que ça changerait quelque chose à ta situation ? Est-ce que tu serais moins con pour ça ?

— Et si ça me fait plaisir, à moi, de creuser pour rien ?

Démasqué !

C'est là que tout s'envenima : il y eut un échange de mots désagréables et, pour le coup, Despuech se mit à dire « vous » à son gendre. Vous ceci, vous cela, ça lui permettait de porter des accusations très sévères en faisant semblant de s'adresser à une communauté de personnes coupables du même entêtement, des mêmes absurdités ; c'était le dernier rempart avant une empoignade directe.

— Allons, Reilhan, finit-il par dire, tout ce que vous avez fait jusqu'ici, c'est de rendre votre femme malheureuse et de vous enfermer là-dessous pour ne pas voir la vérité en face : vous n'avez plus votre bon sens, vous voyez bien que vous ne trouverez rien. Il faut quitter votre trou, maintenant.

— Quitter mon trou, gronda Reilhan.

Il fit un pas en arrière et ramassa son pic ; on voyait sur le manche ses phalanges crispées — blanches. Il s'avança lentement, une écume rouge dans la tête. Une colère vieille d'un tiers de siècle — puisqu'il avait trente-trois ans d'existence dans un univers qui n'était pas tout à fait le sien — s'amassait, bouillonnait dans ses veines. Sa vie était menacée, son bien, tout.

Despuech devint encore plus blanc que lui ; il avait les lèvres qui tremblaient, les joues, les paupières, un de ces horribles déballages de famille qui convulsent les traits et étalent au grand jour des laideurs et des abjections longuement mûries, jalousement couvées, éclatées soudain en grimaces carnassières et en rugissements : l'intraitable Moi dressé contre son double intolérable.

Il fallait bien qu'il se défende, ou sinon l'autre lui aurait fendu la tête. Il recula de quelques pas, toujours suivi par son gendre, cadavérique. L'arbre était tout près de lui, maintenant; en deux temps trois mouvements, il saisit le Chassepot qui pendait à une branche et le braqua sur le ventre du demi-fou qui s'apprêtait à le tuer.

— Un pas de plus et je te descends.

Sa voix n'était plus qu'un sifflement inaudible, à la limite de l'asphyxie, ce qui lui donnait un ton confidentiel étrange.

Ce ne serait peut-être pas la peine de le tuer.

Tous les deux blancs — effrayants — la blancheur des très grandes occasions : plus une goutte de sang dans les veines. Où diable va se fourrer tout ce sang, dans ces moments où la haine galope, fracassant les crânes, crevant les bedaines, trouant les coffres ? Tous deux étaient assez cons, mais pas assez pour aller jusqu'au bout. C'était à qui montrerait le premier signe de défaillance. Quoi qu'il en soit, le pic et le fusil se baissèrent à peu près en même temps.

Despuech recula lentement sous le couvert des arbres, le canon de l'arme dirigé vers le sol; l'acier pointé ou brandi des deux armes restait entre eux comme un dommage irréparable.

Un peu plus loin, il prit la descente de face. De temps en temps, il jetait un coup d'œil par-dessus son épaule pour voir si l'autre ne le suivait pas. En passant devant Maheux, il jeta le fusil, chien baissé, devant la porte.

Le jour — louche, complètement immobile, tombait comme d'un soupirail : pas la moindre variation d'intensité depuis plusieurs heures, comme si, quelque part, une panne géante, planétaire interrompait le mouvement des astres. Jamais le ciel n'avait cimenté si près de la terre une voûte si impressionnante : on voyait se former, s'écraser les unes contre les autres des espèces de circonvolutions grisâtres d'une extrême malveillance ; on s'attendait à les voir cracher et se tordre comme des serpents.

L'estomac soulevé par une crampe de faim, il descendit à la ferme, trouva le fusil, chargé, devant la porte. Il savait très bien qu'il n'y avait plus rien à manger dans les placards, mais il avait besoin de claquer des portes, bousculer des tiroirs, faire sauter des étagères pour soulager la formidable tension de ses nerfs. Tous ces gestes étaient destinés à l'empêcher de penser.

La chaise brisée par terre, au milieu de la cuisine, lui remit à l'esprit la fuite de cette pute. Tout ce qui arrivait était de sa faute. Il sauta comme un fou sur la dernière chaise intacte de la maison qui dormait tranquillement dans son coin et la mit en miettes avant qu'elle n'ait eu le temps de dire ouf ! Le fracas lui fit presque autant de bien que s'il avait joui ; deux ou trois autres décharges de haine étendirent raides morts en pensée ceux qui eurent la malchance de lui venir à l'esprit : son frère, l'embugné de Suisse, le pasteur, dont il fit voler les lunettes en éclats, son père, ce con et sa prière à l'Éternel qui nous comble, bien que déjà mort et en poussière, pulvérisé une seconde fois. Un lourd grondement qu'on sentait qui concernait tout un territoire, ébranla la bâtisse et fit trembloter un bon moment les vitres dans leurs châssis ; on aurait dit que ça se répercutait dans toutes les profondeurs de la terre. Il monta au premier étage : rien nulle part, pas un quignon de pain sous un lit ; faute d'une personne humaine, c'est celui-ci qu'il fit valser à travers la chambre. Les bois disloqués en valdinguant dans la fenêtre lui firent vivre de nouveau un bien agréable moment. Autour de lui, les objets réduits à l'impuissance se terraient dans les coins comme des bêtes épouvantées. Les coups de pied qu'il flanquait à droite et à gauche paralysaient de terreur les plus courageux. A un moment, il crut entendre un bruit dans les entrailles de la maison, et fit silence. Quelque chose faisait trembler le sol, mais ce n'était pas l'orage. Le cheval ! Il avait oublié le cheval ! D'avance, il sentit ses dents grincer de plaisir ; il le voyait déjà devant lui, croulant de frousse, et se lança à la poursuite de son image dans l'escalier. La bête, paisible quoique affamée, ruminait un rêve de prairies tendres et de verts pâturages sous les voûtes obscures de la bergerie. Frustrée d'affection, elle commit l'erreur d'interpréter la première taloche qu'elle prit sur le chanfrein comme une marque d'affection bourrue, ce qui lui fit secouer la tête et émettre un faible hennissement de reconnaissance qui redoubla la fureur de son propriétaire. « De quoi, connard, tu vas voir ce que tu vas prendre. » Le malheureux dégusta quelques horions et gnons sur le ventre, qu'il avait pansu et sonore comme toutes les bêtes mal nourries. Trop faible, trop vieux, trop las de toutes les choses de la vie pour faire front à l'ennemi, dont le comportement, du reste, le décontenançait, le hongre se borna à donner deux ou trois violents coups de tête en arrière qui rompirent net son licou. Hors de lui, la rage attisée par cette maladresse, Abel se préparait à l'abattre, à l'achever de coups, mettant fin par un crime à un long martyre, lorsque ce dernier, à bout de patience, fit, d'une ruade, voler en éclats la porte vermoulue de la bergerie, et sans demander son reste, terrifié sans doute à l'idée des suites que pouvait avoir cette audacieuse initiative, prit aussitôt la poudre d'escampette à la barbe de son tortionnaire éberlué. Celui-ci pensa un instant se jeter sur ses traces et le liquider carrément au coin d'un bois, mais, galvanisé par la terreur, le hongre avait, dans un regain de jeunesse, retrouvé ses forces disparues, et il faudrait courir longtemps pour le rattraper. Qu'il aille crever au large ! Peut-être la foudre, sollicitée par tant d'injustice, se mettrait-elle du côté de l'homme, et se chargerait-elle de la besogne en étendant raide mort le misérable. Il ressortit dans la cour, les yeux hors de la tête, errants à la recherche de quelque objet qui eût l'air de conserver la moindre velléité arrogante à son égard, mais la scène du cheval et sa fuite sous l'orage avaient rabattu les ultimes superbes, et toute chose faisait la morte à son approche.

La Circonstance elle-même, d'habitude si malignement contrariante, toujours prête, dans sa passivité ulcérante, à vous mettre des bâtons dans les roues, aujourd'hui semblait au contraire approuver son ire, et, de la voix, lui prêter main-forte : du moins était-il doux à ses oreilles et à ses nerfs d'interpréter chaque grondement de l'orage comme une clameur d'encouragement. Il pénétra dans la clède, à la recherche de quelques vieilles blanchettes à croquer, mais naturellement elle était vide, stupide, et bien audacieuse de lui présenter ses claies désertes, et ce furent celles-ci qui firent les frais de son courroux. Sur une planchette dans la souillarde, il finit pourtant par dénicher un pélardon mort de vieillesse qu'il mâchonna haineusement, mais la souillarde fut cependant l'objet de sa clémence.

A ce moment, il y eut une déflagration aveuglante qui le jeta contre le mur et fit instantanément le calme en lui. On aurait dit que la maison venait de recevoir une bombe et de sauter. Il se précipita à la porte, l'ouvrit, se jeta dehors, et la première chose qu'il aperçut, ce fut un torrent de fumée blanche et noire qui s'échappait par la toiture défoncée du fenil. La foudre ! Tout allait brûler en cinq sec. Il attrapa un seau, bondit vers la pompe : désamorcée ! En d'autres temps, elle aurait payé cher cette défaillance, mais l'heure n'était pas aux sévices, il voulut soulever la trappe en fer pour plonger directement son seau dans la citerne — pleine à ras bord, heureusement — mais il avait fermé celle-ci avec un cadenas au cours des représailles de l'année dernière, et il ne se rappelait plus à quel endroit il avait fourré la clef. Pris d'une inspiration géniale, il déboutonna la braguette de son pantalon et pissa dans le seau, versa l'urine dans la pompe, agita celle-ci frénétiquement, sentit enfin la résistance augmenter, et au bout d'un instant la pompe dégorgea de l'eau rouillée. Mais va éteindre un brasier avec un dé à coudre ! Dans le foin sec et les poutres vermoulues, l'incendie se propageait joyeusement ; il eut tout de même le temps de faire avec son seau une vingtaine de va-et-vient avant que le bâtiment ne soit complètement en flammes, et que la toiture ne s'effondre dans une fantastique salve d'étincelles et de fumée goudronneuse qui s'élancèrent vers le ciel traversé des palpitations bleuâtres d'une très haute tension ; il semblait bien qu'aujourd'hui le diable s'en mêlât. Sans intervention providentielle, Maheux, en très peu de temps, ne serait plus qu'un tas de ruines fumantes.

Brusquement, il se sentit submergé de dégoût, au-delà de toute révolte, et, laissant le seau rouler à terre, il s'assit sur le pas de la porte et contempla le sinistre en action avec une sorte de curiosité indifférente, comme si cette maison n'eût pas été la sienne, et qu'il fallût attendre la fin du spectacle pour s'en aller ; au train où marchaient les choses, celui-ci ne durerait d'ailleurs pas longtemps : déjà, le feu s'était communiqué au bâtiment qui jouxtait l'habitation elle-même, et on entendait éclater les ardoises sous l'intensité de la chaleur.

Tout à coup, les marches de l'escalier s'étoilèrent de grosses gouttes de pluie, puis tout se mit à crépiter autour de lui, et la trombe d'eau quasi miraculeuse qui tomba eut raison en rien de temps de l'incendie. Mais tout le fenil, ainsi qu'une partie de la bergerie, étaient détruits. Un long moment, il demeura immobile sous la pluie finissante, à considérer les poutres fumantes et les murs noircis, et à se demander à quelle jalouse puissance il devait ainsi disputer jusqu'au toit qui recouvrait sa tête. Que faire, maintenant? Passer la nuit dans cette maison vide, démeublée, ne lui disait rien qui vaille. Essayer de rattraper le cheval, l'abattre d'un coup de fusil, le manger. Aller à Mazel-de-Mort, implorer, menacer, mais obtenir un peu d'argent pour continuer à creuser la galerie, à poursuivre une tâche problématique, si toutefois il n'était pas reçu là-bas à coups de fusil, dîmerait lourdement le mérite de la victoire; peut-être parce qu'il n'avait pas mangé depuis de longues heures, toutes les idées qui lui venaient à l'esprit lui semblaient aussi absurdes les unes que les autres. En même temps que toutes ces éventualités s'effondraient à mesure qu'elles se présentaient à lui, il lui germait une conscience de plus en plus légère des choses, comme si le monde, peu à peu, se vidait de son épaisseur, de son sérieux, de ses lourdes menaces, de ses pathétiques promesses pour retrouver une candeur, une perméabilité inconnues, ou oubliées.

Le désir de carnage et de violence, qui tout à l'heure lui montrait toute chose sous les traits de personnes ennemies, cédait maintenant la place à une sérénité surnaturelle qui effaçait toutes les différences et le plongeait dans une béatitude douillette : les gens qui vont mourir de froid dans la neige éprouvent, dit-on, la même sensation de légèreté irresponsable, de laisser-aller, d'abandon au fil de l'eau... Il avait l'impression, très étrange tout de même, d'être tout ce qu'il regardait, de s'approprier le monde extérieur avec une facilité déconcertante, d'homme ivre, ou de très jeune enfant. Les longues privations, les fatigues accumulées, devaient être aussi pour beaucoup dans ce détachement, cette aisance un peu trouble, cette soudaine absence d'inquiétude et de tension intérieure.

Un peu plus tard, alors que le ciel s'éclairait en se découvrant de ses nuages devant le coucher de soleil royal, lointain, irréel, il eut brusquement très envie de fumer, mais il se souvint que son tabac se trouvait dans la galerie, et doucement, il reprit le chemin de la forêt, du ciel d'étoiles, des nuits de grand large. Il tira sa couverture sur le seuil de la mine, s'installa, le dos contre la paroi de l'entrée, dans l'odeur nouvelle d'humus et de plante mouillée, une odeur qui, à elle seule, contenait le paradis terrestre. Est-ce que ça valait la peine de s'être donné tant de mal alors qu'il suffit de si peu de chose pour se sentir bien — comblé.

Il dormit plusieurs heures d'un trait; la nuit fraîchissante le réveilla; il ouvrit les yeux, constata que le jour n'allait pas tarder à se lever. Il eut un moment de désarroi en essayant de se rappeler sans y parvenir la date à laquelle on était. Il crut sa femme encore au logis, en train de préparer le petit déjeuner; mais le souvenir de la scène avec son beau-père fit brutalement irruption dans son esprit, et d'un seul coup il saisit la situation dans tout son caractère dramatique. Maintenant qu'il avait rompu tous les ponts, il ne pouvait compter sur l'aide de personne. Même son cheval l'avait fui, la foudre avait incendié une partie des communs, et lui avait creusé la montagne là où il ne fallait pas la creuser, tout cela était à la fois terrible et ridicule; tout le monde allait se foutre de lui, il n'oserait plus reparaître nulle part. Dire qu'hier soir, il s'était senti si bien, au moment de s'endormir; toutes ces épreuves accumulées l'avaient rendu pendant un instant comme ivre, insensible — à demi fou peut-être. Mais en se réveillant, la réalité lui apparaissait, claire, nette, implacable; ses jambes flasques et son estomac creux suffisaient à eux seuls à lui en dire éloquemment la gravité.

Des oiseaux traversèrent le ciel au-dessus de sa tête, une passée de l'aube allant boire au torrent : comme il devait être agréable de vivre une vie d'oiseau! Est-ce qu'ils meurent de faim, eux? Cette idée le rendit plus léger, et de nouveau, vaguement, il sentit renaître au fond de lui une conscience délivrée de la faute et de l'inquiétude, du besoin de vaincre qu'elle nécessite : c'était, comment dire, une manière enfantine de voir les choses — grâce, peut-être, au fait qu'il ne possédait plus rien, qu'il n'avait pas mangé depuis Dieu sait combien de temps. Il se dressa, la tête remplie de fumée blanche, parvint sans trop de mal à se dégourdir les jambes. Il allait faire une journée splendide, un soleil radieux. Doucement, il descendit le petit sentier raviné que ses passages répétés avaient fini par creuser du haut en bas de l'éboulis. Plus loin, après le bois de hêtres, il trouva de quoi se nourrir en farfouillant au milieu des schistes et des feuilles sèches. Lorsqu'il eut croqué quelques châtaignes crues qui apaisèrent aussitôt ses crampes d'estomac, il en fit provision pour la soupe. Il retourna les déposer au fond de la galerie, alluma deux bougies, donna quelques coups de pic maladroits dans le sable, en se disant que ça irait mieux demain. Un peu plus tard, convaincu d'avoir entendu quelqu'un l'appeler d'en bas, il descendit avec son fusil mais ne trouva personne. Il se laissa tomber sur la marche du seuil et pendant un moment écouta le silence. Le soleil chaud séchait les pierres et exaspérait l'odeur de cendre et de charbon de bois qui s'échappait du bâtiment incendié. Quelle heure pouvait-il bien être ? Est-ce que cela avait une importance quelconque, maintenant ? Il sentait que cela en avait, de l'importance, qu'il ne fallait jamais lâcher le temps au risque de se retrouver mort, ou un pied dans la tombe, mais en même temps il était repris par une irresponsabilité légèrement délirante, et à ce moment-là tout se mélangeait dans sa tête, passé, présent, avenir, et il glissait dans une semi-torpeur assez agréable. Il entendait parfois comme une voix crier au loin, mais peut-être c'était en lui : « Ne lâche pas ! Ne lâche pas ! » ou encore : « Il faut percer ! Il faut percer ! »

Vers la fin de la matinée, il sortait d'un trou de sommeil quand un bruit de pas faisant rouler les graviers du chemin lui parvint. Promptement, il pénétra dans la cuisine, referma la porte à clef en essayant de faire le moins de bruit possible, et se dissimula derrière la fenêtre dont le volet entrebâillé permettait d'observer dehors sans être vu. C'était le facteur, ce salaud de Deleuze, il mériterait que je lui foute un coup de fusil, qui devait apporter quelque connerie publicitaire, ou peut-être une lettre de son frère, l'embugné de Suisse. Il le vit passer devant la fenêtre, et s'immobiliser tout à coup, pétrifié par le spectacle : « Merde, alors, fit l'autre à mi-voix, qu'est-ce qui s'est passé, c'est pas croyable... » Reilhan l'entendit encore grommeler entre ses dents, puis repartir un moment après, en s'arrêtant à chaque instant pour se retourner, comme s'il n'en croyait pas ses yeux. Fous le camp, connard, laisse-moi donc tranquille. Il sentit quelque chose lui gratter le visage : c'était sa propre main. Éberlué, il la mit dans sa poche. Il trouva sous la porte un dépliant-réclame pour une marque de fongicide. Au loin, la voix de Deleuze : « Courrier ! Courrier ! » Il monta au premier étage, ouvrit en grand la fenêtre de sa chambre, laissant entrer à flots la lumière brutale qui fouillait les recoins en trahissant la crasse, les fentes, traînées de poussière, toiles d'araîgnées où frissonnaient au moindre souffle des squelettes de tégénaires — avec quelque chose de violemment indiscret, et même de blasphématoire, comme si s'étalaient au grand jour les entrailles d'un caveau funéraire. Les bois du lit brisé s'amoncelaient dans un coin comme les débris d'un cercueil. Une lourde fatigue lui lestait de nouveau les jambes. Il installa à plat le matelas qui avait roulé dans la poussière et s'y allongea dessus, les yeux au plafond, ébloui par la forte clarté neutre et morte qui remplissait la chambre. Il remonterait là-haut à la nuit tombante. Peut-être irait-il prendre un affût. Il demeura ainsi un bon moment, les yeux grands ouverts, à observer sur le plafond sale et dont on voyait par endroits les côtes parallèles, lugubres, les grandes taches jaunes comme de l'urine que d'anciennes pluies y avaient déposées. Ce ciel de plâtre mort finit par lui communiquer une lente somnolence ; il ferma les yeux et, au bout de quelques minutes, il s'endormit non sans avoir été agressé au passage par quelques pensées très brutales qu'il n'eut heureusement pas le temps d'approfondir. Il se réveilla quelques heures après, le soleil éclairait la moitié du cirque de sa lumière rasante, à travers le doré de laquelle voltigeaient des myriades d'insectes de toutes espèces. Il se dirigea vers la fenêtre, les jambes toujours un peu inconsistantes, comme si soudain son esprit démeublé de son idée fixe laissait affluer dans tout le corps une grande quantité de fatigue — qui était peut-être moins de la fatigue amassée par le travail que l'état normal dans lequel on tombe sur la terre lorsqu'on a le malheur de n'avoir plus rien à y faire et de s'en rendre compte. Il crut tout à coup ouvrir les yeux pour la première fois de sa vie. Mais les ouvrir dans le noir, dans le vide, dans rien — comme quelqu'un qui se réveille en sursaut au milieu de la nuit, et qui ne trouve autour de lui en ouvrant les yeux que le noir, le vide, rien. Il pressentit un instant que le ciel étoilé, la forêt, si agréable jadis à respirer et à vivre, n'étaient finalement qu'une espèce de mensonge... Enfin, c'est là que tout a dû se gâter à toute vitesse, une situation qui pourrit, se décompose sans qu'aucune force au monde ne parvienne à la redresser, à remonter le peu de vie qui s'accroche vers la source aux illusions. Il n'avait jamais beaucoup réfléchi au cours de son existence. Comme disait je ne sais quel Oriental : « Je laisse aux autres le soin de penser ma vie à ma place ; moi, je me contente de la vivre. » L'avocat du diable, ou peut-être le diable lui-même, s'en est mêlé : il n'y a que les cons pour voir sans sourciller les dieux s'effondrer au sol. Je hais mon siècle non parce qu'il flanque à terre la trouble et antique légion des dieux, mais parce qu'il prétend se servir des morceaux pour expliquer aux hommes leur malheur.

— Tu vois, lui, ce bâtard de haute époque — et je veux bien que l'histoire des hommes soit souvent l'histoire d'une bataille rangée entre une névrose cosmique et une désespérante lucidité — lui ne l'a pas supporté, d'être réveillé, qu'on le fasse brutalement passer de l'éternité dans le temps — le temps, le temps signe de mort, signe de rien : ses catégories à lui n'étaient pas les nôtres, j'en mettrais ma main au feu. Tout ce que je te dis d'ailleurs sur lui ne sert qu'à dresser mon propre portrait, pas le sien. Il paraît...

Le docteur Stéphan regarda sa femme, se tut.

En tout homme, un germe intact, qui sait, la preuve infaillible de son éternité, quelque chose de plus, dans l'homme et dans le monde, qui n'est pas l'homme ni le monde. Mais une preuve informelle — informulable — comme de grands poissons d'un indice de réfraction absolument identique à celui des eaux où ils évoluent. Despuech, son beau-père, m'a dit ceci : « Vous savez, il n'a jamais été tout à fait normal; même qu'au fond de cette galerie, il avait dessiné tout plein de trucs au charbon de bois, contre la paroi, quand il s'ennuyait, entre deux coups de pic, vous n'allez pas me dire qu'il était comme tout le monde, rester toute la journée dans un terrier de taupe, ou alors, du temps qu'il restait à la ferme, flanquer des coups de fusil aux éperviers. Pauvre Marie, on ne peut pas dire qu'elle ait tiré le bon numéro... » Un homme à sa source, en plein XXe siècle...

Il faut que la vérité garde parfois les yeux fermés.

— Qu'est-ce qui t'arrive? Qu'est-ce que tu as à me regarder comme ça?

C'était elle, cette fois-ci, qui le dévisageait d'un air bizarre, comme si elle le savait atteint d'un cancer.

Et quel cancer!

Dans tout ce qu'il venait de lui dire, elle avait l'impression de saisir essentiellement deux choses : l'Enfance et la Gravité, main dans la main, opiniâtres fléaux sur la terre.

Le jour déchu de sa gloire et le temps déchu de sa profondeur déclinent lentement dans la rue déserte, sous les longues lanières stridentes des martinets; l'odeur chaude de l'asphalte filtre à travers les persiennes — odeur voisine de la frangipane funèbre, odeur des promesses jamais tenues, montées en graine et séchées sur pied, comme depuis vingt ans, comme depuis qu'il somnolait là-haut sur des livres dont chaque signe le séparait un peu plus de sa vie, dans cette chambre que le pasteur avait mise à sa disposition pour qu'il conquière le monde, enfin la Suisse et les cuisses qui vont avec, qui vont avec d'ailleurs presque tout ce qu'on fait sur la terre. Quelqu'un vient sans doute d'arroser le devant de sa porte, un commerçant de la rue comme lui, voué par les échéances et l'obséquiosité professionnelle à la calvitie bedonnante, aux doigts et aux sourires aurifiés quand les affaires marchent, voici que le soir tombe et qu'il a quarante ans, et cela fait plus de quinze ans qu'il n'est pas remonté là-haut. On voit d'ici les montagnes. Il n'y a qu'à grimper, pour ce faire, dans les hauts quartiers de la petite ville d'argile rose et de calcaire pour apercevoir leur proche amphithéâtre, leur blancheur l'hiver — poignante.

Tous là-haut sont morts, maintenant, le docteur Stéphan et sa femme, ensemble l'an dernier, un accident d'automobile, je crois que c'était ce qui pouvait leur arriver de mieux, et M. Barthélemy, et Despuech, peu de temps après la mort de Reilhan. Marie n'est pas morte ; elle vit toujours là-bas, à Mazel- de-Mort, seule, quel âge peut-elle avoir, cinquante ans peut-être, sèche comme elle est, je parie qu'elle nous enterrera tous ; d'ailleurs nous sommes tous presque enterrés. L'important au fond n'est pas ce que je croyais par le passé, lorsque j'étais encore dupe des distances temporelles : vivre vieux, quelle importance ? Mais au moins vivre autrement que je ne vis, en ayant combattu au niveau de la vie, et pas comme moi, cloué à vendre des livres dans une boutique d'arrière-province, et à respirer tous les soirs surtout l'été l'odeur de la défaite, d'une sorte d'indélébile trahison. Ce n'est pas parce qu'on a trempé sa queue dans le plus grand nombre de cons possible qu'on n'en est pas aussi con pour ça. Le mépris qui récompense toutes ces mauvaises coucheries est un mélange affreux de désespoir et de lâcheté.

Tous les soirs, surtout l'été, l'hiver, ces grands extrêmes de l'univers disparu et trahi, il hait le monde et se hait soi-même en voulant expliquer toute chose, et détruire, envie de détruire qui ronge les traîtres. Le printemps et l'automne en plaine sont assez beaux, surtout lorsqu'on attrape la quarantaine.

C'est le 17 mai 1954 qu'il reçut le télégramme lui annonçant la nouvelle : il n'avait pu, ou pas cru bon de se déplacer pour la mort de sa mère, faire acte de présence pour celle de son frère lui avait paru une compensation nécessaire au souvenir des trois morts : on ne vit décidément pas très vieux dans la famille.

Le docteur Stéphan était venu l'attendre à la gare. Le printemps de pluie avait verdi extraordinairement les montagnes.

— Comment ça s'est passé ?

On ne saura jamais comment ça s'est passé. Et même on ne saura jamais exactement le jour ni l'heure auxquels ça s'est passé. Il a fallu monter là-haut tout de suite ; les gendarmes attendaient devant l'ouverture de la mine.

Lorsqu'il a vu l'énorme remblai de sable et de rochers, il en a été stupide, presque terrifié. Il y avait dans ce cône d'éboulis quelque chose de monstrueusement inutile. Aux traîtres intelligents, tout ce qui est vraiment inutile paraît toujours monstrueux, et pourtant, il n'y a, de la part de l'homme, que le monstrueux qui réponde au mystère de l'univers. Tout le reste n'est qu'une querelle d'épicier. C'était à peu près ce que le docteur Stéphan était en train de lui dire lorsqu'ils entrèrent dans la galerie à la suite des gendarmes. Jusqu'à vingt mètres, on pouvait pénétrer; ensuite, tout s'était effondré, trente, quarante, peut-être cinquante mètres de montagne, et qui sait depuis combien de jours. Despuech était la dernière personne à l'avoir vu vivant, trois bonnes semaines avant. A ce moment-là, la galerie mesurait déjà plus de soixante mètres de profondeur. Il y avait eu cet orage, dont le sable à l'entrée de la mine portait encore les traces, et il était aisé de constater qu'aucun déblai n'avait été déversé depuis. Pour arriver jusqu'au corps, il aurait fallu soulever des centaines et des centaines de tonnes de rocher, de terre, de boue qui sait. Procès-verbal signé, les gendarmes s'en allèrent au moment où le pasteur arrivait. Oh! Celui-là! « Vous avez fait votre devoir, messieurs, à moi de faire le mien, qui commence où finit le vôtre. » Quelques voisins des plateaux étaient descendus pour lui rendre un dernier hommage. Je me souviens de la prière des morts, chevrotée par M. Barthélemy devant l'ouverture noire : « Nous avons donc été ensevelis avec lui par le baptême en sa mort, afin que, comme Christ est ressuscité des morts par la gloire du Père, de même nous aussi nous marchions en nouveauté de vie... » et le docteur à côté de moi qui y allait de sa propre épître : « Bouddha est mort, on montrera encore pendant des siècles son ombre dans une caverne; une ombre énorme et effrayante. Dieu est mort, mais tels sont les hommes qu'il y aura peut-être encore pendant des millénaires des cavernes dans lesquelles on montrera son ombre... »

C'est à ce moment-là que Joseph Reilhan décida de

passer le reste de la journée, et peut-être la nuit à Maheux : il savait qu'il n'y reviendrait pas de longtemps, jamais peut-être, tirant un trait définitif entre lui et sa source profonde. Il redescendit avec les autres jusqu'à Saint-Julien pour s'acheter de quoi manger ; il embrassa Marie Despuech qui repartait avec son père à Mazel-de-Mort : « Vous ne voulez pas venir passer la nuit chez nous, vous repartirez demain matin, tout seul dans cette ruine, quand même... » Il avait secoué la tête, souri : « Je n'ai pas peur des fantômes, puisque les fantômes n'existent pas... » Soudain, le cœur serré, en la regardant, parce qu'elle avait une étrange expression fugitive, de jeunesse et de féminité sur le front, les yeux, due peut-être au chagrin, qui retrouve à travers l'usure prématurée des traits la fraîcheur des chagrins d'enfance.

Il avait acheté une boîte de sardines (à l'huile d'olive, il s'en souvient), un morceau de saucisson, des œufs, du beurre, un pain roux dans cette boulangerie où il lorgnait, jadis, les tubes multicolores de coco : « Je l'entendais passer tous les matins à l'aube avec sa brouette devant le soupirail de mon fournil, c'était au moment des grandes sécheresses. Il rouspétait comme un voleur, mais quel courage... Une vraie force de la nature... » Ses emplettes serrées dans un sac en nylon fourni par l'épicier, il remonta vers trois ou quatre heures de l'après-midi, accueilli à mi-chemin par des odeurs d'herbe et de plante merveilleuses, déchirantes. Il entra dans la maison. Ainsi ils sont morts tous les trois. Intimidé, il fit le tour de chaque pièce, ressortit, considéra les alentours : comme tout allait vite s'ensauvager, maintenant. Les herbacées géantes enserraient déjà les murs et broutaient le seigle ; l'accru de la forêt devait également s'en donner à cœur joie dans toutes les clairières. Les bâtiments incendiés par la foudre débordaient de ronces presque aussi noires que les traces de l'incendie. Il s'assit sur les marches de l'escalier. Tout de même, nous — enfin, ils n'ont pas eu de chance. A partir des mêmes matériaux, il tenta d'imaginer une vie meilleure : une femme, des enfants, le père et la mère qui vieillissent paisiblement près de la cheminée, on rentre le soir des champs la houe sur l'épaule, des cris et des rires nous auraient accueillis, travaux et plaisirs en communauté, rêve de la tribu protégée, rêve du temps récupéré par et dans la simplicité de l'existence, être de plain-pied avec ce que l'on fait, odeurs, odeurs du monde, odeurs antiques qui lui brisaient le cœur, tout cela tournait en lui comme les débris d'un naufrage — et quinze ans après, dans la petite cité de calcaire et d'argile rongée par le soleil et criblée de fientes par les martinets comme une ville d'Espagne, le mal était là, refusait de s'éteindre, l'accompagnerait jusqu'à la fin.

Il s'était installé pour dîner devant la porte, là où il avait installé sa mère la dernière fois qu'il s'était occupé de nettoyer la maison, de restaurer à travers ses gestes ménagers la gloire de son ancien monde. La nuit était calme, un peu fraîche, déjà sonore de grillons et de rossignols. Les étoiles n'étaient, ici, pas les mêmes qu'ailleurs. Rien, dans le monde, n'est jamais semblable à l'endroit où l'on a pour la première fois ouvert les yeux sur lui. C'est un terrible et vénéneux héritage. Il ferma les yeux. Il y a des choses que Dieu ne devrait pas Se permettre. Il ne croit plus en Dieu depuis longtemps, et depuis longtemps, il y a au fond des ruines de son univers quelque chose qui clame désespérément la même chose.

Il fuma jusqu'à une heure avancée de la nuit quinze, vingt cigarettes peut-être. D'après ce qu'on lui a dit, et ce que suppose le docteur Stéphan, il devine ce qui a pu se passer : on ne peut laisser mourir un homme sans essayer de suivre ses traces, si infimes fussent-elles, jusqu'à la fin.

La dernière charge de poudre, trop forte peut-être, une maladresse commise au moment d'allumer la mèche-bidon, une étincelle, la charge fuse, il essaie de s'enfuir, trop tard, tout saute, la montagne lui tombe dessus. Ou bien il reste devant la mèche en train de brûler, portant ainsi jusqu'à leur extrême limite les conséquences de son défi.

Écrasé comme une noix dans Sa main; vaincu parce

qu'il faut que tout le monde soit vaincu et que Sa volonté soit faite.

Le lendemain matin, avant de repartir pour la Suisse, il était remonté une dernière fois jusqu'à la galerie (il avait, dans l'aube bleue, arraché les mauvaises herbes qui empoisonnaient les tombes de ses parents, une dans le cimetière, l'autre toute seule derrière le mur, encore plus tragique de solitude). Il avait emporté un tournevis avec lui. L'inscription doit encore se trouver à l'entrée de la grotte, sur la surface de granit la plus lisse de la paroi :

Abel REILHAN
1922-1954

Tout en exécutant son petit travail funéraire, il songeait que tout ce qu'on n'a pas su recevoir et donner de la vie, c'est à la mort qu'il faudra le payer d'un coup. Il regrettait qu'il n'y ait pas avec lui en cet instant une de ces grandes filles aux cheveux lisses et aux jambes couleur de miel qui font fleurir les secondes en caressant la vie de leurs longs doigts. Caroline, Dakota, ou Virginie, comme des provinces d'un Nouveau Monde.

Le Haut-Pays ne pourra jamais lui offrir qu'une tombe ; au fond, il ne détesterait pas être enterré là-haut, devant cette sépulture sauvage, au large de laquelle, ce matin-là, on voyait le moutonnement bleuâtre des plateaux que recouvrait par endroits le derme sensible et profond des blés, dont la surface bougeait doucement, émouvante, caressée par la fuite perpétuelle des nuages.

Domessargues, 6 mars 1971-21 février 1972.

Achevé d'imprimer en septembre 1994
sur les presses de l'Imprimerie Bussière
à Saint-Amand (Cher)

POCKET - 12, avenue d'Italie - 75627 Paris Cedex 13
Tél. : 44-16-05-00

— N° d'imp. 2357. —
Dépôt légal : octobre 1994.

Imprimé en France